PASCAL WOKAN

Das Lied der Toten

Fantasy-Roman

Impressum

Bibliografische Information der Deutschen Nationalbibliothek: Die Deutsche Nationalbibliothek verzeichnet diese Publikation in der Deutschen Nationalbibliografie; detaillierte bibliografische Daten sind im Internet über http://dnb.d-nb.de abrufbar.

2. Auflage
© 2023 Pascal Wokan
Lektorat: Benjamin Verwold
Korrektorat: Gabriele Rögner
Covergestaltung: Elementi.studio
Besonderer Dank: Viktoria M. Keller
Herstellung und Verlag:
BoD – Books on Demand, Norderstedt
ISBN 9783750480889

www.pwokan.com

Ein Buch muss die Axt sein für das gefrorene Meer in uns.
Franz Kafka

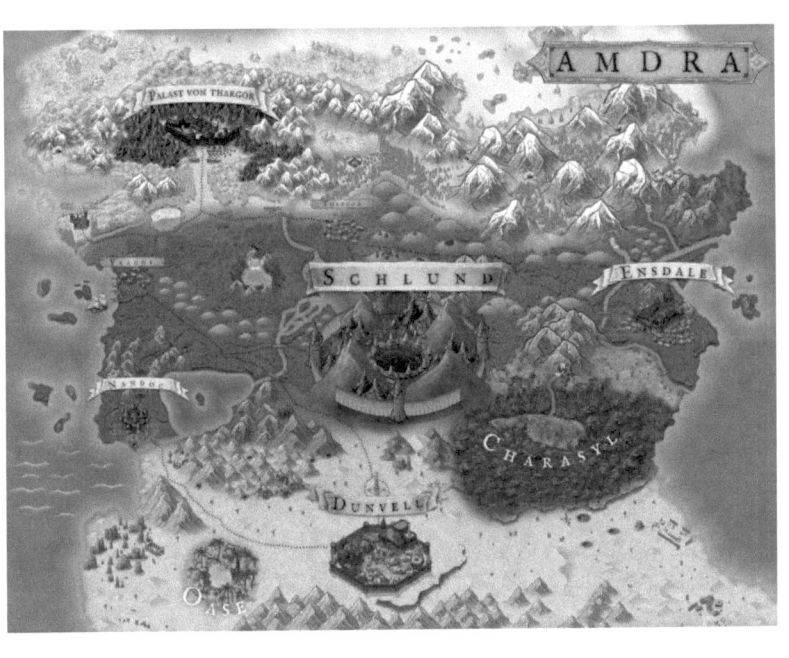

Inhalt

Prolog

Es ist also wahr, dachte Rysana.

Vor ihr lag der Mann, den das gesamte Land gefürchtet hatte. Seine Haut hatte bereits Leichenblässe angenommen, die Lippen waren blau angelaufen und das scharf gezeichnete Gesicht war mit Wunden übersät. Das graue Haar war blutverschmiert, wie auch die langen, zerfetzten Stoffbahnen, die mehrfach um den hageren Körper gewickelt waren. Auf Höhe des Herzens steckte ein Dolch in der Brust.

Obwohl sie es nicht glauben konnte, war Wendal, der Nekromantenkaiser und Herrscher von Amdra, tot.

Die Anzeichen für den Kampf waren überall im Gemach zu sehen. Das Himmelbett war gesplittert, der Marmorboden klaffte auseinander und die Decke wies etliche Risse auf. An einer Stelle hatte der Kampf besonders heftig gewütet und einen Teil der Wand einstürzen lassen. Die Auseinandersetzung hatte sich sogar bis auf den Balkon hinausgetragen, der eine scharfe Bruchkante aufwies.

»Wie konnte das geschehen?« Selbst Rysana fiel auf, wie dünn und matt ihre Stimme klang.

»Sie kamen in der Nacht«, sagte der Soldat hinter ihr. »Mindestens zehn Attentäter, die den Kaiser in einem

Moment der Unachtsamkeit überrascht haben. Herrin, nach dem, was ich hier sehen kann, muss es sich bei ihnen um ...«

»Nekromanten«, flüsterte sie und stellte sich vor, wie der Soldat zur Bestätigung nickte. Starr sah sie auf die Leiche hinab. Es hätte nicht möglich sein dürfen, dass ihn irgendjemand bezwingen konnte. Er war der mächtigste Nekromant in ganz Amdra gewesen, ein Herrscher, dessen Name überall mit Furcht ausgesprochen wurde. Selbst die mächtigsten Lords des Landes hatten nicht gewagt, gegen ihn aufzubegehren – zumindest bis zu dieser schicksalhaften Nacht. Wendals Tod würde Ereignisse in Gang setzen, die nicht mehr aufzuhalten waren.

»Herrin, wie ist das möglich? Außer dem Kaiser sollte es keine Nekromanten mehr geben. Er hat alle über die Jahrhunderte gejagt und vernichtet.«

»Ich weiß es nicht. Hier geschehen Dinge, die sich meinem Verstand entziehen.« Während sie ihren Blick umherschweifen ließ, kam ihr ein Gedanke, der sie nicht mehr losließ »Wie konnten sie in den Palast eindringen?«

»Sie sind ... geklettert.«

Überrascht wandte sie sich dem älteren Soldaten zu. Er war ein Stück kleiner als sie, was nicht außergewöhnlich war, denn es gab nur wenige, die an ihre Größe reichten. Viele Jahre hatte sich der Mann als Hauptmann der Leibgarde des Kaisers bewährt. Und nun hatte er versagt. Die Unsicherheit und die Selbstzweifel waren ihm deutlich anzusehen. Niemand hätte den Nekromantenkaiser umbringen können, denn er hatte entsetzliche Macht besessen, die ihm ein ungewöhnlich langes Leben beschert hatte. Für viele Menschen war er wie ein Gott gewesen.

»Geklettert, sagst du?«

»Ja«, er zögerte, »bis in den höchsten Turm des Palasts. Sie müssen von der Außenwand über den Balkon eingedrungen sein. Herrin, ich sollte noch anmerken, dass es talentierte Attentäter waren, die genau wussten, was sie taten.«

»Gibt es Überlebende?«

Er schüttelte den Kopf. »Wir haben die Leichen gestapelt und direkt verbrannt. Wie es der Brauch verlangt.«

Sie nickte gedankenverloren. »Gute Arbeit, Calas. Wir werden schnell handeln müssen und seine Familie in Sicherheit …«

»Herrin.«

Ihre Brauen hoben sich ein winziges Stück.

»Verzeiht, wenn ich Euch unterbreche. Es gibt da noch eine äußerst wichtige Sache, die Ihr wissen müsst.«

Obwohl sie bereits ahnte, was nun folgen würde, wollte sie es nicht wahrhaben. »Sprich!«

»Die Frau und der Sohn des Kaisers wurden ebenfalls ermordet.«

Unmöglich!

Sie brauchte einen Moment, um ihre Stimme wiederzufinden. »Wie ist es geschehen?«

»Beide wurden im Schlaf überrascht. Der Sohn wurde mit einem Dolch erstochen, der Frau die Kehle aufgeschlitzt.«

Es gibt also nicht einmal mehr einen Erben …

»Herrin.« Calas warf einen unsicheren Blick über die Schulter. Außer ihnen war niemand in dem Raum anwesend – dafür hatte sie gesorgt. »Was sollen wir jetzt tun?«

Rysana bückte sich zu der Leiche und zog den Dolch aus der Brust. Ihr lief es eiskalt den Rücken hinunter, als sie erkannte, dass die Waffe eine Schneide aus grün schimmerndem Edelstein und einen Griff aus Gebein besaß. Runen zogen sich an der Klinge entlang und glühten in fahlem Licht. Sie wusste, welche Waffe sie in den Händen hielt. Ein Ritualdolch – die wirkungsvollste Methode, um einen Nekromanten zu töten. Laut den Überlieferungen wurde die Seele durch eine solche Klinge vernichtet.

»Die Soldaten, die die Leichen weggeschafft haben«, sie warf dem Soldaten einen scharfen Blick zu, »wo befinden sie sich jetzt?«

»Es sind die beiden Männer, die vor der Tür Wache halten.« Calas schluckte nervös. »Sie sind sich der Tatsache bewusst, welche Auswirkungen dieses Ereignis haben könnte. Wir können ihnen vertrauen.«

»Du weißt, was du zu tun hast.«

»Herrin, vielleicht …«

Ein harscher Blick brachte ihn zum Verstummen. Er verbeugte sich und richtete sich schließlich mit erhobenem Kinn auf. »Ihr könnt auf mich zählen, Herrin. Ich werde alles tun, was nötig ist.«

»Nichts anderes habe ich von dir erwartet, Calas.«

»Wie geht es nun weiter, nachdem der Kaiser und sein Erbe tot sind? Wenn sich die Kunde verbreitet, ist es nur noch eine Frage der Zeit, bis die Ersten Anspruch auf den Thron erheben. Die Lords des Landes werden aufbegehren und um Macht und Einfluss ringen. Und wenn es tatsächlich weitere Nekromanten dort draußen gibt, werden sie bald das Kaiserreich mit Tod und Verderben heimsuchen.«

Ja, wie es einst vor vielen Jahrhunderten geschah, als die Nekromantie Amdra beinahe vernichtet hat. Nachdenklich betrachtete sie den Dolch, drehte ihn in den Händen hin und her. Der Nekromantenkaiser war ein Tyrann gewesen, der mit Furcht und Angst geherrscht hatte. Gleichzeitig war er aber auch derjenige gewesen, der die vier Länder Amdras unter Kontrolle gehalten hatte. Sein Tod könnte das zerrüttete Kaiserreich weiter spalten.

»Herrin?«

»Ich brauche einen Augenblick, um meine Gedanken zu sortieren.« Sie ging Richtung Balkon und blickte dem blassgoldenen Licht des Sonnenaufgangs hinter den Eisgebirgen im Osten entgegen. Der Palast des Nekromantenkaisers befand sich in den nördlichsten Gebieten Amdras und galt als uneinnehmbar. Vor wenigen Stunden hatten zehn Attentäter bewiesen, dass auch dies nur eine von vielen Legenden war, mit denen sich Wendal umgeben hatte.

Was sollen wir jetzt nur tun?

Calas räusperte sich. »Herrin, Ihr seid die Vorsitzende des Rates von Amdra. Die Entscheidung obliegt Euch.«

Sie ließ ihren Blick durch das Schlafgemach schweifen und begutachtete das Chaos, das durch den Kampf entstanden war. An einer Stelle konnte sie Asche erkennen, an einer anderen einen Berg angesengten Stoffes, der für eine Beschwörung gedient hatte. Die Attentäter waren gut vorbereitet gewesen, was bedeutete, dass jemand mit viel Einfluss und Macht dahintersteckte.

Wendal ist tot. Sein einziger Erbe ist ebenfalls tot. Die Attentäter haben uns deutlich gezeigt, dass es trotz seiner Bemühungen noch immer Nekromanten in Amdra gibt. In ihr reifte ein Gedanke, der so abwegig war, dass sie laut schnauben musste. Es gab einige Geheimnisse in der Vergangenheit und eines würde sie sich nun zunutze machen. Ein gewagtes Spiel, aber der einzige Ausweg aus ihrer Lage. Amdra stand ein schweres Schicksal bevor und es lag in ihren Händen, es abzuwenden. Ob sie anderen Untertanen vertrauen konnte, wusste sie nicht. Vermutlich nicht, Intrigen und Verrat lauerten an allen Ecken. Wenn es um den kaiserlichen Thron ging, konnte jeder Mensch seinen Stolz und seine Vernunft vergessen.

Es gibt nur eine einzige Möglichkeit …

Mit neuer Entschlossenheit richtete sie ihr Gewand und atmete tief durch. Dann wandte sie sich dem Soldaten zu und traf eine Entscheidung. »Lass den kaiserlichen Rat einberufen!«

Erster Teil

Der Rat von Amdra

Erster Tag

Ich bin das notwendige Übel. Ich bin die Finsternis, die Dunkelheit und der Schrecken dieser Welt. Ich bin aber auch das Licht, die Hoffnung und der einzige Weg, um uns zu beschützen.

Rysana betrachtete den Dolch in ihren Händen. Blutflecken hafteten noch an der giftgrünen Edelsteinschneide, da sie nicht wagte, sie zu säubern. Ein Dolch, wie ihn Menschen benutzten, wenn sie einen Nekromanten umbringen wollten. In diesem Fall war es der Kaiser und damit der Mächtigste von allen gewesen.

»Wenn andere davon erfahren, wäre das eine große Gefahr für uns alle.« Stimmen ertönten hinter ihr. »Es könnte ganz Amdra in den Krieg stürzen.«

Vorsichtig hielt sie den Dolch nach oben, ließ das Licht darauf reflektieren. Der Griff war aus Gebein und mit vielen kleinen Runen versehen. Uralte Magie, die einen Nekromanten hindern sollte, die Seelen der Toten zu beschwören. Selbst jetzt glühten die Bannrunen in einem fahlen Licht, als wären sie zufrieden über ihre grausame Tat.

Niemals würde sie ein derart finsteres Mordwerkzeug verwenden. Laut dem, was die

Geschichten hergaben, war es ein äußerst schwieriger und mühsamer Prozess, einen Dolch dieser Machart zu fertigen. Nicht nur der Edelstein musste in genau dieser gezackten Form vorliegen, sondern auch die Bannrunen mussten mit der Seele eines Toten genährt werden, damit sie ihren Zweck erfüllen konnten. Ein von Verstorbenen gestärkter Dolch, um einem Nekromanten das Leben zu nehmen.

Ironie des Schicksals.

»Es führt kein Weg daran vorbei. Wir müssen das Wort an das Volk richten.« Die Stimmen gehörten zu den Mitgliedern des Rates – nach dem Kaiser die sechs wichtigsten Amtsträger des Reiches.

»Die Menschen Amdras haben das Recht, zu erfahren, dass der Kaiser tot ist. Dieses Attentat war gezielt und kann nur von jemandem verübt worden sein, dem die entsprechenden Mittel zur Verfügung stehen. Der Auftraggeber wird in diesem Moment über das Gelingen der Mission Bescheid wissen.«

»Nein.« Aroc, ein Ratsmitglied mit viel Einfluss, hatte eine tiefe, volle Stimme, die unüberhörbar war. »Rysana berichtete, dass die Attentäter nicht überlebt haben. Insofern ist diese Tatsache nicht gewiss.«

Das ist nicht irgendein Dolch. Es ist ein Ritualdolch, der die Seele desjenigen beherbergt, der ihn erschaffen hat. Wer verfügt über so viel Macht, eine solche Waffe zu erschaffen? Wer wollte Wendal und seinen Erben unbedingt tot sehen?

»Einer könnte entkommen sein.« Das war die leise Stimme von Dunla, einer schmächtigen, dunkelhäutigen Frau aus dem Süden Amdras. »Er wird dort sein. Und er wird seinem Herrn berichten.«

Die anderen murmelten zustimmend.

»Ich bin anderer Meinung«, erwiderte Aroc. »Das Attentat ist jetzt wie lange her? Vier Stunden? Fünf? Es sollte längst einen Hinweis geben. Wenn jemand einen Nutzen aus der Ermordung der kaiserlichen Familie ziehen kann, wird er es umgehend jeden wissen lassen.«

»Ich denke nicht …«

»Wir sprechen hier von Wendal, dem Herrscher und mächtigsten Menschen von Amdra! Er wurde umgebracht, aber ich bin sicher, dass er seine Mörder mit in den Tod gerissen hat.«

Gedankenversunken lief Rysana durch den Saal und konnte die Augen nicht von dem Ritualdolch in ihren Händen lösen. Niemand sollte heute noch um das Geheimnis wissen, wie eine solche Waffe gefertigt wurde – dafür hatte der Nekromantenkaiser gesorgt. Eine Klinge, die zwischen den Welten der Toten und der Lebenden verweilte, mit der Möglichkeit, jedes Lebewesen – wie mächtig es auch sein mochte – auszulöschen. Wer könnte das Wissen besitzen? Wer wäre töricht genug, den Herrscher Amdras anzugreifen? So viele Fragen, auf die sie keine Antwort wusste.

Wendal ist tot. Er ist wirklich tot.

»Wir müssen handeln«, wisperte Dunla. »Es gibt keine andere Möglichkeit. Wenn Nekromanten unter uns sind, müssen wir handeln.«

»Ich muss Euch leider widersprechen.« Aroc ließ seine Worte kurz wirken. »Bevor wir voreilige Schlüsse ziehen, sollten wir die Lage genau abschätzen.«

»Zögern macht uns schwach.«

»Besser schwach, als kopflos überstürzte

Entscheidungen treffen. Jeder Fehler kann einen Bürgerkrieg auslösen.«

»Ist es denn wirklich sicher, dass Nekromanten für den Tod des Kaisers verantwortlich sind?«, fragte Bachel, ein untersetzter Mann in rot-gelber Robe mit buschigem Backenbart und Doppelkinn. »Ich finde diesen Gedanken ein wenig beängstigend.«

»Die Vorsitzende hat von den Hinweisen berichtet. Es ist ausgeschlossen, dass es keine Nekromanten waren. Für uns bedeutet dies, dass wir die Situation ganz genau abwägen sollten.«

Rysana blieb stehen und wandte sich den anderen Ratsmitgliedern zu. Sie saßen auf erhöhten Stühlen an einer runden Steintafel und wirkten so unsicher wie lange nicht. Ihre langen, farbenprächtigen Roben schillerten in allen möglichen Farben.

»Ich stimme mit Aroc überein.« Sie bemühte sich um eine ruhige Stimmlage. »Wir sollten uns besinnen, was wir über das Attentat wissen, und erst dann entsprechende Schritte einleiten. Jemand will mit aller Macht Wendals Platz einnehmen. Das müssen wir verhindern. Allerdings mit Weisheit und Geduld.«

Dunla neigte den Kopf, obwohl in ihren Augen der Trotz lag. Als Einzige unter ihnen trug sie eine schwarze Robe, was ihr mit der dunklen Haut und dem kahl geschorenen Kopf eine geheimnisvolle Aura verlieh. Aus Erfahrung wusste Rysana, dass Dunla sich nur selten von ihrer Meinung abbringen ließ.

Aroc nickte ihr zu. Seine goldenen, gelockten Haare fielen ihm in Wellen über die Schultern und sein glattes und gepflegtes Gesicht ließ ihn jünger erscheinen als er tatsächlich war. Er trug eine weiße Toga, die seine rechte Schulter freiließ. Trotz seiner respektvollen und freundlichen Art zeigte er ein Lächeln, das nicht bis zu seinen Augen reichte. »Habt Dank für Eure Zustimmung, Vorsitzende Rysana. Es war weise, uns ins Vertrauen zu ziehen, auch wenn ich mir gerne selbst ein Bild von der Lage gemacht hätte.«

»Als Vorsitzende hielt ich es für notwendig, dass ich zuerst alleine die Gemächer aufsuche. Die Nachricht erhielt ich in der Nacht, weshalb Eile geboten war.«

»Was ist mit den Soldaten, die für die Leichen der Attentäter zuständig waren?«

Sie spürte einen Stich in der Seite. Calas hatte sich bestimmt bereits um ihre Anweisung gekümmert und die beiden Soldaten verschwinden lassen. Es gab jedoch keine andere Möglichkeit, sie mussten zum Wohle des Kaiserreichs geopfert werden.

»Ich tat, was notwendig war«, sagte Rysana steif.

Bachel rutschte auf seinem Stuhl herum. »Sagt, Vorsitzende, ist dies einer dieser fürchterlichen Ritualdolche, den Ihr in den Händen haltet? Ich hätte aber niemals für möglich gehalten, dass diese Dolche wirklich existieren.«

Sie hielt ihm den Dolch hin, aber er hob abwehrend die Hände. »Wollt Ihr Euch nicht selbst überzeugen?«

Bachel lachte gekünstelt. »Ich halte das für keine gute Idee. Nicht, dass ich mich noch selbst erdolche.«

»Es kann nichts passieren, solange die Edelsteinklinge nicht Euer Herz durchstößt. Dort liegt die Seele und auch nur dort kann diese Waffe sie vom Körper trennen.«

»Trotzdem, bleibt mir bitte mit diesem … Ding vom Hals.«

Sie zuckte mit den Schultern und ließ den Ritualdolch in ihrer Tasche verschwinden. »Ich habe über die Situation nachgedacht.«

»Natürlich habt Ihr das«, sagte Aroc und lächelte in die Runde. »Anders als wir hattet Ihr schließlich genügend Zeit.«

Er ist ungehalten. Das kann ich ihm nicht verdenken. Auch ich fühle mich mit der Situation überfordert.

»Wendal, unser aller Kaiser, wurde ermordet und mit dem Tod seines Sohnes und Erben gibt es niemanden, der offiziell einen Anspruch auf den Thron hat. Wenn das Volk das erfährt, werden die bereits verfeindeten Lords gegen ihre Fesseln aufbegehren und versuchen, ihre Macht auszubauen. Wendal war vielleicht nicht der beste Herrscher, aber er hat Amdra lange Zeit Frieden gebracht.«

»Ihr sagt uns Dinge, die wir wissen, Vorsitzende. Was schlagt Ihr vor?«

»Wir müssen auf Zeit spielen.«

»Was würde Zeit an der Situation ändern?«

Ihre nächsten Worte mussten mit Bedacht gewählt werden. Die Mitglieder des Rates waren zwar nicht so mächtig wie der Kaiser, in der momentanen Situation liefen aber alle Entscheidungen bei ihnen zusammen. Niemand hatte dieses Amt grundlos inne.

Kann ich ihnen wirklich trauen?

Sie sammelte sich und sog tief den Atem ein. Es gab keine andere Möglichkeit, sie musste ihr Wissen teilen. »Es gibt noch einen Erben.«

Die Ratsmitglieder sahen überrascht auf.

Aroc lächelte zauberhaft. »Möchtet Ihr uns das näher erläutern? Mir war nicht bewusst, dass Ihr solch bedeutsame Informationen vor uns verbergt.«

Ein Vorwurf, versteckt unter blumiger Seide. Vor ihm muss ich mich am meisten in Acht nehmen. »Als ich vor vielen Jahren den Vorsitz des Rates übernahm, erfuhr ich eher durch Zufall, dass Wendal einen weiteren Sohn besaß. Einen unehelichen Sohn, einen Bastard, um genau zu sein, von dem Wendal nicht einmal selbst wusste. Dafür habe ich gesorgt.«

»Das ist ungeheuerlich!«, rief Bachel. »Der Bastard hätte sofort umgebracht werden müssen!«

Gemurmel erklang. Es dauerte, bis sich die anderen wieder beruhigt hatten.

»Ja, damit liegt Ihr durchaus richtig, Ratsmitglied Bachel. Da der Junge aber nicht wusste, woher er stammte und welche Zukunft ihn erwartete, brachte ich es nicht übers Herz, ein unschuldiges Kind zu ermorden.«

»Trotzdem! Wie konntet Ihr …?«

»Rysana hat mit dieser Handlung Voraussicht bewiesen«, unterbrach Aroc ihn und neigte den Kopf in Rysanas Richtung. »Ihrer Mildtätigkeit ist es zu verdanken, dass wir Amdra vor einem Krieg bewahren können.«

»Ich danke Euch, Ratsmitglied Aroc«, sagte sie und fühlte einen Funken Hoffnung in sich wie eine sanfte Wärme. »In der Tat bietet sich uns die Möglichkeit, einen rechtmäßigen Erben auf den kaiserlichen Thron zu setzen. Auch wenn er nur ein Bastard ist, fließt durch seine Adern das Blut des mächtigsten Nekromanten in der Geschichte Amdras. Er hat das Potenzial, ebenfalls über eine solche Macht zu verfügen, wenn wir ihm den Weg weisen. Sollte es tatsächlich weitere Nekromanten geben, wäre er in der Lage, sie unter Kontrolle zu halten und, wenn nötig, zu bezwingen.«

Die Ratsmitglieder sprachen durcheinander. Rysana hatte damit gerechnet.

Aroc brachte die anderen mit erhobener Stimme zum Verstummen. »Ich stimme der Vorsitzenden zu! Dieser Plan birgt Risiken, aber wir haben keine andere Wahl!«

Die anderen murmelten eine Zustimmung, was ihr einmal mehr vor Augen führte, welchen Einfluss er besaß. Bedenklich, in diesem Fall jedoch höchst willkommen.

»Nun sagt mir, Vorsitzende, wo befindet sich der Bastard des Kaisers?«

»Das ist das Problem. Ich habe ihn leider seit einiger Zeit aus den Augen verloren.« Sie hob die Hand, um weitere Einwände zu unterbinden. »Allerdings erfuhr ich kürzlich von seinem derzeitigen Aufenthaltsort. Genau aus diesem Grund bat ich Euch um Geduld.«

Dunla beugte sich so weit vor, dass sie aus dem Stuhl zu fallen drohte. »Wo ist er?«

»Bevor ich Euch sage …«

»Nein, Vorsitzende.« Aroc hatte kaum die Stimme erhoben, dennoch gelang es ihm immer, sich Gehör zu verschaffen. »Zuerst müssen wir seinen Aufenthaltsort wissen. Das ist von entscheidender Bedeutung!«

Erneut stimmten die anderen zu.

Er hat zu viel Einfluss. Seit wann gilt sein Wort mehr als meines?

Rysana zwang sich zur Ruhe, ehe sie zu einer Erklärung ansetzte. »Docar befindet sich im Schlund.«

Die Anwesenden sackten in ihren Stühlen zusammen. Wenn jemand in den Schlund geworfen wurde, dann aus gutem Grund. Von diesem Ort gab es keine Wiederkehr, denn es war das größte und am besten bewachte Gefängnis in ganz Amdra. Wer einmal dort gelandet war, würde den Rest seines kurzen Lebens darin verbringen. Der Schlund war ein Gefängnis, in das Menschen geworfen wurden, um zu sterben. Es gab aber einen Funken Hoffnung und sie war bereit, ihn zu schüren; ein Funken, der einen gewagten Plan vorsah. Sollte dieser scheitern, wäre ohnehin alles verloren.

Aroc seufzte laut. »Nun gut, wir sollten uns darauf einstellen, einen Bürgerkrieg ohne Blutvergießen zu verhindern. Wir müssen eine Lösung finden, wie wir die Lords des Südens, Westens, Ostens und Nordens abhalten, sich gegenseitig die Kehlen durchzuschneiden, und gleichzeitig Amdra von diesen Nekromanten befreien – sollten noch weitere existieren.«

»Es gibt einen anderen Weg.«

Aroc hob eine Braue. »Tatsächlich?«

»Ich erwähnte, dass wir auf Zeit spielen müssen und keine voreiligen Entscheidungen treffen sollten. Wenn wir es schaffen, Wendals Tod lange genug zu verheimlichen, können wir Docar aus dem Schlund befreien.«

»Verzeiht, aber wart Ihr schon einmal dort unten, Vorsitzende?«

»Ich habe den Schlund mit eigenen Augen gesehen und weiß um die Gefahren.«

»Aus diesem Grund wisst Ihr auch, dass es ein

fürchterlicher Ort ohne Wiederkehr ist. Unser Wort hat dort kein Gewicht. Wir werden kein Gehör finden, wenn wir seine Freilassung befehlen. Dies hat der Nekromantenkaiser einst nicht grundlos verfügt.«

»Auch das ist mir bewusst.«

»Gefährlich.« Dunla warf ihr einen finsteren Blick zu. »Sehr gefährlich.«

»Das ist mir bewusst, aber meiner Meinung nach haben wir keine andere Wahl.«

Aroc räusperte sich. »Ihr wollt diesen Docar also aus dem Schlund befreien. Wie genau wollt Ihr das anstellen?«

Ein Lächeln huschte über ihr Gesicht. »Nicht wir werden dies tun, sondern jemand anderes.«

»Wer wäre so töricht und würde sich freiwillig in den Schlund werfen lassen, um anschließend mit einem ihm unbekannten Mann zu fliehen? Einmal abgesehen davon, dass dies noch niemandem bislang gelungen ist? Das wäre absoluter Wahnsinn!«

»Taar Wax.«

Plötzliche Stille.

Aroc stöhnte auf. »Der selbst ernannte Vagabund? Ihr wollt allen Ernstes diesem … Schurken … eine solche Mission anvertrauen?« Er schüttelte immer wieder den Kopf. »Das halte ich für keine gute Idee. Ich bin der Meinung, dass nicht einmal ein Bruchteil dessen der Wahrheit entspricht, was er von sich und seinen Taten behauptet.«

»Es gibt keinen geeigneteren Mann als ihn!« Sie legte Nachdruck in ihre Stimme. Wenn Aroc nun die Ratsmitglieder auf seine Seite brachte, wären ihre

Bemühungen vergeblich. »Wir werden ihm nur das Nötigste anvertrauen und ihn mit unermesslichem Reichtum ködern.«

»Nach allem, was ich gehört habe, reicht schon eine Flasche Branntwein.«

»Oder ein Gläschen Schnaps«, sagte Bachel.

»Ich bin mir im Klaren, dass Taar Wax keinesfalls ein Edelmann ist.« Irgendjemand schnaubte laut, doch sie sprach unbeirrt weiter. »Wenn nur eine seiner Geschichten wahr ist, ist er genau der richtige Mann für diesen Auftrag, denn wir brauchen jemanden mit ganz besonderen Fähigkeiten! Er wird Docar befreien und uns einen neuen Kaiser zuführen. In der Zwischenzeit werden wir Wendals Tod verheimlichen und alles daransetzen, dass keine Informationen nach außen dringen. Wenn uns das gelingt, können wir den Untergang verhindern.«

»Und was tun wir, wenn er scheitert?«

»Nun, bis dahin haben wir hoffentlich eine andere Lösung gefunden.«

»Er ist ein Halunke!« Aroc erhob sich von seinem Stuhl. »Ein Vagabund, der in seiner Gier nur an sich denkt. Wenn ich mich recht entsinne, verfault er in irgendeiner unbedeutenden Zelle in Nandoc. Nein! Ich werde niemals einem Mann vertrauen, der von sich behauptet, dass er die Nordgebirge überquert hat. Und zwar nackt!«

Bachels Hand klatschte auf den Tisch. »Ich habe gehört, dass er ein Tiefenwesen dazu gebracht hat, sich selbst aufzufressen.«

»Er ist aus den Sümpfen von Charasyl entkommen«,

sagte Dunla leise. »Mit einem Klumpen Wachs und einem zerrissenen Schal.«

»Das ist doch vollkommen unwichtig!« Aroc wandte sich den anderen zu, sah sie nacheinander an. »Taar Wax ist ein Lügner und Betrüger, der sich mit erfundenen Geschichten umgibt. Nichts weiter!«

Rysana lächelte still in sich hinein. Auch sie hatte die Geschichten vernommen. »Das ist alles vollkommen richtig«, sagte sie mit lauter Stimme. »Auch mir fällt es schwer, die Zukunft des Kaiserreiches von einem Halunken abhängig zu machen. Aber bleibt uns eine andere Wahl?«

Die Ratsmitglieder warfen sich unruhige Blicke zu.

Bachel verschränkte seine Hände vor dem mächtigen Bauch, um sie dort ruhen zu lassen. »Mir gefällt das alles nicht. Er ist ein Vagabund! Wie wollt Ihr ihn finden, Vorsitzende?«

»Ob es Zufall ist oder der Wille der alten Todesgötter, ich habe ihn bereits gefunden.« Das entlockte den Anwesenden ein Staunen. »Taar Wax befindet sich in einer Zelle. Allerdings nicht in irgendeiner, sondern zwei Stockwerke unter uns. Also, Mitglieder des Rates, stimmt Ihr meinem Plan zu?«

Der Vagabund

Erster Tag

Viele sehen in der Nekromantie nur eine gefährliche Waffe, da sie nicht verstehen, was ihr wirklich zugrunde liegt. Jeder besitzt einen Teil, doch ein Nekromant kann wesentlich effektiver darauf zugreifen. Der Schlüssel ist die Seele, die nicht nur in der Welt der Lebenden existiert, sondern auch in der anderen Welt. In der Welt der Toten.

Hätte auch schlimmer kommen können …

Die Gittertüren knallten ins Schloss.

Taar beäugte die viel zu kleine Zelle, klopfte den Staub von der Kleidung und warf sich auf die Pritsche, die zwar hart, aber nicht unangenehm war. Wenn es eines gab, was er nicht ausstehen konnte, dann war es, in einem Raum zu übernachten, der nach Verwesung stank. Zwar war er an den Tod gewöhnt, aber das musste nicht zwangsläufig bedeuten, dass er einen Leichnam als Zellengenossen haben wollte. Diese Zelle hier war eher zweckmäßig, ein Schlitz am oberen Ende einer Wand ließ Licht herein, über die bemoosten Steinmauern tropfte Wasser und ein Haufen Stroh faulte in der Ecke vor sich hin. An der gegenüberliegenden Wand hinter den Wärtern hingen Talgkerzen in rostigen

Halterungen und warfen schummrige Lichtkegel an die Decke. Die Luft war schwer und drückend, das war aber in den meisten Kerkertrakten der Fall – und er hatte schon viele von innen begutachten können.

Er gähnte herzhaft und versuchte, sich etwas zu entspannen. Es war ein langer Tag gewesen und er wollte nicht länger als nötig an dem Ort verweilen. Denn das Gefängnis, das ihn halten konnte, musste erst noch gebaut werden.

Die Wärter, zwei grobschlächtige Kerle, die offensichtlich zu keiner anderen Aufgabe taugten, waren damit beschäftigt, seine Habseligkeiten zu durchwühlen. Außer unbedeutendem Plunder würden sie nicht viel finden, denn er wäre nicht Taar Wax, wenn er seinen wichtigsten Besitz bei sich tragen würde. Dabei fiel ihm ein …

»He!«, rief er. »Ist der Branntwein noch in einem Stück?«

Einer der Wärter wühlte in den Taschen des verschlissenen, dunkelbraunen Mantels und förderte eine Flasche mit braunem Inhalt hervor.

»Ja, genau die. Würde es so vortrefflichen und pflichtbewussten Wärtern wie euch etwas ausmachen, mir die Flasche zu geben?«

Der Wärter zog den Korken heraus und hob das Gefäß an die Lippen. »Meinst du etwa die hier?«

»Würde ich an deiner Stelle nicht tun, Mann.«

»Kommst du sonst raus und verprügelst mich?« Der andere Wärter lachte.

»Das Zeug war verdammt teuer. Also nicht für mich, aber für den alten Knacker, den ich um seinen Beutel erleichtert habe.«

Der Wärter kippte den Inhalt in einem Zug hinunter.

Taar seufzte, erhob sich von der Pritsche und zog sein viel zu weites Hemd aus, das an vielen Stellen in lange Fetzen gerissen war. »Tatsächlich wollte ich nur eine Nacht in Ruhe meinen Rausch ausschlafen.« Er zog auch das zweite Hemd aus, das sich darunter befand. Zuletzt trug er nur noch sein Unterhemd und ihn fröstelte leicht. Er wickelte die beiden Hemden um die Arme und seufzte noch einmal. »Aber es gibt heutzutage einfach kein Benehmen mehr. Wisst ihr denn nicht, wer ich bin?«

Der Wärter grinste mit schiefen Zähnen. »Ist das wichtig?«

»Es hätte euch jedenfalls eine Warnung sein können.«

»Und jetzt? Was hast du vor, du Pisser?«

»Als Erstes werde ich die Gitterstäbe aufbiegen. Danach werde ich euch beide erwürgen und unbehelligt hinausmarschieren. Das würde ich aber wirklich gern vermeiden.«

Der linke Wärter legte seinen Knüppel lässig über die Schulter und lachte wie ein Wahnsinniger. »Das willst du wirklich tun? Dann bin ich ja mal gespannt, wie du das anstellst!«

»Immer wieder das Gleiche. Kennt ihr die Verliese von Nandoc?«

Die Wärter sahen ihn stumm an.

»Auch gut. Jedenfalls habe ich dort zwei Nächte verbracht, bis ich beschlossen habe, dass ich nicht länger bleiben will. Die Sonne ist nicht so angenehm für meine empfindliche Haut, was?«

»Du willst uns wirklich erzählen, dass du aus den Verliesen von Nandoc ausgebrochen bist?«

Taar griff in seine Hosentasche und förderte einen kleinen Holzwürfel zutage. Der Würfel sah nicht sonderlich beeindruckend aus, war an den Kanten stark abgegriffen und wies sogar einige Risse auf. Für ihn nahm dieser Gegenstand aber einen ganz besonderen Stellenwert ein, denn es war sein *Anker*.

Ein Wärter näherte sich der Zellentür. »Wo hast du das her?«

»Ach, das ist doch nur ein Holzwürfel.« Er hielt ihn ins Licht. »Er bildet meinen Anker in der Welt der Lebenden, daher konntet ihr ihn nicht finden.«

»Anker?«

»Das sind Dinge, die ihr nicht versteht. Lasst es mich so ausdrücken: Wenn ihr mir jetzt ganz schnell etwas zu trinken besorgt, vergesse ich das von eben. Einverstanden?«

»Ich sag dir mal was, du kleiner Scheißhaufen! Wenn du auch nur versuchst zu fliehen, werde ich dich bei lebendigem Leib häuten!«

»Das stelle ich mir nicht sehr angenehm vor.«

Der Wärter blieb direkt vor dem Gitter stehen. »Woher hast du den Würfel?«

Taar legte den Anker auf seine gespreizte Hand und spürte die sanfte Wärme, die davon ausging. »Das willst du wirklich wissen?«

»Ja, das will ich wissen! Habe ich doch klar und deutlich gesagt.«

»Aber wie hätte ich wissen sollen, was du wissen

willst?«

»Äh … was?«

»Wenn ich nicht weiß, dass du weißt, was ich weiß, wie kann ich dann wissen, was du wissen willst?«

»Schluss mit den Spielchen!«

Dabei wollte ich doch nur ein paar Stunden Schlaf …

Taar presste die Hand zusammen, bis sich die Kanten des Würfels in seine Handfläche bohrte. Dann schloss er die Augen und begann eine Beschwörung. Wie jedes Mal, wenn er die Seelen der Toten anrief, zerrte etwas unangenehm an seinem Bewusstsein, bis sich ein sanfter, grünlicher Schimmer um ihn bildete, der wie Öl auf einer Wasseroberfläche glitzerte. Der Schimmer griff mit nebelartigen Fingern nach ihm und begehrte immer stärker gegen die Anrufung auf. Mit einem knappen Befehl brachte er die Geister der Toten unter seine Kontrolle und sah zu, wie sie sich mit den langen Stoffbahnen seiner Kleidung verwoben. Währenddessen vibrierte sein Anker und verdeutlichte ihm, dass er weiterhin auf dem Pfad der Lebenden wandelte.

Als er seine Augen öffnete, standen die beiden Wärter wie gelähmt vor ihm. Offenbar war es das erste Mal, dass sie einem Nekromanten gegenüberstanden und Zeuge einer Totenbeschwörung wurden.

Taar beugte sich vor und sprach einen klaren Befehl. »Ergreift sie!«

Plötzlich erwachten die verschlissenen Hemden zum Leben, sprangen durch die Gitterstäbe und stürzten sich wie von Geisterhand auf die Wärter. Sie wickelten sich um die Köpfe der Wärter und schnürten ihnen die Luft ab.

Taar legte seine Hand an die Gitterstäbe. Wieder begann er eine Beschwörung, verwob die Seele eines Toten und zwang dem Gitter seinen Willen auf. Ein Wellenmuster flimmerte darüber und im nächsten Moment bogen sich die Stäbe mit einem Knirschen so weit auseinander, dass er hindurchschlüpfen konnte. Es brauchte nur einen flüchtigen Gedanken, um die Seele in einem grünlichen Schimmer zu entlassen.

Gut gelaunt marschierte er an den Wärtern vorbei, die verzweifelt versuchten, sich die Hemden vom Kopf zu reißen, warf seinen lädierten Mantel über und stopfte den Plunder, der auf dem Boden verteilt lag, in die Taschen zurück. Obwohl die Branntweinflasche leer war, ließ er sie ebenfalls in seiner Tasche verschwinden – wer wusste, wozu sie noch gut war?

»Also, meine Herren.« Er verbeugte sich schwungvoll. »War ein netter Plausch mit euch. Wenn ihr das nächste Mal um einen Gefallen gebeten werdet, dann seid doch so nett und kommt ein bisschen entgegen. Ist besser für die Gesundheit, nicht wahr?«

Er befahl den beiden Kleidungsstücken, die Wärter wieder zu Luft kommen zu lassen, und schritt auf die Ausgangstür zu. Es war nun Eile geboten, denn er war nicht sonderlich erpicht darauf, mit dem Nekromantenkaiser aneinanderzugeraten. Offiziell gab es keine Nekromanten mehr und das sollte auch so bleiben. Nicht, dass er noch einen Kopf kürzer gemacht wurde. Mit Wendal sollte man sich echt nicht anlegen.

»Bleib … bleib stehen, du Schurke, oder wir schlagen Alarm!«

Taar wandte sich wieder den Wärtern zu. »Das ist

das Problem, wenn man zu nett ist.«

Der Sprecher rang nach Atem. »Wer bist du?«

»Oh, habe ich mich denn noch nicht vorgestellt?« Er verbeugte sich erneut. »Ich bin Taar Wax der Vagabund. Überlebender der Verliese von Nandoc, Bezwinger der Nordgebirge und landesweit bekannter Frauenheld. Gibt noch eine ganze Menge Titel, die mir angehängt werden, aber dafür habe ich gerade keine Zeit.«

»Warte! Du bist Taar Wax? *Der* Taar Wax? Aber du siehst aus wie ein … Penner.«

»Ich mag es eben gern gemütlich, wie?«

Der Wärter riss an dem Hemd, konnte sich aber nicht befreien. »Ich habe anderes … anderes von dir gehört. Man sagt, dass du mit den Mächtigsten des Landes speist … und aussiehst wie ein Kaiser.«

Taar kicherte. »Da habe ich wohl ein wenig zu dick aufgetragen, was? Wie ich stets zu sagen pflege: Unser Leben ist die Geschichte unserer Begegnungen.«

Er griff nach der Eisentür und riss sie schwungvoll auf.

Und hielt überrascht inne.

Dahinter stand eine ältere Frau in dunkelblauer Robe. Ihre grauen Haare waren zu einem meisterhaften Knoten getürmt, ihr blasser Mund zu einer schmalen Linie zusammengepresst und ihr Blick gab zu verstehen, dass sie sich ihrer Position durchaus bewusst war. Dazu hatte sie auch allen Grund, denn hinter ihr war ein ganzes Heer an Soldaten in stählernen Rüstungen und mit gezückten Waffen versammelt.

Taar kratzte sich am Kopf. »Das kommt jetzt unerwartet.«

»Taar Wax?« Die Stimme der Frau klang rauchig und schwer.

»Anwesend.«

»Würde es Euch etwas ausmachen, mich zu begleiten?«

»Wenn Ihr so höflich fragt«, er lächelte verwegen, »bin ich Euch gern zu Diensten, holde Maid.«

Verdammt! Sie wird es bereits gesehen haben … sei es drum.

Er streckte seine rechte Hand zur Seite, gab einen knappen Befehl und verharrte in dieser Stellung, bis seine beiden Hemden von den Wärtern abließen und in seiner Hand landeten. Dann entließ er die Seelen der Toten, sah dem grünen Schimmer hinterher, wie er auseinanderstob, und fühlte nach dem Holzwürfel in seiner Tasche.

Der Würfel vibrierte sanft.

»Wo geht's lang?«

*

Von allen Orten in Amdra übte der Palast des Nekromantenkaisers den größten Reiz auf ihn aus. Taar hätte niemals zu träumen gewagt, dass er eines Tages die obersten Stockwerke mit eigenen Augen zu sehen bekäme. So naiv war er nicht. Nun war es aber tatsächlich so weit und während er durch die hell erleuchteten Flure wanderte, verschlug es ihm ausnahmsweise die Sprache. Es war nicht einmal der unermessliche Reichtum, der ihn faszinierte, sondern vielmehr die Aura dieses Ortes, die nur ein Nekromant wahrnehmen konnte. Das Gebäude war gleichermaßen von Leben und Tod durchdrungen – sogar das weiß verputzte Gemäuer und das Mosaik unter seinen Füßen. Insgeheim hegte er die Vermutung, dass dies dem Nekromantenkaiser geschuldet war, der seit vielen Jahren zurückgezogen im Palast sein Dasein fristete. Ein Mann, der seit Jahrhunderten auf der Welt wandelte und dem Kaiserreich mit Tod und Verderben einen brüchigen Frieden aufgezwungen hatte. Ein Tyrann mit entsetzlicher Macht, so sagte man zumindest. Taar war anderer Meinung. Die Gabe der Nekromantie wurde nur wenigen Auserwählten zuteil. Wer aber darüber verfügte, konnte mit genügend Übung fürchterliche Mächte freisetzen. Es brauchte daher jemanden, der mit eiserner Hand regierte und aufstrebende Nekromanten im Griff behielt. Andernfalls könnten die Folgen katastrophal sein.

Stur setzte er einen Fuß vor den anderen und zog seine Hemden über. Seiner Meinung nach konnte man nicht genug Kleidung am Körper tragen, um diese in Zeiten der Not zur Verteidigung einzusetzen – davon abgesehen war es im Norden abartig kalt. Von den vielen kleinen Gegenständen, die sich in seinem Mantel befanden, waren einige zu Bruch gegangen. Sogar die beiden Löffel, die er so lieb gewonnen hatte. Das machte aber nichts, auch so würden sie noch ihren Zweck erfüllen. Er wühlte in den Taschen und fand, wonach er gesucht hatte: einen langen, karmesinroten Schal, den er um seinen Hals wickelte. Da er nicht wusste, was ihn erwarten würde, rief er in einem Moment, in dem ihm niemand Aufmerksamkeit schenkte, eine Seele aus dem Totenreich herbei und verwob sie mit dem Schal. Dann gab er den knappen Befehl, ihn zu beschützen, falls es sich als notwendig erweisen sollte. Die Seele würde nicht ewig verweilen und sich irgendwann befreien. Aber die nächsten zwei Stunden wäre er geschützt.

Sie kamen an mehreren leer stehenden Räumen vorbei und durchquerten einen Gang, der eine ganze Reihe bronzener Büsten des Nekromantenkaisers aufwies. Die harten, markanten Gesichtszüge und die stechenden Blicke vermittelten dem Betrachter ein Gefühl von Bedeutungslosigkeit. Niemand konnte dem mächtigsten Wesen von Amdra trotzen.

Der Boden war auf Hochglanz poliert, sodass Taar sein Spiegelbild erkennen konnte – und es gefiel ihm, was er sah. Zugegeben war dringend eine Rasur nötig und seine verfilzten, schwarzen Haare hatten bestimmt schon besser ausgesehen. Er verstand nun auch, warum der Wärter ihn als Penner bezeichnet hatte. Aber er fühlte sich wohl, denn er musste sich nicht unter Seide und Parfüm verstecken, um zu erkennen, wer er wirklich war.

Nach einer Weile hatte er sich sattgesehen und schloss zu der älteren Frau auf. Sie besaß eindeutig Autorität und nahm dementsprechend ein hohes Amt in der Hierarchie Amdras ein. Taar hatte sich nie wirklich für solcherlei Dinge interessiert. Sein Bestreben galt anderen Dingen, zum Beispiel der schönen, blonden Magd im Wirtshaus »Zum tanzenden Säufer« in der versoffenen Hafenstadt Vragos. Oder dem feinen Tropfen namens Branntwein, der hinter dem Tresen des versoffensten aller versoffensten Wirtshäuser auf seine lieblichen Lippen wartete.

Dabei fällt mir ein … Jetzt kann ich meiner Sammlung an

Geschichten eine neue hinzufügen, immerhin bin ich dem Kerker im Palast des Herrschers entkommen. Bei dem Gedanken musste er schmunzeln.

»Was amüsiert Euch?«

Taar ruckte hoch. »Ach, dies und das. Es ist das erste Mal, dass ich dem Nekromantenkaiser meine Aufwartung mache. Ich will einen bleibenden Eindruck hinterlassen.«

»Wir werden ihn nicht aufsuchen.«

»Nicht?«

»Nein.«

»Aha, und weiter?«

»Ihr werdet dem kaiserlichen Rat vorgeführt, der in seinem Namen spricht.«

»Klingt spannend.«

»Ist das Euer Ernst?«

»Nein.«

»Ich bitte um Verzeihung, wenn wir Euren Anforderungen nicht gerecht werden.«

»Kein Problem. Ich geb mich auch mit weniger zufrieden.« Er unterstrich seine Worte mit einer nachlässigen Handbewegung.

Sie blieb stehen und musterte ihn mit gerunzelter Stirn. »Ihr seid wirklich der, für den Ihr Euch ausgebt?«

Er spuckte in die Hände und strich die Haare aus dem Gesicht. »Taar Wax, Frauenheld und ... ach, egal. Ich bin der, der ich bin. Wenn ich nicht wüsste, wer ich bin, wäre ich das ja nicht mehr, oder?«

Ein Lächeln belebte ihre unnahbaren Züge, allerdings war es nicht von Dauer und bereits verschwunden, als sie wieder losging. »Ich gehe richtig in der

Annahme, dass Ihr ein Nekromant seid?«

»Es gehört sich nicht, einen Nekromanten darauf anzusprechen.«

»Ist das so?«

»Nein. Aber Ihr hättet es mir fast geglaubt, oder?«

»Erwartet Ihr eine Antwort darauf?«

»Was kann ein Mann in meiner Position schon erwarten?«

»Ich vermute, nicht viel.«

»Goldrichtig, Schätzchen.«

»Ihr seid ein Nekromant.« Ihre Augen verengten sich zu Schlitzen. »Obwohl es offiziell keine Menschen mit der Todesgabe mehr gibt.«

Er zuckte die Schultern. »Man sucht sich nicht aus, was das Schicksal für einen vorgesehen hat. Wenn es einem aber so richtig tief in die Nüsse tritt, macht man das Beste daraus. Ein weiser Mann sagte einst, dass das Schicksal eine launische Hure sei.«

»Ein weiser Mann hat das gesagt? Wer war das?«

»Ich, und zwar gerade eben.«

Sie schüttelte den Kopf und lief etwas schneller. Die Halle, die sie eine Weile später erreichten, war überraschend weitläufig. Blendarkaden säumten die Wände, der marmorierte Boden war auf Hochglanz poliert und durch hohe, geschwungene Fenster fiel helles Tageslicht. Die Steintafel in der Mitte der Halle nahm einen großen Bereich ein. Dort erwarteten sie bereits mehrere Frauen und Männer in schillernden Roben. Er konnte ihre geringschätzigen Blicke spüren, aber das war ihm einerlei.

Die ältere Frau umrundete die Tafel und setzte sich

auf den freien Stuhl zwischen eine dunkelhäutige Frau und einen blond gelockten, hochgewachsenen Mann. Taar blieb vor der Tafel stehen und verschränkte lässig die Arme ineinander. Sein Instinkt riet ihm, dass es einen Grund gab, warum er hier war, und der hatte nichts damit zu tun, dass wieder einmal jemand seinen Kopf in eine Schlinge ziehen wollte. Sie wollten etwas von ihm – und das trotz seiner Todesgabe. Oder vielleicht wegen seiner Todesgabe. Aus diesem Grund entschied er, sie den Anfang machen zu lassen.

Die ältere Frau musterte ihn kühl. »Taar Wax, vermutlich fragt Ihr Euch, weshalb Ihr hier seid.«

»Taar Wax der Vagabund.«

»Wenn Ihr darauf besteht?«

»Tu ich, und natürlich frage ich mich nach dem Grund meiner Anwesenheit. Ihr werdet mir diesen aber bestimmt gleich verraten.«

»In der Tat. Mein Name ist Rysana und ich bin die Vorsitzende des kaiserlichen Rates.«

Der kaiserliche Rat? Die Vorsitzende? Kacke. »Was habt Ihr angestellt?«

»Wie kommt Ihr darauf, dass wir etwas angestellt haben?«

Er riss einen Finger hoch. »Ich habe nur eine Regel: Wenn dich jemand in seine Mitte lädt und dir nicht sofort ans Leder will, dann braucht er deine Hilfe.« Er grinste breit. »Also, was soll ich tun?«

Ein unmöglicher Auftrag

Erster Tag

Diese Furcht ist nicht unbegründet und es liegt mir fern, den gewöhnlichen Menschen deshalb einen Vorwurf zu machen. Sie verstehen es nicht und deshalb wird es niemals möglich sein, ihnen die Wunder der Todesgabe näherzubringen. Man kann ihnen das aber auch nicht verdenken, denn es waren einst die Nekromanten, die der Welt so viel Leid und Verderben gebracht haben. Der Himmel stand in Flammen und die Toten erhoben sich, um über die Erde zu wandeln.

Rysana konnte ihre Zweifel nicht verbergen. Zwar besaß der Mann, um den sich allerlei Geschichten rankten, einen wachen Verstand, allerdings sah er nicht wie eine vertrauenswürdige Person aus. Der dunkelbraune Mantel war an Ärmeln und Saum zerrissen, die graue Hose durchlöchert und das Hemd konnte kaum als solches bezeichnet werden. Der wuchernde Bart, die verfilzten Haare und das schmutzige Gesicht vervollständigten das verwahrloste Aussehen. Und dann war da noch der knallrote Schal, den er sich während ihrer gemeinsamen Wanderung durch den Palast umgebunden hatte.

Taar Wax, dachte sie angestrengt und versuchte sich in Erinnerung zu rufen, was sie von ihm wusste.

Die vorwurfsvollen Blicke der Ratsmitglieder entgingen ihr nicht. Der Mann entsprach nicht dem heldenhaften Mann aus den Geschichten. Aber es gab kein Zurück mehr. Die Zustimmung zu ihrem kühnen Plan war gegeben und sie musste das Beste daraus machen. Wenn das bedeutete, dass sie einem Bettler ihr Vertrauen schenken musste, würde sie das tun. Immerhin war er den Legenden nach ein Nekromant – nach dem Tod des Kaisers der einzig lebende in Amdra.

Sie räusperte sich laut. »Wir sprechen mit der Stimme des Nekromantenkaisers und haben einen wichtigen Auftrag für Euch, Taar Wax der Vagabund. Dafür werden wir Euch reichlich entlohnen und …«

»Moment!« Er inspizierte seine dreckigen Fingernägel. »Bevor Ihr mir Honig ums Maul schmiert, will ich erst einmal wissen, worum es geht.«

Er ist schlauer, als er aussieht.

Aroc nickte ihr zu. Seine Zustimmung war nicht notwendig, aber es war ihr ein Anliegen, sich seiner Unterstützung zu vergewissern. »Man sagt, dass es kein Gefängnis gibt, das Euch halten kann, Taar Wax.«

Er lächelte. »Damit liegt Ihr goldrichtig, Hübsche.«

Sie überging die Anzüglichkeit. »Die Geschichten sprechen davon, dass Ihr den Verliesen Nandocs entkommen seid und auch dem Sumpfgebiet von Charasyl, nachdem Ihr von Lord Zasean dorthin verbannt worden seid.«

»Ach, das war kein größeres Problemchen für mich. Es gibt nicht mehr viele Auserwählte, seit der Nekromantenkaiser uns gejagt hat. Ich bin aber der Talentierteste von uns. Daher braucht es schon mehr als einen schrumpeligen, alten Sack, um mich in einem Sumpf verrotten zu lassen.«

Sie legte ihre Fingerspitzen aneinander und ließ diese Worte auf sich wirken. Wendal hatte häufig davon gesprochen, dass es trotz seiner Bemühungen immer wieder vorkommen konnte, dass besondere Menschen mit der Todesgabe gesegnet wurden. Irgendjemand musste hinter dem Mord an Wendal stecken – und dieser jemand verfügte über die Möglichkeit, einen Ritualdolch zu erschaffen. Gab es eine Verbindung?

»Nun, da Ihr derart talentiert seid, haben wir einen Auftrag für Euch, der alles, was Ihr bislang mit Euren Fähigkeiten gemeistert habt, in den Schatten stellen wird. Die Frage ist, ob der großartige Taar Wax diesem Auftrag auch gewachsen ist.«

»Ihr könnt mir meinetwegen die Füße küssen, wenn's Euch gefällt. Oder«, er klatschte in die Hände, »Ihr sagt mir einfach, was hier wirklich vor sich geht.«

»Ich erinnere Euch daran, wo Ihr Euch befindet. Ihr seid ...«

»Bla, bla, bla. Kommt zum Punkt!«

»Mäßige dich!«, rief Aroc und beugte sich mit aufgestützten Händen über die Tafel. »Du befindest dich in der Anwesenheit des kaiserlichen Rates!«

»Und wenn Ihr der Nekromantenkaiser persönlich seid, will ich trotzdem erst an der Unterhose schnuppern, bevor ich sie mir anziehe.«

Aroc wollte etwas entgegnen, doch sie legte ihm beschwichtigend eine Hand auf den Arm. Sie durften keine Zeit verschwenden. Rysana sammelte sich und sprach die Worte aus, die vermutlich alles verändern würden: »Ihr werdet den Schlund betreten und einen Mann namens Docar aufsuchen. Wir wissen nicht, wo er sich befindet, das Einzige, was wir mit Sicherheit wissen, ist, dass er sich im nördlichen Teil des Schlunds aufhält. Wenn Ihr ihn gefunden habt, ist Euer vordringlichstes Ziel, ihn wohlbehalten und sicher zu befreien und zum kaiserlichen Palast zu bringen. Sollte Euch dies gelingen, wartet unermesslicher Reichtum auf Euch.«

Taar runzelte die Stirn und griff in die weite Manteltasche. »Der Schlund?«, fragte er.

»So ist es«, sagte sie.

»Ein riesiges Gefängnis, das dem Rachen eines Ungeheuers gleicht?«

»Ja.«

»Ein Loch, in das alle Abscheulichkeiten dieser Welt geworfen werden, damit sie verfaulen, sterben und dahinvegetieren?«

»Auch diese Frage kann ich nur bejahen.«

»Nie davon gehört.«

»Auch das entspricht …« Sie verschluckte sich. »Bitte?«

»Was ist so Besonderes an dem Wunderknaben?«

Aroc räusperte sich gewichtig. »Das ist für dich nicht weiter wichtig. Nimmst du den Auftrag an?«

»Ich weiß ja nicht, wie es dir geht, Mann, aber ich kann niemanden befreien, wenn ich nichts von ihm weiß.«

»Der großartige Taar Wax ist dieser Aufgabe also nicht gewachsen?«

»Das hab ich nicht gesagt. Ich hab's nur gerne, wenn ich vorher Bescheid weiß. Wir sprechen hier nicht von irgendeinem Verlies, sondern von dem schlimmsten Loch in ganz Amdra. Da landen nicht irgendwelche kleinen Verbrecher und Diebe, sondern Mörder, Vergewaltiger und wesentlich Schlimmere.«

»Bedauerlicherweise können wir dir nicht mehr Informationen geben.« Aroc lächelte mit weißen Zähnen. »Docar ist für den Kaiser von großer Bedeutung und er ist zu Unrecht im Schlund gelandet. Das sollte für dich genügen.«

»Warum holt er ihn dann nicht selbst heraus? Nach allem, was ich in diesen Gemäuern wahrnehmen kann, ist dieser Ort von seiner Macht förmlich durchdrungen.« Der Vagabund ging auf die Steintafel zu und legte seine Hand darauf. »Sogar in diesem Raum kann ich spüren, wie die Grenze zwischen dem Reich der Toten und der Lebenden aufklafft. Diese Tatsache habe ich schon vor einiger Zeit bemerkt und ich habe den Eindruck, dass dies noch Konsequenzen haben wird.« Seine Augen nahmen einen seltsamen Glanz an. Erstaunlicherweise besaß er leuchtend grüne Augen – etwas, das Rysana bisher nicht aufgefallen war. »Ihr nehmt es nicht wahr, aber wenn er wirklich so mächtig ist, wie ich vermute, wird es für ihn ein Leichtes sein, diesen wundersamen Mann dort herauszuholen.«

Aroc und die anderen Ratsmitglieder warfen Rysana einen Hilfe suchenden Blick zu. Das hatten sie zuvor nicht bedacht.

»Der Schlund liegt außerhalb des kaiserlichen Gesetzes.« Sie versuchte sich von seinem hypnotisierenden Blick zu lösen. »Der Nekromantenkaiser hat es einst selbst verfügt, damit keiner der vier Lords Einfluss haben kann. Wer sich schwerer Verbrechen schuldig gemacht hat, wird mit einem Leben in der ewigen Verdammnis bestraft.«

»Tut mir leid, wenn ich noch mal nachhaken muss, aber mit dem Auftrag werdet ihr eben jenen Vertrag brechen. Und wenn das die Lords mitbekommen, könnte das Grund genug für einen Krieg sein. Blut, Verderben, Tod und was so dazugehört.«

»Das wird nicht passieren.«

»Und was macht Euch so sicher, Hübsche?«

»Weil wir Euch für den Auftrag vorgesehen haben. Ihr werdet Docar befreien und es niemanden wissen lassen. Wenn Euch dies gelingt, werdet Ihr Eurer Heimat einen großen Dienst erweisen.«

Taar griff wieder in seine Tasche und schloss seine Hand um einen Gegenstand. Es konnte ein Tick von ihm sein, sie vermutete aber viel eher, dass es sich um seinen Anker handelte. Einen mächtigen Talisman, der Nekromanten davor bewahrte, sich in der Welt der Toten zu verlieren.

»Nun, Taar Wax der Vagabund, glaubt Ihr, dass Ihr dieser Aufgabe gewachsen seid?«

»Es wird schwer.« Er zögerte. »Die ganze Angelegenheit kommt mir etwas seltsam vor.«

Du wirst den Auftrag annehmen … Du wirst es tun!

»Gefährlich«, wisperte Dunla. »Wird er es schaffen?«

»Euer Vertrauen in Ehren, meine dunkle Schönheit, aber nichts ist sicher. Selbst das nicht.«

»Der großartige Taar Wax hat also Angst vor dem Schlund?« Aroc seufzte gedehnt. »Ich wusste, dass nicht einmal die Hälfte der Geschichten über dich der

Wahrheit entspricht.«

»Oh, du kannst mir ruhig glauben, dass vieles der Wahrheit entspricht.«

Bachel schnaubte laut. »Dass ich nicht lache! Er sieht aus wie ein Bettler und verhält sich auch so. Es tut mir leid, den Gedanken laut auszusprechen, Vorsitzende, aber Ihr habt schon bessere Entscheidungen getroffen. Dieser Mann kann nicht die Lösung für unser Problem sein.«

Es fiel ihr schwer, die Fassung zu wahren. »Es ist der Schlund. Er wäre töricht, nicht mit einem Mindestmaß an Respekt an diese Aufgabe heranzugehen.«

»Seht ihn Euch doch an! Er macht sich gleich vor Furcht in die Hosen!«

»Also das würde ich jetzt nicht behaupten«, erwiderte Taar.

Aroc erhob sich langsam von seinem Stuhl, wie ein anschwellendes Gewitter. »Entscheide dich endlich, sogenannter Vagabund!«

»Ach, ich habe mich doch schon entschieden, den Auftrag anzunehmen.«

»Warum führen wir dann dieses Gespräch?«

Taar grinste über das ganze Gesicht. »Ich finde es so viel amüsanter, meine Auftraggeber zu beobachten, wenn sie immer mehr von sich preisgeben.«

Rysana hielt den Atem an und konnte hören, wie es ihr die anderen Ratsmitglieder gleichtaten. Es dauerte einen Moment, bis sie sich gefasst hatte. »Ihr werdet in Kürze alle Anweisungen noch einmal in detaillierter Form erhalten.«

»Jaja, schon in Ordnung. Also, ich verlange etwas für

den heldenhaften Dienst. Das ist Euch doch sicherlich bewusst, oder?«

»Ihr werdet alles erhalten, was Euer Herz begehrt.«

»Dann will ich zuerst einmal dreihundert Flaschen Branntwein. Und einen neuen Mantel.« Er griff nach seinem und hielt einen Fetzen nach oben. »Fällt seit meinem letzten Besäufnis auseinander.«

Sie rang sich aber zu einem Nicken durch.

»Und ich will die schwarze Robe von der dunkelhäutigen Schönheit da drüben.« Er zeigte auf Dunla, die ihn verwirrt anstarrte.

»Weshalb wollt Ihr eine Frauenrobe besitzen?«

»Keine Ahnung.«

Sie schluckte ihre Ungeduld runter. »Sonst noch etwas?«

»Wie wäre es mit ein bisschen Freiheit?«

»Ihr müsst Euch schon etwas klarer ausdrücken.«

»Ach, ich dachte daran, ein freier Mann zu sein. So als Nekromant und so weiter.«

»Das lässt sich sicherlich einrichten. Was auch immer Ihr für diesen Auftrag benötigt, Ihr werdet es erhalten.«

Er winkte ab. »Ich brauche nicht viel. Das, was ich am Leib trage, reicht aus.«

»Nun gut, es gibt aber noch eine wichtige Sache, die Ihr beachten solltet. Der Mann, den Ihr befreien sollt, verfügt allem Anschein nach über die Gabe der Nekromantie. Er wird mächtig sein. Sehr mächtig.«

»Lasst mich raten. Ich soll ihm helfen, seine Gabe zu entfachen, richtig?«

Wir sollten ihn definitiv nicht unterschätzen …

»In der Tat, genau dies wird Eure Aufgabe sein.«

»Ein Nekromant, der von größerem Interesse für den Nekromantenkaiser ist. Bemerkenswert.« Er tippte sich ans bärtige Kinn. »Sehr bemerkenswert.«

»Wann werdet Ihr aufbrechen?«

»Erst mal haue ich mich aufs Ohr. Heute Nacht ziehe ich dann los.«

»Wie Ihr wünscht. Wir können Euch eines der Gemächer …«

»Ist die Zelle noch frei?«

»Ich … bin nicht sicher, ob ich Eure Frage richtig verstanden habe. Ihr meint eine Zelle in den Kerkertrakten?«

»Wo denn sonst?«

Das Stirnrunzeln konnte sie nicht verhindern. »Wenn es Euch beliebt, dürft Ihr Euch gerne dahin zurückziehen.«

»Es klingt so schön vornehm, wenn Ihr das sagt, Vorsitzende.« Er verbeugte sich. »Ich werde mich nun in meine äußerst vorzüglichen Gemächer begeben und dann geht es direkt zum Schlund, um Euren Wunderknaben zu befreien. Merkt Euch meine Worte!«

Er hat den Auftrag angenommen, dachte sie und atmete erleichtert auf.

»Bevor Ihr geht, gibt es noch eine letzte Sache zu beachten. Die Zeit drängt und wir fürchten um Docars Überleben. Euch bleibt nur ein Monat. Wenn Ihr es bis dahin nicht geschafft habt, ihn zu befreien, gehen wir von einem Scheitern Eures Auftrags aus.«

»Wir sehen uns in zwei Monaten.« Er wandte sich ab und verließ die Halle.

Die Wachspuppe

Erster Tag

Deshalb wurden sie vernichtet. Einer nach dem anderen, bis nur noch einer übrig geblieben war. Der Mächtigste von allen, der Grausamste und derjenige, der über das Land wachen würde. Er entschied, dass es so richtig sei. Er war es, der Amdra nach Jahrhunderten des Krieges endlich Frieden schenkte.

Taar besaß nur eine Regel ... oder vielmehr *viele eine Regeln*. Aber eine der wichtigsten darunter besagte: Jeder, ganz egal wer, verbarg etwas. Das schloss die Ratsmitglieder nicht aus. Und wenn er eines gar nicht mochte, dann waren es ungelüftete Geheimnisse.

Mit großen Schritten eilte er durch den Korridor und zog vor den Wachen, die ihn offenbar mit Blicken töten wollten, seinen imaginären Hut. Er betrat eine Treppe, flitzte über die Stufen und erreichte das untere Stockwerk. Auch hier gab es Wachen, die ihn anscheinend liebend gern unter Arschtritten aus dem Palast verbannt hätten. Kurz bevor er die nächste Treppe erreichte, wechselte er die Richtung und pirschte durch die offen stehenden Türen in ein Zimmer, das genau wie der übrige Palast von überschwänglichem Reichtum zeugte. Aber seine Aufmerksamkeit galt ganz dem Fenster nach draußen. In der Hoffnung, dass niemand etwas mitbekommen hatte, öffnete er es, kletterte hinaus und hielt sich am Fensterrahmen fest. Seiner Einschätzung nach musste er sich genau unterhalb des Ratssaals befinden. Als er einen Blick nach unten wagte, rutschte ihm das Herz in die Hose.

Es ging verdammt weit nach unten!

Wie auf ein Zeichen fegte ein Windstoß um das Gebäude, zerrte an seinen Kleidern und gab sich verdächtig Mühe, ihn wegzuwehen.

Der Palast des Nekromantenkaisers lag am Rande des nördlichen Eisgebirges und war teils in das Felsmassiv gebaut. Mehrere hohe Türme wuchsen aus dem Rundbau empor, der wiederum von einer dicken Mauer umschlossen war. Im höchsten Turm lagen die Gemächer des Kaisers. Das war aber nicht sein Ziel, vielmehr wollte er herausfinden, was die Mitglieder des Rates so trieben, wenn sie ihm nicht gerade irgendwelche Lügen auftischten. Man könnte sagen, sie zwangen ihn sogar dazu, sie zu belauschen.

Ich soll also einen Nekromanten aus dem Schlund befreien und zum Palast des Herrschers bringen? Klar, mehr als klar ...

Ein weiterer Windstoß traf ihn und wirbelte seine Kleidung auf. Das Fenster schwang nach innen schwingen und schnappte mit einem lauten Knall zu.

Mit der Rechten klammerte er sich an einem Vorsprung fest, mit der Linken tastete er in seiner Manteltasche nach dem Würfel. Dann begann er eine Beschwörung und wartete, bis die Seelen der Toten seinem Ruf folgten. Als das Drängen immer stärker wurde und sie gegen die Beschwörung aufbegehrten, zwang er ihnen seinen Willen auf und verwob sie mit seinem Mantel.

»Helft mir!« Es war nicht notwendig, die Worte auszusprechen, denn es reichte schon, wenn man sich in Gedanken bewusst war, was der verwobene Gegenstand tun sollte. Aber er fand diese Vorgehensweise effektiver, da sie den hübschen Nebeneffekt hatte, dass sie verhinderte, in einem unkonzentrierten Moment einen falschen Gedanken zu formen. Ansonsten könnte die Seele gegen ihn aufbegehren und so etwas hatte in der Regel keine angenehmen Auswirkungen zur Folge.

Der Mantel erwachte zum Leben. Das verstärkte Leder trotzte allen Naturgesetzen und griff mit langen Quasten nach dem Mauerwerk. Ein Fetzen an seinem Ärmel klammerte sich am Rahmen fest, zwei andere wickelten sich um seine Hüfte, um seinen Stand zu festigen, und der Rest grub sich wie Nägel in den Stein.

»Auf geht's!« Er setzte sich in Bewegung, ein Fuß vor den anderen. Wie Getier krabbelte er die Mauer empor, während sich der Mantel im Takt in den Stein bohrte. Wenn er Kraft schöpfen musste, zog ihn der Mantel weiter. Wenn er keine Lust mehr hatte, tat er das auch. War doch klar. An einer Stelle wäre er beinahe abgerutscht, doch die langen Fetzen und Quasten verhakten sich in einer Ritze, fingen seinen Sturz ab und warteten, bis er weiterklettern konnte. Es hatte durchaus Vorteile, ein Nekromant zu sein.

Als er eines der hohen Fenster erreichte, die in den Ratssaal führten, war einige Zeit vergangen. Ein rascher Blick genügte, um festzustellen, dass die Ratsmitglieder noch immer darin diskutierten.

Gut, jetzt wird es kompliziert … Er wühlte in der Tasche, bis er einen Klumpen Wachs fand. Erst formte er Arme und Beine, dann einen Kopf und zuletzt einen Mund und Ohren. Es war wichtig, dass jedes Detail stimmte, denn je ähnlicher sich der verwobene Gegenstand und die Seele des Toten waren, über desto mehr Fertigkeiten verfügte dieser. Als er fertig war, hielt er eine handgroße Wachspuppe in der Hand.

Nicht ablenken lassen!

Erneut beschwor er Seelen herauf und sein Anker begann zu vibrieren. Es war anstrengend und schwierig, mehrere Anrufungen hintereinander durchzuführen, doch in seiner derzeitigen Situation blieb ihm nichts anderes übrig. Der grüne, schimmernde Nebel griff wie mit gestaltlosen Fingern nach ihm und versuchte, ihn zu beeinflussen. Mit einem knappen Befehl verwob er eine ätherische Seele mit der Puppe.

Die Puppe zuckte einmal. Dann streckte sie zaghaft die Arme aus und wandte ihm langsam den Kopf zu.

Taar beugte sich zu ihr. »Du bist meine Augen und Ohren. Du bist mein Mund, meine Stimme und gehorchst meinem Befehl!«

Eine Reaktion war nicht nötig. Er wusste, dass die Puppe jedem seiner Befehle gehorchen würde. Bei dieser Art von Beschwörung handelte es sich um eine fortgeschrittene Variante. Es bestand ein großer Unterschied, ob man ein Hemd mit einer Seele verwob oder eine Puppe, die mit vielen kleinen Details einem lebendigen Wesen ähnelte. Je ähnlicher sich die Form des verwobenen Gegenstands und die Seele waren, desto mächtiger war die Verbindung. Die erste Regel der

Nekromantie.

Er hebelte das Fenster auf, darum bemüht, kein Geräusch zu verursachen, setzte die Puppe ab und sah ihr nach, wie sie den Vorsprung hinunterfiel und auf den Boden plumpste.

Kacke. Das hatte er nicht bedacht. Der Puppenkopf war an der linken Seite etwas eingedrückt. Sei's drum, das würde nicht weiter schaden.

Mit einem knappen Befehl bewegte sich die Puppe auf die Steintafel zu, umrundete einen der Stühle und verharrte in der Bewegung.

»… ich traue ihm nicht!«, sagte eine Frau. Da er über die Seele in der Puppe gebot, konnte er jedes Wort so deutlich hören, als befände er sich anstelle des verwobenen Gegenstands unter dem Tisch.

»Ratsmitglied Mava, ich verstehe durchaus Eure Einwände«, sagte Rysana. »Wir haben diese Entscheidung gemeinsam getroffen und sollten daran festhalten. Taar Wax ist vielleicht nicht der Mann, den wir uns für diese Mission gewünscht haben, er ist aber vielleicht der Mann, den die alten Götter für uns erwählt haben.«

»Ich würde ihn nicht im selben Satz mit den alten Göttern erwähnen«, erwiderte eine wohltönende Stimme.

Zustimmendes Gemurmel erklang.

»Geehrte Ratsmitglieder, wir sollten ihn nicht unterschätzen! Vielleicht sind einige seiner Geschichten übertrieben, aber es gibt eine Tatsache, die unverkennbar ist: Er ist ein Nekromant. Das bedeutet, dass es noch weitere dort draußen geben könnte.«

War klar, dass sie mir nicht trauen werden, dachte Taar.

Würde ich ja auch nicht.

Er wollte die Puppe zurückrufen, als die Worte fielen, die alles veränderten. »Wenn der Bastard des Kaisers nicht befreit wird, sehe ich dunkle Zeiten auf unsere Heimat zukommen. Wir haben nicht die Macht und den Einfluss, um die vier Lords unter Kontrolle zu halten.«

Ein Bastard? Von Wendal? Interessant. Das kann nur bedeuten, dass irgendetwas mit seinem Sohn geschehen ist. Würde zumindest die Erschütterung zwischen dem Reich der Toten und der Lebenden erklären.

Die Zeit rann dahin. Es wurde viel diskutiert, ob man Taar Wax trauen konnte oder nicht, bis sie sich entschlossen, einen Notfallplan zu entwickeln – wofür auch immer –, und die Sitzung für beendet erklärten. Taar gab der Puppe den Befehl zurückzukehren, aber zuvor geschah etwas Unerwartetes: Einer der Stühle wurde verrückt und zerquetschte die Puppe. Als hätte jemand mit einer Schere einen seidenen Faden durchgeschnitten, verschwand die Verbindung zur verwobenen Seele.

Verdammt! Von seiner Position konnte er sehen, wie sich Rysana nach dem Wachsklumpen bückte und ihn mit gerunzelter Stirn musterte. *Zeit, zu verschwinden!*

Er schwang vom Vorsprung zur Seite und kletterte den Weg nach unten, bis er das Fenster erreichte, das ihn in den prächtigen Raum zurückbringen würde. Kurz bevor er den Raum verließ, fiel ihm ein bronzener Zuber auf, der beinahe unscheinbar in einer Ecke stand. Direkt daneben war eine Pumpe angebracht, die über irgendein ausgeklügeltes System warmes Wasser fördern konnte. Taar wusste nicht, wie das System funktionierte – eigentlich interessierte es ihn auch nicht –, aber er kannte es aus Adelshäusern im Osten von Amdra.

Er schnupperte an seiner Kleidung, zuckte die Schultern und zog sich aus. Wäre doch eine Schande, die Gelegenheit nicht beim Schopfe zu packen. Vielleicht war er ein Vagabund, aber er hatte auch ein sehr feines Näschen.

Er betätigte kräftig die Pumpe, warf sich in den Zuber und genoss die sanfte Wärme, die seine verkrampften Muskeln lockerte.

Ein Bastard des Nekromantenkaisers, der aus dem Schlund befreit werden muss. Ein kaiserlicher Rat, der einen Aufstand der Lords fürchtet. Und zuletzt die Erschütterung zwischen den Welten, die ich gespürt habe. Ich bin gespannt, wohin das alles noch führen wird. Er seufzte zufrieden und ließ sich zurücksinken. *Der Schlund also. Es ist ein Weilchen her …*

Mit einem Grinsen erinnerte er sich, dass Rysana ihm für die Nacht ein eigenes Gemach versprochen hatte. Das hier genügte tatsächlich gerade so seinen Ansprüchen.

Rückschläge

Ich brauchte lange, bis ich zu der entscheidenden Erkenntnis kam. Zuerst sah ich Nekromantie wie jeder andere auch nur als Waffe, die genutzt werden musste, um zu erreichen, wonach es diejenigen gelüstete, die über sie verfügten. Man könnte daher von einer Art Geburtsrecht sprechen, das Auserwählte über alle anderen erhebt. Hierbei spreche ich von Dingen, wie den Tod zu überwinden, die Seelen der Gefallenen zu knechten oder einem Feind unsägliche Qualen zu bereiten. Die tatsächliche Wahrheit hinter alldem war allerdings viel erschreckender.

E r lebt?«, schrie Zasean und schlug dem Diener das Tablett aus der Hand. Mit einem Klirren barsten die Gläser auf dem Boden.

»Ich fürchte, so ist es, mein Lord.« Gorma, sein Berater, verharrte in tiefer Verbeugung vor ihm. »Keiner unserer Attentäter ist zurückgekehrt und unsere Spione im Palast von Thargor konnten keinen Hinweis entdecken, der auf ein Ableben des Nekromantenkaisers schließen lässt. Noch nicht einmal das Attentat selbst scheint von Bedeutung zu sein.«

»Das waren zehn Attentäter. Zehn! Und sie waren in der Nekromantie bewandert. Wie konnten sie versagen?«

»Ich kann Euch keine Antwort geben, mein Lord. Wenn Ihr mir aber eine persönliche Bemerkung gestattet?«

Verächtlich wedelte Zasean mit der Hand.

»Erinnert Euch an meine Bedenken. Es war ein gefährlicher Auftrag und ich bin nach wie vor der Meinung, dass Ihr Euer Augenmerk auf die Notwendigkeiten Eurer Bevölkerung richten solltet.«

»Fängst du wieder damit an, Gorma? Du willst mich doch nicht etwa beeinflussen?«

Beschämt senkte der Berater den Kopf.

Zasean rutschte auf dem weichen Polster seines herrschaftlichen Stuhls herum, suchte nach einer geeigneten Position und kämpfte die Wut nieder, die in seiner Kehle brannte. »Du bist entlassen!«, blaffte er den Diener an, der mit eingezogenem Kopf das zerbrochene Glas einsammelte und aus dem Saal wuselte.

»Also, Gorma«, sagte er gedehnt. »Was hast du noch zu berichten?«

Gorma war ein kleiner, gedrungener Mann mit Halbglatze. Seine Haut war wettergegerbt – wie es bei jedem Südländer der Fall war – und auf der breiten Nase trug er Sichtgläser, die seine Augen hypnotisierend groß erscheinen ließen. Er besaß die besondere Eigenart, dass seine Finger immer mit Tinte verschmiert waren, da er einen Großteil der Logistik in der Lordschaft von Dunvell erledigte. Ohne Gorma würde vieles nicht funktionieren, aber das ließ Zasean den Mann natürlich nicht wissen.

»Die Vorsitzende des Rates hat nur wenige Stunden nach dem Attentat den Rat einberufen«, sagte Gorma.

»Das sieht ihr ähnlich, dieser alten Schachtel! Sie hat dem Kaiser vermutlich wieder falsche Worte ins Ohr geflüstert, um uns neue Strafzölle aufzuerlegen. Die letzten haben meine Kaufleute einen Batzen Gold gekostet, woraufhin die mir ununterbrochen in den Ohren gelegen haben. Ich kann das zum Tod nicht ausstehen!«

»Erneut fällt es mir schwer, Euch eine Antwort zu geben, mein Lord. Alles, was ich weiß, befasst sich mit dem kaiserlichen Rat.«

Zasean griff nach dem vergoldeten Glas, das auf einem Beistelltisch neben ihm stand. Es war bis zum Rand mit Schnaps gefüllt. Mit einem Zug kippte er das Getränk hinunter und verzog keine Miene. Das Brennen im Rachen kam ihm jetzt gerade recht.

»Wenn *er* von dem Fehlschlag erfährt, wird *er* nicht sonderlich begeistert sein.«

Gormas Kehlkopf bewegte sich unruhig auf und ab. »Dem habe ich nichts hinzuzufügen, mein Lord.«

»Der Plan hätte funktionieren *müssen*!« Zasean schlug mit der Faust auf die Stuhllehne. »Nekromanten wachsen schließlich nicht auf Bäumen. Das ist *nicht* akzeptabel!«

»Vielleicht sollten wir *ihm* vorläufig nichts berichten und einen anderen Weg …«

»Nein! Er wird es erfahren, ganz egal, was ich tue. Ich kann mich seinem Einfluss nicht entziehen, er hat all dies überhaupt erst möglich gemacht.« Er breitete seine Arme aus und versuchte, den gesamten Saal zu umfassen. »Sonst werde ich alles verlieren.«

»Es könnte sein, dass noch nicht alles verloren ist, mein Lord.«

»Was meinst du?«

»Nun, ich …«

»Sprich!«

Gorma zögerte. »Leider konnte ich von den Gesprächen nicht viel erfahren.«

»Was heißt nicht viel?«

»Also … gar nichts.«

»Wie soll mir das weiterhelfen?«

Der Berater beugte sich zu ihm. »Ich konnte andere Dinge in Erfahrung bringen. Äußerst interessante Dinge. Auch wenn ich natürlich nicht abschätzen kann, von welcher Bedeutung dies für Euch ist.«

»Sprich frei heraus! Die Zeit drängt.«

Gorma entfernte sich ein paar Schritte und rieb die Stirn, wie er es immer tat, wenn er nachdachte. Ein wenig Tinte blieb an seiner schweißnassen Stirn kleben. Er blieb vor einem Gemälde stehen, das eine Landkarte von Amdra darstellte und im Süden die Stadt Dunvell markierte – den Ort, an dem sie sich befanden. »Mein Lord, die Mitglieder des Rates waren während ihrer Sitzung nicht alleine.«

»So?«

»Ja. Sie hatten einen Gast geladen.«

»Und?«

»Die Person, die bei ihnen war, ist Euch bekannt.«

»Tatsächlich?«

»Tatsächlich.«

»Würde es dir etwas ausmachen, endlich mit der Sprache rauszurücken? Nur, wenn du bereit bist, *du Schwachkopf!*«

Gorma rang nervös die Hände. »Taar Wax.«

»Taar Wax!« Zasean spuckte die Worte aus wie einen Fluch und auf einmal kehrte die Wut zurück, stieg von seinem Bauch in seine Kehle. »Wie ich diesen Mann hasse! Was hat er im Palast zu suchen?«

»Das ist ein Rätsel, das wir erst noch ergründen müssen.« Gorma wanderte durch den Raum, umrundete die Holztafel und deutete auf einen Stapel Papier, der sich am anderen Ende türmte. »Unsere Spione haben alles aufgeschrieben, was ihnen nach dem Attentat aufgefallen ist. Das Interessante war Folgendes: Nachdem der Vagabund den Ratssaal verlassen hat, ist er kurze Zeit später zurückgekehrt und hat den Rat belauscht.«

»Belauscht? Das würde bedeuten, dass er nicht um den wahren Grund seiner Anwesenheit weiß.«

»Möglicherweise, mein Lord.«

Zasean dachte kurz nach. Wenn der Vagabund im Spiel war, setzte das meistens größere Ereignisse in Gang. »Nein, das kann kein Zufall sein, Gorma. Es ist allgemein bekannt, dass Taar Wax ein Nekromant ist. Einer der letzten und derjenige, der es immer wieder schafft, seinen Kopf aus der Schlinge zu ziehen. Wenn ich nur seinen Namen höre … Ich werde den Bastard eines Tages in die Finger bekommen und dann entgeht er mir nicht mehr!«

»Ich erinnere mich an die letzte Begegnung, mein Lord.« Gorma zog ein Papier heran und hielt es ihm hin. »Hier sind alle Informationen im Detail aufgeführt. Ich werde veranlassen, dass weitere Nachforschungen angestellt werden. Außerdem werde ich einen Spion auf seine Fährte setzen.«

»Fährte? Ist er nicht mehr im Palast?«

Gorma schüttelte den Kopf. »Er ist noch in derselben Nacht verschwunden. Er bewegt sich Richtung Landesinneres und wirkte sehr in Eile.«

»Einer unserer Männer ist an ihm dran?«

»Gewiss. Ich wollte alle Möglichkeiten offenhalten.«

Zasean nickte gedankenverloren. »Das war gute Arbeit, Gorma. Ich werde irgendwie das Gefühl nicht los, dass Taar Wax mehr weiß, als gut für ihn ist. Es kann kein Zufall sein, dass er noch in der Nacht auftaucht, in der das Attentat gescheitert ist.«

»Der Vagabund ist nie aufgrund eines Zufalls an einem bestimmten Ort. Er ist ein Wandler, der alles verändert, was er berührt.«

Zasean zog die Stirn kraus. »Das hört sich beinahe an, als würdest du ihn respektieren.«

»Aber nicht doch, mein Lord!«, rief Gorma hastig. »Niemals! Er ist nur ein Phänomen, das wir nicht verstehen. Ich kann natürlich nachvollziehen, dass Ihr nicht gut auf ihn zu sprechen seid.«

»Er hat mich vorgeführt! Mich, den Herrn von Dunvell und Lord des Südens!« Zasean konnte nicht mehr an sich halten und sprang von seinem Stuhl auf. Rastlos wie ein Wolf auf der Jagd stapfte er hin und her. Die Absätze seiner Stiefel klackerten auf dem Marmor und sein langer, seidener Mantel bauschte sich theatralisch hinter ihm auf. Klack. Klack. Klack.

»Was hat Taar Wax vor?«, fragte er mehr sich selbst. »Was hat er mit dem Rat zu schaffen? Und warum ist das Attentat nicht geglückt? Mir wurde versichert, dass es ein felsenfester Plan sei, dessen Scheitern ausgeschlossen sei! Felsenfest!«

»Das Schicksal ist eine launische …« Gorma schlug die Hand vor den Mund.

Ruckartig blieb Zasean stehen. »Er ist aus den Sümpfen von Charasyl entkommen. Er war nackt, Füße und Hände gefesselt und hat eine ganze Woche nichts gegessen. Dann hat er mich vorgeführt wie einen Bauern!« Zaseans Atem fuhr rasselnd und schwer durch seine ausgedörrte Kehle. »Und du, mein treuester Berater, zitierst seine dämlichen Sprüche?«

Die Tore wurden aufgestoßen und ein Soldat in roter, steifer Uniform trat ein. »Mein Lord?«

Zasean winkte nachlässig. »Tritt näher!«

Der Soldat übergab ihm eine Botschaft und zog sich wieder zurück. Das Siegel war Zasean nicht unbekannt: eine klauenförmige Hand, die sich ihm entgegenstreckte.

»Nachricht von ihm, mein Lord?«, fragte Gorma.

Zasean wagte kaum, die Botschaft zu öffnen. Als er es tat und die Zeilen rasch überflog, sank seine Stimmung auf den Gefrierpunkt. Er ließ das Dokument fallen.

»Mein Lord, was steht in der Botschaft?«

»*Er* hat es bereits erfahren und ist nicht über die Rückschläge erfreut.«

»Vielleicht solltet Ihr diese Pläne fallen lassen und Euch mehr um Eure Untertanen …«

»Klappe! Ich muss nachdenken.« Die Zeit drängte. Er musste sich schleunigst etwas einfallen lassen. Aber immerzu trieb ein Name in seinen Gedanken wie Spinnfäden. Taar Wax. Der schlimmste Schurke in ganz Amdra.

Der Schlund

Vierter Tag

Nekromantie ist keine Gabe, um zu töten. Sie ist die Gabe, Dinge mit Leben zu erfüllen.

*W*ie sehr ich diesen Anblick vermisst habe ... Oberhalb des Bergmassivs hatte Taar einen beeindruckenden Überblick des Schlunds. Von Weitem ähnelte das Gefängnis dem weit geöffneten Maul eines Ungeheuers und genauso schlimm stank es auch – das konnte er selbst zehn Meilen gegen den Wind feststellen. Graue Steinsäulen ragten wie Zähne aus dem Fleisch der Erde, wölbten sich an der Spitze nach innen und reckten sich kühn dem drohenden Himmel entgegen. In ihrer Mitte gähnte ein Loch, das von unnatürlicher Schwärze durchdrungen war; ein riesiges, gewaltiges, finsteres Loch, das üble Erinnerungen weckte. Rundherum war ein massiver Mauerring errichtet, der zwanzig Schritt hoch und zehn breit war. Darauf patrouillierten schwer bewaffnete Soldaten und sorgten dafür, dass niemand wagte, einen Fluchtversuch zu unternehmen. Nicht, dass es überhaupt jemand so weit schaffen würde. Allein der Gedanke daran war abwegig, denn bevor die Mauern erreicht werden konnten, müsste man erst einmal dem Schlund selbst entrinnen.

Taar schauderte, wenn er daran dachte. Zwar waren dort unten auch Soldaten stationiert, die regelmäßig die Gefangenen inspizierten, aber sie riskierten für niemanden ihr Leben. In den Untiefen ging es einzig um das nackte Überleben. Töten oder getötet werden – die einzige Regel.

Er stieß einen schweren Seufzer aus und rief sich in Erinnerung, was er noch über den Schlund wusste. An diesem Ort besaßen weder Adlige noch irgendein Lord Amdras, nicht einmal der kaiserliche Rat Einfluss. Der Nekromantenkaiser hatte dafür gesorgt, dass ein unabhängiges Gremium für den Schlund zuständig war. Dadurch bestand niemals die Möglichkeit, dass irgendjemand auf die Idee kam, seine Macht darüber auszubreiten. Den einzigen Einfluss, den die Mächtigsten des Kaiserreiches hatten, war, Verbrecher dorthin zu verfrachten, wenn sie der Meinung waren, dass die es verdient hatten. Der Schlund war ein Gefängnis ohne Wiederkehr. Ein Ort, der derart von Tod und Verderben durchdrungen war, dass er es wie ein ekelhaftes Zupfen an seinem Verstand wahrnahm.

Und Taar würde den Schlund wieder betreten. Er musste verrückt geworden sein.

Instinktiv wanderte seine Hand in die Manteltasche, umschloss den Würfel und fühlte die harten Kanten an den Fingerkuppen. Alles war miteinander verwoben. Er konnte spüren, dass er genau zu diesem Zeitpunkt an diesem Ort sein musste. Etwas war geschehen und der Bastard des Kaisers war damit verknüpft.

Warum tue ich mir das nur an? Geht es wirklich um Gold? Um Frauen?

Er fand keine Antwort und das verpasste seiner ohnehin bereits schlechten Stimmung einen Dämpfer. Allein die Vorstellung, wieder in den Schlund zu steigen und alten Bekannten auf den Senkel zu treten, jagte ihm einen kalten Schauer über den Rücken. Aber er wäre nicht Taar Wax, wenn er nicht jede Herausforderung meistern würde.

Die Seelen, die mit seiner Kleidung verwoben waren, entließ er auf einen Wink hin und sah dem grünen Schimmer hinterher, der im Sonnenlicht glitzerte. Sie hatten ihm geholfen, diesen Ort innerhalb kürzester Zeit zu erreichen. Daher war es nicht notwendig, die Seelen länger gefangen zu halten als üblich. Zum Abschied winkte er ihnen zu. Damit war dem Respekt Genüge getan.

Schließlich stieg er das Felsmassiv hinab und bewegte sich mit federnden Schritten auf die Mauer zu. Dahinter erhoben sich die steinernen Auswüchse des Schlunds. Als er nach einer Weile das Eingangstor entdeckte, ging er immer wieder in Gedanken durch, was er über seinen Auftrag wusste. Nicht viel. Mist. Aber so war das, wenn man ein Schurke war. Man musste aus allem immer das Beste machen und darauf hoffen, dass einem nicht allzu schnell der Arsch auf Grundeis ging.

Als er das Tor erreichte, blieb er in heldenhafter Pose davor stehen – die Hände in die Hüften gestemmt, das Kinn gereckt, die Brust geschwollen wie ein dummdämlicher Soldat, und ließ seinen stolzen Blick über das Tor schweifen. Es bestand aus dickem Stahl, was nicht verwunderlich war. Viel verwunderlicher war, dass es mit verschlungenen Bannrunen versehen war – uralter

Magie, die einen Nekromanten seiner Kraft beraubte, solange er sich in ihrer Nähe aufhielt. Diese Runen waren dazu gedacht, die Flucht eines Nekromanten zu verhindern – nicht, dass es außer ihm noch welche gab. Allerdings hatte Taar in seinem abenteuerlichen Leben etwas gelernt: Es gab immer einen Ausweg.

Er ließ sich Zeit, während er die Mauern musterte. Sie bestanden aus Backstein, waren mit Moos und Unkraut überwuchert, teils mit Rissen durchzogen, aus denen der Mörtel brach. Der Zustand der Mauern ließ sich bestenfalls als beschissen bezeichnen, wenn da nicht die erstaunliche Höhe und Breite wäre, die einem geneigten Einbrecher das Fürchten lehren sollte. Zumindest einem gewöhnlichen Einbrecher.

Er blickte hinauf, um die Aufmerksamkeit eines Wächters zu erhaschen. »He«, rief er. »Jemand zu Hause?«

Ein Wärter lehnte über die Brüstung. Der Kopf war von einem Vollhelm in Form eines Totenkopfs umschlossen und eine schwarze, massive Rüstung verdeckte den Großteil seines Körpers. Auf der Brust waren Runen eingeritzt und in der Hand hielt er eine Hellebarde, eine Stangenwaffe, die gleichzeitig zum Zustoßen und Schwingen geeignet war. Perfekt geeignet für Ausflüge in den Schlund.

Der Wärter beugte sich tiefer. Man konnte es nicht sehen, aber Taar stellte sich vor, dass der Mann die Stirn runzelte. »Was willst du hier, Bettler?«

»Also, ich dachte, dass ich diesem hübschen Örtchen mal wieder einen Besuch abstatte. Wir waren viel zu lange voneinander getrennt.«

»Bist du besoffen?«

»Manchmal bin ich mir da nicht so sicher.« Er lachte leise. »Ich glaube aber, dass ich ausnahmsweise Herr meiner Sinne bin.«

»Hau ab!« Der Wächter machte eine abweisende Geste und verschwand.

In Ordnung. Schluss mit den Spielchen.

»He, du schrumpeliger Sack!« Taar hämmerte gegen das Tor. Die Runen leuchteten auf und die Macht zerrte sofort an ihm, als zöge man glühende Nägel aus seinem Kopf. Auf einmal waren seine Glieder schwer wie Blei und sein Verstand ganz träge. Als er sich ein paar Schritte entfernt hatte, ließ der Sog nach.

Der Wächter erschien wieder über der Brüstung. »Was hast du eben gesagt?«

»Hast schon richtig gehört, mein Bester. Ich will da rein.« Taar zeigte mit dem Daumen nach unten. »Und zwar sofort!«

»Wenn du nicht verschwindest, schleife ich dich persönlich durch das Tor!«

Ich habe es nur mit Idioten zu tun …

Er seufzte, rief die Seele eines Toten herbei und verwob sie mit seinem Mantel. Dann sprang er gegen die Mauer und ließ sich von den Mantelfetzen hinaufziehen, die sich in Ritzen gruben und Steinsplitter aufspritzen ließen. *Tack. Tack. Tack.* Wie ein Specht am Baumstamm. Als er die Zinnen erreicht hatte, schwang er sich über die Brüstung und verschränkte lässig die Arme vor der Brust.

Der Wächter wich einen Schritt zurück. »Was … was …?«

»Das rollt einem glatt über die Zunge, was? Mein Name ist Taar Wax und ich bin ein Nekromant. Ich ergebe mich. Du hast mich überrumpelt.«

»Täusche ich mich oder warst du schon einmal hier?«

»Damit liegst du goldrichtig.« Er hob seine Hände. »Du kannst mich jetzt abführen und deinen Freunden erzählen, dass du Taar Wax den Vagabunden überlistet hast. Das können nicht viele von sich behaupten.«

Der Wächter zögerte.

»Jetzt bring mich endlich in den Schlund! Wenn ich noch weiter deine Anwesenheit ertragen muss, dann ...« Eine Stange schlug gegen seinen Kopf und die Schwärze zog ihn in kühle, dämmrige Leere.

*

Taar erwachte nur langsam, als käme er aus der Schwärze der Nacht ins Licht. Er blinzelte träge und sah zur Seite. Zwei Wächter hielten ihn jeweils an einem Arm gepackt und schleiften ihn über den Boden. Sein Kopf fühlte sich doppelt so groß an, er hatte sich auf die Zunge gebissen und hinter seiner Stirn pochte es dumpf. Mist aber auch!

Einer der Wächter drehte ihm den Kopf zu. Zwei Sehschlitze waren in den Augenhöhlen des Totenkopfschädels eingearbeitet. Davon abgesehen gab nichts Hinweis darauf, dass sich darunter ein Mensch befand. Das machte sie für einen vertrauten Umgang mit Gefangenen unempfänglich. Immerhin waren die Wächter dazu da, ihnen das Leben buchstäblich zur Hölle zu machen.

»Morgenwiegehtseuchso?« Die Worte verfingen sich halb zwischen seinen geschwollenen Lippen. Der Kerl hatte ihn wirklich übel erwischt.

Der Wächter lachte dumpf hinter seinem Helm. »Du hast es nicht anders gewollt, du Stück Scheiße!«

»Selbstlatürnich.«

»Was ein Haufen Dreck, nicht wahr?«, fragte der andere.

»Ja, so sind sie eben. Besser, man schmeißt sie gleich runter und sieht zu, wie sie verrotten.«

»Das war dann wohl mein Stichwort.« Taar brachte ein halbes Lächeln zustande. »Besten Dank auch, dass ihr mich persönlich begleitet. Das wäre doch nicht nötig gewesen.« Er blickte an sich hinunter und hätte sich am liebsten vor Ärger in den Hintern gebissen. Der Mantel war fort. Der wunder-, wunder-, wunderschöne Mantel, den er mit viel Liebe verschlissen und versaut hatte. Tatsächlich hatte er nicht einmal mehr ein Hemd oder eine Hose an. Alles, was ihm geblieben war, war seine Unterhose und die hatte schon bessere Zeiten erlebt.

»Du glaubst doch nicht, dass wir dich mit deinem Spielzeug hinunterlassen, du dreckiger Nekromant?«

Die Erkenntnis durchfuhr ihn wie ein Schock. Dann erinnerte er sich, dass er seinen Würfel an einem Ort aufbewahrte, der das Tageslicht nie erblickte. Nicht sonderlich angenehm, aber die einzige Möglichkeit, seinen Anker vor fremdem Zugriff zu schützen. Und wer kam schon auf die Idee, zwischen seinen Arschbacken nach einem Würfel zu suchen?

Meinem Arsch sei Dank. Er konnte nicht verhindern, dass ein Grinsen über sein Gesicht zuckte. Im Schlund würde er sich eben neuen Plunder besorgen müssen, es war bloß schade um seinen Vorrat an Wachs und Metall. Solche Dinge waren im Schlund eher schwierig zu beschaffen.

Die Wächter schleiften ihn einen Schotterweg entlang, in Richtung des gähnenden Abgrunds. Ein Ort des Schreckens, der wie nicht von dieser Welt wirkte. Es gab Gerüchte, dass die alten Todesgötter den Schlund erschaffen hatten, bevor sie aus der Welt der Lebenden verbannt worden waren.

Während sie ihn zum finsteren Loch bugsierten, versuchte er so viele Eindrücke wie möglich zu sammeln. Seit seinem letzten Aufenthalt hatten sie die Anzahl der Wächter verdoppelt und mehrere Wachhäuser aus groben Granitblöcken am Mauerring errichtet. Das größte hatte schon damals gestanden und er erinnerte sich noch gut daran, welchem Zweck es diente. Die Flucht würde schwerer werden als beim ersten Mal, aber nicht unmöglich. Die einzige Sache, die ihm Sorgen bereitete, war die geringe Zeit, die ihm zur Verfügung stand. Innerhalb von fünfundzwanzig Tagen musste er den Bastard finden, einen Plan aushecken, wie sie fliehen konnten, und zu allem Überfluss dafür Sorge tragen, dass sie beide überlebten. Auch das noch. Sonst arbeitete er allein und dafür gab es auch gute Gründe. Wenn man sich bloß auf sich verlassen musste, wurde man weder enttäuscht noch konnte man andere enttäuschen. Sollte ihm all dies gelingen, musste er den Bastard auch noch in den Norden bugsieren, um ihn dem Rat vorzuführen.

Ein unmöglicher Auftrag. Genau nach Taars Geschmack.

Schließlich war es so weit und sie erreichten den Rand des Schlunds. In der undurchdringlichen Finsternis unter sich konnte er kaum mehr als vereinzelte Lichtpunkte ausmachen. Ein vertrauter Geruch nach Verwesung, Fäkalien und feuchter Erde drang ihm in die Nase. Von ihrer Position führte ein schmaler Schotterweg an den Rändern entlang immer weiter in die Tiefe.

Die Wächter setzten ihren Weg fort und gaben keinen Ton von sich. Das konnte er ihnen nicht verübeln, denn selbst er konnte die Bosheit spüren, die von diesem finsteren Ort ausging. Ab und an spendete eine Fackel an den Wänden gerade so viel Licht, dass man nicht über seine eigenen Füße stolperte. Ihm war bewusst, dass in den Tiefen Leuchtmoos wuchs, eine Pflanze, die in blaugrünem Licht flimmerte. Gäbe es diese dort unten nicht, hätte man die Insassen gleich umbringen können. Hinzu kamen Ungeheuer, die dort unten ihr Unwesen trieben. Einige wenige waren ungefährlich, die übrigen … darüber wollte er lieber nicht nachdenken.

Eine gefühlte Ewigkeit schleiften sie ihn weiter und kamen an mindestens zwei Dutzend Wärtern vorbei, die in regelmäßigen Abständen Wache hielten. Dann endete der Weg abrupt. Eine klobige, metallische Leiter konnte von dort mittels eines speziellen Schienensystems auf den Grund des Schlunds geschoben und eingerastet werden. Diese Methode wurde aber nur von den Wächtern genutzt, die gelegentlich Patrouillen durchführten. Gefangenen hingegen blühte eine andere nette Methode, um den Grund zu erreichen.

Die Wächter schleppten ihn an den Rand.

Warum tue ich das?

»Willkommen in deinem neuen Heim.«

Er lächelte die Wärter an. »Nett von euch.«

»Das vorlaute Geplapper wird dir noch vergehen, du
…«

»Jetzt bringts schon hinter euch!«

Sie verpassten ihm einen Stoß. Mit rudernden Armen fiel er in die Tiefe und landete schmerzhaft auf dem
Grund des Schlunds. Er ächzte und biss die Zähne zusammen, aber es war nicht so schlimm wie beim letzten
Mal.

Einige Atemzüge blieb er liegen. Dann hievte er sich
auf die Füße, klopfte sich den Staub ab und sah sich
eingehend um. Eine Fackel war an der Leiter des Schienensystems angebracht. Davon abgesehen empfing ihn
nichts als trostlose, kribbelnde Dunkelheit, die hier unten allgegenwärtig war. Aber das stimmte nicht ganz.
Nicht weit von ihm konnte er blaugrünes Licht ausmachen, das schwach die Umgebung beleuchtete.

Warum tue ich das nur?

Er sog tief den Atem ein und versuchte, die beißenden und süßlichen Gerüche auszublenden. Bis auf seine
Unterhose war er nackt, das bedeutete aber nicht, dass
er wehrlos war.

Das wird jetzt nicht so angenehm …

Kurze Zeit später hielt er seinen Anker in der Hand
und spürte die Kanten in der Handfläche.

*Ich bin wieder hier, am finstersten Ort von ganz Amdra.
Werde ich jemals das Tageslicht wiedersehen?* Er zwirbelte einige lange Haarsträhnen in seiner Hand und fuhr sich
durch den dichten Bart. In seinem Leben hatte er

gelernt, aus jeder Situation das Beste zu machen. Deswegen hatte er wie stets Vorsorge getroffen und jetzt würde sich zeigen, ob er erneut diesem abscheulichen Gefängnis entkommen könnte.

Bringt nichts, sich den Kopf zu zerbrechen. Ich muss mein Schicksal in die Hand nehmen, wie ich es immer getan habe. Tue ich das wirklich für Reichtum, Gold und Ansehen? Nein, alles ist miteinander verflochten, ich kann es nur noch nicht erkennen.

Er riss ein Haar aus und inspizierte es aufmerksam. Es war länger als erwartet. Dann tauchte er in die Dunkelheit und spürte seltsamerweise trotz der Umstände einen Funken Hoffnung.

Alte Bekannte

Fünfter Tag

Anfangs nahm ich dieses Buch in die Hand und wusste nicht, warum ich es tat. Ich schrieb meine Gedanken auf und doch sah ich keinen Sinn darin. Je öfter ich aber die niedergeschriebenen Worte ansehe, desto mehr gelange ich zu der Erkenntnis, dass weitaus mehr dahintersteckt, als ich geahnt habe. Hier liegt eine unerschütterliche Erkenntnis verborgen, die vielleicht noch einmal von großer Bedeutung sein könnte.

Den ersten Tag verbrachte Taar damit, sich umzusehen und sich an die neuen Gegebenheiten zu gewöhnen. Das war gar nicht so einfach, wenn man fast nackt war. Seit dem letzten Aufenthalt waren einige Jahre vergangen und er vermutete, dass sich seitdem einiges verändert hatte.

Der Schlund war ein unterirdisches und weitverzweigtes Höhlensystem, in dem sich allerlei Gestalten und Kreaturen tummelten. Außer dem Zugang, durch den er gekommen war, gab es keine andere Möglichkeit, an die Oberfläche zu gelangen – das hatte er zu seinem Leidwesen feststellen müssen. Hier gab es weder Adlige noch Lords oder Kaiser, im Schlund galten eigene Gesetze. Es gab ausschließlich Verbrecher, die zu einem Leben in ewigen Qualen verurteilt worden waren.

Genau aus diesem Grund galt auch das Gesetz des Stärkeren, das aber nicht unbedingt davon abhängig war, über wie viel Kraft man verfügte. Ein wacher Verstand konnte ebenso von Vorteil sein, um zumindest eine gewisse Zeit zu überleben.

Und es gibt niemanden, dessen Verstand so wach ist wie meiner.

Voraussetzung war, man lenkte nicht die Aufmerksamkeit der Gebieter auf sich. Von diesen gab es vier und jeder herrschte über seinen Sektor. Ob das immer noch der Fall war, galt abzuwarten. Es würde aber im Laufe der Zeit unweigerlich darauf hinauslaufen, dass er mit ihnen aneinandergeriet. Und dieses Mal würde er nicht nur sein eigenes, sondern auch das Leben vom Bastard schützen müssen. Keine leichte Aufgabe.

Taar wanderte durch einen Gang, der größtenteils von Leuchtmoos erhellt wurde. Nach der langen Zeit an der Oberfläche war es ungewohnt, dem blaugrünen Licht ausgesetzt zu sein.

Als Erstes brauche ich etwas zum Anziehen. Ich war zwar schon in schlimmeren Situationen nackt, es hat aber leider einige Nachteile.

Er bog in den nächsten Gang und sah am anderen Ende drei Gestalten, die lautstark stritten. Eine verpasste der anderen eine Kopfnuss und schickte sie zu Boden. Die dritte trat daraufhin so lange auf die zweite ein, bis die sich nicht mehr bewegte. Dann geschah das, was jedes Mal unweigerlich geschah, wenn sich jemand nicht mehr wehren konnte: Er wurde geplündert. Schuhe, Hemd und Hose wechselten so schnell den Besitzer wie eine Dirne auf den Straßen von Vragos. Sehr zu seinem Glück fanden sie keine Verwendung für das graue Halstuch.

Er wartete, bis niemand zu sehen war, dann näherte er sich dem Mann am Boden. Die Augen starrten stumm an die Decke und aus dem Mund lief Blut. Also hatte der das Zeitliche gesegnet. Armes Schwein.

»Tut mir leid für dich, Kumpel«, murmelte Taar und zog ihm das Tuch vom Hals. Es war nicht besonders schön und auch nicht gut erhalten, für ihn stellte es aber einen unschätzbaren Wert dar. Wundersamerweise waren die Socken ebenfalls nicht gestohlen worden. Zwar klafften darin Löcher, aber auch das war für seine Zwecke unerheblich. Anstatt sie anzuziehen, nahm er sie in Gewahrsam. Für den Notfall – das verstand sich von selbst. Sofort hob sich seine Laune ein wenig. Nun besaß er zwei Socken und ein Halstuch. Was für eine Ausbeute!

»Wenn das nicht Taar Wax der Vagabund ist«, erklang eine tiefe Stimme hinter ihm.

Obwohl alles in Taar danach schrie, sich möglichst weit zu entfernen, wandte er sich dem Mann zu. Ein richtiger Riese mit kurz geschorenen Haaren, einem Kiefer, mit dem man Steine zertrümmern könnte, und einer Nase, die wie ein gebogener Löffel abstand. Unter der Weste wölbten sich Muskelberge und die Arme waren dick wie Baumstämme. Er war nicht allein, drei grobschlächtige Kerle mit mehr Muskeln als Verstand begleiteten ihn.

»Ah, O-dryt!«, rief Taar. »Wie gut, dass du hier bist. Ich wollte dich gerade aufsuchen.«

Der massige Mann verschränkte die Arme vor der

Brust. »Natürlich wolltest du das, du kleiner Scheißer. Genauso, wie du mich beim letzten Mal mitnehmen wolltest!«

»Klar. Wer würde denn einen so prächtigen Kerl hier unten zurücklassen?«

»Ein Lügner und Betrüger. Kennst du vielleicht. Sieht aus wie ein kleines Arschloch!«

»Ah, der. Da kann man wohl nichts machen, was?«

Die Begleiter zogen einen Kreis um ihn.

O-dryt beugte sich vor und pochte gegen Taars Brust. »Du hältst dich für einen ganz Schlauen, he? Du hast versprochen, mich mitzunehmen, wenn du fliehst. Ich habe mich wegen dir sogar mit diesem verdammten Wynron angelegt! Und was hast du getan? Bist einfach abgehauen!«

Taar zuckte die Schultern. »Selbst dran schuld.«

»Was?«

»Na, du warst nicht am Treffpunkt.«

»Das ist eine Lüge!«, brüllte der Hüne.

»Wirklich? Wir hatten eine Abmachung. Genau genommen hast du sie gebrochen. So musste ich mich allein durchschlagen, mein Bester. Aber ich nehm's dir nicht übel.«

»Vorsicht, Taar Wax! Wie hätte ich das denn tun sollen? Ich sollte für dich die Jungs von Wynron zusammenschlagen!«

»Also gibst du zu, dass du nicht zur ausgemachten Zeit am ausgemachten Ort warst?«

»Ich ... was?«

»Na ja, du hast eben gesagt, dass du mit Wynrons Jungs herumgeturtelt hast und deshalb nicht da warst.«

»Ja … nein … ich wollte da sein, aber deinetwegen war ich nicht da! Du hast mir zu wenig Zeit gegeben, um den Scheißtreffpunkt zu erreichen!«

»Sag mir, wie hätte ich denn wissen sollen, dass du mehr Zeit brauchst?«

»Was weiß denn ich? Du weißt doch sonst alles!«

»Und woher soll ich wissen, dass du weißt, dass ich alles weiß? Oder willst du mir sagen, dass du weißt, dass ich weiß, was du glaubst zu wissen?«

Die Männer starrten ihn verwirrt an.

»Sag ich doch, mein Großer! Du hättest da sein sollen. Tatsächlich wäre es mir aufgrund deiner Nichtanwesenheit und deiner Nichteinhaltung des Plans beinahe nicht gelungen, zu fliehen. Wenn hier also jemand einem anderen Mann Vorwürfe machen kann, dann doch wohl ich. Oder nicht?«

»Ich … es war nicht meine Absicht, dich zu enttäuschen.«

»Weißt du was? Ich hätte dir das sogar geglaubt, wenn du mich zumindest wie einen alten Freund begrüßt hättest. Aber nein, du musstest mal wieder den Starken markieren. Wie immer!«

»Natürlich bist du noch …« O-dryt stockte und ein Schatten huschte über sein Gesicht. »Du willst mich doch nur wieder verscheißern, Taar Wax! Wegen dir wäre ich fast draufgegangen. Wynron persönlich hat mir die Nase gebrochen.«

Das Stück Knorpel in dem ungeschlachten Gesicht konnte nur mit viel Fantasie als Nase bezeichnet werden. »Scheint dir doch wieder gut zu gehen.«

Die Pranke des Hünen landete auf seiner Schulter.

»Du warst lange fort, Taar Wax. Hier hat sich einiges geändert.«

»Ich weiß.«

O-dryt runzelte die Stirn. »Woher?«

»Ist doch ganz offensichtlich.«

»Dann weißt du also wirklich über Wynrons Pläne Bescheid?«

Taar nickte weise. »Selbstverständlich!«

»Wie kannst du wissen, dass er kurz davorsteht, sich zum Anführer aller Gebieter hier unten zu ernennen?«

»Ich habe meine Ohren und Augen überall.«

»Aber das ist doch ein Geheimnis!« O-dryt beugte sich zu ihm. »Erzähl es niemandem, verstanden?«

»O-dryt, komm schon! Ich bin's! Ich bin ein Ehrenmann, das wissen wir doch beide.«

»Ich könnte dir auch zusehen, wie meine Jungs dir das Gehirn aus dem Kopf prügeln. Das ist lustig, haben wir erst gestern bei so einem Scheißer gemacht.«

»Ich hab eine bessere Idee, auch wenn es bestimmt … interessant ist, dabei zuzusehen.«

O-dryt nickte seinen Männern zu, die sich sofort näherten. »Du hast mich verraten. Jetzt machen wir Hackfleisch aus dir. Weiß zwar nicht, warum du wieder hier unten bist, aber Wynron ist bestimmt froh, wenn er von deinem Tod erfährt. Hat auch noch eine Rechnung mit dir offen.«

Taar hielt sich bereit, seine Todesgabe zu nutzen, aber er sah noch eine Möglichkeit, sich aus dieser Situation zu befreien. O-dryt war einfältig, aber wie bei jedem Menschen gab es etwas, wonach er strebte. Man musste nur in Erfahrung bringen, was genau das war.

Glücklicherweise wusste Taar Bescheid.

»Ich mache dir einen Vorschlag, O-dryt.« Er ignorierte die mordlustigen Blicke der Schläger. Wenn er den Bastard finden wollte, brauchte er hier unten Verbündete. Und Schläger.

Der Hüne hob seine Hand. »Hast du beim letzten Mal schon gemacht.«

»Warte!«

»Warum?«

»Darum!«

»Versteh ich nicht.«

»Ich auch nicht. Aber«, Taar riss eine Hand hoch, »ich habe eine Regel!«

»Aha?«

»Hilf denen, die Hilfe brauchen.«

»Ha! Seit wann hilfst du anderen, du kleiner Scheißer?«

»Seit eben. Und du darfst dich glücklich schätzen, meiner Großer, denn ich werde mit *dir* beginnen!«

»Toll. Und wie willst du mir denn helfen?«

»Indem ich dich zu einem Gebieter mache.«

O-dryt zögerte. »Wie willst du das schaffen?«

»Ich bin nicht grundlos hier.« Taar sah sich rasch um. Außer ihm, den drei Schlägern und O-dryt war niemand zu sehen. Das musste aber nichts heißen, denn hier unten hatten sogar die Wände Augen und Ohren. »Ich bin in den Schlund geschickt worden, um einen wichtigen Auftrag zu erfüllen.«

»Freiwillig?« O-dryt lachte böse. »Du bist ja noch dümmer als du aussiehst!«

»Wie lange ist es noch gleich her, dass du das letzte

Mal an der Oberfläche warst?«

O-dryt seufzte. »Zwanzig Jahre. Weiß schon gar nicht mehr, wie's da oben aussieht.«

»Du würdest es nicht wiedererkennen. Ein Mann wie du hat da oben nichts zu suchen.«

»Was?«

»Da oben hat der Adel mehr Macht denn je. Ein Mann wie du wäre nur Futter für ihre Intrigen. Man kämpft nicht mehr mit den Fäusten, sondern hinter verschlossenen Türen.«

»Wie soll denn das funktionieren? Dann kann man jemand anderen doch gar nicht zu Brei schlagen, wenn die Tür dazwischen ist!«

Taar legte ihm beschwichtigend eine Hand auf den massigen Unterarm. »So jemand wie du kann hier unten viel mehr erreichen. Stell dir mal vor, O-dryt der Gebieter!«

Der Mann kratzte sich am Kinn. Man konnte sehen, wie es in dem tumben Gehirn arbeitete. »Das klingt … gut.«

»Besser als gut! Ich kann dich zum Anführer machen. Ich kann dir helfen, zu dem zu werden, der du sein solltest. Du weißt, wer ich bin, O-dryt. Mein Name ist hier unten bekannt wie ein bunter Hund. Also, wie sieht's aus? Wir arbeiten zusammen, wie in alten Tagen. Du hilfst mir, meinen Auftrag zu erfüllen, und ich werde dich zu dem Mann machen, der du sein solltest.« Er hielt dem Hünen die Hand hin. »Abgemacht?«

Ein vertrauliches Gespräch

Fünfter Tag

Je länger ich an diesen Zeilen arbeite und je mehr Zeit vergeht, umso mehr beginne ich zu begreifen, dass ich mich verloren habe. Ich versuche zu verstehen, doch alles, was ich erlange, ist das Wissen, dass ich einst diese Welt verlassen werde. Mir ist bewusst, dass der Tod nur ein weiterer Schritt im Leben ist, den wir alle irgendwann gehen müssen. Aber warum fällt er mir so schwer?

A uf ein Wort, Vorsitzende.«

Rysana sah von ihrem Buch auf. »Ratsmitglied Aroc, was kann ich für Euch tun?«

Der Mann, der sich elegant auf dem Stuhl vor ihrem Schreibtisch niederließ, wirkte erhaben und stolz. Seine weiße Toga gab einen Arm frei und das warme Lächeln, das seine Lippen umspielte, vermittelte ein immerwährendes Gefühl von Geborgenheit. »Ich möchte mich in aller Form bei Euch für mein unbeherrschtes Verhalten entschuldigen. Ich habe mich von meinen Gefühlen leiten lassen.«

»Unerwartet.« Sie richtete sich auf. »Eine Entschuldigung hielt ich nicht für angebracht. Ihr habt Eure Meinung bekundet. Wer wäre ich, wenn ich eine andere Meinung nicht respektieren würde?«

»Ihr wärt nicht Vorsitzende. Ihr würdet nicht über

die Weisheit verfügen, die Euch offenbar zu eigen ist.«

Sie zögerte. »Ihr seht mich etwas überrascht, Ratsmitglied Aroc. Ich habe solch Offenheit von Euch nicht erwartet.«

»Wir haben uns all die Jahre stets mit Respekt behandelt. Nur, weil wir nicht immer der gleichen Meinung sind, heißt das nicht, dass ich Eure Meinung nicht schätze.«

Er will etwas von mir, anders kann es nicht sein, dachte sie und blieb wachsam.

»Nun seht mich doch nicht so misstrauisch an, Vorsitzende. Ihr habt überraschend schnell einen Plan entwickelt, der zwar einige Schwächen aufweist, uns aber trotzdem Zeit verschafft. Das respektiere ich.«

Rysana legte die Schreibfeder zur Seite. Nach dieser Eröffnung könnte sie sich ohnehin nicht mehr richtig konzentrieren. »Ratsmitglied Aroc, warum seid Ihr wirklich hier?«

Sein warmes Lächeln war zum Dahinschmelzen. »Ich möchte mich entschuldigen.«

»Ist das alles?«

»In der Tat. Ich schätze Eure Meinung und frage mich, ob Ihr an einem anderen Plan arbeitet, falls der Vagabund scheitern sollte. Sagen wir, eine Alternative?«

Sorgsam lehnte sie sich zurück, spürte die weichen Polster der Lehne und versuchte, sich zu entspannen. Lange Zeit hatte er darum gekämpft, ihre Position im Rat zu schwächen. Mehr als einmal hatte er sie sogar beim Nekromantenkaiser angeschwärzt. Nun diese Zustimmung von ihm zu erfahren, ließ sie aufhorchen.

»Tatsächlich arbeite ich an vielen Lösungen, die ein

Blutvergießen in Amdra verhindern können. Offen gestanden ist es keine leichte Aufgabe.«

Er nickte. »Die vier Lords.«

»Korrekt. Schon seit vielen Jahren trachten sie danach, ihre Grenzen zu erweitern. Nur Wendal war es zu verdanken, dass sie sich noch nicht untereinander den Krieg erklärt haben.«

»Ich habe mich damit ausgiebig befasst. Alte Markierungen auf Landkarten, die nicht mehr mit den existierenden Gebieten übereinstimmen. Jeder glaubt, dass ihm mehr zusteht als dem anderen. Besonders schlimm ist es im Süden. Lord Zasean sieht sich schon lange als den einzig wahren Lord, dem der Kaiserthron gebührt.«

»Es war mir nicht bewusst, dass Lord Zasean es sogar verkündet hat.«

»Das hat er.« Aroc strich sich eine blonde Locke aus dem Gesicht und beugte sich vor. »Was werden wir tun, wenn der Vagabund scheitert, wovon leider auszugehen ist?«

Ah, daher weht also der Wind.

»Es sind erst fünf Tage vergangen.«

»Aber was, wenn Docar nach Ablauf der Frist nicht auf dem Thron sitzt?«

»Nun, dann werden wir uns eben etwas einfallen lassen müssen.«

»Ich möchte Euch nicht bedrängen, Vorsitzende, aber …«

»Verzeiht, wenn ich Euch unterbrechen muss, allerdings relativiert das Wörtchen *aber* in der Regel das, was man zuvor gesagt hat.«

»Gut gekontert.«

Sie nickte. »Danke.«

»Dann lasst es mich direkt ausdrücken: Glaubt Ihr wirklich, dass wir den Tod des Kaisers einen ganzen Monat verschweigen können? Irgendwann werden die Menschen anfangen zu reden. Irgendwann wird es jemand herausfinden.«

»Das ist anzunehmen. Um diese Zeit ein wenig zu überbrücken, habe ich verlautbaren lassen, dass die vier Lords an jenem Datum in den kaiserlichen Palast geladen sind. Sie sollen an einer Sitzung des Rates teilnehmen und neue Gesetzesentwürfe entgegennehmen.«

Aroc sah sie überrascht an. »Das war genial.«

Ihre Mundwinkel zuckten. Das Lob gefiel ihr.

»Das war wirklich genial, Vorsitzende! Somit wird niemand innerhalb der nächsten dreißig Tage ein Ableben des Kaisers vermuten. Wenn Docar bis dahin angekommen ist, können wir ihn direkt als Erben des Throns vorstellen, gewissermaßen als lange verschollenen Sohn. Den Lords wird trotz des toten Kaisers nichts anderes übrig bleiben, als das Knie vor ihm zu beugen. Und wenn der Vagabund es nicht geschafft haben sollte, können wir sie immer noch festsetzen.«

»Das ist nicht Teil des Plans. Trotz allem will ich eine friedliche Lösung finden.«

»Ich ziehe meinen Hut vor Euch, Vorsitzende.«

Das Gespräch war angenehm. Obwohl Aroc wesentlich jünger als sie aussah, waren sie altersmäßig nicht weit auseinander. *Will er mir schmeicheln? Oder mich gar umwerben? Will er … mach dich nicht lächerlich! Du solltest stets Distanz wahren!*

»Es gibt einen weiteren Grund, warum ich Euch

aufgesucht habe, Vorsitzende. Es betrifft Ratsmitglied Dunla.«

Sie ahnte, was nun kam. »Ratsmitglied Dunla ist nicht mit meinen Entscheidungen einverstanden, nehme ich an.«

Aroc nickte. »Ich habe ein Gespräch zwischen ihr und Bachel mitbekommen.«

»Damit meint Ihr wohl, dass Ihr gelauscht habt?«

»Unbeabsichtigt.« Er unterstrich das Wort mit einer wegwerfenden Geste. »Wie dem auch sei, Dunla hat verkünden lassen, dass sie mit Eurer Position als Vorsitzender nicht mehr einverstanden ist.«

Ausgerechnet jetzt!

Ein Krampf zuckte durch ihre Brust. Seit einer Weile kamen diese ständig und sorgten jedes Mal dafür, dass sie das Gefühl hatte, zu ersticken. Sie wusste, dass es nicht nur dem Alter geschuldet war, sondern auch den Herausforderungen, die täglich auf sie warteten. Und auch Last, die zentnerschwer auf ihren Schultern ruhte.

»Vorsitzende, ist alles in Ordnung mit Euch?«

»Ja«, sie rang nach Luft, »ja, es ist alles in bester Ordnung. Entschuldigt bitte meine kurze Abwesenheit.«

Ich darf vor ihm keine Schwäche zeigen! Sie versuchte, es zu verbergen, doch als sie in seine Augen sah, erkannte sie die Wahrheit. Er wusste nun, dass sie gesundheitliche Probleme hatte, was sie in eine unvorteilhafte Lage rückte.

Der Druck ließ nach und sie konnte wieder richtig atmen. »Fahrt bitte fort, Ratsmitglied Aroc.«

»Seid Ihr sicher, dass wir …«

»Sprecht! Es geht mir gut.«

Er zögerte kurz. »Wie ich soeben sagte, ist Dunla unzufrieden und Bachel anscheinend ebenfalls. Sie heißen verschiedene Entscheidungen nicht gut. Euer kürzlich zurückliegender Plan, die Verantwortung für das gesamte Kaiserreich einem unsteten Landstreicher zu übergeben, hat es aus ihrer Sicht auf die Spitze getrieben. Wenn ich richtig verstanden habe, ist Ratsmitglied Mava ebenfalls ihrer Meinung. Sollte sich eine Front gegen Euch formieren, könnten sie ein Misstrauensvotum stellen und Euch von Eurem Amt entheben.«

Rysana beäugte ihn misstrauisch. »Würde das nicht Eurem Einfluss im Rat zugutekommen?«

Zum ersten Mal seit Beginn ihres Gesprächs zeichnete sich Erstaunen in seinem Gesicht ab. »Wenn der Rat uneins ist, macht uns das schwach, Vorsitzende!« Er klang ungewohnt ernst. »Ich gebe zu, dass viele Ratsmitglieder mir Gehör schenken und ich oftmals nicht mit Eurer Meinung übereinstimme, aber ich schätze Euch und Eure Arbeit. Ihr verweilt schon länger im Rat als jeder andere!«

»Ihr vergesst Ratsmitglied Nandeon.«

»Wenn der alte Mann anwesend ist, schläft er die meiste Zeit. Ich glaube, es ist Monate her, dass ich ihn das letzte Mal habe reden hören.«

»Es fällt mir schwer, etwas dagegen einzuwenden. Trotz allem ist Nandeon Mitglied des Rates.«

»Ich beuge mich Eurer Weisheit, Vorsitzende. Es war mir nur wichtig, noch einmal zu verdeutlichen, dass mir überhaupt nichts daran liegt, Euren Einfluss zu untergraben.« Er richtete sich ein wenig auf. »Wir brauchen Einigkeit im Rat, denn nur so wird es uns möglich sein, dem Sturm standzuhalten. Der wird kommen, dessen können wir uns gewiss sein.«

Spielt er mit mir oder meint er es ernst?

Während sie die Utensilien auf ihrem Schreibtisch sortierte, dachte sie über seine Worte nach. Ihr Vorgänger hatte sie stets gewarnt, einem Ratsmitglied zu sehr zu vertrauen. Ihre Pflicht gebot, über den anderen zu stehen. Dies war die Aufgabe, die Wendal für sie vorgesehen hatte. In seinem Namen wurden Entscheidungen getroffen, während Wendal dafür sorgte, dass das Land weder von Nekromanten noch von aufstrebenden Lords unterjocht wurde. Allerdings hatte er wahrscheinlich nie die Situation vorhergesehen, der sie nun gegenüberstanden. Das gesamte Kaiserreich könnte wegen einer falschen Entscheidung auseinanderbrechen. Wie Aroc gesagt hatte, benötigte der Rat Einigkeit. Das wiederum bedeutete, dass auch sie Verbündete brauchte, wenn sich eine Front gegen sie formierte.

Es führt kein Weg vorbei …

Rysana blickte in Arocs blaue Augen. »Ihr habt recht. Nur ein Narr würde sich eine derart unliebsame Wahrheit nicht eingestehen.«

»Das freut mich zu hören. Auch wenn es nicht so wirkt, habt Ihr in mir einen treuen Verbündeten.« Er legte seine Hand auf ihre und drückte sie.

Er wird doch nicht etwa …

»Ihr seid eine weise und faszinierende Frau, Vorsitzende.«

»Ich … danke.«

Danke? Was ist nur los mit mir?

Aroc erhob sich. »Wir sollten öfter miteinander

sprechen. Es hat mir gefallen.«

Sie erhob sich ebenfalls. »Auch mir hat es gefallen, Ratsmitglied Aroc.«

»Gefahr lauert an jeder Ecke, auch im kaiserlichen Rat. Wenn der Vagabund scheitert, müssen wir bereit sein!« Er schenkte ihr einen langen Blick. »Solltet Ihr irgendwann einmal nicht weiterwissen oder Hilfe brauchen, wendet Euch an mich.«

Damit wandte er sich ab und verließ das Zimmer. Rysana blieb zurück und wusste nicht, was sie von diesem Treffen halten sollte.

Tiada

Sechster Tag

Ich habe nachgedacht. Über uns. Über die Nekromanten. Es kommt mir vor, wie in einem großen Spiel. Jedes Mal, wenn einer von uns stirbt, fühlt es sich an, als würde die Welt ein Stück ihrer Seele verlieren. Woran liegt das?

Klasse, jetzt bist du zwar nicht mehr nackt und immer noch nicht abgekratzt, stehst aber zur selben Zeit zwei Aufträgen gegenüber, die du nicht bewältigen kannst.

Taar wanderte durch einen Stollengang, nicht weit von dem Ort entfernt, an dem er mit O-dryt zusammengetroffen war. Der Hüne hatte ihm bildhaft vor Augen geführt, was ihn erwartete, wenn er versagte. Deshalb blieb ihm nichts anderes übrig, als einen Plan auszuhecken, wie er O-dryt zu einem der vier Gebieter im Schlund machen konnte. Vermutlich eine noch größere Hürde als sein tatsächlicher Auftrag.

Die Angelegenheit hatte aber auch den hübschen Nebeneffekt, dass er nun mit allen möglichen Dingen versorgt wurde, was das Herz begehrte. Er strich über sein langes, braunes Hemd, die dunkelgraue Hose und das Halstuch - all das hatte er einer Leiche abgenommen. Glücklicherweise besaß die Hose große Taschen, die er bereits mit allerlei Dingen gefüllt hatte, die er hatte auftreiben können. Darunter waren ein verrosteter Nagel, die beiden zerrissenen Socken, eine Leuchtmoosflechte, sein Anker und die wichtigste Sache von allen: seine Haare.

Zögerlich fuhr er durch seine fingerlangen Haare, die wirr abstanden. Dann strich er über stoppelige Haut im Gesicht. Der Bart war ebenfalls ab. Was für eine Schande! Zugute kam dabei, dass die Haare derart verknotet und verfilzt gewesen waren, dass die lange Schnur, die er daraus geknüpft hatte, ein wahres Schmuckstück war. Im Schlund gab es kaum materielle Dinge, die einem das Leben erleichtern konnten. So etwas wie eine Schnur oder ein Seil bildete einen unschätzbaren Reichtum. Wer dazu noch über ein Hemd und Schuhe verfügte, konnte sich wahrhaft glücklich schätzen. Hier gab es weder Holz, Metall noch sonstige Dinge, die an der Oberfläche in Fülle existierten. Der größte Mangel herrschte an Nahrung und Trinkwasser. Es war kein Zufall, dass es genauso viele Anführer wie Frischwasserquellen im Schlund gab. Wer überleben wollte, musste vor einem das Knie beugen. Und wenn man das tat, wurde man gleichzeitig zum erklärten Todfeind der anderen ernannt. Man sollte sich also gut überlegen, wem man die Füße küsste.

Während Taar durch die Dunkelheit wanderte, fiel ihm auf, dass er sich an den durchdringenden Geruch nach feuchter Erde und abgestandener Luft bereits gewöhnt hatte. Die Wände bestanden aus lockerer Erde, teilweise durchzogen von Adern aus Schiefer und anderem Gestein. Der Boden war mit Geröll und

Kieselsteinen übersät, eine wahre Tortur, wenn man keine Schuhe besaß. Ab und an gab es stark verrostete Metallpfeiler, welche die Decke stützten. Wenn man einen eingestürzten Gang betrat, war dies meistens das Zeichen dafür, dass irgendjemand auf die Idee gekommen war, die Pfeiler zu entfernen und sich daraus Waffen zu formen.

Als er den nächsten Korridor erreichte, hielt er inne. Blaue, leuchtende Punkte flogen umher und tauchten die Umgebung in sanftes Licht.

»Leuchtwürmer«, murmelte er, ging vorsichtig darauf zu und streckte seine Hand aus. Eine der Kreaturen landete und tastete mit den langen Fühlern über seinen Handrücken. Es kitzelte ein wenig, war aber nicht unangenehm. Diese länglichen Wesen waren ungefähr so groß wie seine Hand und besaßen vier Flügel, die sich schneller als das Auge bewegten. Das hintere Ende leuchtete in blauem Licht, was den Tieren ihren Namen verliehen hatte. Seines Wissens existierten sie nur in unterirdischen Gebieten und mieden das Sonnenlicht.

Behutsam hob er die Hand und sah zu, wie sich der Leuchtwurm erhob und zu seinen Artgenossen zurückkehrte. Sie waren Rudelwesen, die selten allein unterwegs waren. Das war notwendig, denn im Schlund gab es wesentlich gefährlichere Kreaturen. Kreaturen, deren Name einem schon einen Schauer über den Rücken jagte.

Schluss damit! Er rief sich zur Ordnung und durchquerte den Korridor. Dann bog er in den nächsten Stollen und erreichte seinen Zielort. Zwei hagere Männer standen vor einem morschen Brett, das den Zugang in den Bereich dahinter versperrte. Ein verzerrtes Muster war in das Brett geritzt, das an ein Fenster und einen Griff erinnerte – ein armseliger Versuch, eine Tür darzustellen. Die beiden Männer hielten jeweils einen Stock in der Hand, bestimmt die Überreste eines Speers von irgendeinem Wärter, den ein unrühmliches Ende ereilt hatte.

Die Männer musterten ihn, als er sich ihnen näherte, und senkten bedrohlich die Stöcke. »Stehen bleiben!«

Taar blieb stehen und hob die Hände. »Ich will die liebreizende Tiada sprechen.«

»Warum?«

»Ah, das ist natürlich die Frage aller Fragen. Warum will ich das tun? Was denkt ihr?«

Der linke Mann kratzte sich am Kopf. »Du willst mit ihr reden?«

»Voll ins Schwarze. Wie wär's, wenn ihr mich zu ihr führt?«

»Name!«, schnauzte der andere.

»Nun, mein Name ist …«

Das morsche Brett landete im Dreck. Dahinter stand der dürrste Mann, den Taar jemals gesehen hatte. Wenn er sich zu stark schüttelte, würde er bestimmt zu Staub zerfallen. »Mitkommen!«, keuchte der und wandte sich wieder um.

Taar richtete seine Kleidung, schenkte den beiden Wächtern der sogenannten Tür ein Lächeln und folgte dem dürren Mann in den angrenzenden Stollenbereich. Lief doch wie geschmiert!

*

»Taar Wax«, gurrte Tiada und lächelte finster. »So sieht man sich wieder.«

Er verbeugte sich elegant. »Tiada, meine Liebe. Welch eine Freude, nein, welch Vergnügen, deinem wunderbaren Antlitz gegenüberzustehen.«

Sie lachte mit glockenheller Stimme und zitternden Hängebacken. Von allen Schurken im Schlund war Tiada die Einzige, die ihm weiterhelfen konnte. Schon damals hatte sie versucht, ihn auf ihre Seite zu ziehen, obwohl sie von den vier Anführern die mit dem geringsten Einfluss war. Ihre Haut war so dunkel wie Tinte, ihre langen, schwarzen Haare zu vielen Zöpfen geflochten und ihr halsloser Kopf schloss mit dem mächtigen Bauch an – so wirkte es zumindest aufgrund ihrer Leibesfülle. Ihre kurzen Beine waren vermutlich zu schwach, um sie noch tragen zu können. Trotz ihrer körperlichen Verfassung besaß sie etwas, womit sie den anderen drei Anführern voraus war. Gewitztheit. Und das machte sie so gefährlich.

»Wie immer ein Charmeur, Taar Wax. Wie kommt so ein Leckerbissen vor meine Tür? Deine Flucht hat Chaos hinterlassen.« Ihre Gesichtszüge versteinerten. »Sehr viel Chaos.«

Sie schnippte mit den Fingern. Einer ihrer Gefolgsleute trat vor und verpasste Taar einen saftigen Schlag in die Magengrube. Er krümmte sich vor Schmerz und rang nach Atem. »Das hab ich wohl verdient.«

»Viele Versprechungen und keine hast du gehalten, Taar Wax.«

»Es ging …«, er keuchte, »es ging alles so schnell. Ich

hätte es beinahe selbst nicht geschafft.«

Mit ihren langen Fingernägeln klimperte sie auf den Lehnen ihres steinernen Stuhls, klimperte und klimperte immer wieder, während sie ihn aufmerksam musterte. Allein dieser Blick gab ihm zu verstehen, dass sie ihn längst durchschaut hatte und sich nicht mehr so leicht täuschen lassen würde.

»Ich war lange Zeit erzürnt«, sagte sie, griff mit der linken Hand in einen Steinkübel neben ihrem Stuhl und zog einen fetttriefenden, schwarzen Fleischschenkel heraus. Es war vermutlich das Bein eines Zangenläufers – eine äußerst gefährliche Kreatur im Schlund. Sie biss hinein und das Fett tropfte in ihren beinahe obszönen Ausschnitt. »Aber dann habe ich verstanden«, sie schluckte, »dass deine Tat eine andere Absicht verfolgte als die, die offensichtlich ist.«

Taar hob seine Brauen ein winziges Stück. »Ist das so? Wenn ich aber Ideen verfolge, die nicht den offensichtlichen Zwecken entsprechen, denen ich vorgebe, zu folgen, wie kann ich dir dann begreiflich machen, dass ich stets nur die guten Absichten verfolge, die deinen Begehren entsprechen?«

Sie lachte schallend und klopfte sich mit der fleischigen Hand auf den Oberschenkel. *Klatsch, klatsch, klatsch.* »Habe dich so vermisst, Taar Wax. Wirklich.«

Taar grinste. »Ich dich auch, Tiada. Du weißt, dass es einen Grund gibt, warum ich damals allein verschwunden bin.«

»Wynron.«

»Ich durfte nicht zulassen, dass er die Oberfläche erreicht. Dafür musste ich viele Menschen täuschen. Ums mal deutlich zu sagen: Ich hatte keine andere Wahl, möchte mich aber in aller Form bei dir entschuldigen.«

Tiada winkte ab. »Dort oben bin ich eine von vielen. Hier unten eine Königin. Alle sind mir zu Diensten. Ich gewähre Schutz und sie wissen, dass ich schlau bin. Das hier ist meine Oase, umgeben von Boshaftigkeit und Finsternis. Wir nennen das in meiner Heimat Turun'dar.«

Sie will also nicht an die Oberfläche. Dieser Köder ist vorerst unbrauchbar.

Um Zeit zu schinden, schaute er an ihrem Thron vorbei zu dem dahinter befindlichen unterirdischen See. Leuchtmoosflechten wuchsen an den Rändern und ließen das Wasser in bläulichem Licht erstrahlen. Daran grenzten mehrere Gänge, die vermutlich von allerlei Kreaturen bewohnt wurden – ausreichend Nahrung für Tiadas Untertanen.

»Abmachungen wurden mit den Wärtern des Schlunds ausgehandelt«, sagte sie. »Ich halte Kontrolle, sorge dafür, dass sie keine Probleme bereiten und werde in Ruhe gelassen. Brüchiger Frieden, der davon abhängt, dass ich nichts von meinem Einfluss verliere.«

»Du bist nicht nur liebreizend, sondern auch noch schlau. Die anderen Gebieter sollten sich vor dir in Acht nehmen.«

Sie lächelte. »Ich habe nicht vergessen. Ich erinnere mich an Versprechen. Der Thron hat Platz für uns beide.«

Er schluckte nervös. Das war zu bezweifeln. »Vielleicht ein anderes Mal, Tiada. Du weißt, dass ich nicht grundlos zu dir gekommen bin.«

Sie machte ein unflätiges Geräusch und biss in den Fleischschenkel. Während er ihr zusah, wurde ihm bewusst, dass er seit zwei Tagen nichts gegessen hatte und sein Magen sich nun bemerkbar machte.

Konzentriere dich! Jetzt darfst du dir keine Schwäche erlauben!

»Denkst immer nur an Arbeit, Taar Wax. Verdirbt den ganzen Spaß. Du warst aber schon erfolgreich. Man spricht über dich.«

Wenn sie zu diesem Zeitpunkt davon weiß, verursacht das Probleme ...

»Du hast mit ihm gesprochen?«, fragte Tiada.

»Mit wem gesprochen?«

»Ihm.«

»Wer?«

»Schluss damit! Wissen beide, über wen wir sprechen.«

»Das könnte sein. Ich habe von *ihm* interessante Dinge erfahren. Über dich und was du bezweckst. Deine Pläne, du weißt schon.«

Tiada presste ihren Mund zu einer dünnen Linie zusammen. »Woher weißt du es?«

»Von ihm.«

Sie runzelte die Stirn. »Wem?«

»Muss ich das wirklich erklären? Es ist doch ganz eindeutig.«

»Ich bin verwirrt, Taar Wax. Wenn du wirklich weißt, was ich glaube zu wissen, macht das Probleme. Große Probleme. Er darf nichts wissen. Nichts von meinen Plänen.«

»Ich würde sagen, das versetzt mich in eine recht

vorteilhafte Lage. Es ist doch so, dass du mich sowieso nicht umbringen wirst, Tiada. Für so eine kleingeistige Handlung bist du viel zu schlau. Ob du es zugeben willst oder nicht, auch du hast mich damals nur benutzt.«

Sie nickte anerkennend.

»Die Situation ist folgende: Ich bin hier, weil ich einen Auftrag habe. Ich muss jemanden finden, jemand ganz Bestimmten und du wirst mir dabei helfen.«

»Weshalb sollte ich?«

»Zum einen weißt du, dass ich für Veränderungen sorge. Zu deinen Gunsten. Ansonsten muss ich es, du weißt schon wem, verraten, wobei wir beide wissen, dass es wahr ist.«

»Wynron wird niemals davon erfahren!«

»Du planst also, Wynron anzugreifen?«

Sie zog einen Schmollmund. »Du bist ein Betrüger!«

Er zuckte die Schultern. »Kann nicht anders. Ich habe eben geblufft.«

»Namaqu'gab! Die Todesgötter sollen dich strafen! Würde dich aufknüpfen, wenn ich dich nicht brauchen würde.«

Er näherte sich dem Thron, ignorierte die brennenden Blicke der anderen und streichelte mit seinen Fingern über ihre Oberarme. »Wie ich sehe, kommen wir ins Geschäft, was?«

»Willst mich erpressen?« Ihr Lächeln strafte ihre Worte Lügen. Sie würde bekommen, was sie erhoffte. Allein seine Anwesenheit könnte für das nötige Chaos sorgen, um Wynron unvorsichtig zu machen.

»Ich nenne es ein gegenseitiges Abkommen. Du hilfst mir, diesen bestimmten Mann zu finden. Ich hingegen werde nichts von deinen Plänen verraten und dafür sorgen, dass Wynron bald das Zeitliche segnet. Es wird Zeit, dass die bezaubernde Tiada über mehr Macht verfügt.«

Tiada packte sein Kinn und zog ihn ganz nahe zu ihrem Gesicht. »Wenn du mich hintergehst, wird dich nichts vor mir retten. Nichts, verstanden?«

Er zwang sich zu einem Lächeln. »Verstanden. Und um meine Treue schon einmal zu beweisen, habe ich tolle Neuigkeiten für dich.«

Ihr Griff wurde fester, fast schmerzhaft. »Neuigkeiten?«

»O-dryt plant ebenfalls, Wynron zu stürzen.«

Tiada zog ihn noch näher und drückte ihm einen feuchten Kuss auf die Wange. »Du schmeckst nach Oberfläche, Taar Wax.« Sie ließ ihn los und winkte einen ihrer Untergebenen heran. »Schickt meine Greifer!«

»Deine kampferprobten Krieger? Du lässt aber auch nichts anbrennen, was?«

»Vorbereitung ist gut. Werde mich mit meinen Greifern besprechen und die Pläne verfeinern. Du hingegen bringst O-dryt hierher. Verstanden?«

»Wie ich sehe, verstehen wir uns. Damit habe ich wohl einen Teil meiner Abmachung erfüllt, meine reizende Dame. Jetzt bist du an der Reihe.«

Sie winkte auffordernd.

»Zuerst einmal benötige ich ein Ei von einem Zangenläufer. Ich bin sicher, dass du noch eines in deinem Lager hast, nicht wahr?«

Tiada schnipste. Einer ihrer Untergebenen verschwand in einem Seitengang. Kurze Zeit später kehrte er mit einem dunkelgrauen, schwarz gepunkteten Ei zurück, das so lang wie sein Unterarm war. Der Mann stellte das Ei vor Taar ab.

»Besten Dank.«

»Wozu das Ei?«, fragte Tiada. »Wenn du essen willst, sag es. Freue mich immer auf Gesellschaft. Und auf mehr.«

»Vielen Dank für das großzügige Angebot, Tiada, ich speise aber lieber allein. Tatsächlich interessiert mich nicht der Inhalt«, ihm wurde schon schlecht, wenn er an die kleine schwarz geschuppte Kreatur dachte, die darin lag, »sondern die Schale.«

»Die Schale? Was ist …« Sie unterbrach sich. »Nimm! Alles andere ist unwichtig.«

Taar neigte den Kopf. »Als Nächstes benötige ich Informationen. Der Name des Mannes, den ich suche, lautet Docar und er …«

»Docar? Braune Haare, schmales Gesicht, etwas vorlaut? Viele Jahre hier unten?«

»Wenn das der Docar ist, den ich meine, dann ja.«

Ihre Zöpfe flogen umher, als sie den Kopf schüttelte. »Schlecht.«

»Wie schlecht?«

»Sehr schlecht.«

»Sehr, sehr schlecht?«

»Ja. Weil er tot ist.«

Asche und Knochen

Siebter Tag

Einst gab es einen machtgierigen und fürchterlichen Nekromanten namens Ranthor. Es grenzte beinahe an Kunst, was er mit seiner Todesgabe zustande bringen konnte. Er war talentiert, er war aber auch gierig und wollte dem Tod die Stirn bieten. Nun ist er fort und alles, was ihn einst ausgemacht hatte, vergangen. Ich frage mich, was mit der Seele eines derart mächtigen Nekromanten passiert, wenn er stirbt?

Rysana betrat das Schlafgemach. Geduldig umrundete sie einen Riss im Boden, lief an zersplitterten Möbeln vorbei und begab sich zum Balkon, der an einer scharfen Kante endete. Der Rest des Balkons musste sich irgendwo in der Tiefe befinden.

Wie stets im Norden von Amdra ging ein kalter Wind. Der Himmel war ein stilles, graues Nichts, schwer wie geschmolzenes Blei, das fallenden Schnee versprach, aber keinen schenkte. Im Norden verloren sich die Gipfel der Eisgebirge in den Wolken, als wollten sie das Himmelszelt durchbrechen. Im Süden flachte das Land ab, bis es sich in dichten Wäldern verlor. Irgendwo dahinter befand sich der Schlund, der Ort, an dem sich alles entscheiden sollte. Was der Vagabund wohl gerade tat? Ob er den Bastard des Kaisers inzwischen gefunden hatte? Am schlimmsten war die Ungewissheit. Sieben Tage war das Attentat schon her. Sieben Tage, die sie vor schier unlösbare Aufgaben stellten. Seitdem waren sie einer Verbesserung der Situation kein Stückchen näher gekommen. Dreiundzwanzig Tage blieben ihnen, bis die vier Lords Amdras in den Palast geladen waren. Dreiundzwanzig Tage blieben ihnen, ohne dass irgendjemand Verdacht schöpfen würde. Aber nicht nur die Mission des Vagabunden geisterte ihr im Kopf herum, sondern auch, dass es jemandem gelungen war, Wendal zu ermorden. Bislang war der Rat davon ausgegangen, dass es außer ihm keine lebenden Nekromanten mehr in Amdra gab. Die zehn Attentäter hatten sie eines Besseren belehrt.

Rysana vernahm hinter sich ein Geräusch, blickte sich aber nicht um. Sie wusste, wer das Gemach soeben betreten hatte.

»Ein Ausblick, der mich jedes Mal aufs Neue fasziniert«, sagte Aroc, als er zu ihr aufschloss. Sein Atem dampfte in der kühlen Morgenluft. »Obwohl ich nicht aus dem Norden stamme, fühle ich mich hier wohl. Es ist kalt, aber die Ruhe, die Luft und das Gefühl von Freiheit lassen das schnell vergessen. In all der Zeit habe ich es nie bereut, dem kaiserlichen Rat beigetreten zu sein.«

»Ihr hattet auch keine andere Wahl, Ratsmitglied Aroc. Ihr wurdet auserwählt, weil Ihr über Weisheit, Wissen und eine rasche Auffassungsgabe verfügt. Wendal täuscht sich nur selten … oder hat sich vielmehr nur selten getäuscht.«

»Nur Aroc bitte.«

»Wie Ihr wünscht. Ihr dürft mich mit Rysana

ansprechen.«

Ich darf nicht zu persönlich werden, aber mir bleibt keine andere Wahl. Ich brauche ihn, wenn ich den Rat nicht entzweien möchte. Sein Wort hat zu viel Gewicht.

»Rysana, gestattet mir diese persönliche Bemerkung, denn mir ist aufgefallen, dass Ihr den Kaiser oft bei seinem Namen nennt.«

»Damit habt Ihr recht. Stört es Euch?«

»Nein, ich verstehe das. Immerhin seid Ihr die Vorsitzende des Rates und habt mehr als jeder andere mit ihm zu tun gehabt. Ich hörte sogar, dass er in vielen Fällen Euch mehr traute als seinen persönlichen Dienern.«

»Es ist unsinnig, das zu leugnen.«

Aroc beugte sich über den noch vorhandenen Teil des Geländers und schirmte die Augen gegen die Sonnenstrahlen ab, die in diesem Augenblick durch die Wolkendecke drangen. »Es war mir nicht vergönnt, mit ihm viel zu sprechen. Bei diesen Gesprächen erschien er mir stets irgendwie …«

»Unnahbar? Kalt? Abweisend?«

»Ja. Es wirkte, als würde er mich kaum wahrnehmen.«

»Das sieht ihm ähnlich. Er nannte es das dritte Auge.«

»Was ist das?«

»Nun, er war derart mächtig, dass er sowohl in das Reich der Lebenden als auch in das Totenreich blicken konnte. Wenn er Euch also ansah, dann erkannte er nicht nur Eure weltliche Hülle, sondern auch Eure …«

»Seele«, flüsterte er und schüttelte sich. »Irgendwie beängstigend.«

»In der Tat, das ist es. Im Laufe der Zeit gewöhnte ich mich daran. Je öfter wir miteinander sprachen, desto mehr erkannte ich, dass hinter seiner furchtbaren Macht in Wahrheit ein verletzlicher Mann steckte, der mit seinem Schicksal haderte.«

»Und welches Schicksal soll das gewesen sein?«

Rysana schloss die Augen und vernahm die Worte, als würde Wendal neben ihr stehen. »Ich bin das notwendige Übel«, zitierte sie. »Ich bin die Finsternis, die Dunkelheit und der Schrecken dieser Welt. Ich bin aber auch das Licht, die Hoffnung und der einzige Weg, um uns alle zu beschützen.«

Aroc sagte lange Zeit nichts, bis er schließlich nickte. »Licht und Schatten.«

»So ist es. Er hat Schreckliches getan und vielen Menschen den Tod gebracht. Er hat Nekromanten gejagt und dabei ganze Städte verwüstet. Wenn ein Lord zu aufmüpfig wurde, hat er ihm vor den Augen dessen Untertanen die Seele aus dem Leib gerissen …«

»Aber er hat das Land zusammengehalten und dauerhaften Frieden garantiert. Auch wenn dieser Frieden aufgezwungen und brüchig ist, hat er damit etwas Großes vollbracht. Der Nekromantenkaiser war ein Tyrann, der trotz allem den Menschen ein normales Leben ermöglichte, ohne dass sie fürchten mussten, von einem Nekromanten versklavt oder von einem abtrünnigen Lord erhängt zu werden. Es ist, wie er sagte, Rysana. Er war das notwendige Übel.«

Sie spürte bei diesen Worten einen Stich des Grauens in der Seite. So viel Zeit hatte sie mit Wendal verbracht und ihn schätzen gelernt. Er war ein guter Mann

gewesen, der sich um das Wohl seiner Untertanen gesorgt hatte, auch wenn er stets anderes behauptet hatte.

»Gestattet Ihr mir eine persönliche Frage?«

»Ihr könnt mich alles fragen, was Ihr wollt«, sagte
Rysana.

Er wandte sich ihr zu und nahm ihre Hand in seine.
Ihr Herz tat einen Hüpfer. Es fühlte sich gut und vertraut an. Wie lange war es her, dass ein Mann ihre Hand
gehalten hatte?

»Vermisst Ihr ihn, Rysana?«

Vermisste sie ihn? Ja, von ganzem Herzen. Das
wollte sie aber gegenüber Aroc nicht zugeben. Trotz der
Vertrautheit war sie keine Närrin. »Wendal ist tot. Es
macht keinen Unterschied, ob ich um ihn trauere oder
nicht.« Sie entzog ihm die Hand und richtete ihren Blick
wieder nach Süden.

»Ich verstehe.« Er machte eine Pause. »Warum habt
Ihr mich rufen lassen?«

»Ich habe über Eure Worte bei unserem letzten
Treffen nachgedacht und bin zu der Entscheidung gelangt, dass ich Eure Hilfe benötige. Wir sind sechs Mitglieder im Rat: Nandeon, Dunla, Bachel, Mava, Ihr und
ich. Wenn Dunla und Bachel einen Misstrauensantrag
stellen wollen und Mava zustimmt, ist bereits die Hälfte
der Mitglieder gegen mich. Dies darf unter keinen Umständen eintreten!« Sie wandte sich ihm zu und wurde
sich schmerzlich bewusst, dass ihre Hand noch immer
von der Berührung kribbelte. »Ihr habt mir Eure Hilfe
und Euer Vertrauen angeboten, Aroc. Nun gehe ich den
nächsten Schritt und stelle Euch eine Frage: Werdet Ihr
mich unterstützen, wenn die Zeit gekommen ist?«

»Ich gebe Euch mein Wort, Rysana!«

Kann ich ihm wirklich vertrauen? Was bleibt mir anderes übrig?

»Ein Danke trifft es wohl nicht ganz, Aroc.«

»Unnötig. Es ist mir eine Ehre, Euch zu unterstützen. In diesem Sinne möchte ich auch etwas anmerken.«

Sie winkte auffordernd und ging wieder in das Gemach.

Er folgte ihr. »Es wird irgendwann auffallen, dass niemand das Schlafgemach betreten darf. Sollten wir den Raum nicht wiederherrichten, um zumindest den Eindruck zu erwecken, dass alles in bester Ordnung ist?«

»Euer Vorschlag spricht von Kühnheit. Wir müssen allerdings einstweilen damit leben, dass unter der Hand gesprochen wird. Ich habe aus gutem Grund befohlen, dass niemand hier etwas anfasst oder verändert.«

»Möchtet Ihr mir diesen Grund nennen?«

Sie blieb stehen und bückte sich zu einem Aschehaufen am Boden, den sie vorsichtig zwischen den Fingern zerrieb. »Ich werde den Eindruck nicht los, dass hier noch weitaus mehr dahintersteckt als wir ahnen.«

Aroc ging neben ihr in die Hocke. »Wie kommt Ihr darauf?«

»Die Attentäter waren Nekromanten. Zehn Nekromanten.«

»Taar Wax ist auch einer.« Er griff ebenfalls nach der Asche. Als er seinen Arm wieder hob, hielt er einen kleinen, weißen Gegenstand in der Hand. »Ist es das, was ich denke?«

»Ja, ein Knochen. Vermutlich von einem Finger.

Genau das ist es, was ich meine. Wendal erklärte mir, dass Nekromanten die Seelen der Toten aus dem Totenreich herbeirufen können, um diese dann mit einem Gegenstand zu verbinden. Sie bezeichnen dies auch als *verweben*.«

»Ich hörte davon, habe mich aber nie sonderlich damit befasst. Es erschien mir nicht wichtig genug, denn im Prinzip ...«

»Sollte es keine Nekromanten mehr geben, ja. Ist Euch aufgefallen, wie der Vagabund ausgesehen hat?«

Aroc schnaubte laut. »Das war wohl kaum zu übersehen. Er trägt nicht umsonst den Titel *Vagabund*.«

Rysana schüttelte langsam den Kopf und nahm ihm den Knochen aus der Hand. »Ihr habt nicht richtig hingesehen. Auch ich brauchte einige Tage, bis ich es verstanden habe. Taar Wax ist ein schlauer Mann, hinter dessen Maske weitaus mehr steckt, als der gewöhnliche Betrachter erkennen kann. Er lässt uns nur das sehen, was er uns sehen lassen will. Ich glaube, das ist auch der Grund, warum er häufig unterschätzt wird und vom Nekromantenkaiser verschont wurde.«

»Er wurde *verschont*?«

»Wusstet Ihr das nicht? Ja, Wendal hat vor ein paar Jahren von ihm gesprochen und gesagt, dass Taar Wax noch eine große Rolle einnehmen wird.«

»Ich verstehe. Aus diesem Grund seid Ihr auch so erpicht darauf, dass er sich dieses Auftrags annimmt. Aber was hat das mit seinem Erscheinungsbild zu tun?«

Rysana erhob sich und drehte den Knochen in ihren Händen hin und her. »Der Mantel, den er trug, war nicht grundlos verwahrlost. Ein Nekromant verwebt Seelen mit Gegenständen, um diese mit Befehlen zu kontrollieren. Je klarer der Befehl, desto größer die Wirkung. Hat ein Mantel mehr Bewegungsfreiraum, kann er auch besser eingesetzt werden. Ich weiß nicht viel über die Nekromantie, aber dies sind einige Dinge, die ich in Erfahrung bringen konnte.«

»Verblüffend. Darüber habe ich noch gar nicht nachgedacht.«

Sie holte einen Wachsklumpen aus ihrer Robentasche hervor. Mit viel Fantasie konnte man die Form eines Menschen erkennen. »Das hat sich während der Besprechung neben meinem Stuhl befunden. Wohlgemerkt, nachdem der Vagabund uns verlassen hatte. Ich habe den Stuhl verrückt und die Figur dabei zerstört.«

»Ich verstehe nicht ganz …«

»Er hat uns belauscht.«

»Belauscht? Wie das?«

»Er hat die Seele eines Toten in sie gezwungen und dadurch konnte er alles hören, was die Wachsfigur vernommen hat.«

Aroc starrte sie an. Das zeigte, dass er, wie der Rest des Rates, nicht viel über Nekromantie wusste, was ihr wiederum einen Vorteil verschaffen könnte. »Er hat uns wirklich belauscht? Aber dann weiß er doch …«

Sie hob die Hand und unterbrach seinen Einwand. »Ich bin das Gespräch immer wieder in Gedanken durchgegangen und zu dem Ergebnis gelangt, dass er nicht wesentlich mehr weiß als zuvor. Es fiel das Wort Bastard, mehr aber auch nicht.«

»Das beruhigt mich ungemein.«

»Es ist eine Situation, die wir nicht ändern können.

Taar Wax weiß aber nicht, dass wir wissen, was er weiß.«

»Wenn wir also wissen, dass er nicht weiß, dass wir wissen, was er weiß, dann birgt dies einen Vorteil für uns?«

Sie lächelte. »Ein wenig verworren ausgedrückt, aber genau das ist der Vorteil, den wir besitzen.«

»Was hat das mit der Wachspuppe zu tun?«

Sie knetete den Klumpen und bildete nach und nach die Form eines Menschen. »Ein Gesetz der Nekromantie besagt, je ähnlicher sich die Seele und der Gegenstand sind, desto lebendiger wird dieser. Ein Hemd ist darauf beschränkt, ein Hemd zu sein. Eine Wachspuppe hingegen mit Armen, Kopf, Ohren und sogar Augen besitzt wesentlich mehr Möglichkeiten. Sie ist noch immer an den Nekromanten gebunden, ist aber sehr gefährlich.«

Er nahm ihr die Wachsfigur aus der Hand und betrachtete sie. »Weshalb ist es gefährlich?«

»Wendal sprach davon, dass die Toten gegen die Mächte eines Nekromanten aufbegehren. Eine Seele wird aus dem Totenreich heraufbeschworen und hat die Möglichkeit, wieder zu leben. Es ist ein natürlicher Trieb, der den Gesetzmäßigkeiten der Natur folgt. Lediglich der Nekromant, seine Macht und sein Wille stehen dazwischen.«

»Wie kehrt die Seele wieder zurück?«

»Das ist eine interessante Frage.« Sie sammelte sich und bemerkte, dass ihr das Gespräch gefiel. Es erinnerte sie an die vielen Stunden, die sie mit Wendal über das Thema debattiert hatte. »Je unterschiedlicher der Gegenstand und die Seele sind, desto schwächer ist das

Band.«

»Band?«

»So bezeichnete Wendal die Verbindung beider Elemente. Eine Seele verschwindet nach geraumer Zeit, wenn das Band nicht stark ist.«

»Damit meint Ihr, wenn die Seele mit einem … Hemd nichts anfangen kann?«

»So in etwa.«

»Und die andere Möglichkeit?«

»Der Nekromant kann die Seelen jederzeit entlassen.«

»Logisch. Nun frage ich mich, was das alles mit dem Schlafgemach, der Asche, dem Vagabunden und dem Knochen hier zu tun hat?«

Sie bückte sich, atmete scharf ein, als ihr Rücken protestierte, und zog einen weiteren Knochen hinter einem zersplitterten Regal hervor. Er war so lang wie ihr Unterarm.

»Bei den alten Todesgöttern!«, rief Aroc. »Ist es das, was ich vermute?«

»Eine Rippe.« Sie legte beide Knochen auf ihre Hand und balancierte sie darauf. »Taar Wax benutzt Kleidung, Wachs, Metall und wer weiß was sonst noch. Wir würden es als Plunder bezeichnen, er hingegen kann damit Dinge bewerkstelligen, von denen wir nur träumen können. Es sind alles Dinge, die weit davon entfernt sind, organischem Material zu entsprechen.«

»Ihr sprecht in fremder Zunge, Rysana.« Aroc lachte nervös. »Wenn ich diesen Gedanken zu Ende führen darf, würde dies bedeuten, dass Knochen eine wesentlich größere Verbindung zu den Seelen der Toten aufbauen können als ein … Hemd?«

»Das ist der springende Punkt. Einer der Attentäter, oder vielleicht alle, haben Knochen benutzt, um eine äußerst mächtige nekromantische Beschwörung zu erschaffen. Wendal behauptete, dass es eine immense Willenskraft benötigt, um das zu bewirken. Wenn eine Wachspuppe hören kann, was ist dann erst bei einem Wesen aus Knochen der Fall?«

»Mich schaudert es, darüber nachzudenken, Rysana. Ich fürchte, dass ich heute Nacht nicht gut schlafen werde.«

»Das sind längst nicht alle Fragen, die aufgekommen sind.« Vorsichtig, ganz vorsichtig nahm sie den Dolch aus ihrer Tasche und hielt ihn Aroc hin. Die Runen an der Edelsteinschneide glühten in einem mattgrünen Licht. »Damit wurde Wendal ermordet.«

»Ja, Ihr habt den Dolch bereits bei der Ratssitzung vorgezeigt. Eine effektive Waffe gegen Nekromanten, nicht wahr?«

»So effektiv, dass damit der mächtigste Nekromant von Amdra getötet werden konnte. Wer verfügt über das Wissen, einen Ritualdolch zu fertigen?«

»Ein weiteres Rätsel, das wir lösen müssen, Rysana.«

»In der Tat. Wir sind nur von Rätseln umgeben. Zehn Attentäter, die mächtige Beschwörungen erschaffen und Wendal bezwingen konnten? Ein Relikt aus alten Tagen? Wer steckt hinter alldem?«

»Was vermutet Ihr?«

»Nichts Greifbares. Aber es ist der Grund, weshalb ich darauf bestanden habe, dieses Schlafgemach unberührt zu lassen. Versteht Ihr nun?«

»Ich verstehe und versprach Euch meine Unterstützung, Rysana.« Er berührte ihre Hand. »Wir werden das Geheimnis gemeinsam ergründen.«

Ein Verbündeter

Achter Tag

Während ich diese Zeilen verfasse, mache ich mir etwas vor. Ich bin kein guter Mensch, das war ich niemals. Aber was blieb mir anderes übrig? Was hätte ich tun sollen, um die Welt vor sich selbst zu schützen? Kontrolle. Kontrolle ist notwendig, damit niemals wieder ein Krieg ausbricht, der uns alle vernichten könnte.

Taar betrachtete das Ei und brütete vor sich hin. Der Bastard war tot, lag unter der Erde, ihm war das Licht ausgeblasen worden, der Hals umgedreht ... wie auch immer. Ein Gebieter hatte den Jungen ins Nichts befördert. Was auch immer dazu geführt hatte, wie Tiada mit ihm in Verbindung gestanden hatte und welche Rolle der Gebieter Wynron dabei spielte, war für ihn erst mal einerlei. Der Bastard war tot. Und das war ganz und gar keine angenehme Wendung der Ereignisse.

Es hat einen Grund, warum ich hier unten bin, und er hat damit zu tun. Alles ist verflochten.

Er brach die Eierschale auf und spähte hinein. Darunter war eine grüne, schleimige Flüssigkeit erkennbar, die abartig stank. Nichts, was ihn sonderlich störte. Von einem Zangenläufer keine Spur. Gut. Einerseits war es schade, weil er durchaus etwas zwischen den Zähnen brauchen konnte, andererseits hatte er keine Lust, sich einen Zweikampf mit einem der gefährlichsten Jäger im Schlund zu liefern.

Die Flüssigkeit kippte er achtlos auf den Boden, denn sie war stark ätzend und besaß für ihn keinerlei Nutzen. Die Schalestücke hingegen stapelte er aufeinander und rollte sie in sein Hemd ein. Klar, die Restflüssigkeit würde Löcher hineinbrennen, aber dieses Opfer musste er nun einmal eingehen. Er schulterte den provisorischen Beutel, ging zum Rand des Sees und tunkte den Beutel hinein. Es zischte und dampfte und das Hemd verfärbte sich von braun zu grau. Er wartete drei Atemzüge, dann nahm er das Hemd mitsamt Schalen heraus und stellte alles auf dem Boden ab.

»Du bist an der Reihe«, murmelte er vor sich hin und zerdrückte die Leuchtmoosflechte so lange zwischen den Händen, bis sich ein milchig blauer Brei bildete. Mit viel Fingerspitzengefühl träufelte er diesen auf die Innenseiten der Eierschalen und achtete darauf, nichts davon zu verschwenden. Das wiederholte er so lange, bis jedes Schalenteil mit der Flüssigkeit benetzt war.

Er inspizierte sein Werk, fand, dass es gut war, und band das obere Ende des Hemdes zu, sodass wieder ein Beutel entstand. Zu diesem Zeitpunkt war es wichtig, dass kein Licht an die Eierschalen kam.

»Taar Wax, du bist der Größte!«, brummte er. *Jetzt heißt es warten …*

Er trank gierig aus dem See, seufzte zufrieden und legte sich auf den staubigen Boden. Sein Kopf war voller wirrer Gedanken. Innerhalb weniger Tage hatte er

zwei einflussreichen Menschen Versprechungen gemacht, die er unmöglich halten konnte. Kacke. Der Bastard war tot. Große Kacke. Er wusste nicht wirklich, wie
es weitergehen sollte. Enorm große Kacke.

Trotz seiner Unruhe schloss er die Augen und war
nur wenige Atemzüge später eingeschlafen.

*

Taar blinzelte träge ins Licht. Er rieb sich den Schlaf aus
den Augen und stemmte sich hoch. Wenn es eines gab,
was er wirklich von der Oberfläche vermisste, war es ein
Bett. Das klang seltsam für einen Vagabunden, aber es
ging doch nichts über einen ordentlichen Sack Stroh
oder eine Pritsche, so hart sie auch sein mochte.

»Du hast nach Docar gefragt.«

Er hatte den schmächtigen Mann hinter sich bereits
bemerkt. Aber solange er sich in Tiadas Gebiet befand,
würde ihm niemand Schaden zufügen. Daher ließ er
sich mit einer Antwort Zeit und griff nach seinem provisorischen Beutel.

»Kommt ganz drauf an«, murmelte er.

»Und worauf?«

»Ob du mir weiterhelfen kannst.«

»Ich hörte, dass du nach ihm suchst …«

»Jaja, schon klar.« Taar wandte sich dem Fremden
zu. Seine Statur war schmächtig und dürr, seine Haare
kackbraun und sein Gesicht schmal, jungenhaft und beinahe engelsgleich. Dennoch lag in seinen tief liegenden
Augen eine gewisse Härte, die so gar nicht zu seinem
Aussehen passte. Immerhin trug er ein sauberes,

schlichtes Hemd, eine Hose und sogar – man konnte es kaum glauben – Schuhe!

»Jetzt mach nicht so ein Geheimnis draus«, sagte Taar. »Du weißt etwas, also schieß los!«

»Wie kommst du darauf, dass ich etwas weiß?«

»Du stehst vor mir, schwingst eine tolle Ansprache und sprichst von einem Toten. Weißt du, ich kann eins und eins zusammenzählen.«

»Ich …«, der Fremde schluckte und sah sich nervös um, »also gut. Ja, ich weiß in der Tat etwas.«

»Und die Lösung ist: Er weiß etwas! Toll.«

»Veralberst du mich?«

»Nur ein wenig.«

»Das ist … nicht nett.«

Taar schnaubte. »Willst du mich beleidigen?«

»Was? Nein! Ich wollte …«

»Klappe!« Er schüttete die Eierschalen auf den Boden und warf das Hemd über. Es stank bestialisch und war so durchlöchert wie ein Käse aus Vragos. Das war aber unerheblich, denn als er die Schalen betrachtete, brummte er zufrieden. Auf der Innenseite war eine weiche, bläuliche, leicht schimmernde Schicht erkennbar. Er nahm den rostigen Nagel aus seiner Tasche und löste damit vorsichtig die Schicht von der Schale. Dabei war viel Fingerspitzengefühl gefragt und er war froh, dass der Fremde die Klappe hielt und still blieb, als er sich neben ihn hockte und ihm bei der Arbeit zusah. Es dauerte eine Weile, bis er alle Eierschalen abgekratzt hatte, und als er fertig war, grinste er zufrieden.

»Geschafft!«, rief er und legte die blauen Schichten auf einen Stapel. Dann begann die eigentliche Arbeit.

Erst knetete er eine handgroße Kugel, anschließend eine Wurst und danach erneut eine Kugel. Mit jeder Verformung wurde die Schicht weicher und dehnbarer, bis sie schließlich eine Konsistenz annahm, die zwar noch eine ganze Zeit abartig stinken würde, ihm aber von Vorteil sein könnte.

»Was ist das?«, flüsterte der Fremde.

Taar riss ein Stück ab und drückte es ihm in die Hand. »Noch einmal kneten und dann zu einer Kugel formen.«

Der Fremde kam der Aufforderung ohne Widerworte nach. Es sagte viel über ihn und je länger Taar ihm zusah, desto mehr erschloss sich ihm ein Bild von dem Fremden. Er war jung, vielleicht siebzehn Jahre, so richtig konnte man das aber nicht einschätzen. Und doch hatte der Fremde bislang im Schlund überlebt und sich mächtige Verbündete gemacht. Das zeugte von einem wachen Verstand, was wiederum bedeutete, dass Taar ihn nicht unterschätzen durfte.

Der Fremde hielt die Kugel ins Licht. »Gut so?«

»Gut so. Bist ein Naturtalent, was?«

»War das ein Witz?«

»Und du hast ihn erkannt?«

»Du verarschst mich doch wieder.«

»Nicht unbeabsichtigt.«

»Nicht … unbeabsichtigt? Also beabsichtigt.«

»Du bist eindeutig zu schlau für mich, Junge.«

Der Fremde musterte ihn irritiert. »Also, wofür ist das Zeug?«

»Wachs.«

»Äh, was?«

»Die Innenseite von Zangenläuferschalen ist mit einer feinen Schicht bedeckt. Wenn man diese von der Flüssigkeit trennt und dabei Wasser benutzt, anschließend mit dem Saft von Leuchtmoos beträufelt und zuletzt eine Weile in Dunkelheit ruhen lässt, bildet sich eine formbare Schicht, die an Wachs erinnert. Also Wachs.«

»Und wozu brauchst du das?«

»Wachs ist toll.«

Der Fremde wartete, ob noch eine Antwort kam – die nicht erfolgte. »Es stimmt also.«

»Hm?«

»Du bist Taar Wax der Vagabund.«

»Bist ja ein richtiger Blitzmerker.«

Der Fremde regte sich unruhig. »Ich habe viel von dir gehört. Du warst in aller Munde.«

Taar hob einen Finger. »Ich *bin* in aller Munde.«

»Das kann durchaus sein. Ich hörte viele Geschichten über dich, zum Beispiel, dass du Lord Zasean vorgeführt hast.«

Er musste grinsen. »Ach, der Lord des Südens ist ein alter Kumpel von mir. Er wollte mich viermal hängen … nein, warte! War es fünfmal? Ist auch egal.«

»Hat nicht geklappt, oder?«

»Natürlich nicht. Braucht schon ein bisschen mehr, um mich mit einer Schlinge an einem Balken aufzuhängen. Er brauchte leider eine Weile, bis er das kapiert hat.«

»Warum hat er dich nicht köpfen lassen?«

»Ich habe ihn vorgeführt. Das Volk hat bei jedem weiteren Versuch Wetten abgeschlossen und mich am

Schluss sogar als Helden gefeiert.« Gern erinnerte er sich daran, wie er durch die jubelnde Menge spaziert war. Ein Mann aus ihren Reihen, der einem Lord trotzte – das war der Stoff, aus dem Legenden gemacht wurden!

»Irgendwie musste Zasean jedenfalls seinen Ruf wiederherstellen«, sprach er weiter. »Er wollte ein Exempel statuieren, indem er *mich* vorführt. Also hat er mir alles genommen, sogar meine Kleidung, und mich geknebelt und gefesselt in den Sümpfen von Charasyl ausgesetzt.«

»Aber du bist entkommen und niemand hat bislang verstanden, wie dir das gelungen ist. Man sagt, dass du drei Tage in den Sümpfen gelegen hast. Ohne Nahrung und ohne dass du dich bewegt hast. Und als der Sumpf dich als einen Teil von sich akzeptiert hat, hast du die Ungeheuer dazu gebracht, dass sie sich gegenseitig angegriffen haben. Stimmt es?«

»Keine Ahnung. Menschen lieben Geschichten.«

Der Fremde schwieg eine Weile, während er weiterknetete. »Was hat es mit dem Wachs auf sich?«

Taar hielt ihm auffordernd die Hand hin, woraufhin der Fremde die Wachskugel übergab. Dann steckte er beide Hälften in die Hosentaschen und fühlte sich zum ersten Mal seit seinem Aufenthalt ansatzweise vollständig. »Du kennst meinen Namen und die Geschichte, wie ich Zasean überlistet habe. Was hast du sonst noch über mich gehört?«

Der Fremde warf ihm einen merkwürdigen Blick zu. »Du bist ein Nekromant. Deshalb konntest du auch nicht gehängt werden, weil du den Strick und die Schlinge mit der Seele eines Toten verwoben hast.«

»So etwas solltest du nicht laut sagen, wenn dir dein Leben lieb ist.«

»Verzeihung, ich wollte dich nicht kränken.«

»Kränken?« Taar lachte auf. »Du möchtest dich bei mir entschuldigen und glaubst, dass du mich gekränkt hast? Was bist du denn für einer?«

Der Fremde lächelte unschuldig. »Jemand, der helfen möchte.«

»Interessant. Normalerweise will man mir eher den Hals umdrehen. Ist mal eine willkommene Abwechslung. Ich nehme an, dass du für deine Informationen eine gewisse Bezahlung erwartest?«

Der Fremde rang nervös die Hände.

»Du willst … Aufsehen erregen? Nein, du bist niemand, der gern im Mittelpunkt steht.« Taar umrundete ihn und inspizierte die Kleidung. »Du achtest auf dich, willst aber kein Anführer werden.« Er blieb vor ihm stehen und sah ihm in die Augen. »Du bist ein guter Kerl und hast es hier unten nicht leicht. Genau deshalb hat sich auch Tiada deiner angenommen. Sie ist eine gute Frau, aber eine gnadenlose Taktikerin, die stets mehrere Pläne gleichzeitig im Auge behält. Jemand wie du überlebt in der Regel hier unten nicht lange.«

»Darf ich jetzt auch mal etwas …?«

»Ruhe! Wo war ich stehen geblieben? Ach ja, du willst mich für dumm verkaufen und mit mir spielen, bis du mir dann irgendwann eine besondere Wahrheit offenbarst. Vielleicht bist du Docars Mörder? Vielleicht auch sein Geliebter?« Ein Grinsen huschte über sein Gesicht, als er den empörten Blick im Gesicht des Fremden sah. »Doch nicht?«

»Ich bin kein Knabenliebhaber!«

»Brauchst dich nicht so aufzuregen, ich finde daran überhaupt nichts Verwerfliches. Jeder soll tun, was ihm beliebt. Aber soll ich dir mal was sagen? Ich erzähle nicht nur gern Geschichten, sondern kenne auch alle, die in jeder erdenklichen Spelunke in Amdra erzählt werden. Sogar darüber hinaus in den Weiten von Varylien! In diesen Geschichten gibt es immer einen Mann, der einem anderen Mann die Hand hinhält und die Wahrheit hinter Schein und Trug verbirgt. Wenn aber ein Mann weiß, dass ein Mann nicht der Mann ist, für den er sich ausgibt, dann durchschaut er das Spiel und erkennt, dass der Mann nur der Mann sein kann, der er sein sollte.«

Der Fremde wurde immer nervöser. »Ich habe nur die Hälfte verstanden.«

»Macht nichts. Mancher greift sich an den Kopf und fasst ins Leere.«

»Willst du damit etwa sagen, dass ich …«

»Keineswegs! Wovon ich eben gesprochen habe, ist ein klassisches Stilelement jeder Geschichte. Ein Fremder erschleicht sich das Vertrauen eines Suchenden, um ein Geheimnis zu verbergen. Der Mann täuscht den anderen Mann, ohne festzustellen, dass er sich nur selbst täuscht und immer mehr von sich preisgibt. Es gibt einen Spruch unter uns Nekromanten … oder zumindest unter den Nekromanten, die es nicht darauf abgesehen haben, das Land mit Tod und Pein zu überziehen.« Er lachte lauter, als er den verwirrten Ausdruck im Gesicht des Jungen sah. »Ja, es gibt tatsächlich einen Unterschied zwischen einem Nekromanten und einem

Nekromanten. Nicht alle sind so wie die, die vom Kaiser getötet wurden. Wir jedenfalls haben einen Spruch, der auf so vieles im Leben zutrifft: Alles ist miteinander verflochten. Das Leben, der Tod, Entscheidungen, Bestimmung und Schicksal. Es gibt keine Zufälle, denn alles berührt Dinge, um daraus wiederum andere Dinge zu erschaffen, die am Ende einen klaren Sinn ergeben. Man muss sich nur der eigenen Konsequenzen bewusst sein.«

»Es tut mir leid, aber ich kann dir leider nicht folgen.«

Taar klopfte ihm auf die dürre Schulter. »Das macht doch nichts. Um mich kurzzufassen: Du brauchst mir keine von den klassischen Geschichten zu erzählen, die am Ende, wenn die beiden Verbündeten lange genug zusammengearbeitet haben, eine wundersame Wendung und Enthüllung verspricht. Denn seien wir mal ehrlich, das ist immer so was von vorhersehbar und wir können uns viel Zeit ersparen.«

»Klassische Geschichte? Was willst du mir damit sagen?«

»Ach, Docar«, er seufzte, »Glaubst du wirklich, dass ich nicht weiß, wer du bist?«

Der Junge stand wie vom Donner gerührt da.

Taar schwenkte einen Finger vor Docars Nase. »Es ist kein Zufall, dass sich Tiada deiner angenommen hat. Sie hat geplant, deine Identität eine Weile geheim zu halten, um mit mir zu spielen. Unser Weg ist aber vorherbestimmt und aus diesem Grund mussten wir uns finden. Klar?«

»Woher weißt du das alles?«, fragte Docar völlig entgeistert. »Und woher weißt du, wer ich bin? Niemand außer ihr kennt meinen Namen!«

»Das ist unwichtig. Ich habe vom kaiserlichen Rat einen Auftrag erhalten. Docar, ich bin hier, um dich aus dem Schlund zu befreien.«

Zweiter Teil

Rätsel und Geheimnisse

Neunter Tag

Irgendwann habe ich erkannt, dass es ein steter Kreislauf ist, den wir nicht durchbrechen können. Ich möchte dies anhand einer Begegnung verdeutlichen, die mir im Kopf geblieben ist. Einst traf ich einen Mann und spürte sofort, dass er ein Nekromant ist. Er sagte wortwörtlich: Das Schicksal ist eine launische Hure. Von diesem obszönen Wortlaut einmal abgesehen, hatte er mit seiner Aussage recht. Wer bin ich, dass ich das Schicksal herausfordern möchte? Das Leben ist unstet und unvorhersehbar. Es kann nicht geplant werden. Es lebt.

Zaseans Blick wanderte über die Botschaft, die am Morgen eingetroffen war. Eine Einladung, in drei Wochen den Palast von Thargor aufzusuchen, um an einer Sitzung des kaiserlichen Rates teilzunehmen. Nachfolgend waren Gesetze aufgeführt, die im Namen des Nekromantenkaisers verkündet werden sollten, um im Anschluss im ganzen Land in Kraft zu treten. Wie dem auch sei, das alles war unterschrieben und beglaubigt worden von allen Mitgliedern des Rates, zuletzt auch von der Vorsitzenden Rysana – einer Frau, die er auf den Tod nicht ausstehen konnte.

Er ließ die Botschaft sinken, funkelte den Boten an

und dachte darüber nach, wie er ihn für die Überbringung der Nachricht bestrafen konnte. Da es sich aber um einen kaiserlichen Boten handelte, der absolute Immunität besaß, musste er es leider bei seinen Vorstellungen belassen.

»Es wird erwartet, dass Ihr Eure Zustimmung gebt, Lord Zasean.«

Wollte der Kerl ihn verhöhnen? Ihn, Zasean, den Lord des Südens? So schneidig und überheblich, wie der Bote sprach, hätte man fast meinen können, Zasean wäre lediglich ein Bittsteller. Am liebsten hätte er seinen Dolch gezogen und dem überheblichen Kerl das Gesicht zurechtgeschnitzt.

»Lord Zasean?«

Er tat, als überflöge er noch einmal die Botschaft. Aber da er das bereits dreimal getan hatte, wurde selbst ihm bewusst, dass er sich zum Narren machte. Um weitere Zeit zu schinden, riss er sich etwas von dem frisch gebackenen Brot ab, das auf dem Teller vor ihm lag, und tunkte es in eine bräunliche Brühe. Ein Tick zu gesalzen für seinen Geschmack. Ob sich der Koch dieser Beleidigung bewusst war?

Wenn der Nekromantenkaiser die Lords des Landes zu sich ruft, kann das nur bedeuten, dass sich meine Befürchtungen bewahrheitet haben. Er ist nicht tot …

»Lord Zasean, zu meinem Bedauern muss ich auf eine Antwort drängen.« Das Spiel ging schon eine ganze Stunde so, trotzdem sprach der Mann mit einer Geduld, um die er zu beneiden war.

Zasean machte eine verächtliche Geste und ließ die Botschaft fallen. »Mein Berater wird sich darum kümmern«, sagte er gedehnt. »Ihr seid entlassen.«

Der Bote verneigte sich, machte auf dem Absatz kehrt und verließ den Speisesaal. Als der Mann verschwunden war, schob Zasean die Teller achtlos beiseite. Ihm war der Appetit vergangen.

Gorma näherte sich respektvoll. »Die Standardantwort, mein Lord?«

»Jaja, wie immer.« Er ließ sich in die Polster sinken. Der Tag war gelaufen, so viel stand fest.

»Gibt es noch etwas, was ich für Euch tun kann? Vielleicht eine andere Suppe? Oder etwas von dem leicht gebratenen Fleisch des Vilas, das Ihr so gerne esst? Es wäre auch möglich, ein Rauhuhn aufzutreiben Wir konnten ein äußerst feines Stück erwerben, das bestimmt …«

»Warum, Gorma?«

»Mein Lord?«

»Warum hat er überlebt? Er hätte nicht überleben dürfen! Das ist schlichtweg nicht fair!«

»Ihr sprecht vom Nekromantenkaiser?«

»Von wem denn sonst, du Schwachkopf?!«

»Leider verfüge ich über keine Antwort, mein Lord. Die Attentäter haben versagt und nun müsst Ihr eine Lösung finden, wie wir mit dieser Situation umgehen.«

Zasean schlug mit der flachen Hand auf den Tisch. »Es macht alle Pläne zunichte! So wird es mir niemals möglich sein, in die benachbarte Lordschaft einzumarschieren. Zwei Jahre haben wir an den Plänen gefeilt! Zwei Jahre vollkommen umsonst!«

»Nun«, Gorma zögerte, »unser Verbündeter hat die Attentäter angeworben. Vielleicht kann er noch weitere

Dinge zur Verfügung stellen, die uns helfen, dem Kaiser seinen Einfluss zu nehmen. Auch wenn ich nur immer wieder beteuern kann, dass Ihr tief verborgene Qualitäten besitzt, die Ihr anderweitig verwenden könntet. Zum Wohle anderer.«

Zasean schnaubte. Langsam hatte er es satt, wie oft der Berater versuchte, ihn abzulenken. »Er ist wie ein Gott, Gorma! Es bringt nichts, wenn wir seinen Ruf schädigen. Es bringt nicht einmal etwas, wenn wir in seinem Namen ein ganzes Dorf niedermetzeln. Er ist der Herrscher, er gebietet über uns alle.«

»Wenn wir aber das Volk gegen ihn aufbringen, könnte er nicht …«

»Nein!«

»Gestattet mir die Frage: Aber warum nicht?«

»Weil das bereits versucht wurde und in einem Massaker endete. Der Pöbel ist unwichtig und steht nur im Weg. Wendal wird herausfinden, wer dahintersteckt. Tatsächlich verspüre ich keinen Todeswunsch.«

»Was schlagt Ihr dann vor? Unser Verbündeter will Ergebnisse sehen, das hat er in seiner letzten Botschaft deutlich gemacht.«

»Ich weiß.« Er kämpfte seine Wut nieder. Sosehr er sich dieser auch hingeben würde, er benötigte einen kühlen Kopf. »Hast du neue Nachrichten von deinen Spionen im Palast?«

»In der Tat. Ich wollte warten, bis der Bote verschwunden ist.«

»Erzähle mir, was es Neues von deinen Speichelleckern gibt. Ich bezweifle langsam, dass sie zu irgendetwas nütze sind. Wenn ich nicht aufpasse, bringt mich das noch auf den Gedanken, auch andere unnötige Dinge«, er suchte Gormas Blick, »zu entsorgen.«

Der Berater schluckte nervös. »Ich denke nicht, dass es so weit kommen wird, mein Lord. Ich habe mehrfach meinen Wert bewiesen.«

»Dann sprich und stiehl mir nicht meine kostbare Zeit!« Es gab da einen Händler in der Stadt, der seiner Aufmerksamkeit bedurfte. Letztens hatte ihn der Mann geringschätzig angesehen. Das würde den Händler noch teuer zu stehen kommen.

Der Berater zog einen Stapel Papier hervor und hinterließ mit seinem tintenverschmierten Finger einen langen Streifen an seiner Stirn. Er lief durch den Raum und blätterte durch den Stapel, bis er fand, was seiner Meinung nach wichtig schien. »Einer berichtete, dass sich die Mitglieder des Rates in einigen Angelegenheiten uneins sind.«

Zasean schnaubte. »Es ist ein Rat, Gorma. Natürlich vertreten sie unterschiedliche Standpunkte. Genau das ist sein Zweck.«

»Hört mir bitte weiter zu. Der Spion schreibt noch mehr.«

»Dann sprich schneller!«

»Sehr wohl. Er berichtet, dass sich allmählich zwei Fronten formieren. Die eine Front schart sich um die Vorsitzende.«

»Rysana, wie ich dieses hochnäsige, vertrocknete Weib hasse!«

»Ähm, ja. Jedenfalls bildet sich die andere Front um Ratsmitglied Dunla. Ihr wisst schon, die Vertreterin aus Eurer Lordschaft.«

»Ich weiß, wer Dunla ist! Ich habe unzählige Male versucht, sie zu bestechen, aber bei dieser Frau beißt man auf Granit. Sonst noch etwas?«

Gorma wühlte in dem Stapel herum. »Ah, hier!« Er riss ein Blatt hoch. »Ein Spion schreibt, dass die kaiserlichen Schlafgemächer seit zehn Tagen nicht mehr aufgesucht werden dürfen. Das gesamte obere Stockwerk ist gesperrt.«

Zehn Tage, so lange ist das Attentat her. Interessant ...

»Noch etwas?«

»Ich befürchte, nein, mein Lord. Ich halte dies aber für eine äußerst wichtige Information. Weshalb darf niemand die Räumlichkeiten aufsuchen? Wollen sie den Eindruck erwecken, dass nichts geschehen ist? Wollen sie das Attentat verschleiern? Was versuchen sie zu verbergen?«

Zasean stand auf, stahl Gorma das Blatt aus der Hand und überflog rasch die Zeilen. »Es ist nur ein Funke, aber vielleicht können wir damit etwas anfangen. Wenn der Bereich wirklich gesperrt bleibt, will irgendjemand etwas verbergen. Eventuell hat Wendal das Attentat doch nicht so leicht weggesteckt, wie sie uns weismachen wollen. Irgendetwas steckt dahinter und wir müssen herausfinden, was es ist.«

»Ich habe noch weitere Informationen, mein Lord. Wenn Ihr erlaubt?«

»Nein, ich glaube nicht, dass noch etwas Interessantes dabei ist.«

»Es geht um Rysana und Aroc. Sie ...«

»Ich sagte, Nein!«

Gorma verbeugte sich steif. »Wie Ihr meint. Wie

lauten Eure Befehle?«

»Wir brauchen unbedingt Ergebnisse, Gorma! Unser Verbündeter hat durchblicken lassen, wie enttäuscht er von unseren Fehlschlägen ist. Wenn wir seine Unterstützung verlieren, büßen wir auch jegliche Möglichkeit ein, uns von unseren Fesseln zu befreien. Wendal muss sterben und der Süden erstarken! Nur so kann ich den Thron besteigen.«

»Sagt mir, was ich tun soll, und ich werde es veranlassen. Ihr seid mein Lord, mein Wegweiser und mein Leitstern.«

»Kontaktiere deine Spione! Sie sollen sich fortan auf den gesperrten Bereich konzentrieren und herausfinden, was dort vor sich geht. Ich werde das Gefühl nicht los, dass wir genau da ansetzen sollten.«

»Sehr wohl, mein Lord.« Gorma zog einen Zeichenstift heraus, notierte die Anweisungen und verbeugte sich erneut.

»Bevor du gehst, was hat sich bei Taar Wax ergeben?«

»Oh, das wird Euch freuen. Der Vagabund befindet sich im Schlund.«

»Im Schlund? Was will er an diesem gottverlassenen Ort?«

»Das wissen wir nicht. Die beiden Männer, die sich an seine Fersen geheftet hatten, konnten ihm nicht folgen. Der Vagabund war aber offenbar äußerst erpicht, das Gefängnis zu betreten.«

»Er ist schon einmal von dort geflüchtet. Dass er aber nun zurückkehrt, nachdem er vom kaiserlichen Rat geladen war, ergibt keinen Sinn.«

Gorma rieb sich die Stirn. Ein Wirrwarr blauer Streifen zeichnete sich dort ab. »Vielleicht ein Auftrag?«

»Ein Auftrag? Sag mal, wie blöd bist du? Warum sollte er …« Ihm kam ein Gedanke. »Vielleicht ist das doch gar nicht so abwegig. Wie sagt man so schön? Auch ein blindes Vila findet manchmal ein Korn. Nicht wahr, Gorma?«

Der Berater senkte demütig den Kopf. »Was auch immer Ihr meint.«

»Sag mir, was gibt es im Schlund?«

»Nichts, mein Lord. Erde, Geröll, Staub, Dunkelheit und jede Menge Verbrecher. Von den Ungeheuern einmal abgesehen.«

»Sonst noch etwas? Vielleicht irgendeinen mystischen Gegenstand, den der Rat benötigt? Oder … ach, was weiß ich! Irgendetwas eben!«

»Ich kann Euch keine Antwort geben. Es wird einen Grund haben, so viel steht fest. Und es wird kein Zufall sein, dass er zuvor den kaiserlichen Rat aufgesucht hat.«

»Nein, es wird kein Zufall sein. Taar Wax sucht dort unten etwas. Wie sagte er doch damals immer, als ich ihn aufhängen wollte? Irgendetwas mit Stricken oder so.«

»Alles ist miteinander verflochten. Es gibt keine Zufälle, nur Entscheidungen, die wiederum zu anderen Entscheidungen führen.«

»Ja, das war es. Könnte es sein«, es fiel ihm schwer, die Worte auszusprechen, »dass er recht hat? Könnte alles miteinander in Verbindung stehen?«

»Ein Rätsel, mein Lord.«

Er dachte nach, kam jedoch zu keinem vernünftigen

Ergebnis. »Wir werden es im Auge behalten. Hast du noch deinen Kontaktmann bei den Wärtern?«

»Mein Lord?«

»Du weißt schon, dieser Dingsda. Dieser Hohlkopf.«

Die Brauen des Beraters hoben sich ein winziges Stück.

Zasean fuchtelte mit den Händen in der Luft, als versuchte er etwas zu greifen. »Gad, Ged oder so.«

»Gaed?«

»Sag ich doch! Dieser Hohlkopf soll den Vagabunden beobachten.«

»Das wird teuer.«

»Gib ihm, was er verlangt. Dann treiben wir eben die Steuern wieder nach oben.«

»Mein Lord, ich befürchte, dass die Bevölkerung das nicht gut aufnehmen wird. Wir sollten eher …«

»Versuchst du, mich zu belehren, Gorma?«

Der Berater verbeugte sich hastig. »Nein, mein Lord. Ich würde es mir niemals anmaßen.«

»Gut, das möchte ich dir auch nicht raten. Vergiss nicht, wo dein Platz ist, und nun hinaus mit dir!«

Der Bastard

Deshalb ist es an der Zeit, dass ich mich auf ein Danach vorbereite. Ich werde nicht für immer in meiner fleischlichen Hülle existieren und irgendwann wird es an den Menschen liegen, ihr Schicksal selbst in die Hand zu nehmen. Den Nekromanten ließ ich am Leben. Er hatte etwas an sich, etwas Unstetes. Einen Hauch von Schicksal.

D u willst mir also nicht verraten, warum mich der kaiserliche Rat befreien möchte?« Der Junge stellte die Frage schon zum dritten Mal und allmählich verlor Taar die Geduld.

»Keine Ahnung«, brummte er. »Ein Auftrag ist ein Auftrag. Klar?«

»Nein, nichts ist klar. Was will der Rat von mir?«

Er spähte in den nächsten Gang. Drei Gestalten plünderten einen Toten. Kein ungewöhnlicher Anblick im Schlund. »Ich soll dich zum Palast von Thargor bringen und dem Rat vorführen.«

»Zum Palast des Nekromantenkaisers?« Docar starrte ihn an, als hätte er ihm anstelle einer vielversprechenden Idee einen Kackhaufen präsentiert. »Bist du denn von Sinnen? Ich werde nie und nimmer dorthin gehen!«

Taar zog ihn herum und legte ihm eine Hand auf den Mund. »Als Erstes hältst du jetzt mal deine Klappe. Dann werden wir in Ruhe über alles reden.« Er hob einen Finger, als der Junge nach der Hand greifen wollte. »Du tust, was ich dir sage, verstanden?«

Der Junge nickte.

»Gut.« Er nahm seine Hand weg. »Ich bin dabei, einen Plan zu entwerfen, wie ich dich aus dem Schlund schaffe. Dafür brauche ich einige Dinge.«

»Für deine Tricks.«

»Nicht nur. Als ich hier reingeworfen wurde, haben sie mir mein Spielzeug weggenommen. Hier unten gibt es nahezu nichts, was sich für Beschwörungen eignet, und ich möchte keine Leichen …« Er stockte und machte eine achtlose Geste. »Egal, ich brauche jedenfalls ein paar Dinge.«

»Du willst mir also wirklich helfen?«

Taar funkelte ihn an. »Ja, ich hole deinen knochigen Hintern hier raus und dann begeben wir uns schnurstracks in den Norden. Was dann mit dir passiert, ist mir egal.«

»So sieht das also aus? Du überlässt mich dem Nekromantenkaiser, diesem Monster, und dann haust du wieder ab?«

»Problem damit?«

»Ja! Besten Dank auch, aber dann bleibe ich doch lieber hier unten …«

»Und was?« Der Junge war ganz und gar nicht das, was Taar erwartet hatte. Er quengelte unentwegt herum und hatte nichts mit dem Tyrannen gemein, der angeblich sein Vater war. »Was willst du dann tun? Sterben?«

»Ich habe vier Jahre hier unten überlebt. Mir wird schon etwas einfallen.«

Rasch warf Taar einen Blick in den Gang. Ihm rutschte das Herz in die Hose, als er sah, wie auch der letzte Rest Kleidung einen neuen Besitzer fand.

Verdammt. Ich kann Tiada nicht um einen weiteren Gefallen bitten …

Er seufzte und deutete in den Gang. »Weiter!«

Sie stapften durch die dunklen Stollen und erreichten den nächsten Abschnitt. Der Bereich, in dem sie sich befanden, unterstand nicht Tiadas Einfluss, daher mussten sie vorsichtig vorgehen.

»Du hast also immer noch nicht erkannt, wer oder was du bist?«, fragte Taar mit einem schiefen Seitenblick.

»Was soll die Frage? Ich habe mir hier unten einen Platz erkämpft.«

»Falsch.«

»Falsch?«

»Glaubst du, es ist Zufall, dass sich Tiada deiner angenommen hat?« Er tippte dem Jungen gegen die Brust. »Du trägst saubere Kleidung, bist wohlgenährt und kannst dich in ihren Gebieten frei bewegen. Ziemlich viele Privilegien für einen Grünschnabel wie dich, was?«

»Sie mag mich eben. Wir sprechen häufig und sie erfreut sich daran.«

Taar konnte ein Lachen nicht unterdrücken. Es brach einfach aus ihm heraus und er brauchte eine Weile, bis er sich wieder im Griff hatte. »Sie mag dich? Und du bist seit vier Jahren hier unten, sagst du?« Er schüttelte den Kopf und betrat den nächsten Korridor, der von Leuchtmoos überall an den Wänden in bläuliches Licht gebadet wurde. »Ich sag dir mal was, mein Bester. Tiada tut nichts, ohne einen Plan zu verfolgen. Sie hat sich deiner angenommen, weil sie mehr über dich weiß, als gut für sie ist. Glaubst du etwa, es ist Zufall, dass sie eine Gebieterin im Schlund ist? Sieh dich mal um, an diesem Ort gibt es keine Gesetze. Der Stärkste überlebt und Schwächlinge wie du«, er tippte ihm gegen die Stirn, »sind leichte Beute.«

»Und was soll das nun schon wieder bedeuten? Ich bin nur Mittel zum Zweck?«

»Bist ja doch nicht so dumm, wie du aussiehst.«

Docar schoss die Röte ins Gesicht. »Das nimmst du zurück!«

Taar blieb stehen und verschränkte die Arme vor der Brust. »Sonst was?«

»Sonst werde ich … etwas tun.«

»Sooo, wirst du das? Du willst also dem Mann Prügel androhen, der dich befreien will? Bist ja ein toller Held!«

»Bislang hast du mich nur beleidigt. Getan hast du für mich noch rein gar nichts, warum sollte ich dich also noch weiter ertragen?«

»Sprichst ganz schön geschwollen für einen Mörder.«

Docars Züge verhärteten sich. »Ich bin kein Mörder! Ich wurde reingelegt. Deshalb bin ich hier!«

»Das sagen alle.«

Dann geschah etwas, wovon Taar gehofft hatte, dass es eintreten würde: Ein sanfter, grünlicher Schimmer bildete sich um den Jungen. Wie Öl auf einer Wasseroberfläche glitzerte der Schimmer, griff mit nebelartigen

Fingern nach ihm und verwob sich mit dessen Kleidung und Schuhen. Mit einer Geschwindigkeit, über die nur ein Nekromant verfügen konnte, war der Junge bei ihm und wollte ihn die Faust schmecken lassen. Taar bewegte sich nicht von der Stelle und ließ seine Kleidung die Arbeit erledigen. Das Halstuch schnellte vor und fing Docars Hand ab. Gleichzeitig erwachten die zerfetzten Ärmel an seinem Hemd zum Leben und peitschten dem Jungen ins Gesicht, der zurücktaumelte und mit einem Schrei auf dem Hintern landete.

Taar griff in seine Hosentasche, warf das geknüpfte Seil aus Haaren auf den Jungen, rief in der Bewegung eine Seele herbei und verwob sie damit. Als das Seil auf Docars Gesicht landete, fächerte es aus und wickelte sich um dessen Hals, bis er keine Luft mehr bekam. Docars Gesichtsausdruck war so dunkel wie Tiadas Hintern.

»Beruhigt?« Taar ging neben ihm in die Hocke. »Ich kann dich auch gern so schmoren lassen, allerdings fürchte ich, dass du mir früher oder später erstickst. Das wäre kein hübscher Anblick.«

Der Junge rasselte schwer und nickte, woraufhin Taar einen Befehl an das Seil übermittelte und es in seine Hosentasche zurückschnellte. Dann reichte er dem Jungen die Hand und half ihm auf die Füße.

»Meine Auftraggeber haben also die Wahrheit gesagt. Docar, du bist ein Nekromant.«

Der Junge senkte beschämt den Blick.

»Das war gut.« Taar legte ihm tröstend eine Hand auf die Schulter. »Du solltest aber niemals im Zorn Seelen heraufbeschwören.«

»Nicht?«

»Es gibt Regeln in der Ausübung der Nekromantie. Es wundert mich nicht, dass du nichts davon weißt. Ich kann mich nicht erinnern, wann ich das letzte Mal einem Mann mit der Todesgabe begegnet bin.«

»Warum?«

»Wir sterben aus.«

Das gab dem Jungen offenbar zu denken. »Ich war wütend und wollte … Ich weiß nicht.«

»Mir die Fresse polieren?«

Docar zuckte die Schultern. »Bringt wohl nichts, es zu leugnen. Ich kann es nur nicht leiden, wenn man sich über mich lustig macht.«

»Dann wirst du hier unten einen schweren Stand haben, und es zeigt mir noch einmal deutlich, dass Tiada ganz genau weiß, wer du bist. Sie hat dich bemuttert.« Er suchte Docars Blick. »Du darfst sie niemals unterschätzen, auch wenn du glaubst, dass du ihr etwas schuldest. Tiada arbeitet nur gegen Gefälligkeiten.«

»Ich … In Ordnung. Danke für den Ratschlag. Wirst du mir irgendwann sagen, warum ich die Nekromantie beherrsche?«

»Du beherrschst sie nicht und genau das ist das Problem.«

»Ich habe doch eben …«

»Du hast im Zorn deine Schuhe mit einer Seele verwoben. Es wundert mich, dass es dir überhaupt gelungen ist, aber es war vollkommen wirkungslos. Eine Seele verstärkt den verwobenen Gegenstand mit einer Kraft, die den Gesetzen der Natur und des Lebens widerspricht. Ein Stück Stoff kann somit Härte, Zugfestigkeit und Stärke entwickeln, die es mit Stahl aufnehmen können. Deine Schuhe beispielsweise machen dich schneller und du kannst höher springen. Diesen Vorgang bezeichnen wir im allgemeinen Sprachgebrauch auch ganz simpel als *Verstärkung*, was irgendwie naheliegend ist.« Er deutete mit einem Finger auf die Schuhe. »Was bringt dir das, wenn du mehreren Feinden gegenüberstehst? Wie willst du sie bezwingen?«

»Ich renne weg.«

»Und wenn du nicht wegrennen kannst?«

»Dann verwebe ich Seelen mit meiner Kleidung, wie du es getan hast?«

Taar grinste. »Guter Junge. Es kommt im Einsatz mit der Nekromantie nicht darauf an, dass du Seelen heraufbeschwörst und sie wahllos mit Gegenständen verknüpfst. Du musst wissen, wie du die Seelen verwebst und was du erreichen willst. Ein Schuh bleibt aufgrund seiner Form trotzdem ein Schuh. Ein Hemd hingegen ist vielseitiger einsetzbar. Dabei fällt mir ein«, er packte die Ärmel des Jungen und riss sie entzwei, »deine Kleidung ist zu starr und eingeschränkt. Du benötigst wesentlich mehr Bewegungsfreiheit, wenn du etwas ausrichten möchtest.«

Docar starrte auf das Hemd, als könnte er jeden Moment in Tränen ausbrechen.

»Heulst du jetzt oder was?«

Der Junge schüttelte den Kopf, aber das Glitzern in seinen Augenwinkeln war so verräterisch wie ein lauter Furz auf einer Beerdigung.

»Du wirst deine Kleidung bearbeiten müssen und dir Ausrüstung besorgen.«

»Ausrüstung?«

Taar griff in seine Hosentasche und förderte seinen Plunder hervor. Mittlerweile hatte sich einiges angesammelt. »Zeug eben. Dinge, die du für Beschwörungen verwenden kannst. Hast du einen Anker?«

Docar sah ihn verwirrt an, woraufhin Taar seinen Holzwürfel herausholte und auf der geöffneten Hand präsentierte. Der Junge wollte danach greifen, doch als sich seine Hand näherte, sprang der Würfel plötzlich zurück und begann zu vibrieren.

»Taar, was ist passiert?«

»Ein Anker ist überlebenswichtig für einen Nekromanten. Ohne ihn wirst du dich im Reich der Toten verlieren. Dieser Anker«, er hielt den Würfel zwischen zwei Fingern, »beherbergt einen Teil meiner Seele. Ich habe den Holzwürfel mit eigenen Händen geschnitzt. Ich habe ihn erschaffen, sowohl auf der Seite der Lebenden als auch auf der Seite der Toten. Dadurch bildet er einen Anker, damit ich mich nicht im Totenreich verliere. Er wird mich immer erinnern, wer und was ich bin.«

»Davon habe ich noch nie etwas gehört.«

»Das wundert mich nicht. Wenn du es wüsstest, wüssten wir beide, dass du es weißt. Klar?«

»Glasklar.«

»Gute Antwort.« Taar wurde schlagartig wieder ernst. »Kein Nekromant darf den Anker eines anderen berühren. Das ist eine der wichtigsten Regeln.«

»Warum?«

»Der Nekromant könnte dadurch Kontrolle über dich erlangen. Das wirst du aber noch herausfinden, wenn wir einen Anker für dich erschaffen haben.«

Docar nickte ernst. »Hab Dank für diese Erklärungen. Warum sieht der Anker wie ein Würfel aus?«

»Das ist eine gute Frage!« Taar lief los und sprach erst weiter, als sie das andere Ende des Ganges erreicht hatten. »Der Anker spiegelt Eigenschaften seines Trägers wider. Ein Würfel ist komplex, vielschichtig und es ist niemals vorhersehbar, welche Augenzahl er zeigen wird. Er kann nicht von äußerem Wirken beeinflusst werden und folgt stets seinem eigenen Weg. Er beherbergt aber nicht nur Geheimnisse, sondern kann auch über Glück und Unglück entscheiden. Es kommt nur darauf an, wie man ihn verwendet.«

Der Junge sagte eine Zeit lang nichts. Erst als sie wieder die Grenze von Tiadas Gebiet erreicht hatten, blieb er stehen und straffte sich. »Du bist also wirklich hier, um mich zu befreien. Jedes deiner Worte ist wahr, der kaiserliche Rat verlangt mich zu sehen.«

»Viele Menschen behaupten, dass ich ein Lügner und Betrüger bin. Sie haben recht.«

Docar runzelte die Stirn. »Wie hilft mir diese Antwort jetzt weiter?«

»Gar nicht. Ich wollte nur darauf hinweisen.«

»Aber …«

»Ja, jedes Wort, das ich an dich gerichtet habe, entspricht der Wahrheit. Na gut, vielleicht nicht jedes, aber im Kern war ich aufrichtig mit dir. Zumindest ein wenig. Ein bisschen vielleicht? Jedenfalls hole ich dich hier raus.«

»Und wie genau?«

»Daran arbeite ich noch. Ich habe einige Ideen und die befassen sich mit einem aufstrebenden Halunken, einer Gebieterin, die wesentlich mehr weiß, als gut für sie ist, und dem schlimmsten Verbrecher hier unten. Das wird ein Tanz, sage ich dir.«

»Du meinst Wynron?« Der Junge machte große Augen. »Du willst dich mit Wynron anlegen?«

»Ach, wir sind alte Feinde. Schlimmer geht's nimmer.«

»Das wird dir niemals gelingen! Sein Einfluss ist in den letzten Jahren immer größer geworden und es sieht aus, als hätte er sich mit dem Gebieter Brinan geeinigt. Sie wollen die anderen Anführer überfallen und ihre Gebiete unter sich aufteilen.«

»Hm, ich hab's befürchtet. Das ist nicht gut. Aber wir werden trotzdem eine Lösung finden. O-dryt wird eine Hilfe sein. Es gibt aber hier unten noch ein paar weitere Leute, die sich bestimmt an mich erinnern.«

»Mit Wohlwollen?«

»Was denkst du?«

»Wohl eher nicht.«

»Gut geraten. Wenn man aber eines über mich sagen kann, dann, dass ich mir genauso schnell Freunde wie Feinde mache.«

»Das halte ich für keine sonderlich rühmliche Eigenschaft.«

»Wir werden es herausfinden. Ich sag immer zu mir: *Tja, Taar. Mach dir nichts draus, Pläne sind sowieso da, um nicht eingehalten zu werden.*«

»Du willst also sagen, dass Pläne sinnlos sind?«

»Das habe ich nicht gesagt.«

»Offen gestanden verwirrst du mich.«

»Darin liegt die Kunst.« Taar klopfte ihm gegen die

Schulter. »Unvorbereitet zu sein, ist von Vorteil. So ahnt niemand, was du als Nächstes tust.«

»Aha.«

»Aha … gut?«

»Aha … verwirrt.«

Taar lachte leise. »Du gefällst mir, Junge. Bevor wir jetzt weiter über solche Dinge reden, sollten wir uns deiner Gabe zuwenden. Es gibt Regeln, die du beachten musst, und ich werde dich anleiten … oder so ähnlich.«

»Wirklich? Großartig!«

»Freue dich nicht zu früh! Es wird ein harter Weg. Zuerst müssen wir aber einen Anker für dich erschaffen. Es ist ansonsten zu gefährlich.«

»Weil ich mich im Reich der Toten verlieren könnte.«

»Genau. Je öfter du deine Gabe verwendest, desto mehr werden die Übergänge verschwimmen. Du wirst nicht nur auf dieser Seite existieren, sondern auch auf der anderen, und der einzige Weg, um sich darin nicht zu verlieren, ist ein Anker. Klingt logisch, oder?«

Am anderen Ende konnten sie das morsche Holzbrett sehen, das die Tür zu Tiadas sogenannten Gemächern markierte.

»Ist es schwierig, einen Anker zu erschaffen?«

»Schwierig? Nein. Schmerzhaft? Sehr.«

»Ich werde es vermutlich bereuen, gefragt zu haben, aber warum ist es schmerzhaft, Taar Wax?«

»Weil du dafür sterben musst.«

Anker

Elfter Tag

Es wird geschehen, ich kann es spüren. Der Tod greift mit eiskalten Fingern nach mir und ich werde mich nicht mehr dagegen auflehnen können. So bleibt nur die Hoffnung, dass mein Sohn, mein Erbe, es besser machen wird, als ich es tat. Ich habe in vielerlei Hinsicht versagt und deshalb ist es nur gerecht, wenn ich mich dieser Erkenntnis beuge.

Taar hielt den Kopf des Jungen von hinten gepackt. Nur wenige Zentimeter trennten ihn von der Wasseroberfläche. »Bereit?«

»Ähm, ich würde gerne noch einmal darauf zu sprechen kommen, warum ich das hier tun sollte, Taar.«

»Du benötigst eine Nahtoderfahrung, damit sich deine Seele lösen kann. Dann fangen wir einen Teil in deinem Anker ein und das war's auch schon.«

»So einfach?«

»So einfach.«

»Und warum machen wir das nicht auf … andere Art und Weise?«

»Darum.«

»Das ist kein Argument.« Der Junge zitterte, dabei konnte er es ihm nicht verdenken. Einen Anker zu erschaffen, gehörte zur schlimmsten Erfahrung, die ein

Nekromant durchleben musste. Doch wenn er sich in seiner Gabe nicht verlieren wollte, führte daran kein Weg vorbei.

»Was schlägst du vor?«, fragte Taar.

»Vielleicht mit irgendeinem Gift, das keine Schmerzen bereitet?«

»Ich kann dich auch von einem Zangenläufer anfressen lassen, befürchte nur, dass dann nicht viel von dir übrig bleibt.«

»Wie hast du es damals gemacht?«

»So etwas fragt man nicht.«

»Wieder einer deiner Sprüche?«

Der Junge zitterte stärker. Aus dem Augenwinkel sah er Tiada, die sich für dieses besondere Ereignis aus ihrem Thron gequält hatte und nun auf einer Art ledernem Sack hockte. Er wollte lieber nicht wissen, woraus der Sack bestand. Dabei hatte er ihr zugestehen müssen, dass sie anwesend sein durfte. Immerhin war es ihr See, der gleich zur Mordwaffe werden sollte.

»Ausnahmsweise ist das kein Spruch, Junge. Es ist eine Angelegenheit zwischen zwei Nekromanten.«

»Ich würde es wirklich gerne wissen.«

»Wie du willst. Ich habe mir einen Dolch ins Herz gestoßen.«

Docar riss den Kopf hoch. »Ernsthaft? Du hast dich erdolcht?« Seine Stimme stieg um eine Oktave. »Ins Herz? Mit deinem eigenen Dolch?«

Taar zog das Hemd zur Seite und zeigte ihm die schwulstige Narbe auf Höhe seines Herzens. »Da.«

»Wie konntest du das überleben?«

»Ein Nekromant ist nicht so leicht umzubringen.

Das wirst du schon noch feststellen. Denke nur einmal über den Nekromantenkaiser nach. Er lebt bereits seit Hunderten Jahren und daran wird sich vermutlich auch nichts ändern. Klar?«

»Glasklar.«

»Gut.« Ohne sich weiter ablenken zu lassen, drückte Taar ihm den Anker in die Hand, für den er sich entschieden hatte – ein ungeschliffener, blauer Edelstein. Welche Geschichte dahintersteckte, war für ihn nicht wichtig. Solange der Junge den Edelstein als Anker akzeptierte, würde der vorgesehene Zweck erfüllt werden.

»Äh, Taar, ich würde gerne noch einmal auf die Sache mit dem …«

»Klappe! Wir können es nicht länger aufschieben. Wenn du keinen Anker besitzt, wirst du in nicht allzu ferner Zukunft einen qualvollen Tod sterben. Glaube mir, es ist nicht gerade angenehm, wenn sich die Toten an dir laben. Außerdem kann ich nicht mit dir fliehen, wenn du deine Gabe nicht richtig beherrschst.«

Docar holte tief Luft, dann beugte er sich über den See. »Ich bin bereit!«

Er ist stärker, als er aussieht. »Du wirst nun die andere Seite berühren können. Es ist wie eine Art Lied, das dich leitet.«

»Lied?«

»Das Lied der Toten. Keine Sorge, du wirst es verstehen, wenn es so weit ist.«

»Eine letzte Frage habe ich noch. Wie willst du …?«

Taar drückte Docars Kopf unter die Wasseroberfläche und Blasen blubberten und stiegen auf. Erst wehrte sich der Junge nicht, doch je länger er mit dem Kopf unter Wasser blieb, desto mehr zitterte er. Nach einer halben Minute zuckten seine Arme. Es war aber längst nicht an der Zeit, das Ritual zu beenden. Er musste kurz davor sein, zu sterben. Nach fast einer Minute zuckte Docar stärker und versuchte, sich aufzubäumen. Taar hielt ihn in eisernem Griff gepackt und drückte ihn weiter nach unten.

Gleich …

Der Junge schlug um sich. Eine Quaste wickelte sich um dessen Arme und hielt sie gepackt.

Gleich …

Docar zuckte stärker und stärker, versuchte, sich mit aller Macht zu befreien, bis endlich geschah, was notwendig war: Er riss den Mund auf und Wasser drang in seine Lunge. Ein gewöhnlicher Mann hätte es nicht sehen können, aber Taar war ein Nekromant, der die Welt mit anderen Augen betrachtete. Ein sanfter Schimmer löste sich von Docars Körper und zuckte hin und her.

Jetzt!

Die Seele eines Nekromanten unterschied sich deutlich von der eines gewöhnlichen Menschen, denn er existierte bereits von Geburt an in beiden Welten. Aus diesem Grund war es einem Nekromanten möglich, Seelen heraufzubeschwören und sich untertan zu machen. Docar besaß ebenfalls diese Eigenschaft. Aber in diesem Moment war es etwas anderes, was ihn besonders machte: Obwohl sich die Seele von seinem Körper löste, kämpfte sie weiter, um mit ihm verbunden zu bleiben. Während dies geschah, floss der bereits gelöste Teil auf den Anker in Docars Hand zu und vereinigte sich damit.

Taar riss Docar aus dem Wasser. Ganz so, wie sein Meister einst ihm beigestanden hatte, zwang er der Seele des Jungen seinen Willen auf und befahl ihr, in den Körper zurückzukehren. Bei einem kräftigen Schlag auf die Brust bäumte sich Docar plötzlich auf und spie einen Schwall Wasser aus. Der Junge hustete, spuckte, keuchte und wimmerte vor sich hin. Trotzdem hatte er sich erstaunlicherweise gut unter Kontrolle. Bei Taars Nahtoderfahrung war das anders gewesen. Er hatte das Messer aus der Brust gezogen und es seinem Meister in den Hals gerammt. Natürlich war der nicht gestorben und was darauf gefolgt war, verfolgte ihn noch bis heute.

Tiadas Klatschen hallte in dem tiefen Gewölbe wider. »Interessant«, rief sie. »Der Namaqu'gab bringt Veränderungen. Wollte das schon immer mal sehen.«

Taar ignorierte sie und beobachtete den Jungen, der mit dunklen Augen den Gegenstand in seiner Hand musterte. »Es geht irgendwann vorbei, Junge.«

Docar schüttelte den Kopf. »Nein, das wird es nicht. Ich … ich werde es niemals vergessen.«

Sinnlos, ihm zu widersprechen. Docar hatte einen Augenblick das Reich der Toten erblickt und war zurückgekehrt. Nun würde nichts mehr so sein wie zuvor. Es bedeutet aber auch, dass er seine Gabe besser kontrollieren konnte und sich nicht mehr darin verlor.

»Ich kann es fühlen«, flüsterte Docar, während er vorsichtig über den Edelstein fuhr. »Ein Teil von mir ist dort drin. Ich bin der Anker und der Anker ist ich.«

»Bedenke, dass niemals ein anderer Nekromant Kontrolle über deinen Anker erlangen darf. Wenn dies geschieht, bist du verloren.«

»Ich verstehe. Die Welt dort draußen, die ich gesehen habe ...«

»Das Totenreich.«

Docar sah ihn mit festem Blick an. »Weshalb habe ich es noch nie zuvor wahrgenommen?«

»Das hast du. Aber du hast noch kein Gefühl dafür entwickelt oder es als nicht wichtig wahrgenommen. Alles im Leben basiert auf dem Prinzip von Ursache und Wirkung. Wenn du die Seelen der Toten heraufbeschwörst, berührst du ihr Reich und tauchst kurzzeitig ein. Nun ist deine Verbindung dazu wesentlich stärker, denn du warst ein Teil davon.«

»Merkwürdigerweise ergibt das Sinn. Du sprachst von einem Lied der Toten. Ich konnte es hören. Es war aber nicht dort draußen, sondern in mir. Es hat nach mir gerufen.«

»Nun denn! Wird Zeit, dass wir aus dir einen waschechten Nekromanten machen.«

Mit neuer Entschlossenheit richtete Docar sich auf. »Ich habe soeben etwas erfahren, was mein ganzes Weltbild verändert hat. Es gibt so viel mehr dort draußen und ich bin ein Teil davon. Ich will lernen und mit dir von diesem Ort fliehen.«

»Dann lass uns beginnen.«

Notwendige Änderungen

Zwölfter Tag

Alles hat irgendwann ein Ende. Sogar ich, der Herrscher und Nekromantenkaiser Amdras.

Als Rysana die Tür passierte, hätte man meinen können, es wäre ein ganz gewöhnlicher Morgen des Friedens in Nandeons großzügigem Gemach, einem Raum, in dem er zweifelsohne einen Großteil seiner Zeit verbrachte. Alles wirkte edel und antik, von goldenen Vasen über filigrane Glasskulpturen bis hin zu ausladenden Staffeleien. Alles in diesem Gemach vermittelte dem gewöhnlichen Besucher, dass Nandeon schon sein ganzes Leben im Palast von Thargor verbrachte und ebenso lange Ratsmitglied war.

Obwohl es ein sonniger Tag war, hatte er die Läden zugeklappt und die einzige Lichtquelle im Raum war das prasselnde Kaminfeuer, vor dem er es sich in einem roten Ohrensessel bequem gemacht hatte. Nandeons Rechte schwenkte ein Glas mit dunklem Wein, in der Linken hielt er ein Buch. Der schlohweiße Bart, die großen Sehgläser und die Glatze ließen ihn älter wirken als er tatsächlich war. Dabei wusste niemand sein Alter mit Sicherheit.

»Ratsmitglied Nandeon«, sagte sie laut. »Habt Ihr einen Moment für mich?«

Ohne den Blick vom Kamin zu lösen, winkte er sie näher und wies auf den zweiten Sessel neben sich. Trotz ihrer inneren Unruhe ließ sie sich auf dem Sessel nieder und wartete, dass er ihr seine Aufmerksamkeit schenkte. Zwar hatte Aroc ihr seine Unterstützung zugesagt, aber sie wurde mit jedem weiteren Tag unsicherer. Sollte der Vagabund scheitern, blieb ihnen nicht mehr viel Zeit, um eine nahende Katastrophe zu verhindern.

Deshalb war sie hier.

»Ihr habt meine Nachricht erhalten, nehme ich an?«, fragte sie und blickte in die Flammen, die etwas Beruhigendes besaßen.

»Das habe ich«, sagte er trocken.

»Dann wisst Ihr sicherlich, weshalb ich hier bin.«

»Auch das ist mir bewusst.«

Sie richtete sich auf und überlegte, wie sie beginnen sollte. Nandeon interessierte sich nicht viel für das, was innerhalb des Rates geschah. Nur äußerst selten bekundete er Zustimmung und noch seltener mischte er sich in Diskussionen ein. »Ich möchte mit Euch über einige Dinge sprechen, wenn Ihr bereit seid. Ihr wisst, dass das Kaiserreich vor seiner größten Zerreißprobe steht und alles von Taar Wax und seiner Mission abhängt.«

Er blätterte eine Seite um und nickte.

»Wendal hat lange Zeit Frieden für Amdra garantiert, indem er die Lords unter Kontrolle hielt und aufstrebende Nekromanten vernichtete. Nun ist er tot und alles, wofür er stand, könnte zusammenfallen. Sein unehelicher Sohn könnte der nächste würdige Nachfolger und die Antwort auf unser Problem sein. Vorausgesetzt, der Vagabund hat Erfolg.«

»Nur weiter.«

»Wir haben die Möglichkeit, einen neuen Kaiser zu krönen. Vieles hängt von Taar Wax ab, allerdings glaube ich, dass seine Mission gelingen wird. Es ist die einzige Möglichkeit, die Situation zu retten und den Einfluss des kaiserlichen Rates zu erhalten.«

Nandeon sah von seinem Buch auf. »Die einzige Möglichkeit, um den Einfluss des Rates zu erhalten? Weshalb ist das von Bedeutung für Amdra?«

Rysana stutzte. »Verzeiht mir diese Frage, aber haltet Ihr den Rat für überflüssig?«

Er widmete sich wieder seinem Buch. »Selbstverständlich.«

»Ich gestehe … das macht mich sprachlos.«

»Das geht vielen Menschen so, die krampfhaft an etwas festhalten, das längst überflüssig geworden ist.«

»Wollt Ihr mir das näher erläutern, Ratsmitglied?«

»Nein.«

»Dann wollt Ihr den Krieg in Amdra demnach nicht verhindern?«

»Das habe ich nicht gesagt.« Er sah sie über den Rand seiner Sehgläser an. »Ihr habt nicht verstanden, wie es auf der Welt zugeht, Vorsitzende. Ihr spielt ihre Spiele und erkennt nicht, dass das alles unbedeutend ist.«

»Und was ist von Bedeutung?«

»Das Leben.«

Sie neigte den Kopf. »Eine weise Antwort. Offen gestanden fällt es mir in der derzeitigen Situation schwer, an solch fadenscheinigen Antworten festzuhalten. Wir müssen Wendals Tod um jeden Preis verschleiern und die Mächtigsten des Landes abhalten, sich zu bekriegen.«

»Hat er Euch auch mit Eurem Namen angesprochen?«

»Bitte?«

»Euer Name.«

»Ich verstehe nicht.«

»Dann will ich Euch erleuchten. Er war der Kaiser und Herrscher Amdras. Ihr sprecht von ihm, als wäre er Euer Freund gewesen.«

»Wir hatten viel Kontakt. Ich hätte niemals gewagt, ihn als Freund zu bezeichnen.«

»Sondern?«

»Nennen wir es ein gegenseitiges Zeichen von Respekt und Vertrauen.«

Nandeon blätterte weiter. »Nein, das ist es nicht.«

Sie faltete ihre Hände in den Ärmeln ihrer weiten Robe zusammen und versuchte, ihr Zittern zu verbergen. »Ihr seid überraschend offen, Nandeon.«

»Offenheit ist dieser Tage ein rares Gut. Es erlaubt mir, die Zustände *objektiv* zu betrachten. Nur dann ist es möglich, die wahren Absichten eines Menschen zu erkennen. Ihr seid gekommen, weil Ihr ein offenes Gespräch über die Zustände im Rat führen wolltet. Eine edle Tat. Edel, aber naiv. Ihr solltet nicht als Bittstellerin kommen, sondern befehlen.«

»Das ist nicht die Art, wie ich den Rat führe.«

»Ja«, sagte er und schenkte ihr einen langen Blick. »Das ist Eure größte Schwäche.« Er hob die Hand, um einem Einwand zuvorzukommen. »Bevor wir diese Aussage nun ausdiskutieren, gebe ich Euch einen Rat: Ihr setzt an der falschen Stelle an.«

Ihr Herz schlug langsamer und langsamer. Sie war selbst erstaunt, wie ruhig sie blieb. »Inwiefern?«

»Es war schon lange vorherbestimmt, dass der Nekromantenkaiser sterben würde. Ihr seid die Einzige, die das nicht wahrhaben will.«

»Ich …« Sie stockte. Hatte er recht? War sie die Einzige, der Wendals Ableben etwas bedeutete?

»Er war ein Mörder und ein Tyrann, Vorsitzende. Amdra war unter ihm weit davon entfernt, frei zu sein.«

»Die Menschen in Amdra müssen nicht in der Furcht leben, dass ihnen ein Nekromant die Seele raubt.«

»Ja, doch zu welchem Preis?«

Sie setzte zu einer Antwort an. Und ließ es sein.

»Ihr habt es nicht verstanden, Vorsitzende. Es ist kein Leben, wenn man keine eigenen Entscheidungen treffen kann. Amdra braucht eine Veränderung, um sich weiterzuentwickeln. Aus diesem Grund war es längst überfällig, dass er sein Erbe weitergibt. Wohlbemerkt an einen Mann, der sich als würdig erweist. Vielleicht sogar eine Frau?« Nandeon blätterte um. »Es wäre eine Überlegung wert.«

»Es fällt mir schwer, Euren Worten etwas abzugewinnen, Ratsmitglied Nandeon. Fast wirkt es, als wärt Ihr froh, dass Wendal gestorben ist.«

»Das bin ich auch.«

Die Worte schockten sie. »Das ist Hochverrat!«

»An wem? Am Nekromantenkaiser? Er ist tot. Sagt

mir, wusste er davon?«

»Wovon?«

»Dass Ihr ihn geliebt habt.«

Niemals zuvor hatte sich jemand angemaßt, so mit ihr zu sprechen. Sie wollte etwas entgegnen, ihn anschreien und dann aufstehen, um den Raum zu verlassen. Allerdings entsprach das nicht der Art, wie sie handelte.

»Eurem Zögern entnehme ich, dass es der Wahrheit entspricht, Vorsitzende. Ich mache Euch deshalb keinen Vorwurf. Trotz seines hohen Alters und seiner dunklen Gabe war er ein attraktiver Mann. Die Frage, die ich mir immer wieder stelle, ist, ob er davon wusste.«

Rysana sackte im Sessel zusammen. »Ich bin nicht sicher«, raunte sie.

»Hat er Euch ebenfalls geliebt?«

»Möglicherweise.«

»Was ist mit seiner Frau? Er ist mit ihr den ewigen Bund eingegangen und hat einen Sohn gezeugt. Wenn ich mich recht entsinne, war sie jünger als Ihr.«

»Wir haben uns respektiert, auch wenn ich glaube, dass sie insgeheim Vermutungen hegte.«

»Interessant.« Nandeon legte das Buch zur Seite und wandte sich ihr zum ersten Mal richtig zu. »Da wir nun auf Augenhöhe miteinander sprechen können und mir sich langsam ein Bild von Euch erschließt, wird es Zeit, dass wir uns der Dringlichkeit Eures Anliegens widmen.«

Ich habe ihn all die Jahre falsch …

»Was werdet Ihr nun tun, da Ihr es wisst?« Sie fühlte sich so verletzlich wie schon lange nicht mehr –

angreifbar, einsam, verloren. Viele Jahre hatte sie das Geheimnis mit sich herumgetragen und Nandeon hatte es ihr mit ein paar Worten entlockt; mit ein paar Worten und Ehrlichkeit.

»Ich weiß längst nicht alles, Vorsitzende. In den letzten Tagen habe ich viel nachgedacht und eine Sache will sich mir nicht erschließen. Woher wusstet Ihr von dem Bastard?«

»Ich bin die Vorsitzende«, erwiderte sie rasch. »Es ist meine Aufgabe, über alles Bescheid zu wissen.«

Er schmunzelte. »Auch über die Umtriebigkeit unseres Herrschers?«

»In der Tat. Gibt es sonst noch etwas, was Ihr mir mitteilen möchtet?«

»Ihr müsst Euch keine Sorgen machen. Ich werde Euch weiterhin unterstützen, selbst wenn ein Misstrauensantrag gestellt wird.«

»Das freut mich zu hören. Ich …«

Er hob die Hand. »Wir sind noch nicht fertig. Ihr seid eine große, zielstrebige und eindrucksvolle Frau, Vorsitzende. Deshalb respektiere ich Euch.«

Sie war derart erstaunt, dass sie einen Moment brauchte, bis sie ihre Stimme wiederfand. »Dieses Lob bedeutet mir sehr viel.«

»Es steht Euch zu. Ihr führt den Rat jetzt schon wie lange? Zehn Jahre?«

»Zwanzig Jahre.«

»Richtig. In dieser Zeit habt Ihr Euch mehrfach als würdig erwiesen.«

»Habe ich das?«

»Wusstet Ihr, dass es Euch zu verdanken ist, dass er

seit Eurer Ernennung keine Städte mehr verwüstet hat?«

»Ehrlich gesagt, habe ich darüber nie nachgedacht …«

»Ich schon. Ich bin sehr alt, Vorsitzende. Ihr könnt Euch nicht vorstellen, wie alt ich tatsächlich bin. Früher war er ein fürchterlicher Tyrann. Ein Mann, der mit Blut und Verderben die Macht an sich gerissen hat. Habt Ihr jemals etwas von einem Mann namens *Ranthor* gehört?«

»Ich habe in einem alten Bericht von ihm gelesen. Er soll ein äußerst mächtiger Nekromant gewesen sein. Ein Erzrivale von Wendal, der das Land mit Schrecken überzogen hat.«

Nandeon blickte sie über seine Sehgläser hinweg an. »Das ist nur die halbe Wahrheit. Sie waren enge Vertraute, bis es kam, wie es kommen musste. Sie haben sich entzweit. Der Kampf, der zwischen ihnen entbrannte, hat ganze Städte zu Asche verwandelt. Sie haben Armeen um sich geschart und sogar die Toten marschieren lassen. Eine Schlacht, bei der selbst die Todesgötter ihren Blick abgewandt hätten.«

»Das wusste ich nicht.«

»Es würde mich wundern, wenn überhaupt irgendjemand davon wüsste. Diese Ereignisse liegen Jahrhunderte zurück und seitdem hat sich einiges geändert.«

»Warum erzählt Ihr mir das?«

»Damit Ihr versteht. Eure Vorgänger haben den Nekromantenkaiser überzeugt, den kaiserlichen Rat zu bilden. In ihrer Verzweiflung haben sie versucht, seine Machtgier zu stillen, und blieben doch erfolglos. Dann geschah etwas Unerwartetes.«

»Was war es?«

»Ihr, Vorsitzende.« Ein Lächeln umspielte seine dünnen Lippen. »Ihr seid gekommen und das hat etwas in ihm verändert. Ihm waren auf einmal Dinge wichtig, die zuvor vollkommen belanglos waren. Eine Frau, ein Erbe und die Erkenntnis, was in seinem Kaiserreich geschieht. Ein Wunder, könnte man meinen.«

Langsam ließ sie sich gegen die Lehne sinken. »Womöglich habt Ihr recht.«

»Womöglich? Es ist die reine Wahrheit! Mit Eurem ganzen wundervollen Wesen habt Ihr ihn verändert. Ihr habt Gutes bewirkt. Nun ist er fort und die wichtigste aller Fragen ist, warum ein derart mächtiges Wesen von gerade einmal zehn Nekromanten ermordet werden konnte?«

»Dieser Sache werde ich noch auf den Grund gehen.«

»Ihr werdet trotz der Ritualklinge, die sich in Eurem Besitz befindet, keine Antwort finden.«

»Was macht Euch so sicher?«

»Die Wahrheit.« Er seufzte. »Vorsitzende, Ihr seid mitfühlend, weise und stolz. Erhaltet Euch dies, denn es unterscheidet Euch von den anderen. Menschen neigen dazu, gierig zu werden, und genau aus diesem Grund sehe ich es geradezu als Notwendigkeit an, dass sich das Herrschaftssystem Amdras und damit einhergehend auch der kaiserliche Rat weiterentwickeln. Die Gefahren lauern bei denjenigen, die Ihr nicht damit in Verbindung bringen würdet. Ihr müsst um jeden Preis verhindern, dass Ihr Euch auf das Spiel der anderen einlasst. Ihr seid die Vorsitzende und Euch obliegt es, einen Weg zu finden, der das Land in eine neue Zukunft führt.«

»Eure Worte geben mir zu denken.«

»Das hoffe ich doch! Ich bin aber längst noch nicht fertig. Ihr dürft nicht an einem Traum festhalten, den es niemals gegeben hat. Weder der Rat noch der Nekromantenkaiser sind das, wofür Ihr sie haltet. Die Wahrheit ist, dass er niemals ein guter Herrscher war. Er hat Fehler begangen …«

»Jeder begeht irgendwann Fehler.«

»In der Tat. Seine Fehler haben jedoch Leben gefordert. Bei alldem solltet Ihr nicht vergessen, dass sich diesem Kaiserreich nun unzählige Wege öffnen. Vielleicht ist es gut so, wie es ist. Vielleicht benötigt Amdra keinen weiteren Nekromanten auf dem Thron, sondern einen Menschen, der sich wirklich um das Wohl des Volkes sorgt. Ich bin sicher, dass Ihr einen Weg finden werdet, wie alles miteinander in Einklang gebracht werden kann. Vielleicht ist das auch der Grund, weshalb sich Taar Wax entschlossen hat, Euch zu helfen. Vielleicht war es weise, den Bastard des Kaisers in Sicherheit zu bringen. Amdra ist bereit, eine Veränderung zu erleben, und wir haben die Möglichkeit, Anteil daran zu haben.« Er nahm sein Buch in die Hand und richtete seine Sehgläser. »Manchmal sind Veränderungen notwendig, damit etwas Besseres entstehen kann. Denkt darüber nach.«

Aufbruch nach Thargor

Dreizehnter Tag

Die Frage ist nur, wie es geschehen wird. Wird es ein anderer Nekromant sein, der nach meiner Macht trachtet? Werden es die Lords sein, die gegen ihre Fesseln aufbegehren? Oder wird es ein Schattenspieler sein, der ganz andere Pläne besitzt?

Zasean überblickte vom Balkon aus seine Heimat. Dunvell, die Hauptstadt des Südens und das Zentrum des Handels. So weit das Auge reichte, erstreckten sich mehrstöckige Gebäude aus hellem Sandstein mit roten Schindeldächern und runden Fenstern. Nicht weit von hier lag der große Markt, der sich durch die gesamte Stadt zog und für seine vielfältige Auswahl an bunten Stoffen bekannt war. Menschen gingen umher, schubsten, drängelten, fluchten, wetterten und schrien. Der Lärm war nicht zum Aushalten! Nahezu überall wimmelten sie herum, verstopften mit ihren verschwitzten Leibern die Straßen und hatten die Farbe des allgegenwärtigen Staubs angenommen. Dunvell, die Hauptstadt des Südens, war schon seit sehr vielen Jahren Zentrum des Handels. Und deshalb verachtete er auch seine Heimat so sehr.

»Ich werde mich befreien«, sagte er mehr zu sich

selbst. Seine Finger verkrampften sich um das Geländer. »Dunvell wird erstarken und nichts wird mich abhalten, diesen Traum wahr werden zu lassen!«

Es war eine Fügung des Schicksals gewesen, als der geheimnisvolle Verbündete an ihn herangetreten war. Jemand mit den Mitteln, um einen Plan ins Rollen zu bringen, der alles verändern könnte. Allerdings wusste Zasean nicht viel über diesen mysteriösen Mann. Sie kommunizierten ausschließlich über Botschaften, die stets zur gleichen Zeit eintrafen. Insgeheim vermutete er, dass es sich bei ihm um einen Lord handelte, der seine wahre Identität verbergen wollte. Vielleicht war er auch ein Nekromant, der seinesgleichen vor dem Kaiser beschützen wollte. Letztlich war es unerheblich, denn wenn Zasean seine Macht erst einmal ausgebaut hatte, würde ihn nichts mehr aufhalten können. Leider gab es einiges, was zwischen ihm und dem Thron stand. Angefangen beim Kaiser bis hin zur Vorsitzenden des Rates. Seine ewige Gegenspielerin. Seine Rivalin. Rysana.

Bald! Bald werde ich auf dem Thron sitzen!

Als ihm der Gestank der Stadt in die Nase drang, wedelte er sich mit einem Tuch frische Luft zu. Sein Anwesen lag im Zentrum und wie es sich für eine Stadt dieses Ausmaßes gehörte, sammelte sich allerlei Unrat und Schmutz in den Straßen. Aber auch die Bettler und Kranken, die sich allerorts tummelten, waren wie Aas in einer Blumenwiese. Einmal die Woche gab es eine Säuberung, aber diese Bemühung war wie der Versuch, ein bodenloses Fass mit Wein zu füllen.

Genau wie der Vagabund. Ich hätte ihn damals köpfen sollen!

Der Gedanke an Taar Wax ließ seine Wut auflodern. Es gab nicht viele Menschen, die ihm die Stirn bieten konnten, der Vagabund gehörte leider dazu.

Jemand räusperte sich hinter ihm.

Zasean ließ seinen Blick ein letztes Mal schweifen, dann wandte er sich Gorma zu, der in respektvollem Abstand hinter ihm verharrte. Die schweißnasse Stirn war von Tintenstreifen und daumengroßen Flecken übersät.

»Was gibt es, mein geschätzter Berater?« Zasean eilte an ihm vorbei und trank einen Schluck kühles Wasser. Er gönnte es sich sogar, sich etwas Wasser ins Gesicht zu spritzen. Es war ein heißer Tag und das seidene Gewand klebte unangenehm auf seiner Haut. In Dunvell schien nahezu jeden Tag die Sonne.

»Mein Lord, mich hat soeben eine Botschaft aus dem Palast erreicht. Ihr wisst schon, der Spion mit dem besonderen Auftrag.«

»Nur heraus damit!«

Gorma zögerte. »Ich bin nicht sicher, was ich davon halten soll. Ich hielt die Vorsitzende bislang für einen vorsichtigen Menschen, allerdings wirft der Inhalt der Nachricht Fragen auf. Verzeiht mir deshalb meine Zurückhaltung, ich wollte Euch nur über meine Bedenken informieren.«

»Unwichtig. Sprich endlich!«

Gorma holte ein zerknittertes Blatt aus seiner Robe und reichte es ihm. Während Zasean die Nachricht überflog, besserte sich seine Laune.

»Das Schlafgemach des Kaisers ist also zerstört und bislang nicht wiederhergerichtet worden?« Er las noch einmal die letzten Zeilen, die anscheinend in Eile verfasst worden waren. »Und niemand kann sich erklären, warum?«

»Es sieht ganz danach aus, mein Lord.«

»Also muss das Attentat für die Zerstörung verantwortlich sein.«

Gorma nickte.

»Das sind gute Nachrichten! Das bedeutet, dass irgendetwas nicht stimmt und sie versuchen, es zu verschleiern.« Er beobachtete seinen Berater. »Du zögerst?«

»Das alles erscheint mir zu offensichtlich, zumal Ihr in siebzehn Tagen in den Palast geladen seid. Es widerspricht dem, was ich sonst von der Vorsitzenden hörte. Für gewöhnlich soll sie vorsichtiger und bedächtiger sein.«

»Vielleicht hat sie einen Fehler begangen? Oder vielleicht ist die aufkommende Uneinigkeit des Rates verantwortlich? Ich muss sagen, dass mir diese Neuigkeiten gefallen.«

»Ihr habt mich zu Eurem Berater ernannt.« Gorma neigte leicht den Kopf. »Mein Rat wäre daher, Eure Feinde nicht zu unterschätzen. Etwas geschieht dort und wir sind nicht fähig, uns von hier ein Bild zu machen.«

»Du hast es erfasst. Wir sind von *hier* nicht dazu fähig.«

»Mein Lord?«

Zasean ließ sich mit übergeschlagenen Beinen auf dem Stuhl nieder. Die ganze Zeit schon vermutete er, dass etwas Seltsames im Norden geschah, und nun hielt er den felsenfesten Beweis in den Händen. Er würde nicht so weit gehen und erwarten, dass der Nekromantenkaiser doch ermordet worden war. Aber es gab Anlass zur Hoffnung.

»Ich bin Ende des Monats in den Palast geladen, um dem kaiserlichen Rat beizuwohnen.«

»In der Tat, mein Lord.«

»Stand in dieser Einladung, dass wir erst erwünscht sind, wenn der kaiserliche Rat tagt?«

Gorma runzelte die Stirn. »Ich bin nicht sicher.«

»Sieh nach!«

Der Berater kramte in seinen Taschen und zog ein Dokument heraus. Dann überflog er die Zeilen und steckte es wieder zurück. »Nein, davon ist nicht die Rede. Ihr seid nur aufgefordert, an der Sitzung teilzunehmen.«

»Gut.«

»Ich verstehe nicht …«

Zasean grinste. »Wie lange benötigen wir, wenn wir sofort mit einer Kutsche aufbrechen?«

»Von Dunvell nach Thargor? Zwei Wochen. Wesentlich weniger, wenn wir eine schnelle Kutsche nehmen und nur wenig Gepäck mitnehmen.«

»Gut. Du wirst jetzt den Hauptmann meiner Leibgarde und den Heerführer meiner Truppen aufsuchen und sie hierher beordern. In einer Stunde erwarte ich sie zu einer Besprechung.«

Gorma rieb sich nervös die Stirn. »Ich … natürlich werde ich dies tun. Verzeiht mir diese Bemerkung, aber weshalb?«

»Sag mir, Gorma, was hält mich ab, ein paar Tage

früher den Palast des Nekromantenkaisers aufzusuchen?«

»Ihr wollt früher dorthin reisen? Warum? Das ergibt doch …« Er unterbrach sich. »Ihr wollt Euch selbst ein Bild der Lage machen.«

»Ganz genau! Wenn sich herausstellt, dass wir uns einen Vorteil verschaffen können, möchte ich diesen ergreifen. Meine Truppen sollen bereitstehen und ohne Umschweife handeln können, wenn ich es befehle.«

»Was aber, wenn alles in bester Ordnung ist?«

»Dann sind es nur Grenzeinsätze zu Übungszwecken.«

»Das ist sehr einfallsreich, mein Lord!«

»Selbstverständlich ist es das.«

»Wann beabsichtigt Ihr, in den Norden aufzubrechen?«

»Noch in dieser Nacht. Und nun geh und veranlasse alles Nötige. Du wirst mich begleiten, mein geschätzter Berater. Ich bin gespannt, wie der Rat auf meine Anwesenheit reagieren wird.«

Regeln der Nekromantie

Vierzehnter Tag

Sollte ich sterben, ist es mir äußerst wichtig, dass alle Menschen Amdras davon erfahren. Sie sollen wissen, was für Fehler ich begangen habe und welche Zweifel in mir ruhten. Manch einer behauptet, ich sei ein Gott. Das ist eine Lüge, ich bin weit davon entfernt, allmächtig zu sein.

I*ch muss einen Fremden in der Nekromantie unterrichten. Ein Mann, der mir nach dem Leben trachtet, muss zu einem Gebieter ernannt werden. Und eine Frau, die mehr als ein Geheimnis hütet, muss unterstützt werden, dem größten Schurken im Schlund das Licht auszublasen. Wenn ich das vollbracht habe, muss ich mit dem Jungen fliehen. Was habe ich mir nur dabei gedacht?*

Taars Gedanken trieben umher wie unruhiges Wasser in einem Teich. Während er Docar zusah, wie der Junge seine Kleidung mit Seelen verwob, dachte er darüber nach, ob er all diese Aufgaben meistern konnte. Vor allem fragte er sich, wie er in diese Situation hatte geraten können.

Warum tue ich das? Warum nehme ich einen Auftrag an, der von vornherein zum Scheitern verurteilt ist? Und weshalb habe ich nicht schon längst meine Beine in die Hand genommen und bin verschwunden?

Insgeheim hegte er Vermutungen. Er kannte zwar die Antworten auf seine Fragen nicht, konnte aber spüren, dass alles irgendwie miteinander verflochten war. Der Bastard des Kaisers, die Erschütterung, die er vor zwei Wochen gespürt hatte, und der Ort, an dem er sich gerade befand.

Alles wird am Ende einen Sinn ergeben. Ich hoffe es zumindest.

»Warum sind wir ausgerechnet in den dunklen Gebieten?«, fragte Docar und zeigte den Gang entlang, der sich in einiger Entfernung in der Finsternis verlor. Dort wuchs weder Leuchtmoos noch waren Leuchtwürmer erkennbar. »Tiada hat mir verboten, diesen Bereich aufzusuchen.«

»Wischt sie dir auch den Hintern ab?«

Docar warf ihm einen bösen Blick zu. »Das ist nicht lustig! Es gibt einen Grund, warum hier kaum Menschen unterwegs sind. Es ist gefährlich. Sogar Wynron meidet das Gebiet, weil es vollständig unter der Kontrolle der bösartigsten Kreaturen des Schlunds steht.«

»Weiß ich. Deshalb sind wir auch hier.«

»Ich habe ehrlich gesagt keine Lust, als Futter für einen Zangenläufer zu enden.«

»Dann sieh zu, dass das nicht geschieht.«

»Lass das!«

»Was denn?«

»Dieses kumpelhafte Gehabe. Freunde sollten nichts voreinander verbergen. Du weigerst dich aber immer noch, mit der Wahrheit rauszurücken, warum du mich befreien willst. Wobei ich immer mehr zweifle, ob dir das überhaupt gelingen wird. Wir sind weit davon entfernt, so etwas wie einen Fluchtplan zu haben!«

Taar pochte ihm mit dem Finger gegen die knochige Brust. »Du hast da etwas falsch verstanden. Ich bin weder dein Freund noch dein Verbündeter. Ich bin nur der tolle Kerl, der dich hier herausholen soll.«

Docars Züge versteinerten. »Und warum unterrichtest du mich dann in der Kunst der Nekromantie?«

»Weil ich keinen Klotz am Bein gebrauchen kann, wenn ich fliehen möchte. Und wenn ich dich so ansehe, zweifle ich, dass du jemals mehr als das sein wirst.«

Plötzlich riss der Junge seine Faust hoch. Taars Halstuch zuckte hoch und fing den Schlag ab. Den Jungen hielt das trotzdem nicht davon ab, seiner Wut freien Lauf zu lassen, und ließ seinerseits einen Hemdärmel vorschnellen.

»Du lernst schnell«, sagte Taar und wand sich aus dem Griff. »Aber nicht schnell genug.«

»Ich werde dich übertrumpfen!«

»Da bin ich ja mal gespannt!«

Docar sprang ungewöhnlich hoch in die Luft – also hatte er seine Schuhe verwoben – und warf Taar einen Schal entgegen, der sich blitzschnell um seine Arme wickeln wollte. Er hatte jedoch damit gerechnet, den rostigen Nagel in seiner Tasche verwoben und diesem befohlen, ihn in einer solchen Situation zu beschützen. Genau das tat der Nagel, flog aus seiner Tasche und zerschnitt den Schal in zwei Hälften.

Docar landete hinter ihm und wirbelte halb herum. Dann sprang er in Taars Richtung und ließ mehrere Tritte und Schläge folgen. Diese waren weder präzise noch kraftvoll und bewiesen, dass der Junge noch nie richtig Prügel eingesteckt hatte. Aber da die Schläge aufgrund der verwobenen Kleidung *verstärkt* waren, war der Angriff durchaus bedrohlich.

Taar wich zwei Schlägen aus und tauchte unter dem nächsten durch. Es war nicht weiter schwierig, da die Angriffe vorhersehbar waren. »Du bist geschickt, Junge. Aber du hast längst noch nicht alles verstanden.«

»Und das wäre?«

Blitzschnell hieb er seine flache Hand auf das Hemd des Jungen und entließ die Seele darin. Der Stoff erschlaffte und ein grünlicher Schimmer stob auf. Dann trat er Docar gegen die Brust, beförderte ihn auf den Boden und stellte ihm einen Fuß auf die Kehle. Die Fetzen der Hose wollten sich um seine Beine wickeln, mit einer erneuten Entlassung war auch dieses Problem beseitigt.

»Du bist besiegt.«

Docars Gesicht war zornesrot, trotzdem lächelte er. »Ich wusste nicht, dass du meine Beschwörungen entlassen kannst.«

Taar reichte ihm die Hand und half ihm auf die Füße. »Es kommt darauf an, wie stark deine Willenskraft ist. Wenn du mächtiger bist als dein Feind, ist das möglich. Falls nicht«, er zuckte die Schultern, »wird er es vermutlich sein, der den Trick bei dir anwendet.«

»Danke für die Erklärung.«

»Es werden noch viele weitere folgen. Bevor wir weitermachen, sollten wir uns den beiden wichtigsten Regeln in der Kunst der Nekromantie zuwenden. Wir haben sie zu lange aufgeschoben.« Er trank aus seinem

Schlauch, wischte sich den Mund ab und seufzte zufrieden. »Nehmen wir den Trinkschlauch hier.« Er tippte gegen den Verschluss. »Er besitzt keine Form, die einem Lebewesen entsprechen würde, oder?«

Docar nickte zögerlich.

»Wenn ich ihn mit einer Seele verweben würde, wie gut wäre der Wirkungsgrad?«

»Vermutlich nicht so gut?«

»Richtig geraten. Die erste Regel der Nekromantie besagt: Je ähnlicher sich die Form des Gegenstands und die verwobene Seele sind, desto mächtiger ist das Band. Bevor du fragst: Als Band bezeichnen wir die Verbindung zwischen Gegenstand und Seele.«

Docar nahm den Trinkschlauch entgegen und drehte ihn hin und her. »Das erscheint logisch. Es bleibt trotz allem nur ein Gegenstand, der nicht viel Bewegungsfreiheit besitzt. Genauso ist ein Hemd am Ende nur ein Hemd. Jetzt wird mir auch klar, warum du so erpicht warst, das Wachs aus den Eierschalen herzustellen.« Der Junge warf ihm einen schiefen Blick zu. »Wachs kann geformt werden, zum Beispiel zu einer Figur mit Armen und Beinen. Das müsste bedeuten, dass das Band zwischen Seele und Gegenstand deutlich wirksamer ist.«

Taar war überrascht, dass der Junge so schnell die Zusammenhänge herstellen konnte, ließ sich aber nichts anmerken. »Gut erkannt.«

»Was ist mit dem Material des Gegenstands?«

»Das ist die zweite Regel. Aus welchem Material besteht der Trinkschlauch?«

Docar fuhr mit der Hand über die Oberfläche. »Die

Haut von irgendeiner Kreatur?«

»Jepp. In diesem Fall tippe ich auf einen Gruben-krabbler, obwohl ich es nicht mit Sicherheit sagen kann. Jedenfalls besitzt Haut aufgrund der Substanz eine starke Verbindung zur Nekromantie. Deshalb lautet auch die zweite wichtige Regel: Je ähnlicher sich die Substanz des Gegenstands und der Widerhall der Seele sind, desto länger kann das Band aufrechterhalten wer-den.«

»Was bedeutet das?«

»Seelen besitzen eine Art Widerhall, der stärker wird, je näher sie sich dem Reich der Lebenden befinden. Man könnte es als eine Art Erinnerung an ihr früheres Dasein verstehen. Wenn sie also erkennen, dass ihnen die Substanz des Gegenstands vertraut ist, rückt sie das näher an das wirkliche Leben. Das wiederum bewirkt, dass das Band länger aufrechterhalten werden kann.«

»Die Seele eines Toten besitzt also tatsächlich eine Erinnerung? Das erscheint mir etwas … zum Fürch-ten.«

»Warum?«

»Wenn eine Seele Erinnerungen besitzen kann, was für Eigenschaften weist sie dann zusätzlich auf? Was wäre, wenn Seelen gegen ihre Fesseln aufbegehren könnten? Was würde sie abhalten, die Welt der Leben-den heimzusuchen?«

Taar schmunzelte. »Das ist der richtige Ansatz. Wir sind es, wir Nekromanten halten Seelen ab, die Grenze vollständig zu überwinden. Eine Seele begehrt gegen ihre Fesseln auf, wenn sie beschworen und verwoben wird, da es ihr natürlicher Trieb ist. Man sollte nicht vergessen, dass es letztendlich die Seele eines toten Menschen ist, der einst auf dieser Welt wandelte und vielleicht durch Gewalt und Schmerz gestorben ist. Dieses Aufbegehren hast du aber sicher bereits feststellen können. Es ist wie eine Art Zupfen an deinem Verstand, das stärker wird, je öfter und intensiver du deine Gabe verwendest. Genau aus diesem Grund solltest du auch immer Herr deiner Sinne sein, wenn du Nekromantie anwendest.«

»Ich verstehe.«

»Wirklich?«

»Auch wenn du es mir nicht glaubst, aber ich bin schlau.«

»Ein schlauer Mann. Soso ...« Taar bewegte sich auf die Finsternis am Ende des Ganges zu.

»Was würde passieren, wenn eine Seele mit der Substanz eines menschlichen Körpers verwoben wird?«, fragte Docar. »Was wäre ...«

»Genug!« Taar spürte einen Stich des Grauens in der Seite. Die Fragen erinnerten ihn schmerzlich an sich selbst. »Das ist ein finsterer Zweig der Todesgabe und man spricht nicht darüber! Niemals! Verstanden?«

»Aber warum? Die zweite Regel bezieht sich doch eindeutig auf die Substanz und Fleisch ist nun einmal ...«

»Es ist gefährlich! Genau aus diesem Grund gibt es die dritte Regel.«

Der Junge sah furchtsam zu ihm auf. »Wie lautet sie?«

»Eine Seele sollte stets an den Ort entlassen werden, von dem sie stammt. Im Klartext bedeutet das: Du bist als Nekromant verpflichtet, eine Seele wieder zu entlassen, und du hast Sorge zu tragen, dass dies auch ohne dein Einwirken geschehen kann. Ein Hemd hält je nach Form drei Stunden durch, bis die Seele von selbst verschwindet. Schuhe vielleicht zehn Minuten. Ein Körper hingegen«, er schüttelte den Kopf, »das sind Dinge, die kein Nekromant tun sollte.«

»Was ist mit Knochen?«

Taars Augen verengten sich zu Schlitzen. »Das ist noch viel schlimmer. Knochen sind eine der Essenzen des Lebens. Stelle dir nur einmal vor, was für Auswirkungen es haben könnte, wenn eine Seele mit einem menschlichen Körper verwoben wird, der über die Gabe der Nekromantie verfügt. Es hätte verheerende Auswirkungen. Für uns alle.«

Während die Luft drückend und schwer wurde, umfing sie Dunkelheit. Der Gang ging nun leicht schräg nach unten, Geröll und Erde bedeckten zum Teil den Weg und es wurde so finster, dass man kaum noch die eigenen Hände vor Augen sehen konnte.

»Hat es schon einmal jemand getan?«

»Ich hörte Geschichten, das sind aber keine Themen, über die wir uns unterhalten sollten, Junge. Befolge meinen Rat und halte dich an die Regeln.«

»Ich verstehe. Es wäre aber möglich?«

»Hörst du mir überhaupt zu? Es ist gefährlich! Nicht nur, weil allein schon der Versuch scheitern kann. Es könnte dich auch umbringen!«

»Wie kann so etwas geschehen?«

Er zögerte, legte sich die Worte zurecht. »Eine Seele wird wirklicher und greifbarer, wenn die Substanz und die Form des Gegenstands ihrem vorherigen Dasein entsprechen. Man könnte sagen, dass sie stärker in die Welt der Lebenden driftet. Das wiederum bedeutet, dass sie gegen das Verweben aufbegehren und anstelle des Gegenstands ein Teil von dir werden könnte. Genau das bezeichnen wir in der Nekromantie auch als rachsüchtigen Geist.«

»Das hört sich an«, Docar zögerte, »als wüsstest du, wovon du sprichst.«

»Du wärst nicht der Erste, der es versucht und von seiner Gabe übermannt wird. Es ist kein angenehmer Tod. Belassen wir es dabei.«

»Aber ich …«

»Still!« Taar riss die Hand hoch. Er sah sich um, konnte aber nichts sehen. Also verwendete er die Fähigkeit, die jeder Nekromant lernen konnte. Er benutzte das dritte Auge.

Die Welt um ihn verschwamm und bildete nach und nach grünlich schimmernde Konturen, die sich nicht weit entfernt befanden. Sie waberten hin und her und gaben grobe Umrisse der Zangenläufer wieder, die ihnen in der Dunkelheit auflauern wollten. Es war kein richtiges Sehen, eher eine Art Spüren. Und das, was er spürte, waren die Seelen der Kreaturen.

»Ich halte das für keine gute Idee.« Docars Stimme zitterte leicht. »Für wirklich keine gute Idee.«

»Du hast dich bislang viel zu sehr auf Tiadas Schutz verlassen. Unsere Flucht wird dir alles abverlangen. Deshalb wird es Zeit, dass du deinen Mann stehst.«

Docar schluckte hörbar. »Ich verstehe.«

»Nein, das tust du nicht. Hör zu, Junge. Ich bin ein

Einzelgänger. Ich verlasse mich nur auf mich selbst. Verstanden?«

»Ja, aber du hilfst mir. Du bist nicht mehr alleine.«

Taar hob einen Finger. »Ich hab nur eine Regel: Man lebt und stirbt allein. Dieses ganze Meister-und-Schüler-Ding ist nichts für mich. Du weißt schon, der Meister trifft auf einen Schüler, damit dieser über sich hinauswachsen kann. Eben wie in den Geschichten der fahrenden Barden. Nicht mit mir. Ich bin ein Vagabund, der sich von der elenden Hure namens Schicksal leiten lässt.«

Der Junge sah ihn verwirrt an.

»Unwichtig. Ich kann dir nicht als Meister irgendwelche Dinge beibringen. Denk an meine Regel. Deshalb musst du es selbst erfahren. Lerne und wachse an deinen Herausforderungen.«

»Und wie soll ich das tun?«

»Überlebe!«

»Was? Aber …«

Er verpasste Docar einen kräftigen Stoß, woraufhin der Junge tiefer in die Dunkelheit stolperte.

Bewährungsprobe

Vierzehnter Tag

Ich habe ihnen Kontrolle aufgezwungen. Das war falsch, es hätte niemals so weit kommen dürfen. Seltsam, dass ich erst so spät zu solch wichtigen Einsichten gelange. Ich glaube, es hat mit ihr zu tun. Sie beflügelt mich und zeigt mir einen anderen Weg. Es ist, wie sie einst sagte: Liebe ist nicht das, was man erwartet, zu bekommen, sondern das, was man bereit ist, zu geben.

Sechzehn Tage.

So viel Zeit blieb ihnen, um den Schlund zu verlassen und den Palast zu erreichen. Sechzehn Tage – viel zu wenig Zeit.

Während der Junge in die Dunkelheit stolperte und am ganzen Leib zitterte wie Espenlaub, erinnerte sich Taar an seine eigenen Lektionen, auch wenn das schon sehr lange zurücklag. Die Grenze zwischen Leben und Tod war dünn wie eine Glasscheibe, die sich über einem dunklen Abgrund erhob. Als Nekromant stand man stets auf der Schwelle zwischen Leben und Tod. Man musste am eigenen Leib erfahren, wie das Gefüge der Welt zusammenhing. Während andere angehende Nekromanten ein ganzes Leben Zeit zur Verfügung gehabt hatten, um die Regeln zu verinnerlichen und ein Gespür für die Todesgabe zu entwickeln, stand Docar nicht einmal ein Bruchteil davon zur Verfügung. Deshalb musste er geschmiedet werden wie ein heißes Eisen, wenn er die kommenden Ereignisse überleben wollte. Ansonsten wären Taars Bemühungen ohnehin sinnlos.

Taar glitt zur Seite, behielt den Jungen im Blick, der in der Düsternis bestimmt nicht einmal die eigene Hand vor Augen sehen konnte. Taar hingegen nutzte das dritte Auge und erkannte Docars Umrisse als unstete Umrisse, wie ein grünlicher Schimmer inmitten von triefender Finsternis.

Ein Stück weiter vorne entdeckte er weitere Umrisse – gebückt, unscharf, gewalttätig.

Zangenläufer. Bei ihnen handelte es sich um mannshohe Kreaturen, die auf zwei stämmigen Beinen liefen und einen Körper aus schwarzen Schuppen besaßen. Der Nacken war mit Stacheln bestückt und der Kopf endete in zwei gebogenen Dornen in Form einer Zange. Bei den Insassen galten sie als Delikatesse, obwohl er dem Fleisch nicht viel abgewinnen konnte. Vorzugsweise jagten sie in Rudeln und lebten in den dunklen Gebieten. Es kam aber auch vor, dass sie den Weg an andere Orte fanden. Wie jede Kreatur im Schlund, besaßen sie die Möglichkeit, Licht zu erzeugen. Bei ihnen wurde diese Fertigkeit als Waffe verwendet.

Jetzt werden wir sehen, wie er sich behauptet.

»Was soll das, Taar Wax?«, rief Docar. »Du willst also zusehen, wie ich umgebracht werde?«

Taar folgte ihm in einigem Abstand und behielt die Kreaturen im Auge. Weiter hinten konnte er weitere Umrisse ausmachen, die sich in den Boden gegraben hatte. Grubenkrabbler – hinterlistige Kreaturen, die darauf warteten, dass sich ihnen ein unachtsames Opfer näherte. Wenn es so weit war, packten sie mit vier länglichen Fangarmen zu und betäubten das Opfer. Danach zogen sie es unter die Erde. Das wahrhaft Hinterhältige war, dass die Oberfläche ihres schalenartigen Rückens in blaugrünem Licht leuchtete und dadurch sogar aus der Nähe Leuchtmoosflechten zum Verwechseln ähnlich sah.

»Erinnere dich, was ich dir erklärt habe«, sagte er. »Nutze die Nekromantie, damit die Seelen der Toten deinem Willen gehorchen.«

Docars Kopf ruckte herum. »Und wie soll ich das tun, wenn ich nichts sehen kann?«

»Wenn du weiter so rumschreist, war's das gleich für dich. Zangenläufer sind geräuschempfindlich. Achte darauf, dass dir der Schleim nicht in die Augen gespuckt wird. Das machen sie, um ihre Opfer zu blenden.«

»Hol mich hier raus … bitte!«

Die Verzweiflung in der Stimme war unüberhörbar, er war aber der Letzte, von dem der Junge Mitleid erwarten konnte. Nun würde sich zeigen, aus welchem Holz er geschnitzt war.

»Konzentriere dich!«, flüsterte Taar. »Beruhige deinen Atem und nimm das Leben um dich wahr. Das Reich der Toten und die Welt der Lebenden sind eng miteinander verknüpft. Dein Anker wird dir helfen, es zu erkennen.« Seine Stimme wurde einfühlsamer. »Erinnere dich an das Lied der Toten. Es ist immer da, um dich und sogar in deinem Inneren.«

Docar zog den ungeschliffenen Edelstein aus der

Hosentasche, war aber derart aufgeregt, dass er ihn verlor.

Das kann doch nicht wahr sein!

»Konzentriere dich endlich!« Taar schob sich ein Stück vorwärts. Weiter hinten waren bereits einige Kreaturen auf die Neuankömmlinge aufmerksam geworden. Während sie sich wie lautlose Jäger näher schlichen, krabbelte der Junge auf dem Boden herum und suchte nach dem Edelstein.

»Der Anker ist ein Teil von dir. Rufe ihn in Gedanken herbei und er erscheint wieder in deiner Hand.« Trotz der Worte wurde der Junge immer nervöser. »Docar!«

»Ich kann ihn nicht finden … nicht finden …«

»Klar kannst du das! Darin steckt ein Teil deiner Seele. Konzentriere dich auf ihn und er kehrt zu dir zurück.«

»Nicht finden … nicht finden …«

»Beruhige dich endlich und tu, was ich dir sage!«

Ein Zangenläufer war nur noch ungefähr fünf Meter entfernt.

»Vergiss den Anker und befiehl deiner Kleidung, dich zu beschützen, Junge. Du bekommst gleich Besuch.«

Docar sprang auf die Füße, blieb mit einem hinter dem anderen hängen und stolperte wieder zu Boden. »Taar! Sie ist verschwunden.«

»Was ist verschwunden?«

»Die Seele in meinem Hemd … sie ist weg. Ich … wie …«

»Beschwöre eine neue. Schnell!«

Der Junge riss seine Hände hoch.

Dann stürzte sich die erste Kreatur auf ihn. Eine der Zangen bohrte sich in seine Schulter. Docar schrie auf. Die zweite Kreatur spuckte ihm glühenden Schleim entgegen.

Es sollte mich nicht interessieren. Lauf weg! Geh einfach weg … Aber er konnte nicht weggehen. Der Junge war wichtig.

Taar sprang dazwischen, wirbelte einmal um die eigene Achse und ließ das Tuch um seinen Hals wie eine Peitsche schwingen. Ein Knall erklang, wie eine gefrorene Schinkenscheibe in einer heißen Pfanne, und ein langer Striemen platzte am Hals der Kreatur auf. Weiterer Schleim spritzte durch die Gegend, tauchte die Umgebung in unwirkliches Licht. Inzwischen hatten sich vier Kreaturen genähert; Albtraumgestalten aus einer anderen Welt.

Taar wich einem zustoßenden Kopf aus, blockte mit seinem Ärmel die Klauen einer weiteren Kreatur ab und ließ sich neben Docar auf den Boden fallen. Dann legte er seine Hand auf dessen Hemd, rief innerhalb eines Blinzelns eine Seele herbei und verwob sie damit.

»Beschütze ihn!«, raunte er und sprang wieder auf.

Schleim klatschte ihm ins Gesicht. Da er aber nicht mit den Augen sah, sondern sich auf seine anderen Sinne verließ, war das kein Hindernis für ihn. Er griff in seine Hosentaschen, sprang in die Luft und warf einer Kreatur die zerrissenen Socken entgegen. Noch im Flug wurde eine Seele damit verwoben und ließ den Stoff schlagartig zum Leben erwachen. Es besaß eine ganz eigene Komik, wie sich die Socken einer Fessel ähnlich um die Zangen wickelten und einschränkten. Obwohl die Kreatur sich mit aller Macht dagegenstemmte, hielt die Beschwörung stand.

Socken als Fesseln, dachte er amüsiert. *Das muss man erst mal nachmachen.*

Docar war wieder auf den Beinen und sah sich panisch um. Die Fetzen an seinem Hemd sorgten dafür, dass jeder Angriff abgewehrt wurde, aber das war keine dauerhafte Lösung. Ein Ärmel war bereits abgerissen und der Rest hing nur noch an einzelnen Fäden.

»Lauf weg!«, knurrte Taar.

»Ich weiß nicht, wie.«

»Nutze dein drittes Auge!«

»Bitte, Taar …«

Er brachte es nicht übers Herz, den Jungen weiter auf die Probe zu stellen, und traf eine Entscheidung. »Folge meiner Stimme!«, rief er und ließ sein verstärktes Bein in die Seite einer Kreatur krachen. In hohem Bogen krachte sie gegen die Wand. Dann wirbelte er herum und wollte sich der nächsten Kreatur in den Weg stellen, aber die hatte seinen Angriff kommen sehen und warf sich auf ihn. In einem unförmigen Knäuel gingen sie zu Boden.

Es geht nicht anders …

Taar befahl den Quasten Arm und Faust zu verstärken und schlug gegen den Hals der Kreatur. Einmal, zweimal, dreimal, bis seine Faust ein gähnendes Loch im Hals hinterließ. Er konnte es durch den Schleim auf seinem Gesicht nicht richtig sehen, spürte aber, dass klebriges Blut herausspritzte und sich über seinen Körper verteilte.

»Deine Seele gehört mir!« Er griff mit inneren Fühlern nach dem sich windenden Schimmer, der sich in der Kreatur befand. Dann packte er ihn und zwang ihm seinen Willen auf. Es fühlte sich wie eine Ewigkeit an, aber er wusste, dass es in der Welt der Lebenden nicht länger als ein Blinzeln dauerte. Schließlich konnte die Seele nicht mehr gegen ihn aufbegehren.

»Beschütze uns!«, raunte er und riss seine Hand wieder heraus. Gleichzeitig sprang der Zangenläufer hoch und stürzte sich auf seine Artgenossen.

Jeder einzelne Knochen in seinem Leib schmerzte. Mit letzter Kraft packte er Docar an den Schultern und zerrte ihn hinter sich her. Inzwischen hatte sich ein Zangenläufer aus der anderen Richtung genähert und versperrte ihnen den Weg. Die Kreatur gab einen ohrenbetäubenden Laut von sich, von dem Taar wusste, dass es eine Art Schlachtruf war, der weitere Artgenossen anlockte.

»Kannst du rennen, Junge?«

Docar nickte schwach.

»Ich weiß, dass du nichts sehen kannst. Du musst das aber jetzt allein schaffen. Achte auf meine Trittgeräusche. Schaffst du das?«

»Ich … werde es versuchen.«

»Nicht versuchen. Tu es!«

Der Junge straffte sich. »In Ordnung. Tut mir leid, dass ich dich enttäuscht habe.«

Taar drückte seine Schulter. »Nein, ich habe dich enttäuscht.« Damit war alles gesagt. Er rannte los, verstärkte seine Beine und sprang blitzschnell nach vorn. Seine verstärkte Faust krachte gegen den Kopf des

Zangenläufers und schickte ihn bewusstlos zu Boden. Mit rasselndem Atem rannte Taar durch die Dunkelheit und konnte am Ende des Gangs Licht ausmachen.

Das Tagebuch

Sie glaubt, dass ich es nicht weiß. Ich kann es aber fühlen, ich kann es sogar sehen. Es wird mir schwerfallen, sie zurückzulassen, aber ich bin sicher, dass sie es verstehen wird. Und sie wird es auch sein, die letztendlich dieses Buch findet.

Das Schlafgemach lag vor Rysana ausgebreitet wie ein Buch, in dem ein mythisches Geheimnis verborgen lag. Sosehr sie es auch versuchte, sie konnte dieses Geheimnis nicht lüften. Oder bildete sie sich das bloß ein?

»Wendal«, raunte sie und trat ein. Es war wie ein Sog, der sie immer wieder hierherbrachte. Sie konnte sich nicht dagegen wehren.

Der Raum sah so aus, wie sie ihn zurückgelassen hatte. Seit mehr als zwei Wochen war der gesamte Bereich gesperrt. Sie wusste, dass die Diener tuschelten, daher war es nur eine Frage der Zeit, bis Gerüchte die Palastmauern passieren würden. Und dann würde jemand nach Wendal verlangen. Bis dahin musste sie eine Lösung parat haben. Irgendwie.

Langsam lief sie an dem zerstörten Himmelbett vorbei, fuhr an der Holzmaserung entlang, spürte das

Verborgene darunter. Ein Schrank lag zersplittert in der Raummitte, direkt dahinter zog sich ein Riss durch den Marmor.

Zerstört. Verblasst. Vergangen. War es das, was zurückblieb, wenn man die Welt verließ? Wendal war Jahrhunderte, gar Jahrtausende auf dieser Erde gewandelt und alles, was von ihm übrig geblieben war, waren zahllose Rätsel, die niemand lüften konnte. Es war zum Verzweifeln.

Während sie ihren Weg durch das Gemach nahm, rief sie sich das Gespräch mit Nandeon in Erinnerung. Der alte Mann war anders, als sie erwartet hatte. *Irgendwie ist es ihm gelungen, mir meine Geheimnisse zu entlocken. Oh, Wendal ...*

Die Gedanken an ihn schmerzten. War sie wirklich die Einzige, die Wendals Tod betrauerte? Vielleicht war sie sogar die Einzige, die darin eine Gefahr für das Kaiserreich sah? Fragen über Fragen, auf die sie keine Antwort fand.

Fünfzehn Tage, bis die Delegationen der Lords in Thargor erscheinen werden. Fünfzehn Tage, um einen Plan zu entwickeln, sollte Taar Wax scheitern.

Sie blieb neben dem zerstörten Regal stehen, das einst eine Sammlung uralter Werke beinhaltet hatte. Ein Großteil hatte sich auf dem Boden verteilt und war angesengt oder zerrissen. Mit einem Seufzer blickte sie zum Balkon. Einzelne Schneeflocken wurden von steifen Winden in das Zimmer getragen. Der Himmel war grau verhangen und das Land wurde unter einer weißen Schneedecke begraben. Dies war die schönste Zeit des Jahres in Thargor und sie erinnerte sich noch genau, wie sie mit Wendal auf dem Balkon gestanden hatte, während er von seinen Plänen berichtet hatte. Trotz allem, was Nandeon gesagt hatte, glaubte sie, dass er ein guter Mensch gewesen war. Ein Mensch, der fähig gewesen war, sich zu ändern.

Sie musste sich abwenden. Die Erinnerung schmerzte zu sehr. Als sie den Raum verlassen wollte, nahm etwas ihren Blick gefangen. Zuerst hatte sie es nicht bemerkt, nun sprang ihr der Rand eines kleinen Buches ins Auge, das zwischen zwei Leisten in dem Bücherregal feststeckte. Vorsichtig löste sie es aus dem Zwischenraum und blies den Staub davon. Ein Buch von schlichter Machart mit abgegriffenem und porösem Einband. Der Grund, warum es ihre Aufmerksamkeit erlangt hatte, betraf die Schlichtheit. Es besaß weder Aufschrift noch Verzierungen.

Seltsam …

Sie wischte über den Einband und öffnete das Buch. Das Papier war vergilbt und die Tinte verblasst. Dennoch konnte sie die Schrift klar und deutlich lesen.

Ich bin das notwendige Übel. Ich bin die Finsternis, die Dunkelheit und der Schrecken dieser Welt. Ich bin aber auch das Licht, die Hoffnung und der einzige Weg, um uns alle zu beschützen.

»Rysana.«

Die Stimme war kaum lauter als ein Flüstern gewesen, dennoch fuhr Rysana herum. Am Eingang verharrte eine gebeugte Gestalt mit kahl geschorenem Kopf. Ihre Augen lagen tief in den Höhlen und ihr Gesicht drückte gleichermaßen Verachtung und Ehrerbietung aus.

»Dunla«, sagte Rysana.

»Fündig geworden?«

»Nichts Weltbewegendes.« Rysana klappte das Buch zu. »Was kann ich für Euch tun?«

Dunla nahm sich Zeit, während sie sich im Gemach umsah. »Ich akzeptiere diese Entscheidung nicht.«

»Welche Entscheidung?« Rysana sprach ruhig und gelassen und hoffte, dass man ihr die Unruhe nicht anhörte. Auf diese Auseinandersetzung war sie nicht vorbereitet.

Dunla machte eine knappe Geste mit der Hand. »Diese hier.«

Vorsichtig steckte Rysana das Buch in die Tasche ihrer Robe, gleich neben den Edelsteindolch, der dort immer noch ruhte. Manchmal, wie in diesem Augenblick, glühten die Runen auf und der Dolch wurde ganz kalt.

»Ihr seid also nicht einverstanden, dass das Gemach in seinem derzeitigen Zustand bleibt, Ratsmitglied Dunla?«

»Gefährlich. Andere könnten es erfahren.«

»Dieses Risiko müssen wir leider eingehen. Im Notfall lassen wir gefilterte Informationen durchsickern. Es ist nicht das erste Mal gewesen, dass jemand es darauf angelegt hat, Wendal umzubringen.«

»Dieses Mal ist es gelungen.«

»In der Tat.«

Dunla trat näher, bis sie nur noch eine Armlänge voneinander trennte. »Ihr erkennt die Gefahr nicht, Rysana.«

»Welche Gefahr?«

Dunla breitete die Arme aus. »Überall.«

Es war zu manchen Zeiten anstrengend, ein Gespräch mit der Südländerin zu führen. Obwohl sie die Sprache des Nordens gut beherrschte, waren ihre Sätze knapp und rätselhaft. »Habt Dank für diese Warnung, aber ich bin mir der Gefahr durchaus bewusst.«

Dunla legte den Kopf schief. »Nicht diese Gefahr. Ihr habt einem Verbrecher eine wichtige Mission anvertraut. Warum?«

»Das habe ich bereits erläutert. Er ist unsere einzige Möglichkeit, um …« Sie verstummte, als Dunla den Kopf schüttelte.

»Nein, nicht das. Ihr hütet viele Geheimnisse. Der Bastard, Euer Vertrauen in Taar Wax und noch viele weitere Dinge mehr. Ihr seid voller Rätsel. Das gefällt mir nicht.«

Den Seufzer konnte Rysana nicht unterdrücken. »Ich wurde zur Vorsitzenden ernannt, um Entscheidungen zu treffen.«

»Von unserem Kaiser.«

»Ja, von Wendal. Mir wurde eine Bürde auferlegt, der ich mich nun schon seit zwanzig Jahren mit Leib und Seele verschrieben habe. Ich stand schon häufig vor schrecklichen Entscheidungen. Wie jedes Mal akzeptiere ich Eure Meinung, Dunla, aber ich erwarte auch, dass Ihr im Gegenzug meine Meinung akzeptiert.«

»Ich werde ein Misstrauensvotum erzwingen.«

Rysana zögerte. »Das wurde mir bereits zugetragen. Gestattet mir bitte diese Frage: Begehrt Ihr den Vorsitz des Rates?«

»Wenn es notwendig ist, nehme ich die Bürde auf mich. Ihr hütet zu viele Geheimnisse. Wir brauchen

Stärke und Klarheit. Keine Schatten.«

»Ich bin der gleichen Meinung wie Ihr, Dunla.« Sie ging einen Schritt auf die Südländerin zu, bis sich ihre Nasenspitzen fast berühren konnten. »Wir könnten das gemeinsam schaffen. Lasst uns zusammen …«

»Nein.«

Ihr sank das Herz in die Knie. Bis zuletzt hatte sie gehofft, Dunla umstimmen zu können.

»Ich frage nach Wahrheit und Ihr verweigert mir diese, Rysana.«

»Welche Wahrheit?«

»Taar Wax wurde in meiner Heimat zum Tode verurteilt. Er sollte sterben. Er ist ein Dieb und Verbrecher.«

»Dessen bin ich mir bewusst.«

»Trotzdem vertraut Ihr ihm. Auf ihm lastet die gesamte Verantwortung.«

»Auch hierbei kann ich Euch nur zustimmen.«

»Warum?«

»Nur er vermag es, diese Herausforderung zu meistern.«

Dunla musterte sie kühl. »Ich verstehe.«

»Gut, wir sollten …«

»Ihr habt keine Antwort.«

Rysana straffte sich. »Was wollt Ihr von mir hören? Ja, auch ich halte es für gewagt. Aber was wäre die Alternative gewesen? Wir mussten handeln und der Bastard des Kaisers ist der einzige Weg, einen rechtmäßigen Erben auf den kaiserlichen Thron zu setzen. Um dies zu bewerkstelligen, brauchten wir jemanden wie den Vagabunden.«

»Viele Worte ohne Sinn. Warum er?«

»Er besitzt Fähigkeiten …«

»Nein.« Dunla schüttelte den Kopf. »Das ist es nicht. Ihr kanntet ihn.«

»Das ist nicht wahr. Ich bin ihm hier zum ersten Mal begegnet.«

»Davon spreche ich nicht. Ihr wusstet Dinge über ihn, weil er von *ihm* sprach. In Eurer Anwesenheit. Allein.«

»*Wer* hat von *wem* gesprochen?«

»Der Kaiser. Er wusste, was geschieht. Er wusste um die Gefahr. Und er hat von dem Vagabunden gesprochen. Was verheimlicht Ihr vor uns?«

Rysana schwieg.

»Es ist also wahr.«

»Ja und nein.« Sie seufzte. »Wendal sprach häufig vom Vagabunden. Ich glaube aber nicht, dass er seinen eigenen Tod vorhersah.«

»Warum handelt Ihr, ohne uns aufzuklären?«

»Ich bin die Vorsitzende! Mir wurde dieses Amt anvertraut, damit ich Entscheidungen treffe. Was hättet Ihr in meiner Situation getan?«

Dunla wandte sich ab. Kurz bevor sie den Raum verließ, vernahm Rysana noch einmal ihre wispernde Stimme: »Das Misstrauensvotum beginnt in zwei Tagen.«

Wärter

Sechzehnter Tag

Aus diesem Grund möchte ich Wahrheiten aussprechen, die viel zu lange im Verborgenen geblieben sind. Beginnen werde ich mit dem Schlund. Warum ausgerechnet damit? Es wird eine Überraschung sein für diejenigen, die diese Zeilen in den Händen halten, aber nicht ich war es, der den Schlund erschuf. Jahrhunderte habe ich geforscht und versucht herauszufinden, wer einst verantwortlich war. Eine Antwort fand ich nie.

Taar hockte hinter einem Vorsprung und beobachtete. Eine Gruppe Wärter betrat in diesem Augenblick über das Leitersystem den Zugang zum Schlund. Kein unerwarteter Besuch.

»Wie ist der Rhythmus?«, fragte er leise.

Docar hockte mit gerunzelter Stirn neben ihm. »Was meinst du damit?«

»Na, wie oft sie ihre Patrouillen durchführen.«

»Ah. Soweit ich weiß, zweimal täglich, aber nach keinem Muster. Häufig sind es zwei Patrouillen, an einigen Tagen sogar drei.«

»Du weißt es oder du bist sicher?«

»Gibt es da einen Unterschied?«

»Nein, deshalb frage ich ja.«

»Mir fällt es schwer, eine Antwort darauf zu geben.«

»Klar. Dein angebliches Wissen sollte vorläufig ausreichen.«

»Angeblich? Es war nur eine Vermutung und …«

»Also weißt du es doch nicht?«

»Nein. Ja. Vielleicht. Keine Ahnung! Es ist eine bestätigte Vermutung.«

»Also jetzt fängst du an, *mich* zu verwirren.« Taar
lachte leise und wurde schlagartig wieder ernst. »Sie
schicken also zwei Patrouillen pro Tag herunter. Das hat
sich leider zu unseren Ungunsten verändert. Damals
war es nur eine Patrouille pro Tag. Sind es immer sechs
Wärter?«

»Ich bin nicht sicher, aber …«

»Schon wieder nicht sicher?«

Docar zog eine Grimasse. »Taar, ich kann dir nur sagen, was ich mitbekommen habe.«

»Klar.«

»Gut. Wie dem auch sei, ich glaube, dass es immer
mindestens sechs Wärter sind. Zwei weitere befinden
sich am oberen Vorsprung. Du weißt schon, dieses seltsame Leitersystem.«

»Ja, das konnte ich bei meiner Ankunft ebenfalls
feststellen.« Er dachte kurz nach. »Das macht also ins-
gesamt acht einsatzbereite Wärter am Eingang. Der
Weg oberhalb des Vorsprungs, der an die Oberfläche
führt, wird alle fünfzig Meter von mindestens einem
Wärter bewacht. Am Ausgang befindet sich ein ganzes
Dutzend von diesen feinen Burschen. Und wenn man
erst einmal daran vorbei ist, gibt es immer noch die Wärter auf den Mauern, die von dort einen guten Überblick
haben. Das sind … viele.«

»Das hört sich an, als ob niemand von hier fliehen kann.«

»Abwarten.« Er nahm den Wachsklumpen aus seiner Tasche und begann zu formen. Seit Kurzem trug er eine verschlissene Jacke, die viele kleine Taschen besaß – für seine Zwecke gut geeignet. Zuvor hatte sie einem von Shaans Männern gehört, dem Gebieter in den Bereichen südlich von Tiada. Taar fand, dass sie ihm wesentlich besser stand.

»Also, warum sind wir wirklich hier?«, fragte Docar.

»Sachen.« Taar formte erst den Kopf, dann nach und nach die Figur eines kleinen Menschen. »Wichtige Sachen. Äußerst wichtige Sachen.«

»Sachen also. Toll. Gibst du mir auch mal eine klare Antwort?«

»Wir werden von hier fliehen.«

»Jetzt?«

»Noch nicht.«

»Und weiter?«

»Nichts weiter. Um fliehen zu können, müssen wir wissen, wie und wann die Patrouillen stattfinden.«

»Sachen eben.«

Taar grinste. »Genau!«

»Aber ich habe dir doch gerade gesagt, dass es kein Muster der Patrouillen gibt! Das, was ich weiß, kann man an einer Hand abzählen.«

»Auf den Punkt getroffen.«

Er konnte den verwirrten Blick des Jungen spüren, aber in diesem Moment hatte er keine Zeit, auf ihn einzugehen. Als er mit der Figur fertig war, musterte er sie kritisch. *Gut, dann wollen wir mal.*

Er rief Seelen aus dem Totenreich und bemerkte im selben Augenblick ihr Zerren an seinem Verstand. Ein sanfter, grünlicher Schimmer bildete sich um ihn. Mit einem knappen Befehl brachte er eine Seele unter Kontrolle und verwob sie mit der Wachsfigur.

Der Kopf drehte sich zu ihm.

»Du bist meine Augen, meine Ohren und mein Mund. Du gehorchst meinem Befehl!« Keine Regung war bei der Wachsfigur erkennbar, was auch nicht notwendig war. Nun sah er die Welt aus zweierlei Sicht – durch seine eigenen Augen und durch die der Figur.

»Diese Befehlsketten sind wichtig, oder?«, flüsterte der Junge.

»Äußerst wichtig. Du hast dich bislang nur mit Kleidung befasst, die keine gute Verbindung zur Nekromantie herstellt. Eine Wachsfigur, die aufgrund der Statur einem Menschen ähnelt, ist anspruchsvoller. Seelen begehren gegen die Verbindung auf. Je stärker diese Verbindung durch die Gesetze der Nekromantie ist, desto mehr Freiheiten besitzen sie. Ums also kurz zu machen: Wenn ich der Figur keine eindeutigen Befehle gebe, kann sie die falsch interpretieren und sich womöglich gegen mich wenden. Ich bin der Beschwörer und ich gebiete, was sie zu tun hat.«

»Klingt kompliziert.«

»Ist es auch.«

»Muss man es wirklich aussprechen? Ich habe das bei meiner Kleidung bislang auch nicht getan.«

»Es reicht, einen klaren Gedanken zu formen und dem verwobenen Gegenstand zu übermitteln. Da Gedanken allerdings unstet sind, kann das schnell in die

Hose gehen. Indem du die Worte formulierst, ist die Wahrscheinlichkeit für solch einen Fehler wesentlich geringer.«

»Wann lerne ich, so eine Wachsfigur zu benutzen?«

»Noch früh genug. Und jetzt halt die Klappe!«

»Aber …«

Er deutete betont in den Korridor. »Ich will wissen, was die Wärter bereden.«

»Ach so, dann bin ich jetzt …«

»Docar!«

»Ist ja gut.«

In einem langen Atemzug sog er die Luft tief durch die Nase ein und konzentrierte sich auf die Wachsfigur. Dann befahl er ihr, hinter dem Vorsprung hervorzutreten und sich den Wärtern zu nähern. Wie bei seiner Ankunft trugen sie schwarze Rüstungen, die ihre Körper vollständig umschlossen. Die Helme waren zu Fratzen geformt. Einer trug sogar den Schädel eines Zangenläufers. In den Händen hielten sie Stangenwaffen, an der Hüfte baumelten Wurfpfeile, Handarmbrüste und Kurzschwerter. Sie waren demnach bestens gerüstet, falls ein Gefangener auf dumme Ideen kommen sollte. Taar beabsichtigte, auf *ziemlich* dumme Ideen zu kommen.

Die Leiter, über die sie in den Schacht gelangt waren, wurde hochgezogen, als der Letzte hinabgestiegen war. Damit bestätigte sich eine weitere Vermutung, dass die Leitern für eine Flucht nicht in Frage kamen.

Die Wachsfigur näherte sich den Wärtern, behielt aber genügend Abstand, damit sie nicht bemerkt wurde.

»Wie geht's der Schulter?«, fragte Taar, ohne den

Jungen anzusehen.

»Schlecht«, brummte der. »Tiada hat eine Paste draufgeschmiert, die abartig stinkt.«

»Kam auch einmal in den Genuss. Glaub mir, die Paste hilft. Ist wohl die Pisse von irgendeiner Kreatur hier unten.« Er musste lachen, als er Docars Gesichtsausdruck sah. »Kannst froh sein. Du hast noch einmal Glück gehabt und es war nur eine Fleischwunde. Wenn du nicht auf Tiadas Paste zurückgreifen könntest, müsstest du selbst draufpinkeln.«

»Wie bitte?«

»Draufpinkeln. Pisse säubert Wunden. Das hat zumindest mal ein weiser Mann behauptet.«

»Und wer ist dieser weise Mann?«

»Ein echt toller Kerl.«

Der Junge seufzte. »Damit meinst du dich, oder?«

»Siehst du vielleicht noch einen anderen tollen Kerl hier unten?«

»Verstanden. Übrigens ... Taar?«

»Anwesend.«

»Ich wollte mich noch einmal in aller Form für mein Versagen entschuldigen. Ich weiß auch nicht, was über mich gekommen ist.«

»Unwichtig.« Taars ganze Aufmerksamkeit war auf die Figur gerichtet. »Ich hätte dich nicht so früh prüfen sollen. Aber dir bleibt einfach nicht so viel Zeit wie anderen Nekromanten. Du musst lernen, und zwar schnell!«

»Das will ich ja, aber es fällt mir schlicht nicht so leicht.«

»Du besitzt einen Anker und du kennst die

Grundregeln der Nekromantie. Das ist ein Anfang. Darauf können wir bauen.«

»Aber ich …«

»Still jetzt! Ich will wissen, was dort oben vor sich geht.«

»Eines noch, wenn es dir nichts ausmacht, Taar?«

Er unterdrückte ein Stöhnen. »Schieß los.«

»Ich würde gerne verstehen, wie das mit der Wachsfigur funktioniert. Gibt es die Möglichkeit, dass ich … nun ja, dass ich es auch hören kann?«

»Hand.«

»Ähm, was?«

»Gib mir deine Hand, Junge!« Er griff zu und legte sich Docars Hand auf seine Schulter. »Nicht bewegen!«

»Ich verstehe nicht.«

»Schließ deine Augen und blende alles aus. Konzentriere dich nur auf das, was du hinter deinem Bewusstsein wahrnimmst. Ich gewähre dir Zugang zum Band mit der verwobenen Seele.«

Docars Augen weiteten sich. »Das ist möglich?«

»Wir haben bislang erst an der Oberfläche gekratzt, Junge. Jetzt konzentriere dich und achte auf deine Atmung. Das Lied der Toten ist überall. Wenn du genau hinhörst, wirst du es hören. Sollte es so weit sein, gib mir ein Zeichen.«

Der Junge wurde still. Taar erinnerte sich noch gut, wie ihn sein Meister vor vielen Jahren zum ersten Mal an einem Band beteiligt hatte. Als er nun Docars Seele berührte und sie mit seiner und der des Toten verwob, musste er anerkennend nicken. Der Junge machte seine Sache überraschend gut. Dennoch war Docars

Aufregung so verräterisch wie ein Furz.

»… ich bin sicher«, sagte einer der Wärter, als stünde er direkt neben ihnen. Docar ruckte hoch, aber Taar gab ihm einen Klaps gegen den Hinterkopf.

»Du bist sicher?«, fragte ein anderer Wärter. »Der elende Vagabund hat also darum gebeten, wieder hineingeworfen zu werden?«

»Wenn ich's doch sage.«

»Ich glaub dir kein Wort, du dummer Arsch! Keiner der anderen Jungs konnte bestätigen, dass es wirklich der Vagabund war.«

»Er war es. Ich schwör's!«

»Ah ja, ich erinnere mich, was du gesagt hast. Wie war das noch? Er ist die Mauer hochgeklettert.«

»Genau.«

»Und dann hast du ihn niedergeschlagen, weil er in den Schlund wollte.«

Die Wärter betraten einen Seitengang und verschwanden aus dem Sichtbereich. Aber das stellte keine Schwierigkeit für Taar dar. Durch die Augen der Wachsfigur konnte er seine Umgebung klar erkennen. Er befahl ihr, den Wärtern zu folgen.

»Und warum sollte er wieder hierher wollen?«

»Keinen blassen Schimmer.«

»Weißt du was, Gaed? Du bist ein verdammter Lügner! Ich sollte dich hier unten verfaulen lassen!«

»Aber, Boss, ich sag doch nur, was ich gesehen hab! Der Vagabund hat zu mir gesagt, dass sein Name Taar Wax ist und er …«

»Maul halten! Wir haben zu tun. Wynron wartet.«

Wynron?

Die Wärter gingen eine Weile schweigsam weiter und nährten sich allmählich Wynrons Gebiet. Taar warf Docar einen raschen Blick zu. »Kennst du diesen Gaed?«

»Flüchtig. Es ist schwer, mehr über die Wärter herauszufinden, wenn ihre Gesichter hinter Helmen verborgen sind. Gaed ist jedenfalls ein Dummschwätzer.«

»Vor zwei Wochen hat er keinen besonderen Eindruck auf mich gemacht.«

»Welcher von ihnen ist es?«

»Der Kleine mit der Totenkopfmaske.«

»Ich kann Tiada fragen, ob sie etwas weiß. Warum ist das wichtig?«

»Keine Ahnung.«

»Und warum führen wir dann dieses Gespräch?«

Taar zuckte mit den Schultern. »Das werde ich noch herausfinden. Dieser Gaed wirkt auf mich wie jemand, der etwas in Ungnade gefallen ist.«

»Und?«

»Das ist wichtig.«

»Hat das etwas mit unserer Flucht zu tun?«

»Vielleicht. So nervös wie er ist, wird er ziemlich in der Scheiße stecken. Da es hier aber nichts weiter als Geröll, Ungeheuer und Tod gibt, muss das mit anderen Insassen zu tun haben. Logisch, oder?«

Docar kratzte sich am Kinn. »Möglich.«

Taar tippte gegen seine Nase. »Ich hab immer den richtigen Riecher.« Er hielt drei Finger hoch und zählte sie nacheinander ab. »Die Patrouillen sind unregelmäßig. Die Zugangsleiter wird nur benutzt, wenn mindestens acht Wärter anwesend sind, und rastet danach sofort wieder ein. Sollten wir es überhaupt schaffen, den Weg zur Oberfläche zu erreichen, warten dort mehrere Dutzende schwer bewaffnete Wärter auf uns. Und angenommen, wir können all dies überwinden, gibt es da immer noch den Mauerring, der nicht gerade leicht zu bezwingen ist. Kurz gesagt: Alles ist darauf ausgelegt, damit ein so vortrefflicher Kerl wie ich überhaupt nicht auf die Idee kommt, einen Fluchtplan zu schmieden.«

Docar sackte in sich zusammen. »Keine guten Aussichten.«

»Nicht wirklich.«

»Und was hat das jetzt alles mit Gaed zu tun?«

»Er ist ein Mann, der Fehler begangen hat.«

»Das kannst du nicht mit Sicherheit sagen.«

»Glaube mir, Männer dieser Art neigen dazu, ihre Fehler zu wiederholen. Wir müssen uns also überlegen, wie wir das zum Vorteil nutzen können. So jemanden wie Gaed bezeichne ich gerne als Stinkstiefel.«

»Stinkstiefel?«

»Seine Stiefel stinken bis zum Himmel vor Verrat. Männer wie er denken zuerst an die eigenen Füße.«

»Du meinst an sich selbst.«

Taar blickte abwechselnd von seinen dreckverkrusteten und wund gelaufenen Füßen zu Docars sauberen Stiefeln. »Glaub mir, Junge, Stiefel sind hier unten Gold wert.«

»Also gut. Gaed ist wichtig. Warum machen wir es nicht so, wie du beim letzten Mal? Ich habe Geschichten darüber gehört. Du sollst es mit der gesamten Besatzung allein aufgenommen haben und dann aufrecht wie ein Kaiser durch die Tore geschritten sein.«

»Ah, diese Geschichte.« Er musste immer noch schmunzeln, wenn er daran dachte. »Nein, das wird nicht noch mal klappen. Ich hab aber ein paar Ideen und diese drehen sich um einen Dummkopf, der Gebieter werden will, einen Gebieter, der ein noch größerer Dummkopf werden möchte, und einen Wärter, der anscheinend der größte Dummkopf von allen ist.«

»Ganz schön viele Dummköpfe auf einmal.«

»Das hat das Leben so an sich. Manchmal komme ich mir vor, als wäre ich nur von Dummköpfen umgeben.«

Der Junge bemerkte die Spitze nicht. Sei's drum. Eine Zeit lang verfielen sie in Schweigen, spitzten die Ohren und warteten, dass die Wärter weitersprachen.

Plötzlich ein schrilles Geräusch, dicht gefolgt von einem Schrei wie ein fernes Echo. Die Verbindung zur Wachsfigur brach ab. Das konnte viele Gründe haben. Wahrscheinlich hatte irgendeine Kreatur die Figur für Futter gehalten.

Taar klopfte seinen schönen neuen Mantel ab und stand auf. »Wir sollten mit den Übungen weitermachen. Dann muss ich O-dryt aufsuchen. Wird Zeit, dass ich ihn in Stellung bringe.« Er rieb sich die Hände und grinste so breit, dass es beinahe schmerzte. »Das Spiel kann beginnen.«

Ein Zweckbündnis

Siebzehnter Tag

Das Gleiche gilt für die Bannrunen. Woher stammen sie? Wer hat sie entwickelt? Und welche Macht liegt ihnen zugrunde? Sie wirken der Nekromantie entgegen. Wie ich aber bereits weiter vorne anmerkte, ist die Todesgabe eine Gabe, um Leben zu geben. Das würde wiederum bedeuten, dass die Bannrunen das Gegenteil bewirken. Sie schaffen eine Grenze, sie wirken dem Leben entgegen. Allein diese Vorstellung finde ich nicht nur befremdlich, sondern sie weckt auch eine nie da gewesene Furcht in mir.

Wenn das wieder einer deiner Tricks ist, ziehe ich dir bei lebendigem Leib die Haut ab!«

»Einer meiner Tricks?«, fragte Taar. »Für wen hältst du mich, O-dryt? Ich bin ein Ehrenmann, ich stehe zu meinem Wort! Zumindest versuche ich es. Ein wenig. Manchmal. Selten?«

Die Pranke des Hünen klatschte auf seine Schulter, drückte ihn nieder. »Das hast du beim letzten Mal auch gesagt. Und dann hast du mich zurückgelassen, du kleiner Kackhaufen!«

Taar fasste mit zwei Fingerspitzen die Hand und schob sie vorsichtig weg. »Und ich habe dir erklärt, dass ich keine andere Wahl hatte.«

»Mhm«, brummte O-dryt und sah aus, als wollte er

noch etwas entgegnen. Aber Taar kam ihm zuvor und deutete in den Durchgang, der von einem morschen Brett versperrt war. Davor standen zwei Männer, die sich sichtlich Mühe gaben, bedrohlich auszusehen. Zumindest versuchten sie es. O-dryts Begleiter, eine beträchtliche Ansammlung von breit gebauten Hohlköpfen, waren durchaus beeindruckend.

»Sicher, dass sie mit mir sprechen will?«, fragte O-dryt.

»So sicher wie ein wiederkehrender Fußpilz. Tiada will mit dir über die Pläne sprechen. Wenn sie also fragt, mach kein großes Geheimnis daraus. Du hast gerechtfertigte Ambitionen und wir werden daran arbeiten, dich in die richtige Position zu bringen. Ist doch Ehrensache, was?«

O-dryt gab ein Geräusch von sich, das ein Schnauben, Rülpsen oder Seufzen sein konnte – oder alles gleichzeitig – und stapfte auf die beiden Männer zu, die so schnell aus dem Weg sprangen, als hätte er sich in einen Koloss verwandelt. Der erste Stein war ins Rollen gebracht.

Taar war gespannt, was er auslösen würde.

*

»Sei gegrüßt, O-dryt«, sagte Tiada.

Blasses Leuchtmoos beleuchtete ihre lächelnden Züge, tauchte den Höhlenbereich, den Thron und die grimmigen Gestalten in blauen Schein. Docar verharrte neben ihr und gab sich Mühe, möglichst bedrohlich zu wirken, auch wenn ihm die Unsicherheit anzusehen war.

O-dryt blieb zwei Meter vom Thron entfernt stehen und sah sich ausgiebig um. Das Dutzend Begleiter hatte er am Eingang zurückgelassen. »Also, warum bin ich hier?«, fragte er.

Alle Blicke fielen auf Taar, der das zum Anlass nahm, einen Schritt vorzutreten und sich überschwänglich zu verbeugen. »Das war dann wohl mein Stichwort, wie? Warum sind wir hier? Warum bin ich hier? Warum ist das Warum immer ein Warum? Die Frage aller Fragen.«

»Taar Wax«, sagte Tiada gedehnt. »Keine Lügen mehr.«

»Ohne würde das Leben doch keinen Spaß machen. Also, O-dryt hat gewisse Vorstellungen und mir klargemacht, dass ihn nichts davon abhalten wird, diese auch umzusetzen. Ist doch so, oder, Großer?«

»Hm«, brummte der.

»O-dryt untersteht Brinan, hat es aber geschafft, sich unabhängig zu machen. Das verschafft uns einen großen Vorteil. Jedenfalls«, er hob die Hand, um einem Einwand des Hünen zuvorzukommen, »ist die Situation folgende: Wynron herrscht über den größten Teil des Schlunds. Brinan herrscht über das kleinste und direkt angrenzende Gebiet und steht kurz davor, sich auf ein Zweckbündnis mit Wynron einzulassen. Ihm wird nichts anderes übrig bleiben, wenn er keinen offenen Krieg riskieren möchte. Das bedeutet nicht nur, dass Wynron wesentlich mehr Männer bekommt, um Shaan und die liebreizende Tiada unter Druck zu setzen, es kommt auch O-dryt ungelegen. Wynron wird ihm seinen Einfluss nehmen und dann ist mein lieber Freund hier«, er klopfte dem Hünen auf den Oberarm, »meilenweit davon entfernt, ein Anführer zu werden, was ihn auch seine Schläger kosten wird.«

»Du weißt mehr, als gut für dich ist, du kleiner Scheißer!«, knurrte O-dryt.

Taar riss einen Finger hoch. »Wissen ist Macht.« Nun zeigte er auf Tiada. »Macht, die sie ebenfalls verlieren wird. Sie ist Wynron ein Dorn im Auge. Wenn er sich also Brinans Gebiete einverleibt, wird es hier sehr ungemütlich werden. So weit klar?«

Tiada nickte. »Was ist dein Ziel?«

»Alles steht und fällt mit Brinan. O-dryts Einfluss ist beachtenswert und er hat ein Dutzend feiner Kerle unter sich versammelt. Allein das ist ein Zeichen, dass Brinan bald das Zeitliche segnen wird. Ebenfalls klar?«

»Der alte Knacker kann kaum noch laufen«, brummte der Hüne.

»Genau. Wir müssen um jeden Preis verhindern, dass Wynron seinen Einfluss ausbauen kann. Genau aus diesem Grund, meine geschätzten Freunde, müssen wir dafür sorgen, dass das Gleichgewicht *gehalten* wird.«

»Du willst Brinan durch O-dryt ersetzen«, sagte Tiada mit langsamer Betonung. »Das könnte funktionieren.«

»Könnte? Das *wird* funktionieren! Vorausgesetzt, O-dryt kommt nicht auf den Gedanken, doch noch in Wynrons Hintern kriechen zu wollen.«

»Niemals!« Der Hüne schlug sich gegen die Brust. »Eher sterbe ich, als vor ihm zu knien!«

»Also liegt die Lösung auf der Hand: Wir helfen O-dryt, Brinans Platz einzunehmen. Somit bleiben dessen

Gebiete gesichert und Wynrons Pläne werden vereitelt. Tiada kann wieder durchatmen und weiter tun, was ihr beliebt. Ach, und sollte irgendwann jemand auf die Idee kommen … sagen wir, einen Angriff gegen die südlichen Gebiete zu organisieren«, er hielt kurz inne und konnte Tiadas brennenden Blick auf sich spüren, »hätten wir zwei Gebieter, die sich in gewisser Weise verstehen. Das wäre doch mal etwas Feines, oder?«

Eine Weile verfielen sie in angespanntes Schweigen, bis Tiada die Stille mit Gelächter durchbrach. Als sie sich wieder beruhigt hatte, wischte sie sich Tränen aus den Augen. »Kenne dich so lange, Taar Wax, aber du überraschst immer wieder.«

»Ich geb mein Bestes, meine Hübsche.«

»Wie lange?«

»Wie lange was?«

»Wie lange planst du das?«

»Keine Ahnung, wovon du sprichst.«

»Nein, wissen beide, dass du Talent für Veränderungen hast, Namaqu'gab.«

Er plusterte die Backen auf. »Was ist so schlimm daran?«

»Nichts. Was bekommst du dafür?« Sie zeigte auf Docar und ein hinterlistiges Grinsen huschte über ihr Gesicht. »Der Junge? Sein Schicksal? Das Kaiserreich?«

Docar erstarrte. Offenbar wurde ihm nun zum ersten Mal bewusst, dass sie nicht nur aus Nächstenliebe handelte.

Muss schlimm sein, wenn man von einem auf den anderen Moment feststellt, dass das Törtchen eigentlich nach Scheiße schmeckt. Nur, was erhofft sie sich? Taar schüttelte den Kopf und vertrieb den Gedanken. Es war egal, welche Pläne Tiada hegte. Sie konnte ihnen zur Flucht verhelfen. Das war das Einzige, was zählte.

»Ich werde fliehen«, sagte er. »Und der Junge soll mich begleiten.«

Tiada nickte knapp. »Ja, schmecke deine Absichten in der Luft. Wie helfen die Pläne dir? Was gewinnst du?«

»Vielleicht möchte ein Mann einfach nur ein paar alten Freunden helfen?« O-dryt gab ein Schnauben von sich. »Vielleicht hat ein Mann ein schlechtes Gewissen, nach dem, was geschehen ist?«

»Als ein Mann Versprechungen gemacht hat und sie nicht hielt?«

»Vielleicht auch das. Gehen wir aber davon aus, dass einem Mann wirklich nur das Wohl der anderen am Herzen liegt. Und sich diesem Mann rein zufällig die Möglichkeit eröffnet, von hier verschwinden zu können. Was würdest du zu diesem Mann sagen?«

»Von wem sprechen wir?«, fragte O-dryt.

Tiada faltete ihre fleischigen Arme vor dem Bauch und lächelte wissend. »Dieser Mann sollte seiner Bestimmung folgen. Dieser Mann sollte der Oberfläche helfen. Bestimmung und Schicksal.«

Vielleicht weiß sie, wer Docar ist. Ich glaube aber vielmehr, dass sie unsicher ist und durch mich Bestätigung sucht. Das könnte sich noch als Problem herausstellen.

»Dann sind wir uns einig«, sagte Taar und schenkte ihr ein warmes Lächeln. »Wir werden O-dryt helfen, Brinans Platz einzunehmen.«

Tiada neigte den Kopf und O-dryt gab ein zustimmendes Brummen von sich. Das Fundament war gelegt.

Jetzt musste er nur noch eine Möglichkeit finden, daraus einen Vorteil zu ziehen. Aber er wäre nicht Taar Wax, wenn er dazu nicht fähig wäre!

Wax

Siebzehnter Tag

Einst habe ich dem Schlund einen Besuch abgestattet. Das war lange, bevor ich mich zum Kaiser und Herrscher Amdras krönte. Schon damals war dieser Ort ein Gefängnis, in das die schlimmsten und grausamsten Verbrecher geworfen wurden. Was ich dort unten sah, sucht mich noch heute in meinen Träumen heim. Die Dunkelheit der entlegensten Winkel beherbergt weitaus fürchterlichere und gefährlichere Kreaturen als Grubenkrabbler oder Zangenläufer. Ich bin dankbar, dass diese Ungeheuer an einem Ort verweilen, der keinen Einfluss auf die Oberfläche hat. Allein die Vorstellung, dass eines dieser Wesen sein Unwesen in Amdra treiben könnte, erfüllt mich mit Schrecken.

Falls du diese Zeilen bis hier gelesen hast, wundere dich nicht über meine Worte. Ja, auch ich verspüre Furcht. Furcht vor den Geheimnissen dieser Welt. Furcht vor dem Tod und allen Dingen, die danach kommen. Diese Tatsache sollte dir zu denken geben.

Docar schaute den Männern hinterher, als diese das Gewölbe verließen. Nun waren er und Tiada allein. Das war lange nicht geschehen. Er gab sich Mühe, sich seine Unruhe nicht anmerken zu lassen, verschränkte die zitternden Finger vor dem Bauch und sah stur geradeaus. Das Problem war, dass Tiada ihn besser kannte als jeder andere Mensch auf der

Welt.

»Sag mir, was du denkst«, sagte Tiada und löste geschickt die Knoten in ihrem langen Haar.

»Was mir gerade *jetzt* durch den Kopf geht oder was ich von diesem Treffen halte?«, fragte er zögerlich.

»Beides.«

»Ich bin unschlüssig.«

»Wobei?«

»O-dryt ist unberechenbar.«

Tiada zeigte ihre braunen Zähne. »Keine Überraschung. Alle Menschen sind das. Hier unten gibt es nur Monster.«

Er seufzte. »Ich weiß.«

Sie deutete auf die Thronlehne. »Setz dich!«

»Ich würde es gern vorziehen …«

»Setz dich!«

Er tat es. Irgendwie gelang es ihr immer, dass er sich in ihrer Nähe wie ein Idiot vorkam.

»Brav, mein Kleiner.« Sie tätschelte ihm den Rücken. »Jetzt sag mir, was dir durch den Kopf geht.«

»Vieles.«

»Das ist gut. Was sagt dir dein Instinkt?«

Docar schloss die Augen. »Ich habe einige Tage mit Taar verbracht und ihn beobachtet, wie du wolltest.«

»Und?«

»Er ist seltsam.«

»Warum?«

»Er hat … Ich weiß nicht so recht, wie ich es beschreiben soll.«

»Er berührt etwas in dir.«

»Ja«, raunte er und versuchte, sich zu entspannen.

»Er ist mächtig und weiß Dinge, die ich mir nicht einmal vorstellen konnte. Entweder weiß er nicht, was in ihm schlummert, oder er verbirgt es bewusst. Wenn ich neben ihm stehe, kommt es mir vor, als ginge ein unsichtbarer Sog von ihm aus. Er ist … Ich weiß nicht. Ich komme mir vor wie ein kleiner Fluss und er ist der Ozean, in den ich münde. Vielleicht etwas zu bildlich ausgedrückt.« Als Tiada nicht antwortete, öffnete er die Augen. »Du weißt, wovon ich spreche, oder?«

Sie schürzte die Lippen. »In meiner Heimat nennen wir ihn Namaqu'gab. Das bedeutet in deiner Sprache Katalyst.«

»Katalyst?«

»Ja. Katalysten bringen Veränderungen. Taar bringt Menschen zusammen und erzwingt Entscheidungen. Ein Veränderer.«

»Namaqu'gab«, sagte Docar gedehnt und kostete das Wort auf der Zunge. Es hörte sich eigenartig an. Auch wenn er nicht viel über Tiada wusste, war sie der einzige Mensch, der immer für ihn dagewesen war. Das machte sie zu seiner Vertrauten. Es gab niemanden sonst, dem er sein Leben anvertrauen würde.

»Tiada«, sprach er leise weiter. »Ist das gefährlich?«

Ihr Lächeln wurde sanft. »Ja und nein.«

»Warum?«

»Du sollst ihn beobachten.«

»Das sagst du mir immerzu. Ich verstehe nur nicht, weshalb. Ist ein Namaqu'gab gefährlich?«

»Ich weiß, was du vorhast.«

»Ich will es nur verstehen. Bitte.«

»Manchmal brauchen wir Veränderungen. Alte

Traditionen müssen aufgebrochen werden. Es ist wichtig.«

»Weshalb?«

»Weil sonst keine Veränderungen entstehen.«

»Klingt logisch«, murmelte er und schwieg kurz. »Ihr beide habt schon zusammengearbeitet, oder?«

»Das haben wir. Der Namaqu'gab hat geglaubt, mich benutzen zu können.«

»Geglaubt?«

In ihren Augen blitzte der Schalk.

»Ich verstehe. Du hast dir diese Situation zunutze gemacht und alles lief zu deinen Gunsten.«

Tiada löste die letzten Knoten, warf die Haare zurück und begann, einzelne Strähnen zu neuen Knoten zu formen. »Was soll ich an der Oberfläche? Ich fühle mich hier wohl. Sicher. Geborgen. Nein, Taar Wax hat Veränderungen bewirkt. Alte Bündnisse aufgebrochen, Machtverhältnisse verändert. Damals wollten Shaan und Brinan meine Gebiete stehlen.«

»Dann kam er und alles hat sich verändert.« Docar war ganz gebannt, wie schnell Tiada trotz ihrer wurstigen Finger ihre Haare in verschiedene Muster knüpfen konnte. Es war magisch.

»Mit dem Namaqu'gab wurden die Würfel neu geworfen.«

»Würfel? Du meinst, wie sein Anker?«

Tiada hielt plötzlich inne. »Du hast seinen Anker gesehen?«

»Klar! Wie sonst hätte ich verstehen können, wie ich meinen eigenen erschaffen kann?« Er nahm den ungeschliffenen Edelstein aus der Tasche. Ein merkwürdiges

Gefühl, einen Teil seiner Seele vor sich liegen zu sehen. »Er trägt einen unscheinbaren Würfel aus Holz.«

Ein seltsamer Ausdruck lag auf ihrem Gesicht. »Das ist genau das, was ich gesagt habe. Ein Würfel ist … vielschichtig, sagt man das?«

Er nickte.

»Man kann nie vorhersagen, welche Augenzahl gezeigt wird. Unscheinbar und doch mächtig. Deshalb ist Taar Wax der Namaqu'gab.«

»Ich verstehe.«

»Nein, das kannst du nicht. Ich auch nicht. Für Taar Wax ist nichts auf dieser Welt von Bedeutung. Nicht du, nicht ich und auch nicht das Land.«

»Das stimmt nicht ganz. Er will mich hier herausholen, weil der kaiserliche Rat ihn dafür belohnt.«

Tiada schüttelte den Kopf. »Es gibt einen anderen Grund. Er kennt ihn nicht. Irgendwann wird er große Veränderungen bringen. Die Todesgötter.« Sie blickte ihn bedeutungsschwer an. »Wir nennen das einen Hauch von Schicksal.«

Docar zögerte, die nächsten Worte auszusprechen. »Es ist eingetreten, was du vorhergesagt hast. Ich bin ein Nekromant und jemand hat den Schlund betreten, um mich zu befreien. Wirst du mir nun anvertrauen, weshalb dies alles geschieht? Wer ich bin und woher ich komme?«

»Fragen sollte man richtig stellen, mein Junge.«

»Du weißt doch, dass ich es nicht mag, wenn du mich so nennst.«

»Natürlich.« Sie kicherte. »Aber du bist mein Junge. Wer hat dich bei sich aufgenommen, als du hierherkamst?«

»Du.«

»Wer hat dich beschützt?«

»Du.«

»Wer gibt dir Essen?«

»Du …«

»Gut so, mein Junge.«

»Was ist mit meiner Frage? Wirst du mir endlich …«

»Geduld! Alles ist miteinander verflochten. Dein Schicksal zeigt sich bald. Ich warte auf Bestätigung. Halte dich an den Namaqu'gab, er wird dir helfen. Große Zeiten stehen bevor. Du wirst Veränderungen erleben.« Sie beugte sich zu ihm und nahm seine Augen gefangen. »Vergiss niemals, wer für dich da war.«

Es ist genau, wie Taar sagte …

Docar legte seine Hand auf ihre und drückte sanft. »Das werde ich nicht. Ich verdanke dir mein Leben.«

Sie lächelte. »Gut. Nun geh und lerne! Die Nekromantie ist vielschichtig. Taar Wax wird dich anleiten. Am Ende wird alles Sinn ergeben.«

Docar nickte, stand auf und schritt auf den Ausgang zu. Bevor er den Raum verließ, wandte er sich noch einmal um und stellte die Frage, die ihm seit Tagen nicht aus dem Kopf ging. »Tiada, Wax erscheint mir ein ziemlich seltsamer Beiname. Wieso nennt man ihn Taar Wax?«

»Hast du das nicht verstanden?«

»Was hätte ich denn verstehen sollen?«

»Er trägt immer etwas bei sich. Er stammt aus dem Osten. Seltsame Aussprache dort hinten.«

Ja, das war ihm schon aufgefallen. »Und was

bedeutet das nun?«

»Was trägt er immer bei sich?«

»Plunder? Kleidung?«

»Nein.«

Er dachte kurz nach. »Wachs?«

Tiada hob die Brauen ein winziges Stück.

»Ist es wirklich das, was ich denke?« Er schüttelte den Kopf und schritt auf den Ausgang zu. »Wachs … Wax. Wie seltsam.«

*

»Was weißt du über Brinan?«

Docar dachte nach, während er Taar durch einen dunklen Stollengang folgte. An einer Stelle waren die Stützpfeiler eingestürzt und der Gang endete jäh. Daher nahmen sie die nächste Abzweigung, die gen Süden führte.

»Nur, was Tiada mir berichtet hat.« Er kletterte über einen Felsbrocken, der aus der Decke gebrochen war, sprang in die Tiefe und ächzte, als er auftraf.

»Und was?«

»Leider nicht viel. Um genau zu sein, sehr wenig.«

»Du hättest dich informieren sollen. Er ist immerhin derjenige, der uns hier hinaushelfen wird.«

»Wir suchen ihn also auf?«

»Ich weiß nicht, tun wir das?«

Docar seufzte. Die Gespräche mit seinem Meister – auch wenn dieser behauptete, dass er das nicht war – gestalteten sich als schwierig. Mittlerweile hatte er sich ein ganzes Sammelsurium Kleidung zugelegt. Unter dem weiten, verschlissenen Mantel trug er zwei Hemden in brauner und schwarzer Farbe. Zwei Tücher waren um seine Hüfte gewickelt, ein drittes hatte er quer über die Brust gebunden. Und seinen Hals umschmiegte ein dicker, roter Schal.

»Also, Junge, wohin gehen wir?«

»Zu Brinan?«

»Gut geraten.«

»Ist das nicht gefährlich? Brinan ist immerhin ein Anführer und liegt seit Jahren mit Tiada im Streit.«

»Genau deshalb hab ich dich gefragt, was du über ihn weißt. Klar?«

»Jepp.«

»Dann schieß los.«

»Warum fragst du nicht Tiada?«

»Warum sollte ich, wenn du bei mir bist?«

»Also gut. Brinan ist alt.«

»Ist das alles, was deinem hellen Köpfchen entspringt?«

»Nein, noch nicht alles.«

Sie betraten den nächsten Gang, der erstaunlich hell erleuchtet war. An den Wänden wuchsen reichhaltig Leuchtmoosflechten und am anderen Ende waren mehrere Gestalten erkennbar. Sie entschieden, einen Nebengang zu nehmen, um nicht mit ihnen aneinanderzugeraten.

»Brinan ist der älteste Gebieter. Er muss ungefähr siebzig Jahre alt sein ...«

»Er ist älter.«

»Wie dem auch sei. Früher wurde er gefürchtet, weil er, nun ja ...«

»Brinan war ein Drecksack von der ganz üblen Sorte. Nenne die Scheiße doch beim Namen. Es bringt nichts, wenn man sie verschönert. Am Ende ist Scheiße doch nur Scheiße.«

»Wie du meinst. Er war all das, was du eben gesagt hast. Also nicht das mit der Scheiße, sondern …« Er hielt inne, als Taar lauthals lachte. »Jedenfalls geht es seit einiger Zeit mit ihm bergab. Das Problem ist, wenn man sich ein Gebiet mit Gewalt nimmt und mit Furcht herrscht, kann man es auch nur so halten. Das bedeutet, dass seine Untergebenen allmählich seine Schwäche wittern.«

»Der alte Wolf spürt, wann er das Rudel verlassen muss, oder er wird dazu gezwungen. Wie hilft uns das nun weiter?«

»O-dryt ist der junge Wolf. Er wird Brinans Platz einnehmen. Und das wird als Verbündeter von Tiada unsere Stellung stärken.«

»Tiadas Stellung. Das ist ein großer Unterschied.«

»Wieso?«

»Wieso?« Taar sah ihn entgeistert an. »Wir haben damit absolut nichts am Hut, denn wenn den Leuten hier unten die ganze Scheiße erst einmal so richtig um die Ohren fliegt, sind wir längst über alle Berge.«

Docar konnte ein Stirnrunzeln nicht verhindern. »Wie meinst du das?«

»Chaos. Aber das wirst du schon noch sehen.«

Der Korridor mündete in einem größeren Höhlenkomplex, vollständig in Schiefer gekleidet. Scharfkantige Formationen wuchsen aus dem Boden, kreuzten den Weg mit losen Geröllhaufen und drangen in die weit entfernte Decke über ihnen. Ein gutes Dutzend abgerissener Gestalten wanderte dazwischen umher. Nicht weit von ihnen wurde ein Mann zusammengeschlagen, bis er sich nicht mehr bewegte. An der Decke hingen unzählige lederartige Stoffbanner, die grün und rot bemalt waren. Docar wollte lieber nicht wissen, was als Farbe diente. Am gegenüberliegenden Ende hingen Tierkadaver an rostigen Haken – dem Aussehen nach Zangenläufer. Gleich daneben waren Gatter aus zusammengesetzten Schiefersteinen gebaut, in denen sich junge Zangenläufer tummelten. Ihr lautes Krächzen und das Schnappen ihrer Zangen hallten durch das gesamte Gewölbte. Nicht weit davon prasselte ein großes Lagerfeuer in einer steinernen Kuhle und darüber hingen fetttriefende Fleischschenkel. Der beißende Dunggestank kratzte in der Kehle.

Vor dem Feuer saß mit überkreuzten Beinen ein dürrer, schlaksiger Mann, umringt von fünf grobschlächtigen Kerlen, und wirkte tief in sich gekehrt. In vielerlei Hinsicht ähnelte er den alten Weisen aus den Heldengeschichten, die Docar früher so sehr geliebt hatte. Halbglatze, langer Rauschebart, ein wettergegerbtes Gesicht, durchzogen von Furchen wie die Gräben in einem Acker und ein weites, braunes Gewand, das durchlöchert war wie ein alter Käse. Der Mann war ungewöhnlich groß, vielleicht sogar der größte Mann, den er jemals gesehen hatte, und ihn umgab etwas Eigenartiges, das Docar nicht in Worte fassen konnte. Sofort stellten sich seine Nackenhärchen auf.

Als der Mann sie entdeckte, erhob er sich langsam wie ein anschwellendes Gewitter und zog ein Gesicht, als hätte ihm jemand ziemlich übel die Suppe versalzen. Docar bekam ein ganz mieses Gefühl. Aber so war das, wenn man sich in der Nähe von Taar Wax aufhielt. Auf einmal war man kein Niemand mehr.

Sondern ein Jemand.

Das Misstrauensvotum

Siebzehnter Tag

Er ist ein Ort ohne Wiederkehr. Ein Schandfleck in diesem Land. Ich habe versucht, den Schlund zu vernichten, aber es ist mir nicht gelungen. Etwas haftet ihm an. Etwas Ursprüngliches, das mächtiger und älter ist als ich.

Bevor Rysana den Ratssaal betrat, nahm sie sich einen Moment, um sich zu sammeln. Die Versammlung würde ohnehin erst beginnen, wenn sie anwesend war, also konnte sie genauso gut ein wenig innehalten und sich vorbereiten. Niemals hatte sie an ihren Entscheidungen gezweifelt. Niemals hatte sie das Gefühl gehabt, dass sie jemandem Unrecht getan hatte. Bis heute.

Beruhige dich, dachte sie und strich ihre Robe glatt. Was, wenn das Misstrauensvotum gelang? Was, wenn sich herausstellen sollte, dass sie schwerwiegende Fehler begangen hatte?

Was ist nur los mit mir? Ich fühle mich wie ein verlorenes, unsicheres Kind. Alles stand und fiel mit dem Vagabunden. Auch der Bastard des Kaisers konnte sich als Enttäuschung herausstellen. Wenn er nicht über die benötigten Eigenschaften verfügte, um seinen Anspruch auf den Thron zu verdeutlichen, wären alle Bemühungen umsonst gewesen.

Dieser Plan ist so gewagt, dass er nur scheitern kann.

Rysana musste sich zwingen, ihre Hand auf die Bronzetore zu legen. Das Metall fühlte sich kalt und leblos unter ihren Fingerkuppen an. Vorsichtig fuhr sie das Muster entlang, das darin eingelassen war. Es zeigte einen Kreis um einen siebenzackigen Stern. Das Zeichen von Einigkeit und Zielstrebigkeit. Es sollte verdeutlichen, dass dem kaiserlichen Rat große Entscheidungsgewalt oblag. Sie erinnerte sich noch genau, wie sie Wendal überzeugt hatte, dem Rat mehr Einfluss zu geben. Und sie erinnerte sich, wie sie viele Stunden gemeinsam an einem Symbol gefeilt hatten. Gemeinsam, nur sie beide. Wendal hatte behauptet, dass dieses Zeichen eine Verbindung zu den alten Todesgöttern darstellte.

Ich vermisse ihn. Seine Nähe, seine Gedanken, einfach alles. Sie nahm den vertrauten Geruch wahr, der dem Palast und den Gängen anhaftete. So viele Stunden, Tage, Wochen und Jahre hatte sie hier zugebracht, stets mit dem Ziel, Amdra zu einem besseren Ort zu machen, und nun könnte sie zum Dank für ihre Bemühungen ihrer Stellung enthoben werden.

Ich werde nicht aufgeben! Aroc und Nandeon stehen auf meiner Seite. Bachel und Dunla sind gegen mich. Vermutlich haben sie auch Mava für ihre Sache gewonnen. Somit steht es unentschieden.

Bei einem Unentschieden sah das Gesetz vor, dass Rysana den Vorsitz behielt. Erst wenn mehr als die Hälfte der Mitglieder dem Misstrauensvotum zustimmten, würde sie von ihrer Stellung enthoben werden. Da es aber seit Wendals Ableben keinen Kaiser mehr gab, würde die Entscheidung dem Rat selbst überlassen bleiben. Etwas, das es niemals zuvor in der Geschichte Amdras gegeben hatte. Das musste sie um jeden Preis verhindern!

Rysana griff in ihre Robe, fühlte die harten Kanten des Tagebuchs. Wendals Tagebuch. Sie war verwundert, wie poetisch und nachdenklich es geschrieben war. Kein Tyrann, kein Mörder, kein Nekromant, sondern ein gewöhnlicher Mensch mit Sorgen und Nöten. Wenn sie darin vielleicht einen Hinweis auf seine Ermordung fand. Wenn sie …

Schluss damit! Sie rief sich zur Ordnung und umfasste den beinernen Griff des Ritualdolchs in ihrer Tasche. Die Berührung gab ihr Kraft, doch mit jedem Atemzug, den sie ihn gepackt hielt, wurde er kälter, bis sie loslassen musste. Ihre Hand war blau angelaufen und feine Eiskristalle hatten sich auf der Haut gebildet. Eines von zahllosen Rätseln.

Oh, Wendal. Hier passiert so viel, das wir nicht verstehen …

In einem langen Atemzug sog sie tief die Luft ein. Ein heißer Schmerz zuckte durch ihre Brust und sie zuckte zusammen. Dann stieß sie die Tore auf und betrat den Ratssaal. Wie erwartet, saßen die anderen bereits an der Steintafel. Sonnenstrahlen fielen durch die hohen, bunten Glasfenster und tauchten das Innere in angenehmes Licht. Es waren noch zwei Stunden, bis es dunkel wurde. Zwei Stunden, bis sich ein Schatten über die Versammlung legen würde.

Zügig schritt sie durch den Saal und nahm den Platz zwischen Dunla und Aroc ein. Er lächelte ihr zu, Dunla neigte leicht den Kopf, Nandeon fuhr sich nachdenklich durch den schlohweißen Bart, Bachel schüttelte immer wieder den Kopf und Mava, eine undurchsichtige Frau aus dem fernen Osten, musterte sie mit wachsamem Blick. Wie ein Adler die Beute. Mit ihrem dunklen Haar, der bleichen Haut, den hohen Wangenknochen und der grünen Robe wirkte sie wie eine Schlange, die sich als Mensch verkleidet hatte.

Rysana räusperte sich. »Ich danke Euch, dass Ihr auf mich gewartet habt.«

»Ihr ließt uns keine andere Wahl, Vorsitzende«, erwiderte Aroc.

»Können wir das hier ein wenig beschleunigen?«, fragte Bachel.

Rysana musterte ihn kühl. »Habt Ihr es eilig?«

»Die Situation lastet auf meinem Gemüt. Lasst uns anfangen!«

»Nun gut. Ehrenwerte Ratsmitglieder, wir sind zusammengekommen, weil Ratsmitglied Dunla darum gebeten hat.« Sie nickte ihr zu. »Auch wenn ich um den Grund weiß, sollten wir uns darauf besinnen, welche Verantwortung wir haben. Wir sind das höchste Gremium in Amdra.«

»Gut gesprochen, Vorsitzende«, sagte Aroc und neigte leicht den Kopf. »Dunla hat ein Misstrauensvotum ausgesprochen. Ich muss deshalb in diesem Punkt Bachel zustimmen: Wir sollten die Angelegenheit zügig angehen.«

Nun erteilt er den anderen Ratsmitgliedern das Wort? Sie schluckte ihren Ärger hinunter. Aroc war auf ihrer Seite. Das war alles, was zählte.

Sie räusperte sich und wartete, bis alle Blicke auf ihr ruhten. »Ich bitte Ratsmitglied Dunla, ihr Anliegen vorzutragen.«

Die Angesprochene erhob sich. Die weite Kapuze ihrer schwarzen Robe ließ sie geheimnisvoll und bedrohlich erscheinen. »Danke, Vorsitzende. Ihr wisst, warum wir hier sind. Weitere Worte sind überflüssig.«

»Ich möchte dennoch hören, was Ihr gegen mich vorzubringen habt.«

»Ihr wisst es.«

»Durchaus. *Dennoch* halte ich es für angebracht, die Situation noch einmal zusammenzufassen. Ihr wollt ein Misstrauensvotum gegen mich erwirken. Erklärt Euch. Bitte.«

»Ihr habt Geheimnisse. Vor uns und vor Euch.«

»Jeder Mensch hat Geheimnisse. Allerdings war ich dem Rat gegenüber immer ehrlich. Ich vermute, dass Ihr die Situation mit Taar Wax und Wendals Bastard ansprechen wollt. Dazu habe ich mich bereits geäußert.«

»Das habt Ihr.«

»Und trotzdem wollt Ihr mir dies zur Last legen?«

Dunla schüttelte langsam den Kopf. »Das war nicht die ganze Wahrheit.«

Rysana runzelte die Stirn. Das Gespräch verlief gegen ihre Erwartungen. »Was wollt Ihr damit andeuten?«

»Die Situation ist gefährlich geworden. Unsere Hoffnung ruht auf dem Verbrecher und einem Mann, den wir nicht kennen. Wir sollen Euch glauben, dass er der Bastard des Kaisers ist. Wo ist der Beweis?«

Sie brauchte einen Moment, um ihre Gedanken zu sortieren. Ihre Brust schmerzte. »Behauptet Ihr, dass ich lüge? Dass ich einen Mann auf den Thron setzen möchte, der in Wahrheit keinen Anspruch besitzt?«

»Keine Lügnerin, aber eine Geheimnishüterin.«

»Erklärt Euch!«

Sie will mich aus der Deckung locken und somit meine Autorität untergraben. Was plant sie? Und was gewinnt sie dabei?

Dunla tauschte einen Seitenblick mit Mava und Bachel. Also steckten die drei unter einer Decke. Rysana nutzte die Situation, um sich zu vergewissern, dass ihre Unterstützer an ihrer Seite standen. Nandeon neigte den Kopf und Aroc trug noch immer sein perfektes Lächeln.

»Wir wollen abstimmen, ob Ihr Vorsitzende bleibt«, sagte Dunla schließlich. »Wir brauchen Stärke. Wir brauchen eine Vorsitzende, die keine eigenmächtigen Entscheidungen trifft.«

»Das Amt einer Vorsitzenden setzt voraus, dass man Entscheidungen trifft, wenn es die Situation erfordert.« Nandeon und Aroc nickten. »Ich stimme aber auch mit Euren Aussagen hinsichtlich der Stärke und des Zusammenhalts überein. Warum verschieben wir dieses Anliegen nicht, bis der Vagabund und Wendals Bastard eingetroffen sind? In unserer derzeitigen Lage können wir es uns nicht erlauben, gegeneinander zu arbeiten. Wir sollten gemeinsam nach einer Lösung suchen, falls der Plan, dem Ihr alle zugestimmt habt, scheitert.«

»Gemeinsam nach einer Lösung suchen. Genau das tun wir.«

»Ich verstehe nicht …«

»Hat er Euch auch geliebt?«

Ihre Brust war wie unter einem tonnenschweren

Gewicht zusammengequetscht. »Von wem sprecht Ihr?«

»Ihr wisst, von wem ich spreche.«

»Erklärt Euch!«

»Der Nekromantenkaiser.«

»Wendal? Was hat er damit zu tun?«

»Alles.«

Sie faltete ihre Finger im Schoß, um das Zittern zu verbergen. »Was wollt Ihr von mir hören?«

»Die Wahrheit.«

»Wir haben uns respektiert. Womöglich klingt es anmaßend, aber Nandeon hat mich darauf hingewiesen, dass ich großen Anteil daran hatte, dass Wendal dem kaiserlichen Rat immer mehr Macht überlassen hat.«

Dunla schüttelte den Kopf. »Das war nicht die Frage.«

Was soll das? Wollen sie mich etwa ... Nein, so nicht!

Rysana atmete tief durch und ignorierte den stechenden Schmerz in der Brust. »Ihr wollt die Wahrheit hören? Ich weiß nicht, ob er mich geliebt hat. Das ist aber für den Rat nicht von Bedeutung. Wir sind hier, um an einer Lösung zu arbeiten, damit wir den Zwist untereinander beenden. Wohlbemerkt hege ich keinen Groll gegen Euch ... gegen niemanden hier! Es war mir stets ein Anliegen, dem Kaiserreich zu dienen. Und während wir über solche Dinge diskutieren, könnte sich jeden Augenblick ein Lord von seinen Fesseln befreien und einen Bürgerkrieg anzetteln.«

»Gefährliche Geheimnisse. Sehr gefährlich.«

»Von welchen Geheimnissen sprecht Ihr, Ratsmitglied Dunla?«, zischte Rysana und verlor allmählich die

Geduld. »Wenn Ihr etwas zu sagen habt, dann sagt es!«

»Wer ist Docar?«

Sie unterdrückte einen Seufzer. »Der Bastard des Kaisers.«

»Der Nekromantenkaiser und Herrscher Amdras ist also sein Vater?«

»Ich schwöre es bei den alten Todesgöttern.«

Dunlas Gesicht blieb ausdruckslos. »Wer ist die Mutter?«

Sie durchfuhr ein Stich des Grauens. »Bitte?«

»Ihr habt mich schon verstanden. Wer ist Docars Mutter?«

»Ich …« Ihr versagte die Stimme. Ein Fehler! Sie musste etwas sagen! Sie musste …

»Was soll das bedeuten?«, fragte Aroc und erhob sich langsam von seinem Stuhl. Er stützte seine Fäuste auf die Tafel und war kreidebleich im Gesicht. »Wenn Ihr irgendwelche Vermutungen hegt, dann sprecht, Dunla!«

Dunla lächelte listig. »Denkt nach. Die Wahrheit befindet sich direkt vor unserer Nase. Wahrheit. Vergangenheit. Geheimnisse. Alles kommt ans Licht.«

Arocs Augen weiteten sich, dann ließ er sich auf seinem Stuhl nieder und wirkte auf einmal gefasst. »Vielen Dank, Ratsmitglied Dunla«, sagte er tonlos. »Ihr dürft Euch nun wieder setzen.«

Die Dunkelhäutige kam seiner Aufforderung nach und wirkte zufrieden.

»Es ist unsinnig, weiter zu debattieren«, sprach er weiter. »Es schmerzt, zu dieser Erkenntnis zu kommen, aber ich habe soeben etwas verstanden. Sosehr ich mich sträube, es anzuerkennen, ist die Wahrheit doch offensichtlich.«

»Die Wahrheit?«, fragte Rysana atemlos.

Aroc sah sie nicht an. »Vorsitzende Rysana, wir brauchen Einigkeit für den kommenden Sturm. Dies waren Eure Worte.«

Wie in Trance nickte sie.

»Eure Geheimnisse erlauben es uns nicht länger, Euch zu vertrauen. Es tut mir aufrichtig leid, aber diese Situation kann nicht übergangen werden.«

Verständnislos blickte sie ihn an. Er hatte ihr seine Unterstützung zugesichert. Er hatte es geschworen. Aus einer Eingebung warf sie Nandeon einen raschen Blick zu. Der alte Mann saß zusammengesunken auf seinem Stuhl und wich ihr aus.

Ich muss einen kühlen Kopf bewahren. Ich muss ...

Das Stechen in ihrer Brust wurde unerträglich. Es war, als wäre eine Feuerwalze über sie hinweggerollt. »Ich ...« Sie stockte. »Ich ... ich bin ...« Wieder musste sie nach Luft ringen. Verdammt! Sie brachte keinen vernünftigen Ton zustande.

»Ihr solltet Euch schonen, Rysana«, sagte Aroc sanft und blickte sie nun endlich an. »Ihr seid krank und nicht länger in der Lage, uns zu führen.«

»Nein, ich ...«

»Am schlimmsten wiegt allerdings Euer Verrat.«

»Verrat?«, keuchte sie.

»Ihr habt geglaubt, dass Ihr es vor uns verbergen könnt. Ihr wart sogar so naiv zu glauben, dass Ihr es vor *ihm* verbergen konntet.«

»Vor ... wem?«

Aroc seufzte schwer. »Es gibt einen Grund, warum

Ihr so viel über den Bastard des Kaisers wusstet. Ich weiß nicht, wie es Euch gelungen ist, die Wahrheit so lange zu verschleiern.«

»Ich … von wem sprecht Ihr?« Sie versuchte, die Blicke der anderen aufzufangen, doch die wichen ihr aus. Die einzige Ausnahme bildete Dunla. Ihre Augen sprühten Funken.

»Muss ich es wirklich aussprechen, da die Wahrheit doch auf der Hand liegt?« Aroc zögerte. Es bereitete ihm sichtlich Mühe, die nächsten Worte zu äußern. »Ihr habt uns getäuscht. Ihr habt den Kaiser getäuscht. Und Ihr habt auch Euch selbst getäuscht.« Er holte tief Luft. »Docar ist Euer Sohn.«

Wie können sie das wissen? Sie konnte nicht mehr denken. Ihr Leben, ihre Hoffnungen und Träume zerbrachen wie ein großer Spiegel und die Scherben lagen vor ihr ausgebreitet.

»Mein Herz schreit vor Qual, weil ich mein Versprechen Euch gegenüber brechen muss, Rysana, aber es dient dem Wohle des gesamten Landes. Ich bitte die Ratsmitglieder nun die Hand zu heben, wenn Ihr dem Misstrauensvotum zustimmt, um die Vorsitzende ihres Amtes zu entheben.«

Bis auf Nandeon hoben alle die Hand. Der alte Mann zuckte, entschied sich dann aber doch, dem Antrag zuzustimmen. Damit war es beschlossen. Sie war nicht länger Vorsitzende. Das Spiel war vorbei. Alles war verloren.

Rysana griff sich an die Brust, bekam keine Luft mehr und brach zusammen. Dann nur noch Schwärze.

Dritter Teil

Beste Feinde

Achtzehnter Tag

Bei meinem zweiten Besuch entdeckte ich in den Untiefen des Schlunds eine geheime Kammer. Dort waren Werkzeuge und Waffen aufgebaut, deren Zweck sich meinem Verständnis entzog. Eigenartige Maschinen, die mit Runen versehen waren – genau jenen Runen, die das Zugangstor an der Oberfläche zieren. Falls du in diesem Moment innehältst, muss ich dir leider bestätigen, dass nicht ich es war, der diese Runen anbrachte. Der Mauerring und das Tor standen schon, bevor ich die Macht ergriff und das Land von den Nekromanten befreite.

Taar Wax.« Brinan sprach langsam und mit Bedacht, als forderte jedes Wort gesonderte Beachtung. »Ich habe mich schon gefragt, wann du zu mir kommst.«

»Ich hätte dich gern früher aufgesucht, Großer«, sagte Taar. »Aber man hat einfach zu viel zu tun, was?«

»Du bist wie der Pilz an meinen Füßen, der Dreck zwischen meinen Fingernägeln, Taar Wax. Man wird dich einfach nicht los.«

»Stimmt. Und da bin ich wieder.«

Brinan erhob sich schwerfällig. Bleiche, sehnige Arme stachen aus den braunen Fetzen seiner einst prächtigen Robe. Die Augen lagen tief in den Höhlen und die Wangen wirkten eingefallen wie bei einem Toten. Wie ein Berg, dem man alles Äußere weggeschnitten hatte, bis nur noch das bleiche Gerippe übrig geblieben war, ragte der Mann drohend über ihm auf.

»Du hast mir etwas versprochen.« Brinan schlurfte ein Stück näher. Als er vor ihm stehen blieb, war der Größenunterschied noch deutlicher erkennbar. »Du hast mir versprochen, dass ich Shaans Gebiet erhalte, wenn ich im Austausch einen Angriff auf seine Grenzgebiete veranlasse.«

Taar verbeugte sich tief. »Es war sehr zuvorkommend, dass du das damals getan hast.« Er spürte Docars brennenden Blick, hatte sich mittlerweile aber daran gewöhnt. Der Junge nahm die Dinge viel zu ernst.

»Du hast ganz schön Eier, dich hier blicken zu lassen.«

»Das höre ich dieser Tage öfter. Was haben nur alle mit meinen Eiern?«

Brinan beugte sich zu ihm. »Du bist geflohen, während meine Jungs Shaan den Arsch aufgerissen haben. Weißt du, wie viele gestorben sind?«

»Hab gehört, du hast verloren. Also … viele?«

»Einhundert Männer und ich wäre fast selbst gestorben!«, brüllte Brinan und Spucketröpfchen klatschten Taar ins Gesicht. Er wischte sich die Spucke ab und hob beschwichtigend die Hände.

»Hoooo! Ruhig Blut, mein Bester. Dann habe ich dir wohl eher einen Gefallen getan, oder nicht?«

»Einen Gefallen? Der einäugige Jorec wurde lebendig gehäutet und dem kahlen Zyrior haben sie Augen,

Ohren und Zunge abgeschnitten!«

»Die beiden Halunken konntest du doch ohnehin nicht leiden.«

»Stimmt, aber darum geht's nicht. Ich habe deinetwegen viele meiner Jungs verloren, du Scheißkerl!«

»Darum bin ich hier, Brinan. Ich will einige Schulden begleichen. Also biete ich dir eine Chance. Ich …«
Wenn er sich auf eins verlassen konnte, dann auf seinen Instinkt, und der schrillte in diesem Augenblick in seinem Kopf. Er riss den Kopf herum und blickte zum Ausgang. Seine Nackenhaare stellten sich auf. Drei Dutzend Gestalten schoben sich in die Höhle und es wurden zunehmend mehr.

Kacke.

»Hast du geglaubt, dass du hier einfach so herumspazieren kannst, Taar Wax?«, fragte Brinan. »Ich habe dich schon gerochen, bevor du überhaupt den Schlund betreten hast!«

»Ist das ein Traum?«

»Nein.«

»Schade, sonst gäbe es nämlich Branntwein.«

Brinan lachte rau und kratzig. »Der großartige Taar Wax kehrt zurück und schmiedet seine Intrigen. Lass mich raten, du warst bereits bei Tiada?«

Taar tauschte einen Seitenblick mit Docar. Der Junge musste um jeden Preis überleben. »Was hast du vor, Brinan? Willst du mich verprügeln lassen und dabei zusehen? So sadistisch hätte ich dich gar nicht eingeschätzt. Dachte, du bist einer von der alten Riege. Der Riege, die noch ein kleines bisschen Ehre besitzt.«

»Hier unten gibt es keine Ehre. Deine eigenen

Worte. Du hast dir schlimme Feinde gemacht. Deshalb will ich dir auch etwas zeigen.«

»Wenn es das ist, was ich denke, will ich es nicht sehen. Der Anblick würde mich vermutlich in meinen Träumen heimsuchen.«

»Ach, warst du nicht erst kürzlich in den dunklen Gebieten?«

Taar lachte. »Oh, ich wüsste durchaus, wenn ich diesen Ort gesehen hätte. Das muss ein unvergesslicher Anblick sein, was?«

Ein Schatten legte sich über Brinans Gesicht. »Du bist ein Bastard, Taar! Ein ehrloser, dreckiger Bastard, sag ich dir! Du kommst hierher und glaubst, dass du wieder alles an dich reißen kannst. Dass du wie früher alle gegeneinander ausspielen und einfach so abhauen kannst.«

»Jetzt, wo du es erwähnst …«

»Dieses Mal nicht! Dieses Mal wird dir das nicht gelingen. Ich habe dich beobachtet. Es möchte dich jemand grüßen.«

Taar rutschte das Herz in die Hose, als er den hochgewachsenen und breit gebauten Mann sah, der die Höhle betrat. Der Mann war muskulös, aber nicht so grobschlächtig und massiv wie O-dryt. Man könnte ihn eher als athletisch und gut proportioniert bezeichnen. Alles an ihm wirkte gefasst und stattlich. Die einnehmende Art, wie er sich bewegte, die ordentliche Kleidung, der gestutzte Bart, die blonden Haare und die geheimnisvolle Aura, die ihn umgab, machten ihn zu etwas Besonderem. Eine Narbe verlief von seinem linken Auge quer über das Gesicht, was ihn seltsamerweise eher mysteriös und weniger gefährlich erscheinen ließ. Er trug über seiner blauen Stoffkleidung einen roten Umhang, der ihm Würde verleihen sollte, als wollte er der schönste Kackhaufen im Schlund sein. Wynron, der mächtigste Anführer im Schlund, blieb vor ihnen stehen und nickte erst Brinan, dann Docar und zuletzt Taar zu.

»Da bist du also«, sagte Wynron mit ungewöhnlich tiefer und angenehmer Stimme. Jedes einzelne Wort wurde klar und deutlich ausgesprochen, als wäre er ein Ehrenmann mit tadellosem Benehmen und kein Halunke und Mörder. Es hieß, Wynron sei auf der Oberfläche ein Adliger mit viel Einfluss gewesen. Manch einer behauptete, er sei ein rechtmäßiger Lord, aber von einem engen Verwandten betrogen worden.

»Da bin ich«, sagte Taar. »Ist mir eine Freude, dich wiederzusehen. Nicht.«

»Gleichfalls, Taar Wax. Ach nein, du nennst dich ja Taar Wax der Vagabund!«

Die Männer lachten dreckig.

»Ganz recht. Ein unehrlicher Drecksack besteht eben auf die korrekte Ansprache.«

»Du gibst es also zu, dass du ein Lügner und Betrüger bist?«

»Latürnich! Denn es sind bekanntlich die ehrlichen Menschen, vor denen man sich stets in Acht nehmen muss ...«

»... weil man nie weiß, wann sie die Unwahrheit sagen.« Wynron unterstrich seine Worte mit einer nachlässigen Geste. »Alles schon hundertmal gehört.«

»Gut, dann muss ich mich nicht wiederholen. Also, was soll das jetzt werden?« Taar fühlte nach den Seelen in seiner Kleidung. Es war schon eine Weile her, seit er sie verwoben hatte.

»Wir haben diesen Tanz schon zu oft aufgeführt, um uns weiter im Kreis zu drehen, Vagabund. Kommen wir zur Sache.«

»Weißt du, ich tanze gerne ein bisschen, wenn es notwendig ist. Manch einer behauptet, ich sei ein wahres Naturtalent.«

»Wenn du das sagst?«

»Tue ich. Ich sehe deinen Mantel und deine schicke Aufmachung. Man könnte glatt glauben, dass du kein Arsch bist, der sich das dreckigste Loch gesucht hat, um darin zu verrecken. Soll dich das zum Kaiser über diesen Haufen hier unten erheben, oder was?«

Wynron schüttelte den Kopf. »Ich versuche wenigstens, etwas an der Situation zu verbessern. Du hingegen wiegelst alle gegeneinander auf und suchst dann den richtigen Moment, um zu verschwinden.«

»Ich bin eben der Vagabund. Man erwartet so etwas von mir. Der Trick liegt darin, diesen Erwartungen gerecht zu werden.«

»Eine ziemlich geringe Erwartungshaltung. Macht dir das Spaß?«

»Gibt mal bessere und mal schlechtere Tage.« Taar griff in seine Tasche. »Ich komme damit zurecht. Ist immerhin besser, als Menschen umzubringen, was? Weißt du, ich kannte da mal eine Frau. Du erinnerst dich vielleicht an sie?«

Wynrons Gesicht verfinsterte sich. »Du versuchst es wieder mit irgendeinem von deinen Tricks, Taar. Es überrascht mich, dass du den Jungen bei dir behältst.«

Er deutete zu Docar, der all das stillschweigend verfolgte. »Was ist so besonders an ihm?«

Der Holzwürfel vibrierte stetig, vibrierte und vibrierte. »Keine Ahnung. Das werde ich noch herausfinden müssen. Wenn du ganz lieb fragst, borge ich ihn dir aus. Aber du musst versprechen, ihn heil wieder zurückzugeben.«

»Brinan hat euch beobachten lassen. Der Junge ist wie du, nicht wahr? Er ist ein Nekromant.«

Docars Augen weiteten sich. Taar stierte ihn nieder, bevor er sich noch verplapperte. »Was der Junge ist und was er nicht ist, geht dich nichts an.«

»Ich bin anderer Meinung, denn ich habe wirklich Großes vor, Taar. Um genau zu sein, werde ich genau das tun, wovon du damals mit Inbrunst gesprochen hast.«

»Du willst den Schlund vereinen.« Taar zögerte. »Du willst an die Oberfläche, die Lords aufwiegeln und das Kaiserreich büßen lassen.«

»Du warst schon immer schlauer als gut für dich ist, Taar Wax.«

»Und jetzt?« Er gab Docar ein verstohlenes Zeichen, jedoch war der Junge viel zu sehr von ihrem Gespräch abgelenkt.

»Ich schüre nur das Feuer, das du entfacht hast. Dieses Mal wirst du meine Pläne nicht zunichtemachen. Der Schlund wird uns nicht länger halten können und wir holen uns zurück, was uns rechtmäßig zusteht.«

»Und was soll das sein? Ein richtiges Klo zum Scheißen vielleicht?«

Wynron trat zur Seite, um den Blick zum Eingang

freizugeben. Sechs Gestalten in nachtschwarzer Rüstung näherten sich. Die Bannrunen darauf leuchteten im schummrigen Licht. Zwei hielten Armbrüste im Anschlag, die anderen senkten bedrohlich ihre Hellebarden. Ihre Masken sahen furchterregend aus und stellten Kreaturen aus dem Schlund dar, darunter auch ein Totenkopf. Wärter. Wynron hatte sich irgendwie mit den Wärtern verschworen.

Scheiße!

Taar handelte, ohne nachzudenken. Das Halstuch peitschte zur Seite und traf Brinan gegen die Brust. Der Hüne taumelte zurück, blieb mit einem Bein hinter dem anderen hängen und fiel wie ein gefällter Baum auf den Rücken. Wynron wollte den Knüppel an seiner Hüfte packen, aber Taar kam ihm zuvor. Zwei Quasten schlingerten um Wynrons Hände und rissen ihn heran. Blitzschnell krachte Taars verstärkte Faust in Wynrons Gesicht und schickte ihn zu Boden.

»Raus hier!«, schrie er und hoffte, dass Docar gehorchte.

Zunächst hatten Brinans und Wynrons Verbündete noch gezögert, jetzt erwachten sie aus ihrer Schockstarre und stürmten auf sie zu. Einer setzte zum Sprung an. Anstatt auszuweichen, stürmte Taar auf ihn zu und vertraute auf die verwobenen Seelen. Die Rechnung ging auf und der grobschlächtige Kerl wurde von einem Dutzend Fetzen getroffen, die blutige Striemen in seinem Gesicht hinterließen.

Ein Stein flog haarscharf an ihm vorbei und krachte gegen den Kopf eines anderen Mannes. Derweil schritten die Wärter weiter auf sie zu.

Taar riss den Kopf herum und sah nach dem Jungen, der von zwei Feinden gleichzeitig attackiert wurde. Docar hielt sich gut, aber es war absehbar, dass er nicht standhalten konnte, weil er noch nicht wusste, wie er seine Gabe für den Kampf anwenden musste.

Ich muss ihn hier rausbringen.

Taar schätzte die Lage ab und stellte fest, dass die Chancen schlecht standen. Ziemlich schlecht sogar. Zwei ungezielten Hieben konnte er problemlos ausweichen. Den dritten nahm er absichtlich hin, achtete nicht darauf, wie der Schlag von seinem Halstuch abgeblockt wurde, und bewegte sich in seinen verstärkten Schuhen – die er vor Kurzem einer überaus höflichen Leiche abgenommen hatte – ungewöhnlich schnell nach vorn. Sein Fuß krachte gegen ein Kniegelenk und ließ den Mann schreiend niedergehen. Dann sprang er in die Luft, drehte sich um die eigene Achse und ließ seinen Schal umherpeitschen. Zwei Männer wurden erwischt und gingen bewusstlos zu Boden. Für jeden besiegten Feind füllten aber zwei neue die Lücke.

Ich muss mir wirklich etwas einfallen lassen.

Docar hatte sich seiner Feinde entledigen können und stürmte auf ihn zu. Er wurde von einem Feind überrascht, der sich auf ihn stürzte. Sie gingen in einem Knäuel zu Boden und schlugen wild aufeinander ein.

Taar rannte auf sie zu, bog allerdings im letzten Moment ab – auf eine Wand zu. Er sprang dagegen, ignorierte den Aufprall, der ihm alle Luft aus den Lungen trieb, und hangelte sich nach oben. Die Mantelquasten gruben sich wie Klauen in den brüchigen Stein und zerrten ihn in atemberaubender Geschwindigkeit hinauf.

Immer weiter empor, bis er die Decke erreichte.

»Was soll das werden, Taar?«, schrie Wynron zu ihm hinauf. »Willst du an der Decke baumeln, bis deine Kräfte erschöpft sind?«

Leider wusste Wynron viel über Nekromantie. Einiges war Taar selbst anzulasten, denn er hatte Wynrons Vertrauen nur gewinnen können, indem er ihn in die Geheimnisse eingeweiht hatte. Andere Dinge hingegen hatte er schon zuvor gewusst – zu seinem Erstaunen.

»Von hier oben siehst du gar nicht mehr so groß aus, Wynron«, rief er.

»Wenn du nicht runterkommst, kitzeln wir den Jungen.«

Die Wärter hatten Docar erreicht und richteten ihre Waffen auf ihn.

»Ich gebe dir fünf Sekunden, um deinen haarigen Hintern hierherzubewegen.«

»Haarig? Hast du etwa nachgesehen?«

Wynron verzog den Mund. »Eins, zwei …«

Taar fühlte nach den verwobenen Seelen in seiner Kleidung. Es waren leider zu wenige, um diese Situation zu seinen Gunsten zu ändern. Ihm würde es vielleicht gelingen, sich gegen die Wärter zu behaupten. Aber nicht dem Jungen, der würde unweigerlich sterben.

»Drei, vier …«

»Fünf!«, rief er und ließ sich fallen. Die eine Hand dem Boden entgegengestreckt. Die andere in der Tasche um seinen Anker geschmiegt, der ungewöhnlich schnell vibrierte, wie ein kochender Kessel, der kurz vor dem Explodieren stand. Genau das war es auch, was Taar beabsichtigte.

Er würde explodieren.

Kurz bevor er auf den Boden traf, griff er in das Reich der Toten und rief so viele Seelen herbei, wie er wagte. Die Seelen manifestierten sich um ihn und wurden schlagartig mit einer Wucht wieder entlassen, die eine Erschütterung in der gesamten Höhle verursachte.

Mit einem ohrenbetäubenden Knall prallte er auf den Boden und schickte eine flimmernde Welle von sich davon, die alle in der Nähe von den Beinen riss. Ein Staubring wogte um ihn und zerfaserte wie Nebel im Morgengrauen.

Auf einmal waren seine Glieder schwer wie Blei und sein Verstand umwölkte sich. Er sackte zusammen und kroch mit letzter Kraft auf Docar zu. »Beschützt ihn!«, flüsterte er, als er seine Hand auf das Hemd des Jungen legte. »Tragt ihn von hier fort, bis ihr gegen eure Fesseln aufbegehren könnt.«

Ein grünlicher Schimmer breitete sich um Docar aus. Der Junge starrte ihn entsetzt an. Auch die anderen in der Höhle kamen allmählich wieder zu Bewusstsein. Die verwobenen Seelen in Docars Kleidung erwachten und hievten ihn ungelenk auf die Füße. Wie eine Puppe mit gestrafften Fäden wurde er herumgerissen und aus der Höhle geschleift, was unter anderen Umständen lustig gewesen wäre.

Dann war der Junge fort.

Taar rollte auf den Rücken und sah zur Decke. Ein Gesicht schob sich davor, schwarz, metallisch, grausam. Eine Stange schoss herab, knallte gegen seine Stirn und schickte ihn in Benommenheit.

Opfer

Achtzehnter Tag

Ich stellte mir die Frage, ob es einen Grund gab, warum dieses Gefängnis gebaut worden war. Doch ich fand keine plausible Erklärung. Also tat ich, was mir in diesem Moment richtig erschien: Ich entschied, den Schlund zu zerstören, doch es misslang. Keine Macht der Welt kann diesen Ort vernichten. Was sagt dies über meine Kräfte aus? Über mich, den angeblich mächtigsten Menschen Amdras?

Nachdem die Seelen seine Kleidung verlassen und er endlich wieder Kontrolle über seinen eigenen Körper erlangt hatte, brach Docar an Ort und Stelle zusammen. Wie viel Zeit inzwischen vergangen war, konnte er nicht feststellen, aber nun wusste er, wie sich eine Puppe am Faden fühlte.

Er lag da, blinzelte ins schummrige Licht, und der Atem fuhr rau und zögerlich durch seine wunde Kehle. Gestalten, die er nur schemenhaft wahrnahm, schlenderten an ihm vorbei und würdigten ihn keines Blickes. Ein Mann, der kraftlos zusammenbrach, war hier nichts Ungewöhnliches.

Er blinzelte wieder, streckte Arme und Beine, die laut knackten, und versuchte, das wilde Hämmern in seiner Brust unter Kontrolle zu bringen. Er war so erschöpft, dass er das Gefühl hatte, nie wieder aufstehen zu können. Irgendwann musste er sich auf die Zunge gebissen haben, denn er hatte einen leicht metallischen Geschmack im Mund. Krampfhaft schluckte er und wollte etwas sagen, brachte aber nicht mehr als einen blutigen Sabberfaden hervor.

Er hat mich gerettet, dachte er und verstand die Welt nicht mehr. Wie eine Naturgewalt war Taar von der Decke gefallen und hatte die Nekromantie in einer Art und Weise genutzt, die er nicht für möglich gehalten hätte. Dabei hatte sich der stets unbedarfte Taar Wax für ihn geopfert. Warum?

Ein Schatten fiel auf ihn und beugte sich zu ihm herab.

Docar blickte in ein schmutziges und von Geschwüren übersätes Gesicht. Der Mann zuckte ertappt zurück und rannte davon.

Elende Plünderer! Hier unten kämpfte jeder für sich. Es gab keinen Zusammenhalt, es sei denn, man hielt sich an die Gebieter. Wobei, ohne den Treueeid gegenüber einem von ihnen überlebte man nicht lange.

Docar wischte sich den Schweiß aus dem Gesicht. Selbst diese Bewegung entlockte ihm ein Wimmern. Ihm tat alles weh, seine Muskeln waren zum Zerreißen gespannt, er verspürte Druck auf der Brust und seine Arme waren von blutigen Kratzern und Abschürfungen übersät.

Warum hat er mich gerettet?

Im Schlund galt Taar als eine Art Legende, die gleichermaßen gehasst und verehrt wurde. Weil ihn niemand verstand. Und wie das bei Unwissenheit zumeist der Fall war, erwuchs daraus Furcht. Doch langsam erschloss sich Docar ein Bild von dem Vagabunden. Die weißen Flächen auf der Leinwand wurden allmählich mit Farbe gefüllt. Dieses ganze Gehabe und die eigenbrötlerische Art bildeten einen Kokon, damit niemand auf die Idee kam, darunter einen guten Menschen zu vermuten. Die Welt erlaubte keine Schwäche, deshalb war Taar so, wie er seiner Meinung nach sein sollte.

Beginne ich etwa, ihn zu verstehen?

Es dauerte, bis Docar die Kraft fand, aufzustehen. Und noch länger, sich durch den Gang zu schleppen. Im Namen der Todesgötter, sein gesamter Körper bestand aus einem einzigen, großen Schmerz! Brinan hatte ihnen eine Falle gestellt und sich bereits mit Wynron verbündet. Das war nicht nach Plan gelaufen! Aber nicht nur das. In Gedanken sah er die Wärter, die ebenfalls in irgendeiner Weise mit Wynron zusammengearbeitet hatten. Jemand musste davon erfahren. Nur, was dann? Wenn Wynron einen Pakt mit den Wärtern geschlossen hatte, musste sein Einfluss enorm sein.

Taar hat sich für mich geopfert …

Seine Füße trugen ihn wie von selbst fort. Er dachte überhaupt nicht darüber nach, welche Abzweigungen er nahm, ließ sich einfach selbst sein, als wäre er nicht mehr Herr seiner Sinne. Seine Gedanken trieben umher wie ein Teich im Sturm, seine Muskeln protestierten bei jeder Bewegung und sein Verstand war träge und schwerfällig.

Was hast du vor, du Dummkopf? Willst du dich Wynron allein stellen? Und was dann? Ihn niederschlagen? Taar retten?

Er blieb stehen und zwang sich zur Ruhe. Es brachte nichts, voreilig zu handeln. Er brauchte einen Plan. Einen guten Plan. Einen wahnsinnig guten Plan. Er durfte aber auch nicht zögern, denn dann wäre es mit Taar vorbei – wenn es das nicht schon längst war.

Taar weiß, wer ich bin und woher ich komme. Es hat mit dem Palast des Nekromantenkaisers zu tun. Aber wie?

Er ging weiter, passierte Tore ohne Türen, Pfeiler ohne Stützen, Gänge ohne Menschen. Im angrenzenden Gewölbe hatte sich eine Reihe Gestalten in den Ecken eingefunden und stritt um ein blutiges Stück Fleisch, bei dem nicht erkennbar war, woher es stammte. Er achtete nicht auf sie, ging immer weiter, weiter und weiter.

Ich muss ihn befreien, dachte er und ballte seine Hände zu Fäusten, bis es schmerzte. *Ich muss zur Oberfläche zurückkehren. Ich muss in den Palast gelangen. Und dann werde ich vielleicht endlich die Wahrheit erfahren.*

Tiada sagte immer, er sei zu weich. Ein weicher Mann, der sich zu viele Gedanken machte. Vielleicht war genau das seine Stärke? Vielleicht musste er dieser Mann sein, damit sich etwas ändern konnte? Irgendetwas, denn der Schlund war ein unersättliches Monster, das immer mehr Menschen ins Verderben zog. Manchmal hatte er das Gefühl, dass der Schlund mehr war als nur ein Gefängnis. Etwas anderes. Etwas Älteres.

Etwas Böses.

An einer Abzweigung blieb er stehen und rang nach Atem, der nur zögerlich in seine Lungen quoll. Er wanderte mit der Hand in die Hosentasche und umfasste den ungeschliffenen Edelstein, der sanft und warm vibrierte.

Ein Teil meiner Seele, dachte er und presste härter zu. *Ein Teil von mir.*

Weiter vorn befand sich die Grenze zu Brinans Gebiet, zwei säulenartige Gebilde über einem breiten Durchgang, der mit roter Farbe beschmiert war. Darin waren Wörter eingemeißelt, die längst verwittert waren.

Und jetzt? Noch eine tolle Idee?

Er atmete tief durch, lockerte seine Hand und betrat den Durchgang.

*

Taar erwachte langsam, als stiege er aus den Tiefen des Meeres wie eine Wasserleiche. Und genauso fühlte er sich auch.

Jemand trat ihm in die Seite. »Aufwachen!«

Taar ruckte hoch und musste feststellen, dass er sich nicht bewegen konnte. Seine Arme waren an rostigen Haken gefesselt, gleiches galt auch für seine Beine. Toll. Bis auf seine Unterhose war er nackt. Echt toll. Vor ihm stand eine Handvoll schwer gerüstete Wärter. Obertoll. Es war düster und schummrig in dem abgelegenen Gewölbe und das wenige Licht, das einige Leuchtmoosflechten erzeugten, reichte nicht aus, um zumindest zu erkennen, wo er sich befand.

Nein, das war definitiv nicht toll.

»Taar Wax«, sagte eines der Fratzengesichter gedehnt, als lauschte es dem Klang, den der Name hinterließ. »Ich habe mehr erwartet.«

»Ich hab's dir doch gesagt, Boss!«, sagte der Wärter

mit dem Totenkopfhelm. Vermutlich Gaed. »Er ist die Mauer hochgeklettert und wollte, dass ich ihn in den Schlund bringe!«

»Ah ja, und dann hast du ihn niedergeschlagen?«

»Wenn ich's doch sage!«

Der Sprecher mit der Maske eines Zangenläufers schüttelte den Kopf. »Du bist ein verdammter Lügner! Hast du dich wieder kaufen lassen?«

»Was? Nein! Das würde ich niemals tun!«

Taar fand, dass es langsam an der Zeit war, sich an dem Gespräch zu beteiligen. »He«, sagte er mit geschwollenen Lippen. Seine Kiefer fühlten sich an wie zwei rostige Türangeln und sein Kopf war bestimmt auf doppelte Größe geschwollen. »He, wenn's euch nichts ausmacht, würde ich gern gehen.«

Zangenläuferfratze wandte sich ihm zu. »Du hältst dein verdammtes Maul! Wynron hat uns erzählt, was du vorhast.«

»So? Und ihr glaubt ihm, was?«

»Du bist schon einmal von hier geflohen und hast uns beim Kommandanten schlecht aussehen lassen. Das wird nicht noch einmal passieren. Du bleibst hier!«

»Warum erledigen wir ihn nicht?«, fragte ein anderer. »Problem gelöst.«

»Schnauze! Ich will ihn erst befragen. Wenn ich fertig bin, könnt ihr mit ihm anstellen, was auch immer ihr wollt.«

Taar räusperte sich. »Wynron ist also zu feige, mir selbst ans Leder zu gehen?«

»Wynron ist ein Verbrecher und wird hier verrotten, wie jeder andere auch. Und jetzt Maul halten!«

»Also, da bin ich doch glatt …«

Die gepanzerte Faust rammte in Taars Magengrube. Er krümmte sich vor Schmerz zusammen, keuchte und spuckte, rang verzweifelt nach Luft, während sich sein kalter Bauch zusammenzog. Gleichzeitig erwachten die Bannrunen an der Rüstung des Wärters und zerrten an seinem Verstand.

»Maul halten!«, brüllte der Wärter. »Du redest nur, wenn ich es dir erlaube! Also«, der Mann entfernte sich und musterte ihn langsam von den dreckigen Füßen bis zum noch dreckigeren Haar, »warum bist du hier, Taar Wax?«

»Zum Spaß.«

Der Mann nickte einem anderen zu, der sich sofort in Bewegung setzte. Die Hand traf ihn ins Gesicht, sein Kopf flog herum und er spuckte Blut.

»Noch mal: Warum bist du hier?«

»Ich …« Taar rang nach Luft. »Ich hab erst eine Frage. Was habt ihr Wynron versprochen, dass er mich ausliefert und …«

Wieder krachte etwas in seine Magengrube. Er keuchte auf und rang mit seinem Mageninhalt.

»Muss euch trotzdem fragen, denn sonst …«

Ein Schlag, ein Tritt, wieder ein Schlag und eine Kopfnuss später hing er wie ein schlaffer Sack in den Fesseln und brachte nicht mehr als einen blutigen Sabberfaden hervor, der von seiner Unterlippe tropfte. Bei den Todesgöttern, das konnte er nicht weiter durchstehen!

Endlich ließen sie von ihm ab. Sein Körper war wie betäubt. Das war schlecht. Ohne Schmerz konnte man schnell den Verstand verlieren. Und dann dauerte es nicht mehr lange, bis man das Zeitliche segnete.

Finger packten grob sein Kinn und hoben es an. »Biste jetzt bereit zuzuhören, Vagabund?« Das schwache Licht wurde auf den Zangen des Helms gespiegelt, als wäre der Wärter ein Wesen aus einer anderen Welt.

Was habe ich mir nur dabei gedacht? Warum tue ich das? Was interessiert mich der Junge?

»Ich habe Geschichten von Taar Wax gehört. Er soll so etwas wie eine lebende Legende sein.« Fratzengesicht beugte sich vor. Fast glaubte Taar, den stinkenden Atem unter dem Helm zu riechen. »Zugegeben, das war kein schlechter Auftritt in Brinans Höhle. Aber was ich hier sehe, enttäuscht mich doch sehr.«

Der Raum schwankte um ihn wie ein Schiff auf hoher See. Alles drehte sich. »Tut … mir leid … isch disch entdäuschn muss.«

»Wie konntest du aus dem Schlund fliegen?«

Er hob den Kopf an. Selbst diese Bewegung schmerzte. »Geht disch 'nen feuchten Kehricht an.«

Der Wärter hob den gepanzerten Arm …

»Boss!«, rief Gaed.

»Was!«

»Wenn du ihn zu Brei schlägst, hilft uns das nicht weiter.«

Der Anführer legte seine Hand auf Taars Schulter. Die Bannrunen an der Rüstung glühten stärker. Sie schwächten ihn, raubten ihm den Verstand, machten ihn *substanzloser.*

»Es gibt noch andere Möglichkeiten, mit Nekromanten fertigzuwerden«, sagte der Mann leise. »Ich habe gehört, dass die Runen dir die Seele aussaugen können.«

»Gerüschde«, murmelte Taar.

»Antworte!«

»Ich hab … hab misch rausgeschlischn, als ihr weg …«, Taar sog rasselnd den Atem ein, »weggesehen habt und mit dem Aufstand beschäftigt wart.«

»Das ist das Geheimnis?«

Er brachte ein schwaches Nicken zustande.

»Boss, ich hätte noch 'ne Frage an ihn«, bemerkte Gaed.

»Sprich!«

Gaed trat einen Schritt näher. »Warum bist du hier?«

»So weit waren wir doch schon«, sagte Taar. »Weil's Spaß macht.«

»Ich glaub dir nicht. Wynron hat gesagt, dass du immer mit dem Jungen unterwegs bist.«

»Und?«

»Also geht's um ihn?«

»Nö.«

»Ich denke doch.«

»Wenn du meinst.«

»Warum er? Wer ist er?«

»Keine Ahnung. Vielleicht dein Vater?«

Einer der Wärter fing an zu lachen.

»Raus mit der Sprache! Warum willst du …«

»Das reicht!« Der Anführer schob Gaed zur Seite. »Wir sollten längst wieder an der Oberfläche sein.« Er wandte sich Taar zu. »Ein paar letzte Worte, Taar Wax der Vagabund? Man sagt, dass du die dunklen Gebiete betreten und dich drei Tage nicht von der Stelle gerührt hast. Hast dich an die Dunkelheit gewöhnt, bis dich die

Kreaturen übersehen haben. Und dann hast du ein Dutzend von den Viechern umgebracht. Stimmt doch, oder?«

Taar zuckte die Schultern. Die Geschichte kannte er noch gar nicht. In Gedanken griff er in das Totenreich hinaus und versuchte, seine Nekromantie zu verwenden, auch wenn er sich kaum konzentrieren konnte.

Habe ich schon einmal so tief in der Scheiße gesteckt? Ja, aber dieses Mal konnte er nicht auf irgendwelche Verbündeten zählen. Er hatte sich im wahrsten Sinne des Wortes geopfert. Und wofür? Damit ein alberner Nekromantenkaiser seinen Sohn in die Arme schließen konnte? Oder ging es um wesentlich mehr?

»Also?«, fragte der Wärter.

»Ihr könnt mich nicht töten.« Er spürte, wie die Toten auf sein Drängen antworteten. Sie sammelten sich um ihn, ein öliger, grüner Schimmer in der Luft, der hin und her waberte. Der Sog nahm nicht ab. Es wurden immer mehr, bis die Luft drückend wurde und in den Ohren knackte. Erst einmal hatte er seine Gabe bis an deren Grenzen ausgereizt. Es gab Dinge, die man niemals tun sollte.

Aber ihm blieb keine andere Wahl.

Ein Wärter gab seine Hellebarde an den Anführer weiter, der allerdings nicht reagierte, sondern den Schimmer betrachtete, der sich um Taar verdichtete.

»Was soll das werden?«, fragte der Mann und zeigte auf die Runen, die intensiver glühten. »Diese Rüstungen sind so alt wie die Nekromantie. Es gibt einen Grund, warum wir sie tragen.«

Ich bezweifle, dass sie den wahren Grund kennen.

Einige Seelen wanden sich um die Ketten an seinen Händen und den Fußgelenken, ringelte sich darum wie ätherische Aale. Metall war eines der Elemente, die für die Nekromantie von überaus großem Nutzen war. Es war zwar in der Bewegung eingeschränkt, jedoch aufgrund der Beschaffenheit wirkungsvoll. Tatsächlich dienten die Runen auf den Rüstungen der Wärter nicht nur dem Zweck, einen Nekromanten zu schwächen, sondern sie verhinderten auch, dass er mit seiner Gabe Seelen damit verweben konnte. Warum auch immer der Nekromantenkaiser die Bannrunen einst entwickelt hatte, sie stellten ein großes Hindernis für einen Nekromanten dar.

Aber nicht für ihn.

Das schummrige Licht spiegelte auf der glänzenden Hellebarde. Der Wärter stand kurz davor, zuzustoßen. Und Taar war bereit, darauf zu reagieren. Das hatte aber nichts mit einer Metallverwebung zu tun, sondern mit einer ganz anderen Sache. Drei Regeln der Nekromantie hatte er Docar bereits anvertraut, allerdings gab es noch eine vierte. Die wichtigste von allen.

Diese Regel würde er nun brechen.

Wie in Zeitlupe kam die Hellebarde heran.

Ein Stoffstreifen zischte aus dem Nichts, wickelte sich um die Waffe und riss sie zur Seite, sodass der Stoß nicht Taar, sondern einem anderen Wärter galt. Der Mann wurde glatt durchbohrt.

Docar trat ins Licht und versuchte eine heroische Pose einzunehmen, was ihm nicht ganz gelang. Der Junge sah müde und abgekämpft aus, aber er war hier. Um Taar zu retten. Was für ein verdammter Idiot!

Gaed der Wärter

Achtzehnter Tag

Überrascht es dich, dass ich zweifle? Ich vergesse es manchmal, aber ich bin auch nur ein Mensch mit Fehlern. Die Bannrunen und der Schlund sprechen eine deutliche Sprache. Du fragst dich vermutlich, welche Sprache das sein soll. Um ehrlich zu sein, kann ich es nicht sagen. Sie besitzen aber eine Bedeutung und der solltest du große Aufmerksamkeit schenken: Es gibt etwas, das mächtiger und älter als die Nekromantie ist. Alles hat irgendwo seinen Ursprung.

P anik. Furcht. Versagen.

Docar konnte sich nicht festlegen, welches Gefühl in diesem Moment Oberhand in ihm nahm. Doch irgendwo dazwischen lauerte auch so etwas wie Mut; etwas, das ihn dazu getrieben hatte, das hier zu tun. Und nun gab es nur noch einen ahnungslosen Jungen, einen gefesselten Nekromanten und eine Handvoll schwer bewaffnete Wärter.

Gütige Götter!

Der durchbohrte Wärter sackte am Boden zusammen und bewegte sich nicht mehr. Zwei andere legten seelenruhig Bolzen in die Gewinde ihrer Armbrüste und schwenkten damit zu Docar. Die verbliebenen zwei, darunter auch der Anführer, zogen ihre Kurzschwerter.

Was jetzt? Was soll ich … Ich bin ein verdammter Narr!

Seine Knie wurden plötzlich ganz weich und seine Entschlossenheit verrann wie Wein aus zerbrochenem Glas. Es gab nichts, was er tun konnte. Die Wärter waren nicht nur zahlenmäßig überlegen, sondern auch noch schwer bewaffnet. Und ihm war es irgendwie gelungen, einen von ihnen zu ermorden. Darauf stand die Höchststrafe.

Unwillkürlich trat er einen Schritt zurück. Ob die Hemdfetzen auch ein Bolzengeschoss aufhalten konnten, wollte er lieber nicht herausfinden. Alles in ihm schrie, er solle sich umdrehen und wegrennen. Dann fiel sein Blick auf Taar. Der Vagabund nickte und seltsamerweise machte ihm das Mut.

Der Anführer hob den Arm.

Ein lautes Knirschen hallte durch das Gewölbe.

Die Wärter wirbelten herum und erstarrten. Taar Wax stand hinter ihnen, ein breites Grinsen auf den Lippen, und winkte freudig. Seine Handschellen samt Kettengliedern waren aus den Verankerungen gerissen und schwebten nun wie von Geisterhand neben ihm durch die Luft.

»Fehler«, sagte Taar und peitschte die Ketten an seinen Armen nach vorn. Das Metall knallte den Armbrustträgern gegen die Köpfe und beulte die Helme mit einem leidenden Stöhnen nach innen. Taar federte in ihre Mitte, schleuderte die Kettenglieder wie Peitschen und traf einen dritten Wärter.

Steh nicht so da! Beweg dich!

Docar schüttelte die Benommenheit ab und stürmte los. Dabei ließ er sich von seinen Instinkten leiten –

ganz so, wie Taar es ihm erklärt hatte. Die Hemdstreifen wickelten sich auf Befehl um Arme und Hände. Mitten im Lauf krachte seine verstärkte Faust einem Wärter in den Rücken. Der Panzer wölbte sich unter der Wucht nach innen und der Mann schrie auf. Docar tänzelte weiter, als eine Hellebarde nach ihm schwang, sprang mit seinen verstärkten Schuhen in unmögliche Höhen und rammte seinen Fußballen gegen den Kopf eines Wächters. Bevor er aufschlug, wurde er am Bein gepackt und zu Boden geschleudert. Er keuchte auf, wälzte herum und bekam einen Tritt in die Seite, der ihm alle Luft aus den Lungen trieb. Den nächsten Tritt fing sein Hemd mit drei Fetzen gleichzeitig ab und wickelte sich um das Schienbein des Angreifers. Als der Stoff mit den glühenden Runen in Berührung kamen, zuckte er zurück und Dampf stieg auf.

Bannrunen …

Docar rollte zur Seite, wagte einen Blick nach oben und sah gerade noch, wie Taar an ihm vorbeihuschte und dem Wärter die Faust gegen den Brustpanzer rammte. Obwohl der Schlag nicht durch einen verwobenen Gegenstand verstärkt wurde, verformte sich das Metall und schickte den Wärter benommen zu Boden.

Unmöglich

Etwas schlug gegen Docars Kopf. Plötzlich explodierte sein Verstand vor Licht. In diesem Augenblick erwachte sein Überlebensinstinkt. Mit ungeahnten Kräften sprang er auf die Füße, vertrieb den Nebel aus seinem Kopf und wich einem schwingenden Schwertstreich aus. Instinktiv trat er mit seinem verstärkten Fuß gegen das Kniegelenk des Wärters, das nach innen schnappte und den Mann stürzen ließ.

»Gut gemacht«, sagte Taar neben ihm, wirbelte halb herum und peitschte die verwobenen Ketten dem Anführer gegen die Schulter. Wie ein Spaten in Torf bissen sie hinein und federten zurück.

Zuletzt stand nur noch einer, der sich schwer atmend die Seite hielt. Der Rest lag entweder benommen oder tot am Boden. Docar überblickte das Schlachtfeld, das sie hinterlassen hatten, und war sprachlos. Bloß zwei Nekromanten waren notwendig, um das hier anzurichten. In diesem Moment der Klarheit breitete sich die Erkenntnis vor ihm aus wie ein Vorhang, der langsam fiel. Nichts würde mehr so sein wie zuvor. Nekromantie war zügellos und mächtig, aber sie war auch unberechenbar. Wenn zwei Nekromanten eine derartige Verwüstung entfesseln konnten, wozu war erst der Nekromantenkaiser in der Lage?

Taar näherte sich dem verbliebenen Wärter und tippte ihm mit dem Finger gegen die Brust. Es war Gaed. Docar trat ebenfalls näher und musterte Taar aus dem Augenwinkel. Der Vagabund sah fürchterlich aus. Sein ganzer Körper war mit blutigen Striemen und Kratzern übersät, das Gesicht schillerte in allen möglichen Farben und ein Auge war zugeschwollen. Docar konnte sich kaum vorstellen, wie schlimm die Schmerzen sein mussten.

»So, da wären wir!«, sagte Taar fröhlich. Trotz der lächerlichen blau-weiß gestreiften Unterhose wirkte er seltsam eindrucksvoll.

»W-was willst du von mir?«, stammelte Gaed.

»Sagen wir, du bist mir noch nützlich, kleiner

Wärter.«

Gaed kämpfte mit seinem Helm, zog und zerrte daran herum, aber das Metall hatte sich zu sehr eingedrückt und so gab er es auf. »Ich weiß nichts.«

»Klaaaaar!«, rief Taar und drückte zu Docars Erstaunen die Rüstung mit dem Finger nach innen, die dröhnte und knirschte. Wie, bei den alten Todesgöttern, gelang ihm das?

Der Wärter betrachtete seinen Brustpanzer. »Scheiße.«

»Kannst du laut sagen.«

»Hör zu, ich weiß wirklich nichts!«

»Weiß ich doch, Gaed. Also, das läuft jetzt so.«

»Du kennst meinen … Namen?«

»Was hast du erwartet?« Taar stemmte die Hände in die Hüften. »Ich bin Taar Wax, der Vagabund!«

Gaed suchte Docars Blick und der nickte zögerlich. Es war unerheblich, was er dachte, solange Taar sein Ding durchziehen könnte. »In Ordnung«, sagte der Wärter zögerlich. »Was wollt ihr wissen? Aber bitte versprecht mir, dass ihr mich gehen lasst!«

»Ich verspreche dir, dass ich mir nicht mit deinem Gesicht den Hintern abwischen werde«, erwiderte Taar.

Plötzlich griff einer der Wärter am Boden nach seiner Waffe. Docar trat ihm die Waffe aus der Hand. Dann trat er ihm noch mal gegen den Kopf, damit der Wärter auf keine weiteren dummen Ideen kam.

»Taar, was auch immer du von ihm wissen willst«, sagte Docar mit einem schiefen Seitenblick. »Mach schnell!«

»Also«, sagte Taar. »Ihr wart hier unten, um den

Vagabunden zu fangen, richtig?«

Gaed druckste herum. »Äh … also … nun ja, es ist so, dass wir … äh …«

Das Metall knirschte leidend, als der Finger die Rüstung weiter eindellte.

»Ich sag's doch!«, rief Gaed. »Ich sag's dir doch!«

»Gut«, brummte Taar und ließ seinen Finger sinken. »Warum seid ihr hier?«

»Um zu patrouillieren?«

»Geht doch. Was noch?«

»Wir wollten dich nicht einsacken?«

»Nein, doch nicht so. Komm schon, ein bisschen mehr Überzeugung!«

Gaed schluckte unruhig. »Wir wurden verraten.«

»Na, siehst du? Du kannst es doch! Von wem wurdet ihr verraten?«

Docar erkannte allmählich, worauf alles hinauslief. Gaed war ein Mann, dem das eigene Überleben mehr wert war als alles andere. Inwieweit ihnen diese Tatsache bei ihrer Flucht helfen würde, wusste er nicht, aber es konnte ihnen zumindest einen Vorteil verschaffen. Hatte Taar womöglich alles von vornherein geplant?

»Ich … ich bin nicht sicher«, sagte Gaed.

Taar drückte wieder gegen die Rüstung. Gaed schrie auf, sackte auf die Knie und wimmerte leise. »Noch ein bisschen und du darfst das Gras von unten betrachten.«

»Wynron«, keuchte Gaed. »Wynron hat uns in eine Falle gelockt.«

Taar nickte und deutete auf Gaeds Schwert. Anschließend zeigte er auf die benommenen Wärter am Boden. »Wer hat deine Kumpels umgebracht?« Nun wirkte Taars Stimme nicht mehr so heiter. Sie war tiefer, dunkler und kalt wie ein feuchtes Grab.

»Wynron. Ich … ich soll zum Kommandanten gehen und ihm eine Drohung übermitteln. Ich bin der einzige Überlebende.«

»Schlauer Bursche. Wie hat Wynron das gemacht?«

Docar wusste, dass es keine andere Möglichkeit gab, aber es kam ihm irgendwie falsch vor. Er öffnete den Mund und wollte etwas sagen. Kein Laut kam über seine Lippen. Es musste getan werden. Die Wärter mussten sterben. Aber wäre es so schlecht, wenn Wynron den Schlund unter sich vereinen würde? Hier unten lebten viele unschuldige Menschen, was er während der letzten Jahre erfahren hatte. Niemand hatte den Tod verdient, nicht einmal ein Verbrecher.

Bevor er den Mut aufbrachte, etwas zu sagen, packte Gaed das Schwert und hieb dem Anführer den Kopf ab. Docar musste den Blick abwenden. Viermal fuhr das Schwert nieder, bis eine Stille entstand, die alles erstickte. Wie ein nasser, feuchter Mantel.

Das ist keine Gerechtigkeit, dachte er und erkannte die Härte in Taars Zügen. Da war noch etwas anderes. Etwas, das tiefer lag. Etwas Verborgenes. Etwas, das Docar nicht erwartet hätte.

Taar hatte Mitleid mit den Wärtern.

Eine Botschaft

Neunzehnter Tag

Vielleicht haben die Todesgötter den Schlund erschaffen? Oder ein überaus mächtiger Nekromant, der mehr über die Todesgabe wusste als ich? Ich besitze keine Schöpfungskraft. Alles, was ich bewerkstelligen kann, ist Zerstörung. Ich habe versucht, die Nekromantie zu verwenden, um Leben zu erschaffen. Doch ich bin verflucht. Alles, was ich zustande bringe, ist noch mehr Tod, Leid und Elend.

Das Schunkeln der Kutsche hatte gleichermaßen etwas Ermüdendes und Nervenaufreibendes. Zasean litt geistige Schmerzen, doch keiner seiner Begleiter war so frei, ihn davon zu erlösen.

Die Kutsche fuhr in ein Schlagloch und mit einem Ruck wurde er zur Seite geschleudert. Das Rad ratterte über einen Stein und er rutschte zur anderen Seite. Wieder ein Stein, dicht gefolgt von einem Schlagloch. *Ratter. Ratter. Ratter.* Hin und her – immer wieder –, bis seine Geduld völlig überstrapaziert war. Seit fast einer Woche war er unterwegs in den Norden von Amdra, um den kaiserlichen Rat aufzusuchen. Schon bald würden sie die Grenze der nördlichen Ländereien erreichen, damit zumindest eine Etappe der Reise geschafft war. Aber, bei den alten Todesgöttern, er hatte allmählich genug!

Obwohl die vier Lords des Landes erst zu Beginn des neuen Monats im Palast von Thargor geladen waren, beabsichtigte er, dem Rat schon etwas früher auf den Zahn zu fühlen. Es war Zeit, dass jemand ihre Lügen enttarnte. Genau genommen war Zasean deshalb so etwas wie ein Held.

Die Kutsche bockte wie ein junges Pferd. Zasean knallte gegen die Tür, stieß ein Knurren aus und rückte seinen Mantel zurecht. *Bald*, redete er sich ein. *Bald bin ich dort.*

»Wenn ich noch einen Tag länger diese Reise ertragen muss, schwöre ich, dass ich dem Kutscher die Haut abziehe!«, zischte Zasean und musste sich am Fenster festhalten, als die Kutsche wieder einen Sprung tat.

»Ich bitte um Verzeihung, mein Lord«, sagte Gorma ruhig. »Aber der Kutscher macht das bestimmt nicht mit Absicht.«

»So? Und wie kommst du zu dieser großartigen Einstellung?«

»Nun, der Kutscher kennt Euer … zartes Gemüt. Vergesst dabei aber bitte nicht, dass wir auf ihn angewiesen sind und …«

»Angewiesen?«, fragte Zasean ganz leise. »Ich bin der Lord des Südens! Ich bin auf *niemanden* angewiesen!«

Der Berater rutschte auf seinem Sitz herum. Trotz der beißenden Kälte stand ihm der Schweiß auf der Stirn. »Bitte verzeiht mir. Es war nicht meine Absicht, Euch zu kränken.«

»Das hast du nicht.« Zasean unterstrich seine Bemerkung mit einer nachlässigen Handbewegung. »Ich mag es nur nicht, wenn du mich auf meine Einschränkungen hinweist.«

»Einschränkungen, mein Lord?«

Er sah aus dem Fenster. Menschen waren auf dem unregelmäßigen Pflaster unterwegs. Dies war eine der alten Handelsstraßen, die von hier aus bis zum Palast reichten und schon vor Jahrhunderten errichtet worden waren, als Amdra näher zusammengerückt war. Und wie immer platzten sie aus allen Nähten, dass die Kutsche kaum vorankam. Menschen zogen an ihm vorüber, schleppten ihr Hab und Gut auf krummen Rücken, ratterten auf schwer beladenen Wagen über das Pflaster, keuchten und riefen, schwitzten und ächzten, drängten gegeneinander, schoben sich aus dem Weg und wimmelten umher wie Schweine im Dreck. Zasean verachtete sie alle. Niedere Untertanen, die es nicht verdienten, derart große Freiheiten zu genießen, wie es im Norden Amdras der Fall war.

Er ließ seinen Blick weiter schweifen, über verschneite Höhen und Senken, über Täler, weiß gepuderte Wälder und kleinere Ortschaften, an denen sie gelegentlich vorbeikamen. Und im Norden, weit hinter den Dunkelwäldern, denen sie sich seit geraumer Zeit näherten, erhoben sich die Nordgebirge und ragten wie stumme Riesen über dem gesamten Land auf. Irgendwo dort befand sich der Palast von Thargor, der in das Bergmassiv hineingebaut worden war, umgeben von drohenden Mauern, gekrönt von einer Vielzahl Türme, so hoch, dass sie sogar die Wolken überwanden. Man sprach von einem Palast, dabei war der Sitz des Nekromantenkaisers nichts anderes als eine Festung.

»Mein Lord?«

»Es ist wahr, ich *bin* vom Kutscher abhängig. Muss ich wirklich betonen, was ich davon halte?«

»Ich würde es nicht als Abhängigkeit bezeichnen. Ihr seid auf ihn angewiesen, was nichts mit Schwäche zu tun hat.«

»Sondern?«

»Es zeugt von Stärke.«

Zasean schnaubte. »Was für ein Unsinn!«

»Mit Verlaub, aber das ist kein Unsinn, mein Lord. Eure Abhängigkeit ermöglicht Euren Untertanen, sich besser auf Eure Vorlieben einzustimmen. Sie können ...«

»Ich sage ihnen, was meine Vorlieben sind, guter Mann. Ein einfacher Befehl genügt.«

Gorma neigte leicht den Kopf. »Das ist richtig. Aber es ist doch so, dass der Kutscher sein Bestes gibt, um Euch so schnell wie möglich nach Thargor zu bringen. Meiner Meinung nach sollten wir das *wertschätzen*.«

»Das tue ich. Sein Kopf sitzt noch auf den Schultern.«

Gormas Gesichtszüge versteinerten.

»Jetzt schau doch nicht so drein! Bedingungsloser Gehorsam funktioniert immer.«

»Mein Lord«, sagte Gorma zögerlich. »Habt Ihr ihm angedroht, dass er seinen Kopf verlieren könnte?«

»Selbstverständlich nicht! Für wen hältst du mich?«

Der Berater seufzte sichtlich erleichtert auf.

Zaseans Mundwinkel zuckten. »Stattdessen habe ich ihm einen Finger seiner Tochter geschickt.«

Gorma erbleichte.

»Die Botschaft enthielt noch weitere detaillierte Beschreibungen, was geschehen wird, wenn er seiner Arbeit nicht gewissenhaft nachkommt. Und nun? Bist du enttäuscht? Erschüttert? Angewidert?«

Anstatt zu antworten, schüttelte Gorma immer wieder den Kopf.

»Was stimmt dich so traurig? Hast du anderes von mir erwartet? Es gibt kein wirkungsvolleres Druckmittel als Furcht, um einen Mann zur Höchstleistung anzuspornen.«

»Und Nächstenliebe?«

Zasean lachte auf. »Du bist heute wieder zu Scherzen aufgelegt, nicht wahr?«

»Wisst Ihr, was ich glaube?«

»Nein, erleuchte mich!«

»Ich glaube, dass Ihr ein besserer Mensch seid, als Ihr Euch gebt. Irgendwann werdet Ihr das erkennen und dann werde ich für Euch da sein.«

»Natürlich wirst du das. Wozu habe ich dich denn sonst? Dabei fällt mir ein«, er schaute gelassen aus dem Fenster, »ich bin mir nicht mehr sicher, ob es der Finger oder die Zunge der Kleinen war. Es ging alles so schnell und … blutig.«

Gorma schwieg. Der Mann würde es niemals wagen, ihm offen zu widersprechen.

»Auf einmal so still, Gorma?« Zasean blickte ihn an. »Was ist los?«

Der Berater faltete die Hände im Schoß. Die Finger zitterten.

»Hast du wirklich geglaubt, dass du mich ändern kannst, Gorma? Ich bin der Lord des Südens. Ich entstamme einer Generation, die mächtige Adlige hervorgebracht hat. Ich werde es sein, der den Nekromantenkaiser stürzt und sich auf dessen Thron setzt. Ich bin das pure Böse.«

»Nein«, flüsterte Gorma. »Das seid Ihr nicht.« Der Berater sah auf. »Gestattet Ihr mir eine persönliche Bemerkung?«

Zasean winkte nachlässig. »Sprich!«

»Es geht nicht um mich oder Euch. Es geht auch nicht um den Kutscher.«

Zaseans Hochstimmung verflog schlagartig. »Sprich es aus!«

»Was gewinnt unser Verbündeter bei alledem? Habt Ihr darüber nachgedacht, was geschehen könnte, wenn alles eintritt, was Ihr Euch erhofft?«

»Wenn ich erst einmal Kaiser bin, wird auch dieser Verbündete mich nicht mehr aufhalten können.«

»Mein Lord«, Gorma beugte sich vor, »er konnte zehn Attentäter aussenden. Nekromanten! Bis vor einem Monat dachten wir noch, dass es in Amdra keine mehr gibt.«

»Und?«

»Und offenbar verfügt er über die geeigneten Mittel, Dinge zu bewerkstelligen, die wir nicht für möglich halten. Sollten wir nicht zumindest herausfinden, um wen es sich handelt? Was, wenn er beschließt, Euch zu hintergehen und …«

Zasean gebot ihm mit erhobener Hand zu schweigen.

»Aber mein Lord! Was geschieht …«

»Genug!«

Gorma klappte den Mund zu und senkte beschämt den Kopf. »Verzeiht meine Forschheit. Dieses Thema geistert schon seit geraumer Zeit in meinem Kopf herum.«

Zasean richtete seinen Blick in die Ferne. An diesem Ort war alles anders. Alles erstrahlte in Weiß und Grün. Selbst die Menschen unterschieden sich sehr von jenen im Süden Amdras. Sie wirkten härter, entschlossener und stolzer. Wenn die Kutsche an ihnen vorbeirollte, warfen sie sich nicht ehrfürchtig in den Schnee, sondern blickten mit finsteren Gesichtern hinterher. Offenbar kam es nicht oft vor, dass sie ein solch edles Gefährt in ihrer Mitte vorfanden. Was war nur mit den Menschen hier los? Lag es an der Nähe zum Nekromantenkaiser? Waren sie noch nicht gezüchtigt worden, um zu erkennen, wo ihr Platz war?

Er schnalzte missbilligend mit der Zunge und wandte den Blick ab. Da die Kutscher schon eine Weile nicht mehr in ein Schlagloch gefahren war, sank er gegen die Bank, schloss die Augen und versuchte, sich zu entspannen.

Die Kutsche tat einen Riesensatz nach oben.

»Das kann doch nicht wahr sein!«, zischte er und schlug gegen das Polster. »Gorma! Dieser Kutscher! Ich werde ihn umbringen!«

»Mein Lord, wenn ich Euch erneut darauf hinweisen darf ...«

»Ja, ja, ja, ich weiß! Der Kutscher gibt sich redlich Mühe, seiner niederen Arbeit nachzukommen.« Er schnaubte laut. »Die Reise wäre nicht nötig, wenn die Attentäter ihren Auftrag richtig ausgeführt hätten.

Wendal hat überlebt. Der ach so große und beeindruckende Wendal, vor dem selbst Lords im Staub kriechen. Kriechen, wie niederes Getier.«

»Ich glaube nicht, dass er Euch als Getier betrachtet, falls Ihr diesen Einwand gestattet. Er ist der Kaiser und gebietet seit Tausenden von Jahren.«

»Hast du vergessen, wie herablassend er mich bei unserem letzten Treffen behandelt hat?« Zasean sah es vor Augen. Der Zorn brodelte in seiner Kehle, drohte ihn zu übermannen. »Ich bat ihn um zusätzliche Gelder, damit die Kaufleute endlich zum Schweigen gebracht werden, bei denen meine Lordschaft verschuldet ist. Tatsächlich habe ich mich sogar herabgelassen, ihn *anzuflehen*. Ich, der Lord des Südens! Und was tat er? Der große Wendal hat meine Bedürfnisse nicht ernst genommen und mich sogar vor dem kaiserlichen Rat erniedrigt.«

»Darf ich Euch daran erinnern, dass er seine Entscheidung erklärte? Das Geld wurde an anderer Stelle benötigt, weil es zu dieser Zeit eine Hungersnot im Norden Amdras gab, die sogar in den anderen Lordschaften für großes Aufsehen sorgte.« Gorma räusperte sich. »Die Menschen im hohen Norden sind dem rauen Wetter erbarmungslos ausgeliefert. Eine schlechte Ernte bedeutet für sie …«

Zasean gähnte.

»Jedenfalls bedeutet eine schlechte Ernte …«

»Du langweilst mich. Was interessiert mich der Norden? Als ich ein einziges Mal um Beistand bat, hat unser ehrenwerter Nekromantenkaiser mich wie einen niederen Bittsteller abgewiesen.«

»Genau genommen habt Ihr öfter als einmal um

Beistand gebeten.«

»Einmal oder zweimal, was macht das für einen Unterschied? In seinen Augen war ich es nicht wert. Er hat mich diffamiert.«

Plötzlich blieb die Kutsche mit einem Ruck stehen. Zasean wurde aus seinem Sitz geschleudert und landete kopfüber auf der gegenüberliegenden Bank.

»Schmerz und Unheil!« Er rappelte sich auf. »Ich werde diesen Schwachkopf öffentlich auspeitschen!«

Gorma half ihm beim Aufstehen. »Geht es Euch gut, mein Lord?«

»Ob es mir gut geht? Was bist du doch für ein Nichtsnutz! Wo ist dieser verdammte …«

Die Kutschentür wurde aufgerissen. Ein ausdrucksloses Gesicht spähte herein. Die Haut des Mannes war grau und papierartig, die verschlissene Kleidung war von Frost, Unrat und Dreck verkrustet und der fusselige Bart mit Eiskristallen durchsetzt. Der Fremde blickte ihn an – nein, er blickte durch ihn hindurch!

Zwei weitere Männer traten in den Türrahmen. Sie sahen noch schlimmer aus, wie wandelnde Leichname. Weder zeigten sie irgendeine Reaktion noch sprachen sie. Die Fremden standen da und bewegten sich nicht mehr. Und dieser Gestank! Sie verströmten einen Geruch nach Verwesung und Fäkalien, bei dem sich Zasean der Magen umdrehte.

Zasean tauschte einen raschen Blick mit Gorma, der genauso ratlos aussah, wie er sich fühlte. »Was?«, blaffte er.

Der vorderste Fremde hob die Hand, in der sich ein versiegelter Brief befand – ein bekanntes Siegel in Form einer Klaue. Gorma trat vor und nahm den Brief entgegen. Als er diesen Zasean übergab, ging ein Ruck durch die Fremden und sie entfernten sich wieder. Zasean wartete kurz, dann näherte er sich der Tür und sah ihnen hinterher. In einiger Entfernung sah er weitere dieser abgerissenen Gestalten, so still und starr wie Statuen, bis der dichte Schneefall sie schluckte.

»Was war denn das?«, fragte er verwundert.

»Ich habe keine Ahnung, mein Lord. Das Siegel jedenfalls spricht Bände. Es ist das Siegel unseres Verbündeten.« Gorma zögerte und sprach dann leiser und drängender weiter. »Mein Lord, er *weiß*, dass Ihr hier seid!«

Zasean brach das Siegel und entfaltete den Brief. »Ihr seid zu früh«, las er laut und ließ das Papier sinken. Jedes Wort schickte einen lähmenden Stich durch seine Brust. Etwas wuchs in ihm, zog eine eiskalte Spur durch seine Eingeweide und ließ ihn schneller atmen. Es war etwas, das ihm bislang völlig unbekannt gewesen war und er brauchte eine Weile, bis er verstand, was es war.

Furcht.

Ein Traum verblasst

Neunzehnter Tag

Aus diesem Grund bin ich der Meinung, dass mein baldiger Tod beschlossen ist. Ich soll sterben, damit Amdra sich weiterentwickeln kann und wie ein Phönix aus der Asche zu neuem Leben emporsteigt. Während ich diese Zeilen niederschreibe, reift in mir die Überzeugung, dass ich es so will. Ich will diese Welt verlassen, um zu erfahren, was danach kommt. Doch ich fürchte auch um meine Hinterlassenschaften. Wird mein Sohn den Anforderungen gerecht werden? Und falls nicht, wird es meiner Liebsten gelingen, einen Krieg zu verhindern?

Rysana blinzelte ins Licht. Sie öffnete träge ein Auge einen Spaltweit. Ein Traum? Nein, das war die Realität, brutal und rücksichtslos.

Ein Gesicht beugte sich über sie, zeichnete sich dunkel gegen das blendende Licht ab. Sanfte Züge, warmes Lächeln und strahlend blaue Augen, in denen sie sich immer verlor.

»Ihr seid wach«, sagte Aroc.

Rysana bewegte die Lippen, doch kein Laut entstieg ihrer Kehle. Was hätte sie sagen sollen, nach allem, was geschehen war? In ihr rangen Scham, Enttäuschung und Bedauern miteinander.

»Es ist alles gut. Schont Eure Kräfte, Rysana.«

Sie zwang sich zu einem Lächeln.

»Ihr seht besser aus. Wir fürchteten, Euch verloren zu haben, Rysana.«

Ihre Kehle war so rau, dass sie husten und schlucken musste, ehe sie etwas hervorbrachte. »Aroc«, krächzte sie. »Aroc, Ihr seid hier … bei mir.«

»Das bin ich.«

»Ist es vorbei?«

Sein Lächeln wurde traurig. »Ja. Es ist vorbei.«

Ein Stich des Bedauerns durchfuhr sie. Das Misstrauensvotum war beendet. Jemand anderes führte fortan den Rat. Die Erkenntnis zog ihr den Boden unter den Füßen weg. Docar. Ihre Schuld. Ihr Versagen.

Beschämt wandte sie den Blick ab und stellte fest, dass sie in einem Federbett lag. Das Zimmer, in dem sie sich befand, war ihr fremd. Vielleicht eines der Gästequartiere, weil sie nun keinen Zutritt mehr zu den Gemächern der Ratsvorsitzenden besaß?

Eine Hand drückte ihre, sanft und zögerlich. Sie klammerte sich daran wie eine Ertrinkende. Viel zu schnell entzog Aroc ihr wieder die Hand. »Es tut mir leid, Rysana«, flüsterte er.

»Sagt mir nur eines.« Sie sah ihm tief in die Augen. »Verachtet Ihr mich für das, was ich tat? Für meine Fehler? Meine Vergehen? Dafür, dass ich einfach nur eine Frau mit Begierden war, die geliebt werden wollte?«

Er schüttelte langsam den Kopf und beugte sich ein Stück tiefer. »Nein, das tue ich nicht. Ich verstehe Euch. Auch ich habe lange damit zu kämpfen gehabt, mich von allem Weltlichen zu trennen. Auch ich wollte

Leidenschaft empfinden. Doch so ein Leben ist uns als Mitgliedern des Rates nicht vergönnt. Wir haben einen Eid geschworen und uns verpflichtet, nur dem Kaiserreich zu dienen und nicht uns selbst. Es ist wichtig, denn nur so können wir unbestechlich bleiben und führen.«

»Ich verstehe ...«

»Trotzdem habt Ihr *ihn* geliebt.«

Tränen brannten in ihren Augen. »Mein Verstand sagte mir, dass es ein Fehler sei, doch mein Herz sagte etwas anderes.«

Diese Schwäche war ungewohnt. Ihr Leben lang hatte sie mit ihrer Zielstrebigkeit und ihrer Aufrichtigkeit andere inspiriert. Nun hatte sie versagt und würde für ihre Taten büßen müssen. Die Erkenntnis veränderte etwas in ihr. Auf einmal kam sie sich wertlos und verletzlich vor, wie ein junges Reh, das gerade dem Schoß der Mutter entsprungen war.

»Hat er Euch auch geliebt?«, fragte Aroc mit sanfter Stimme.

Sie wissen alles! Ihre Augen weiteten sich. *Docar. Sie wissen über Docar Bescheid!*

Aroc griff wieder nach ihrer Hand. Sie verzehrte sich nach der Berührung. »Zuerst sollte ich mich wohl bei Euch entschuldigen, Rysana. Ich habe Euch ein Versprechen gegeben, das ich brechen musste.«

Sie schüttelte wie in Trance den Kopf. »Nein, es war richtig. Ihr habt zum Wohle des Rates gehandelt, Aroc.«

Er neigte den Kopf. »Das bedeutet mir viel, dass Ihr das sagt.«

Sie setzte sich aufrecht hin und stellte fest, dass sie wieder richtig atmen konnte. Von dem Druck auf der

Brust, der sie in den letzten Monaten heimgesucht hatte, war nichts mehr zu spüren, als wäre ihr Leiden wie weggeblasen.

Seltsam …

»Ihr hattet keine andere Wahl und habt getan, was Ihr für richtig gehalten habt«, sagte sie leise.

»Genau wie Ihr.«

»Ja. Es ist Zeit, dass keine Lügen mehr zwischen uns stehen. Ihr seid der Einzige, der Dunla davon abhalten kann, das Kaiserreich …«

»Dunla ist nicht Vorsitzende.«

»Nicht? Wer dann?«

»Ich.« Er senkte bescheiden den Kopf. »Der kaiserliche Rat war der Meinung, dass ich die Verantwortung übernehmen sollte. Offen gestanden war ich ein wenig erstaunt, dass sie mir diese Verantwortung zutrauen.«

Einen Moment war sie sprachlos. Aroc war zum Vorsitzenden ernannt worden? Ja, das war plausibel. Aber steckte vielleicht mehr dahinter? War das alles geplant gewesen? Sie musterte ihn, versuchte, ihn einzuschätzen. Nein, das konnte nicht sein. Nicht so!

»Ich kann mir vorstellen, was Ihr nun denkt«, sagte er bedächtig. »Ich kann es Euch nicht verübeln.«

»Und was denke ich?« Alles passte zusammen. Aber es ergab dennoch keinen Sinn. Nicht er war es gewesen, der ihre Vergangenheit offenbart hatte. Nicht er war es gewesen, der das Misstrauensvotum einberufen hatte.

»Ich kann Euch ansehen, dass Ihr zu einer Entscheidung gelangt, Rysana. Ihr erkennt, dass auch ich keinen Einfluss auf die Geschehnisse hatte.«

Sie nickte zögerlich.

»Die Frage, die wir uns aber stellen sollten, ist, ob Dunla wirklich uneigennützig gehandelt hat. Nachdem Ihr ohnmächtig geworden seid, pochte sie auf eine Entscheidung. Wir anderen waren um Euer Wohlbefinden besorgt, weshalb wir erst den Heiler des Palastes riefen, damit er Euch untersucht.«

»Dunla hat also auf einer Entscheidung beharrt?«

»Sie hat die Entscheidung fast erzwungen.«

»Interessant. Wie konnte sie so viel über mich herausfinden? Niemand hat von meiner Verbindung zu Wendal wissen können. Niemand hat …« Ein eiskalter Schauer rann über ihren Rücken. Es war unerheblich, wie das alles zustande gekommen war. Es war vorbei, sie war aus dem Spiel. Würde sie jemals wieder den Mut fassen, den anderen Ratsmitgliedern in die Augen zu blicken?

»Ich werde Euren Rat brauchen, Rysana«, raunte Aroc.

»Ich bin die Letzte, die Ihr in dieser Situation um Rat fragen solltet! Ich weiß nicht, ob es mir überhaupt gelingen wird, das Vertrauen der anderen Ratsmitglieder zurückzugewinnen.«

»Für mich ist das nicht von Bedeutung.«

»Trotzdem, ich kann nicht …«

»Ich bitte Euch.«

»In Ordnung. Ich werde Euch unterstützen, wenn Ihr das als nötig erachtet.«

»Habt Dank.«

Er wollte aufstehen, doch sie hielt ihn am Arm zurück. »Die Antwort lautet: Ja.« Er zog die Brauen fragend hoch. »Ja, wir haben uns geliebt. Obwohl er mit einer anderen Frau den ewigen Bund geschlossen hat. Es kam überraschend. Wir wussten beide nicht, wie uns geschah.«

»Weiß Docar, dass Ihr seine Mutter seid?«

Sie schüttelte den Kopf. Vielleicht hegte der Junge Vermutungen, aber er konnte es nicht mit Sicherheit wissen. Dafür hatte sie gesorgt.

»Die Situation verkompliziert alles. Ich glaube aber weiterhin nicht, dass dieser Vagabund den Auftrag zu einem Ende bringen kann. Er wird scheitern und wir sollten die nächsten Tage nutzen, um uns vorzubereiten.«

Rysana holte tief Luft. Mit jedem Atemzug ging es ihr besser. Als wäre eine schwere Last von ihren Schultern gefallen. »Ich weiß, dass Ihr in Erwägung zieht, die vier Lords gefangen zu nehmen. Allerdings halte ich das nach wie vor für den falschen Weg.«

»Was schlagt Ihr stattdessen vor? Uns bleibt nicht mehr viel Zeit und der Rat drängt auf eine Entscheidung. Wenn die Lords in den nächsten Tagen erscheinen, werden wir den Tod des Nekromantenkaisers nicht mehr verschweigen können. Es wird Folgen haben.«

»Das ist mir bewusst, dennoch benötigen wir einen kühlen Kopf. Vor allem benötigen wir Vertrauen.«

»Ich weiß nicht, ob ich dazu fähig bin.«

»Versucht es. Bitte.«

Seine Kieferknochen mahlten. »Glaubt Ihr wirklich, dass Euer Sohn am Ende auf dem kaiserlichen Thron sitzen wird? Dass er ein Nekromant mit großer Macht ist und den Bürgerkrieg verhindern kann?«

»Ich glaube nicht. Ich bin sicher.«

»Woher kommt diese Überzeugung?«

»Ich … kann es nicht erklären. Alles, was mir bleibt, ist, daran festzuhalten und zu vertrauen.«

Aroc wirkte nicht überzeugt, aber er nickte langsam. »Ich bat Euch um Rat und wäre ein Narr, wenn ich diesem nicht folgen würde.«

Ihre Mundwinkel zuckten. Vielleicht war doch noch nicht alles verloren. »Wir sollten trotzdem auf der Hut sein. Dunla könnte in irgendetwas verstrickt sein. Aber auch Mava oder Bachel. Es ist schrecklich, dies zu sagen, aber wir sollten innerhalb der nächsten Tage alle im Auge behalten.«

»Ruht Euch aus.« Er entfernte sich vom Bett und blickte sie kurz über die Schulter an, bevor er das Zimmer verließ. »Ich werde Euch in den nächsten Tagen häufig zurate ziehen.«

Geschichten

Neunzehnter Tag

Ich sprach von den Todesgöttern. An dieser Stelle möchte ich ein Geheimnis offenbaren: Ich habe lange Zeit versucht, den Glauben an sie zu tilgen. Deshalb kennt man sie heute nur noch als »die alten Götter«. Du fragst dich vermutlich, warum ich das getan habe. Warum ich das Wissen um die Todesgötter aus der Geschichte gebannt habe, wo wir sie doch so lange Zeit angebetet haben. Die Antwort ist simpel: Ich war von mir und meiner Macht überzeugt. Ich wollte in meiner Naivität an ihre Stelle treten. Ich wollte ein Gott sein.

W as macht dich so sicher, dass es funktionieren wird?«, fragte Docar.

»Nichts.« Taar betrachtete seine geschwollene Wange auf der Seeoberfläche. »Aber ich kenne mich mit Stinkern aus. Und Gaed ist der größte Stinker von allen. Der stinkt so sehr, dass er seine Mutter verkaufen würde, um nicht abzukratzen.«

»Was machen wir, wenn er die Wahrheit sagt? Wenn er …«

»Und wie soll er den Tod der anderen Wärter erklären?«

»Er könnte sagen, dass er als einziger Überlebender

entkommen ist.«

»Glaubst du, andere Wärter wissen nicht, was er für ein Drecksack ist? Wenn er allein zurückkehrt, werden Fragen aufkommen. Sein Überlebensinstinkt wird ihm raten, meiner Anweisung nachzukommen. Ansonsten müsste er zugeben, dass ein ganzer Trupp Wärter von einem Halbnackten und einem Grünschnabel übertölpelt wurde.«

»Worin besteht der Unterschied zu dem, was du ihm aufgetragen hast?«

»Ein Verrat von Wynron bedeutet, dass der Trupp in eine Falle gelockt wurde. Daran würde nicht mal ich zweifeln. Klar?«

»Ich weiß nicht. Vielleicht ein bisschen.«

Vorsichtig, ganz vorsichtig schmierte er etwas von Tiadas stinkender und brennender Paste auf die Wange und zuckte bei jeder Berührung zusammen. Götter, tat das scheißweh! »Vertrau mir, Junge. Es wird funktionieren. Ich bin viel herumgekommen, habe Länder gesehen, die du dir nicht einmal in deinen kühnsten Träumen vorstellen kannst. Und überall bin ich Widerlingen wie Gaed begegnet.«

»Also warst du jenseits der Eisgebirge? Weit hinter der Meerenge und den Wüstengebieten von Dunvell?«

»Ich bin der Vagabund und erzähle gern Geschichten. Mehr gibt's nicht zu sagen.«

»Noch mehr Rätsel? Bist du auch irgendwann mal ehrlich zu mir?«

»Wann war ich das nicht?«

»Ähm, genau jetzt?«

Taar verpasste ihm einen Klaps auf die Schulter. »Du

denkst zu viel nach. Das ist dein Problem.«

»Kannst du mir wenigstens sagen, wie es jetzt weitergeht? Brinan hat vor Wynron das Knie gebeugt und laut dem, was Wynron gesagt hat, steht Shaan vermutlich ebenfalls bald unter seiner Kontrolle. Damit sind unsere Pläne hinsichtlich O-dryt hinfällig.«

»O-dryt war nicht der Plan.«

Docar sah ihn verwirrt an. »Natürlich war er der Plan! Um genau zu sein, der einzige Plan, den wir hatten.«

Obwohl es schmerzte, huschte ein Grinsen über Taars Lippen. »Ich habe nur eine Regel: Keine Pläne schmieden.«

»Sondern?«

»Auf Möglichkeiten achten und sie ergreifen, wenn sie sich ergeben.«

»Das ergibt überhaupt keinen Sinn.«

»Abwarten. Bald wird hier unten die Verheerung los sein.«

»Verheerung?«

Taar winkte ab. »Andere Geschichte. Mach dir keine Sorgen, Junge.«

»Und was ist mit Tiada? Ich kann sie nicht einfach so zurücklassen.«

Er schüttelte den Kopf. »Du hast es immer noch nicht verstanden, was? Das alles geschieht, wie sie es beabsichtigt hat. Ich bin der Namaqu'gab und bringe Veränderungen. Sie wird eine geeignete Möglichkeit finden, um daraus einen Nutzen zu ziehen.«

Während sie ihre Wunden versorgten und reichlich Paste darauf schmierten, hingen sie ihren Gedanken nach. Sie saßen am Rand des Sees in Tiadas Gebiet. Die Gebieterin hatte keine Fragen gestellt, als sie zurückgekommen waren. Vermutlich hatte sie bereits von einem ihrer Spitzel vernommen, was in Brinans Gebiet vorgefallen war. Dabei musste Taar zugeben, dass der Junge unerwarteten Mut und Geschick im Umgang mit seiner Gabe bewiesen hatte. Vielleicht waren Taars Bemühungen doch keine Verschwendung.

Plötzlich erwachte in ihm ein Gefühl, das ihm lange Zeit abhandengekommen war, weshalb er es erst nicht zuordnen konnte. Ein Beschützerinstinkt für diesen jungen Mann an seiner Seite, der so voller Logik und gleichzeitig so voller Staunen war. Und eine starke Verbundenheit. Er versuchte, sich dagegen zu wehren, aber dieser unscheinbare Mann war ihm zu Hilfe geeilt, obwohl er hätte davonlaufen können. Er war zurückgekommen, allen Zweifeln und jeder Vernunft zum Trotz, und hatte seine Sache ziemlich gut gemacht.

»Was ist los?«, fragte Docar. »Du siehst mich an, als hätte ich etwas im Gesicht.«

Taar lag ein Spruch auf der Zunge, aber er brachte ihn nicht über die Lippen. Stattdessen hatte er das Gefühl, ein Muster zu erkennen; ein Muster im Schicksalsgefüge, das alles miteinander verknüpfte. Der Junge war wichtig. Nicht nur für das Schicksal des gesamten Landes, sondern auch für ihn. Vielleicht wäre er das Mittel, um endlich inneren Frieden zu finden und zu verstehen, was auf dieser Welt geschah. Und vielleicht war er das Bindeglied, um seine eigene Vergangenheit zu verstehen. Taar sog tief die blasse Ahnung durch die Nase ein, die wie ein feiner Geruch in der Luft hing.

Es roch nach einem Hauch von Schicksal.

Docar legte die Paste ab, setzte sich aufrecht hin und blickte Taar in die Augen. Das zeigte, dass auch er etwas gespürt hatte und es noch nicht ganz begriff.

»Warum ein ungeschliffener Edelstein?«, fragte Taar. Er betrachtete den Jungen, die dürren Arme, die bleiche Haut und das spitze Kinn. Die Augen lagen tief in den Höhlen, was ihm stets einen nachdenklichen Eindruck verlieh. Der Junge war nicht sonderlich groß und hatte auch keine auffälligen Merkmale. Trotzdem besaß er innere Stärke, die Taar an ihn selbst erinnerte. Die äußerliche Erscheinung war nur eine Hülle, um einen wesentlich stärkeren Menschen zu verbergen.

Docar nahm seinen Anker aus der Tasche und hielt ihn auf der flachen Hand nach oben. Der Anker sah klein und verloren aus, obwohl in ihm ein Teil seiner Seele steckte. »Der Edelstein ist ungeschliffen. Man erkennt in der derzeitigen Form nicht, dass es wirklich ein Edelstein ist.«

»Das stimmt.«

»Ich habe das Gefühl, dass das auch auf mich zutrifft. In mir ist etwas Seltsames. Das habe ich schon immer gespürt.«

»Du glaubst also, wenn man dich genügend schleift, kommt etwas Wertvolles zum Vorschein?«

»So wie du es sagst, klingt es bescheuert. Aber ja, das glaube ich.«

Taar dachte darüber nach. Die Worte bargen eine tiefe Weisheit, die er ihm nicht zugetraut hätte. »Du bist zurückgekommen, Junge. Das war dumm.«

»Das klingt aus deinem Mund irgendwie nach einem

Lob.«

»Danke.«

Docar lächelte. »Ich habe zu danken. Du hast dich für mich geopfert.«

»Pah!« Taar spritzte sich etwas Wasser ins Gesicht. »Ich hätte mich schon aus der Lage herauswinden können. Bilde dir nichts ein! Ich habe nur aus Eigennutz gehandelt.«

»Natürlich. Das war purer Eigennutz.«

Sie sahen sich in die Augen und der Junge erkannte die Wahrheit.

Zwei Männer blickten vom Eingang der Höhle herein, sahen sich um und verschwanden wieder.

»Warum bist du hier, Docar?«, fragte Taar, obwohl er sich geschworen hatte, nicht mehr über ihn herausfinden zu wollen. Das verkomplizierte seinen Auftrag nur noch mehr.

»Ich war ein Schmiedelehrling.«

»Du?« Taar lachte leise. »Deine Arme sind so dürr wie Zahnstocher!«

Docar ließ den Kopf hängen. »Ich habe meinem Meister mit meiner Unfähigkeit das Leben schwer gemacht.«

»Das glaub ich dir schon eher.«

»Dann kam es zu einem Unfall.«

»Lass mich raten, deine Todesgabe ist erwacht?«

»So ungefähr.« Der Junge hielt kurz inne. »Wir wurden überfallen. Ich wollte die Diebe aufhalten und habe nicht nur sie, sondern auch meinen Meister ... umgebracht.« Er vergrub das Gesicht in den Händen. »Es war ein Unfall.«

Taar stieß einen Pfiff aus. »Wenn dich das erste Mal die Nekromantie übermannt, sollte niemand in deiner Nähe stehen. Ich habe damals auch für ziemliches Chaos gesorgt.«

Docar sah auf. »Es ist mein Ernst! Das war ein Unfall! Trotzdem wurde ich verurteilt und bin kurz darauf hier unten gelandet. Glücklicherweise hat mich direkt an meinem ersten Tag Tiada zu sich gerufen. Und da wären wir nun.«

Aus einer Eingebung nahm Taar den Wachsklumpen aus seinem Mantel, den sie glücklicherweise auf ihrem Rückweg in einem Nebengang entdeckt hatten. Dort hatten sich auch sein schlichtes Hemd und die Hose gefunden. Manchmal konnte das Glück einem auch hold sein. Er formte eine Wachsfigur, verwob eine Seele damit und ließ sie im Kreis marschieren. Auf einen knappen Befehl hin schlug die Figur einen Salto, dann tanzte sie auf einem Bein.

»Was weißt du über deinen Vater?«, fragte Taar schließlich und konnte die Unruhe des Jungen beinahe *spüren.*

»Nicht viel. Ich kenne weder ihn noch meine Mutter. Ab und an bekam ich in der Schmiede Besuch von einer alten Frau. Sie hat stundenlang mit mir geredet, mir Essen und Kleidung gebracht, aber stets betont, dass sie nur eine mildtätige Dame sei, die sich um Waisen kümmerte. Sie war der einzige Mensch, der sich wirklich für mich interessiert hat.«

Ah, und so fügt sich alles immer mehr zusammen ...

»Sag mal, diese Frau, hatte die lange, graue Haare, die zu einem meisterlichen Knoten getürmt waren?«

Docar nickte.

»Falten im Gesicht, kleine Stupsnase und diesen gewissen herrischen Blick, der dir zu verstehen gibt, dass sie niemals kacken gehen muss?«

»Ja.«

»Hat sie ein wenig so gewirkt, als hätte sie einen Stock im Arsch?«

Docar zögerte. »In gewisser Weise ... ja.«

»Interessant.«

»Weißt du, wer sie ist?«

»Klar.«

Docar beugte sich vor. »Und?«

»Ich habe nicht vor, ein Geheimnis daraus zu machen.« Taar spritzte wieder Wasser ins Gesicht und schüttelte sich wie ein nasser Hund. »Diese Frau ist meine Auftraggeberin.«

»Deine ... Auftraggeberin?«

»Ihr Name lautet Rysana.«

»Warte!« Docar fiel alles aus dem Gesicht. »Rysana, die Vorsitzende des kaiserlichen Rates?«

»Genau die.«

Der Junge öffnete den Mund, schloss ihn wieder und schwieg.

»Überrascht, das zu hören, he? Für mich ergibt sich allmählich ein zusammenhängendes Muster und ich muss sagen, dass ich das alles ziemlich spannend finde. Wenn ich jetzt noch einen guten Schluck Branntwein im Magen hätte, wäre ich rundherum zufrieden.«

»Moment! Du sagst, der kaiserliche Rat will mich hier herausholen. Gleichzeitig wurde ich früher von der Vorsitzenden besucht.« Erkenntnis zeigte sich auf seinem Gesicht. Da war aber noch etwas. Ein Ausdruck, den Taar nur allzu gut kannte: Furcht.

»Jetzt schmeckt die Wahrheit nicht mehr so gut, nicht wahr? So lange hast du danach gegiert und jetzt, da sie in greifbare Nähe rückt, willst du sie doch nicht mehr haben.«

Docar seufzte schwer und blickte über den See. Das schummrige Licht der Leuchtmoosflechten erhellte die glitzernde Oberfläche. »Wer ist er?«, fragte er flüsternd.

Taar dachte darüber nach, wie er dem Jungen die Wahrheit möglichst schonend beibringen konnte. Allein diese Tatsache zeigte ihm, dass er sich verändert hatte. Früher war es ihm egal gewesen, was andere von ihm dachten. Er war der Vagabund und tat, was ihm beliebte. Zumindest war es das, was er nach außen verkörperte. In Wahrheit strebte er etwas an, das er selbst noch nicht verstanden hatte. Er war sein ganzes Leben lang auf der Suche gewesen. Vielleicht hatte er es nun endlich gefunden.

Warum bin ich hier? Liegt es an ihm? Ist er die Antwort auf meine Fragen?

»Was glaubst du, Junge?«, fragte er schließlich. »Wie ist alles miteinander verflochten?«

»Dann ist es also wahr?« Docar blickte ihn an. Trauer zeichnete das Gesicht. »Wendal, der Nekromantenkaiser und Herrscher Amdras, ist mein Vater?«

Prüfungen

Einundzwanzigster Tag

Mittlerweile bin ich nicht sicher, ob es die richtige Entscheidung war. Manchmal kann ich sie spüren, wenn sie mich beeinflussen. Vielleicht ist das alles aber auch nur Einbildung von mir. Eine fadenscheinige Erklärung, mit der ich nach Gründen für mein Handeln suche.

Taar griff in das Totenreich.

Seelen folgten seinem Ruf, strömten über die Grenze, umschwirrten ihn und versuchten, ihn zu überlisten. Sie begehrten gegen die Anrufung auf. Doch sein Wille war zu stark und er brachte sie unter Kontrolle.

Die Seelen wurden mit seinem Mantel verwoben, tauchten in das Gewebe ein und erfüllten es mit Leben. Als befände sich Taar unter Wasser, waberten die Mantelquasten auf und ab und trotzten der Schwerkraft. Seine Schuhe wurden ebenfalls verwoben, genau wie die Hose. Die untersten Streifen wickelten sich um seine Beine und zogen sich kurz vor einer Bewegung straff. Er ging leicht in die Knie, spannte sich an. Dann stieß er sich nach vorn.

Die Verstärkung bewirkte, dass er ungewöhnlich

schnell war und über Erdbrocken und Hindernisse springen konnte, die so hoch wie ein ausgewachsener Mann waren. Die Wände zogen an ihm vorbei, der Boden glitt unter ihm hinweg, alles seltsam verschwommen. Gleichzeitig vernahm er ein leises Lied. Es war nicht nur um ihn, sondern auch in ihm. Wie ein Zupfen an seinem Verstand und eine kaum wahrnehmbare Berührung.

Das Lied der Toten.

Der Gang verlief nach rechts. Nicht weit von ihm war ein Hindernis erkennbar. Gesteinsbrocken türmten sich auf und versperrten zum Teil den Zugang in den nächsten Stollenbereich.

Er spähte über die Schulter in die Dunkelheit. Dabei sah er nicht mit seinen Augen, sondern mit dem dritten, der Gabe des Sehens, die ein Nekromant erlangen konnte, und entdeckte Docars ätherischen Schemen, der ihm folgte. Auch der Junge hatte seine Kleidung mit Seelen verwoben, wodurch er mit Taar mithalten konnte.

»Verstärke deine Beine für einen Sprung!«, rief er dem Jungen zu und richtete sein Augenmerk wieder auf den Turm aus Geröll, der bedenklich näher gekommen war. Er konzentrierte sich auf seine verstärkten Beine und sprang hoch in die Luft, als er nahe genug war. Der Wind wehte ihm durch die Haare, während er immer höher segelte und mit einem dumpfen Aufprall auf dem obersten Steinbrocken landete. Dann ging er leicht in die Knie und spürte, wie der Stein unter seinem Aufprall zerbrach. Er blieb nicht stehen und federte ab, um dahinter auf dem Boden zu landen. Mit einer gekonnten

Rolle nutzte er den Schwung und sprang wieder auf die Füße. Er rannte weiter und spornte sich zu noch höherem Tempo an. Kurze Zeit später vernahm er hinter sich einen Aufprall, dicht gefolgt von einem Stöhnen.

»Du musst den Schwung nutzen, Junge!« Er erreichte den letzten Stollengang, der sie in die Gebiete von Shaan brachte, dem vierten Gebieter im Schlund. Es bestand durchaus die Möglichkeit, direkt hineinzustürmen und einen wahrhaft beeindruckenden Auftritt hinzulegen, was aber nicht ratsam wäre. Seit dem Zusammenstoß mit Wynron und den Wärtern war er unsicher, wie der letzte Gebieter im Schlund auf sie reagieren würde. Noch war nicht gewiss, wem Shaan seine Treue geschworen hatte.

Taar verlangsamte seinen Schritt, kam kurz ins Straucheln und blieb schließlich stehen. Sein Atem rasselte, seine Muskeln brannten vor Erschöpfung und der Schweiß tropfte von seinem Kinn. Ein gutes und willkommenes Gefühl. Vor ihnen teilte sich der Gang in zwei weitere. Der linke war vor einer Weile eingestürzt.

Docar schloss schwer atmend zu ihm auf. Die Haare des Jungen waren klitschnass und er hielt sich das rechte Bein. Davon abgesehen war er in bemerkenswert guter Verfassung.

Taar deutete auf das Bein. »Du musst den Schwung ausnutzen. Wenn du stehen bleibst, verschwendest du zu viel Kraft.«

Docar verzog das Gesicht, als er das Bein belastete. »Ich weiß.«

»Du hattest Schiss, was?«

»Um ehrlich zu sein, ja. Ich hätte nicht gedacht, dass

ich mit einer Verstärkung so hoch springen kann.«

»Wenn du es richtig machst, geht da noch wesentlich mehr.«

»Mehr?«

»Viel mehr.«

»Wie viel mehr?«

»Viel, viel mehr.«

»Danke für das Gespräch.«

Taar lachte leise. »Immer wieder gern. Es ist wichtig, seine Grenzen zu kennen. Um die zu kennen, muss man sich fordern. Logisch, oder?«

»Mhm«, brummte der Junge.

»Wir werden das in den nächsten Tagen noch häufiger tun. Gewöhn dich dran!«

»Ich versuche es ja. Mir geistern nur einige Dinge im Kopf herum.« Der Junge ließ die Schultern hängen. »Es ist nicht leicht zu ertragen, dass mein Vater der Herrscher von Amdra sein soll.«

Taar drückte kurz Docars Schulter. Es war wie von selbst geschehen, er hatte es überhaupt nicht beabsichtigt. *Merkwürdig … ich mag ihn.*

Docar nickte mit dem Kinn den Gang entlang. »Wir sollten wohl den rechten Zugang nehmen.«

»Sollten? Oder könnten?«

»Beides?«

»Geh nicht immer auf dem vorgezeichneten Weg, der nur dahin führt, wo andere bereits gegangen sind.«

»Offen gestanden hätte ich dir so etwas Tiefgründiges nicht zugetraut.«

»Das trifft mich wirklich tief.«

»Wirklich?«

»Nö. Man sollte niemals den leichten und vorgezeichneten Weg gehen.«

Docar seufzte. »Also doch den linken Gang?«

»Goldrichtig, Junge.«

»Und wie sollen wir das anstellen?«

Er befahl den Fetzen an seinem Ärmel, sich um seinen Unterarm und seine geschlossene Faust zu wickeln.
Dann näherte er sich dem Geröllhaufen und blieb davor
stehen. »Es wird Zeit, dass wir deine Grenzen ein wenig
austesten.«

Docar folgte widerstrebend. »Und jetzt?«

»Es geht nicht um rohe Gewalt, sondern um Kon-
zentration und den richtigen Moment. Du musst deinen
Schlag fokussieren und darfst niemals die Kontrolle
über die verwobenen Seelen verlieren. Eine Verstärkung
ist von deinem Willen abhängig und du kannst unge-
ahnte Kräfte freisetzen.«

»Warum ist das so?«

»Alles um uns«, er breitete die Arme aus und versuchte, die gesamte Umgebung zu umfassen, »ist nur ein
leeres Gefäß. Sag mir, was ist Kraft?«

»Eine schnelle Bewegung, die durch irgendetwas
entsteht?«

Taar schüttelte den Kopf. »Nein, es ist nur eine
Größe in den Gesetzen der Natur. Die Welt benötigt
Gesetze, damit sie funktioniert. Wir sind Gebieter über
den Tod und das Leben. Wir können die Grenzen überwinden, sprengen und nutzen. Klar?«

Der Junge nickte unsicher. »Ich soll also was genau
jetzt tun?«

»Draufhauen.« Taar konzentrierte sich, festigte

seinen Willen und ließ seine Faust nach vorn schnellen. Mit einem lauten Knacken fraß sie sich in einen Brocken und ließ Steinsplitter aufspritzen. Er riss seine Hand wieder heraus und der Geröllhaufen rumpelte und knackte wie ein drohendes Unwetter.

»Man!«, rief Docar und sah abwechselnd zwischen dem gähnenden Loch und ihm hin und her.

»Jetzt du!«

»Ich? Aber ich kann niemals …«

Er gab ihm einen Klaps auf den Rücken. »Mach schon!«

Mit einem tiefen Seufzer ließ Docar Streifen um seinen Arm wickeln und wandte sich dem Geröllhaufen zu. »Draufhauen, ja?«

»Bringt nichts, wenn ich es hundertmal wiederhole.«

Der Junge starrte auf seine Faust, dann auf die unüberwindbare Mauer und anschließend wieder auf seine Faust. Einen Moment glaubte Taar, dass er nicht den Mut aufbringen würde. Doch der Junge belehrte ihn eines Besseren. Er holte zum Schlag aus und ließ seine Faust gegen den Geröllhaufen krachen. Steine splitterten, ein Grollen war zu hören und mit ohrenbetäubendem Lärm fiel der gesamte Haufen in sich zusammen.

Er packte Docar an den Schultern und riss ihn zurück. Eine Staubwolke durchwehte den Gang und hüllte sie ein. Sie husteten, keuchten und als sich der Staub wieder legte, stand ihnen der Weg frei.

»Gut gemacht, Junge!«

»Ob du es glaubst oder nicht, aber du bist ein guter Lehrmeister.«

»Ach was. Dient nur dem Selbsterhaltungstrieb.«

»Wie geht es weiter?«

»Brinan küsst Wynrons Hintern. Wollen doch mal sehen, was Shaan so treibt, um eventuell O-dryt etwas unter die Arme zu greifen.«

»O-dryt wird bereits mitbekommen haben, was geschehen ist.«

»Ja. Wynron ist kein rachsüchtiger Mensch, er wird aber nicht vergessen haben, dass O-dryt ihm beim letzten Mal in den Rücken gefallen ist. Könnte sein, dass unser Verbündeter bald allein dasteht.«

»Wieso das?«

Taar schnaubte. »Hast du immer noch nicht verstanden, wie das hier unten läuft?«

»Ich … nicht so ganz.«

»Es ist ganz einfach: Diese strohdummen Schläger sind O-dryt nur gefolgt, weil er bald Brinan als Anführer verdrängt hätte. Sie haben auf den passenden Moment gewartet, um etwas von der neuen Macht ihres Anführers abzubekommen. Da O-dryt jetzt aber durch Brinans Kniefall ordentlich an Gunst verloren hat, wird es nicht lange dauern, bis sich seine Jungs von ihm lossagen. Das war's dann für ihn.«

»Das klingt durchaus nachvollziehbar. Was hat das mit Shaan zu tun?«

»Shaan ist jemand, der sich überall herauswindet. Sein Gebiet ist das kleinste von allen, trotzdem schafft er es immer wieder, Gefolgsleute um sich zu scharen. Niemandem gelingt das ewig.«

Docar nahm seinen Wasserschlauch und trank einige gierige Schlucke. Seine Hand zitterte, aber es waren keine Verletzungen erkennbar. »Und wie schafft er das?«, fragte er und verstaute den Schlauch wieder.

»Gute Frage. Was weißt du über ihn?«

»Um ehrlich zu sein, noch weniger als über Brinan. Shaan lebt zurückgezogen in seinem Gebiet und man sagt, dass sogar die Wärter eher selten einen Abstecher zu ihm machen.«

»Weiter.«

»Na ja, nach allem, was ich gehört habe, soll er verrückt sein.«

»Verrückt? Nein, Shaan ist nicht verrückt. Er ist vollkommen wahnsinnig. Und wie es so oft mit dem Wahnsinn ist, besitzt der einige unangenehme Nebenwirkungen.«

»Wie das?«

»Wie stark ist dein Magen?«

Docar runzelte die Stirn. »Ich kann Blut sehen, falls du das meinst.«

»Das wird nicht ausreichen. Shaan ist ein Kannibale.«

Docars Kopf ruckte nach oben. »Er ist *was*?«

Taar konnte sich ein Grinsen nicht verkneifen. »Ein Kannibale.«

»Das habe ich schon verstanden«, erwiderte der Junge ungehalten. »Er *isst* wirklich das Fleisch von Menschen?«

»Ja.«

»Ähm … und weshalb?«

»Weil es ihm schmeckt.« Er überprüfte die verwobenen Seelen in seinem Mantel. »Shaan schart Leute um sich, die sich ihrem Wahn ergeben haben. Meistens jene, die sowieso bald abkratzen und damit nichts mehr zu verlieren haben. Gebrochene, Kranke und Krüppel. Es gibt aber auch einige, die sich richtig gehen lassen wollen.«

»Ich verstehe. Deshalb wird er von den anderen Gebietern nicht behelligt. Männer, die unberechenbar sind, sind unkontrollierbar.«

»Du hast es erfasst. Trotzdem gelingt es Shaan, dass sie ihren Hass nicht auf ihn, sondern die anderen richten. Er ist schlau, aber auch unberechenbar. Ich warne dich schon einmal vor: Es wird kein schöner Anblick sein, wenn wir sein Gebiet aufsuchen. Überlasse das Reden mir und lass dich nicht zu irgendetwas provozieren. Das ist äußerst wichtig!«

»Ist es wirklich so schlimm?«

»Oh, du hast überhaupt keine Vorstellung. Ich glaube mittlerweile, dass Wynron den lieben Shaan sogar fürchtet.«

»Wynron soll ihn fürchten? Das kann ich mir nicht vorstellen.«

»Dann wird es wohl Zeit, dass wir ihm einen Besuch abstatten, wie? Glaub mir, du wirst die Begegnung nicht mehr vergessen.«

»Das ist alles schön und gut, Taar, aber sagtest du nicht, dass uns nur noch zehn Tage bleiben, um von hier zu fliehen?«

»Sagte ich das?«

»Ja!«

Er zuckte die Schultern. »Dann wird es wohl so sein.«

»Sollten wir dann nicht endlich einen Plan entwickeln? Zehn Tage sind nicht viel Zeit, zumal man bestimmt eine ganze Woche braucht, um von hier nach Thargor zu gelangen.«

»Sag mir, was braucht es, um die Börse eines reichen Mannes zu stehlen?«

»Ein Messer im Rücken?«

»Nein.«

»Die Kehle durchschneiden?«

»Nein.«

»Vergiften oder ihm von jemand anderem den Schädel einschlagen lassen?« Docar seufzte. »Ehrlich Taar, ich habe keine Ahnung, worauf du hinauswillst.«

»Weil du viel zu kompliziert denkst.«

»Und was ist die Antwort?«

»Ganz einfach, man erzählt ihm, dass man seinen Hut stiehlt.«

»Das ist …«

»Genial? Schlau? Einfallsreich? Schlicht unglaublich?«

»Bösartig. Aber ich verstehe, was du meinst.«

Taar grinste. »Sehr gut. Immer schön vom tatsächlichen Ziel ablenken. Nur Geduld, bald wird es hier unten so richtig ungemütlich werden.«

»Aha.« Docar standen Zweifel ins Gesicht geschrieben, er fragte aber nicht weiter nach.

Wir werden es schaffen, dachte Taar und ballte seine Hände. Woher diese Gewissheit kam, wusste er nicht. Mit jedem weiteren Tag stellte er aber fest, dass sich ein tief verzweigtes Muster ergab.

Alles war miteinander verflochten.

Der vierte Gebieter

Einundzwanzigster Tag

Einst verließ ich Amdra und begab mich auf Reisen. Ich erforschte andere Länder, die so fremdartig waren, dass ich aus dem Staunen nicht mehr herauskam. Ich möchte nicht ins Detail gehen, kann dir aber verraten, dass es noch weitaus mehr dort draußen gibt. Mehr, als irgendjemand ahnen würde.

Docar betrachtete seine Hände, öffnete und schloss sie immer wieder. Nichts deutete darauf hin, dass er eben Steine zertrümmert hatte. Kein Schnitt, keine Verletzung, kein gebrochener Knochen – nichts!

Diese neue Welt, die ihm Taar Wax enthüllte, war außergewöhnlich. Mit jedem weiteren Tag entdeckte er neue Wunder. Das vermittelte ihm Hoffnung wie ein warmes Feuer, das stetig in ihm brannte. Doch es gab eine Sache, die ihm die Hochstimmung wieder nahm und vor einen tiefen, dunklen Abgrund stellte.

Der Nekromantenkaiser war sein Vater.

Macht mich das auch zu einem Tyrannen?, fragte er sich immer wieder, während er an Taars Seite durch die düsteren Gänge wanderte. *Wie viel weiß der Vagabund über mich? Was verschweigt er mir noch?*

Er wusste, dass es unsinnig war, sich den Kopf zu zerbrechen. Mit jeder Tat, jeder Lektion, jedem Wort bot sich Docar ein deutlicheres Bild von seinem unfreiwilligen Gefährten, wie ein Gemälde, das sich allmählich mit Farbe füllte. Der Vagabund war so uneinsichtig wie milchiges Glas. Er war ein Mann, dessen Handlungen im ersten Moment keinen Sinn ergaben, doch Docar spürte, dass mehr dahintersteckte, als das bloße Auge erkennen mochte.

Die Höhlen und Stollen, die Shaans Gebiet umfassten, waren ganz anders als jene, die er kannte. Stalaktiten hingen hier überall von der Decke, Stalagmiten wuchsen aus dem Boden, wanden sich umeinander, vereinigten sich zu unmöglichen Mustern. Leuchtmoosflechten schlängelten sich daran entlang und tauchten die Umgebung in schummriges Licht. Wie eine Tropfsteinhöhle, doch viel, viel größer. Es war, als ob sie in eine andere Welt eintauchten.

Ein schmaler Weg zog sich kühn durch das Gewirr an Steinformationen. Wenigstens liefen sich nicht Gefahr, sich zu verlaufen. Zuerst fragte Docar sich, woher dieser elende Gestank nach Verwesung kam, aber als sie eine Abzweigung erreichten und vor einem Berg stehen blieben, der nicht aus Geröll, sondern aus Leichen bestand, bekam er die Antwort. Halb unter Stofffetzen begraben, übersät von Geschwüren, verfault, verwest, vergessen.

Docar musste den Blick abwenden und hielt sich die Nase zu.

»Lass es, Junge.« Taar umrundete den Haufen. »Wenn man den Geruch erst einmal in der Nase hat, vergisst man ihn nicht mehr.«

Docar wollte ihm folgen, doch etwas ließ ihn innehalten, das er erst beim zweiten Blick erkannte. Einigen Leichen fehlten ganze Gliedmaßen – die Ränder waren sauber abgeschnitten. *Zu* sauber. Die Erkenntnis durchfuhr ihn wie ein Schock.

»Wie ich schon sagte, Junge. Du wirst das hier in Erinnerung behalten.«

*

Nach einer gefühlten Ewigkeit erreichten sie ein tiefes, weites Gewölbe, eingefasst von natürlichem Fels, der von Adern verschiedener Gesteinsschichten durchzogen war. Auch hier türmten sich Leichen, teilweise sorgsam angehäuft, als hätte sie jemand bloß zurückgelassen, um sich später daran gütlich zu tun.

Nicht weit von ihnen umrundete ein Mann auf allen vieren wie ein Tier den Berg, hob witternd die Nase und huschte dann davon. Der Mann war derart mit Geschwüren bewachsen gewesen, dass er kaum noch als Mensch durchgehen konnte.

Je tiefer sie in die Gebiete von Shaan eintauchten, desto fremdartiger wirkte die Umgebung, fast wie eine eigenständige Welt. Eine Welt des Leids und des Grauens, die nur Menschen aufsuchten, die nichts mehr zu verlieren hatten, was ihm wieder vor Augen führte, an welchem Ort er sich befand. Bei den alten Todesgöttern, das hier war der Schlund!

Taar blieb plötzlich stehen und zog ihn zur Seite. Einige Wesen – als etwas anderes konnte Docar diese

Menschen nicht bezeichnen – beäugten sie aus der Ferne. Eines krabbelte näher und schreckte wieder zurück, als Taar einen Stein in seine Richtung trat.

»Bevor wir Shaan aufsuchen, muss ich dir etwas sagen.« Taar sah sich schnell um. »Er ist nicht sonderlich gut …«

»… auf dich zu sprechen?« Docar verzog den Mund. »Was für eine Überraschung. Hast du jeden hier unten gegen dich aufgebracht?«

»He, ich geb mir Mühe! Manchmal. In Ordnung, eher selten.«

»Was hast du getan? Ihm sein Spielzeug weggenommen?«

»So ähnlich. Ich hab's getötet.«

»Getötet? Was soll das denn …«

Ein trompetenhaftes, sich selbst überholendes Gebrüll übertönte ihn und brachte die Wände zum Beben.

»Taar«, er schluckte nervös, »was war das?«

»Das Spielzeug.«

»Bitte?«

Der Vagabund griff in seine Taschen und untersuchte den Plunder. »Offenbar hat sich Shaan ein neues zugelegt. Hoffen wir, dass er mich nicht wieder an es verfüttern will. Wie würde das denn aussehen? Meine zarten und feinen Knochen zwischen den Zähnen eines Kolosses.«

*

Docars Knie waren wie Pudding, als sie durch die Höhle wanderten, den verdrehten Gesteinsformationen auswichen und sich dem hinteren Bereich näherten. Überall um sie in den Schatten war Bewegung, aber sobald er einen Blick riskierte, waren ihre Beobachter verschwunden.

Bevor sie das hintere Ende erreichten, kreuzte eine ältere Frau ihren Weg und brabbelte vor sich hin. Zumindest glaubte er, dass es eine Frau war, denn aufgrund des ganzen Schmutzes, der blutverkrusteten Haut und der verfilzten Haare war es kaum zu erkennen. Sie schleifte etwas hinter sich her. Sein Magen drehte sich um, als er das Etwas als Arm erkannte, der eine lange Blutspur auf dem Boden hinterließ.

Dieser Ort ist schrecklich. Kaum zu glauben, dass es noch eine andere Welt hier unten gibt.

Docar schüttelte den Kopf und wollte die Bilder aus seinem Kopf vertreiben. Es gelang ihm nicht und er fürchtete, es könnten noch wesentlich mehr folgen.

Zielstrebig schritten sie auf den hinteren Bereich zu. Dort war ein Thron aus zusammengesteckten Knochen errichtet. Einige erinnerten an Arm- oder Oberschenkelknochen, es gab aber auch welche, die länger als ein ausgewachsener Mann und von fast schwarzer Farbe waren. Die Enden waren mit strähnigen, langen Verschnürungen umwickelt.

Haare, dachte Docar unwillkürlich und schüttelte sich.

Das Bild, das sich ihnen bot, wurde noch grotesker, als sie die zusammengesunkene Gestalt auf dem Thron entdeckten. Ein Mann, der derart von Narben, Geschwüren und Horn bedeckt war, dass seine Haut wie Granit wirkte. Die Augen waren dunkel und trüb, in den

Lippen, den Ohren und sogar in der Stirn steckten kleine Knochen, in die seltsam verdrehte Muster geschnitzt waren. Er war nicht sonderlich groß und trug sackartige Kleidung. Woraus diese bestand, wollte Docar lieber nicht wissen. Am auffälligsten war, dass der Mann anstelle einer Nase lediglich ein gähnendes Loch besaß, aus dem eitrige Flüssigkeit quoll. Neben dem Thron saßen Untergebene, die nicht ganz so grotesk wie ihr Anführer wirkten und sie beobachteten, bis sie sich auf wenige Schritt dem Thron genähert hatten.

Keine Regung war in Shaans Gesicht erkennbar, als eine Stimme aus seinem Mund drang, die an ein feuchtes Grab erinnerte: »Taar Wax.«

Docar warf dem Vagabunden einen unruhigen Blick zu. Der verschränkte allerdings lässig die Arme vor der Brust.

»Shaan, mein Guter«, sagte Taar. »Immer eine Freude, dich zu sehen.«

»Du hast meinen Freund getötet, Taar Wax.«

»Nachdem er mich hatte töten wollen.« Er spazierte auf den Thron zu und blieb knapp davor stehen. »Das war nicht nett, aber ich mache dir keinen Vorwurf, mein Bester.«

Shaan zog den Eiter durch das Loch in seiner Nase hoch und spuckte aus. »Was willst du hier?«

»Reden.«

»Ich rede nicht mehr mit dir.«

»Dann komme ich gleich zum Punkt.« Taar breitete die Arme aus. »Wie wär's? Wir zwei gegen den Rest. Ganz wie in alten Tagen.«

Er tut es schon wieder, dachte Docar. *Diese unbefangene*

Art, die jeden zur Weißglut treibt.

Shaan bewegte kaum merklich den Kopf. Seine Augen blickten wie zwei finstere Löcher des Todes drein. »Verschwinde! Ich habe keine Verwendung für deine Lügen.«

»He, komm schon. Das waren keine Lügen. Es waren eher … situativ angepasste Unwahrheiten.«

»Unwahrheiten?« Erneut ruckte Shaans Kopf herum. »Lügen!«

»Ach was, im Wort Unwahrheit steckt immerhin ein bisschen Wahrheit. Sieh, was du von mir verlangt hast, war ein Ding der Unmöglichkeit.«

Der Anführer beugte sich langsam über die Thronlehne. Mit Seelenruhe zog er etwas aus einem steinernen Kübel und vergrub seine Zähne darin.

Ein Tier? Oder ist das etwa …

Docars Magen rebellierte. Nur mit Mühe konnte er sich davon abhalten, sich zu übergeben. Es war ein menschlicher Fuß. Shaan biss mit seinen verfaulten Zähnen hinein und riss das verweste Fleisch von den Knochen.

Taar legte sein bekanntes Grinsen auf und tippte in einer ausladenden Geste gegen den Fuß in Shaans Hand. »Hör zu, ich weiß, dass ich dir ordentlich … wie hast du es noch gleich genannt?«

»Futter.«

»Ah ja, es lag mir förmlich auf der Zunge. Ich versprach dir ordentlich Futter.«

»Brinan hat mich angegriffen.« Shaans Stimme wurde eine Spur schärfer. »Ich habe einen Teil meiner Gebiete verloren.«

Anscheinend ist ihm das wichtiger als die Untergebenen, die für ihn gestorben sind.

Taar nickte. »Er hätte dich nicht angreifen dürfen. Eigentlich hätte er mit Wynron beschäftigt sein sollen, während du seine Truppen überfällst und dich an ihnen bedienst. So, wie du es schon immer gemacht hast.«

Docar schüttelte sich. Der Vagabund hatte ihn darauf hingewiesen, dass er nichts sagen sollte. Das wäre nicht nötig gewesen. Die ganze Situation war derart abstrus, dass er kein Wort hervorbrachte. Immer wieder zuckte sein Blick zu dem halb verwesten Fuß, an dem sogar noch ein Zehennagel schief abstand.

»Also du siehst, dass nicht ich es war, der dich verraten hat, mein Guter.«

Shaan hielt in der Bewegung inne, warf den Fuß weg und streckte seinen rechten Arm zur Seite. Eine der Untergebenen – offenbar eine Frau, wobei man nicht sicher sein konnte – hielt ihm einen alten, rostigen Kessel hin und wartete, bis er hineingriff. Als Shaan seine Hand wieder herauszog, hielt er etwas Glühendes gepackt. Ein Leuchtwurm. Er steckte sich das Insekt in den Mund und blaue Flüssigkeit spritzte über das Kinn.

Ich kotze gleich … Docar taumelte. Der Raum drehte sich vor seinen Augen. Wenn er nicht bald hier verschwinden konnte, würde er ohnmächtig werden – vorausgesetzt, er hätte sich nicht vorher übergeben.

Taar griff nach seiner Hand und übte Druck aus. Irgendetwas geschah in diesem Augenblick. Auf einmal war er ruhiger und besonnener. Die Situation setzte ihm nicht länger zu und sein Atem ging auch flacher. Taar ihn los, nickte ihm knapp zu und schenkte Shaan ein

Grinsen.

»Lassen wir das, Mann«, sagte er. »Schauen wir lieber, wie wir dir deine Gebiete zurückholen.«

Shaan griff wieder in den Kessel und hielt Taar seine Hand hin. »Iss!«

Taar nahm einen Leuchtwurm mit zwei Fingerspitzen entgegen. Der Gebieter beobachtete ihn, während Taar sich den Leuchtwurm in den Mund schob und widerwillig darauf herumkaute.

»Gut.« Shaan richtete seine dunklen Augen auf Docar. »Wer ist er?«

»Ein Bekannter dritten Grades mütterlicherseits, fern jeglichen Interesses für dich.«

»Er sieht mich seltsam an.«

Docar wandte den Blick ab.

»Ach der hier?« Taars Hand landete auf Docars Schulter. »Beachte ihn gar nicht. Also? Wollen wir zum Geschäftlichen übergehen?«

Macht er das mit Absicht? Will er vielleicht Shaan gegen sich aufbringen? Er verstand es nicht und das verunsicherte ihn. Der Vagabund sagte immer, dass er keine Pläne schmiedete, sondern Möglichkeiten ergriff. Es gab kein System, nur irgendwelche spontanen Handlungen, die ihm gerade in den Sinn kamen. Wenn sie gemeinsam von hier fliehen wollten, brauchten sie einen felsenfesten und wasserdichten Plan. Oder nicht?

Shaans Blick ruhte immer noch auf Docar. Der Moment zog sich in die Länge. Irgendwann wandte er sich wieder Taar zu und schüttelte langsam den Kopf. »Wynron hat mit mir gesprochen. Er versprach mir Futter.«

Ihm sank das Herz in die Hose. Also hatte Wynron

nicht gelogen und stand wirklich in Verhandlungen mit dem vierten Gebieter des Schlundes.

Wir müssen etwas tun. Ihn überzeugen, damit er sich Wynron nicht anschließt. Taar will offensichtlich kein Bündnis eingehen und keine Versprechungen machen.

»Der liebe Wynron hat natürlich ausschlaggebende Argumente. Man sagt, er wolle den Schlund vereinen.«

Was will Taar überhaupt? Will er Shaan als Verbündeten? Oder wird er sich doch noch Wynron anschließen? Was ist mit Brinan und O-dryt?

Docar wurde immer unruhiger. Was wusste er eigentlich über ihn? Bei seinem letzten Aufenthalt im Schlund hatte er allen möglichen Menschen Versprechungen gemacht und keine davon gehalten. Was würde den Mann abhalten, ihn auch am Ende zurückzulassen?

Er hat gesagt, dass er meinetwegen hier ist. Aber ist das wirklich die Wahrheit?

»Ich habe gehört, dass Tiada sich ebenfalls einige von deinen Gebieten einverleibt hat«, sagte Taar und legte eine nachdenkliche Miene auf. »Hätte sie dich beim letzten Mal nicht unterstützen sollen?«

Will er Shaan jetzt etwa gegen Tiada aufhetzen?

»Nimm den Namen von diesem fetten Weib nicht in den Mund!«, knurrte Shaan. »An ihr gibt es so viel Fleisch, dass ich meinen Freund für mehrere Tage satt machen könnte.«

»Soll ich dir was sagen, mein Bester? Ich hab ihr noch nie über den Weg getraut. Ich sage mir immer: Tja, Wax. Wenn dich mal eine Frau an den Eiern hat, schneid sie dir lieber selbst ab, bevor sie es tut.«

Ich muss etwas unternehmen. Tiada vertraut mir! Docar traf eine Entscheidung. Er trat vor, räusperte sich und ignorierte Taars heftiges Kopfschütteln.

»Geehrter Shaan«, sagte er laut. »Wynron ist ein Lügner. Vermutlich ein noch schlimmerer Lügner als Taar Wax.« Shaan blickte ihn an. »Du solltest nicht auf ihn hören. Tiada ist eine weise Anführerin. Der wahre Feind ist Wynron.« Er beugte sich vor. »Wynron hat sich mit den Wärtern verbündet und Brinan hat das Knie vor ihm gebeugt. Verbünde dich mit Tiada, dann hast du vielleicht eine Chance.«

Plötzliche Stille. Nicht einmal die Luft wagte, durch den Gang zu wehen. Taar war kreidebleich im Gesicht. Shaan hievte sich von seinem Thron, legte einen Finger an die Lippen und stieß einen schrillen Pfiff aus.

Etwas rumpelte und krachte. Dann erklang ein trompetendes Gebrüll. Wieder ein Krachen, dicht gefolgt von einem Splittern. Der Boden erzitterte.

»Schwachkopf!« Taar packte ihn an der Schulter und riss ihn mit sich.

»Was ist los?«, keuchte Docar und stolperte hinter ihm her.

»Du hast es versaut.«

»Was habe ich denn getan?«

»Alles!«

Der Boden bebte stärker.

Er riss den Kopf zurück. Shaan saß auf seinem Thron, von seinen Untergebenen war nichts zu sehen.

Plötzlich krachte etwas Gewaltiges aus einem Gang in die Höhle, rollte auf sie zu und zersplitterte Steine auf dem Weg.

Ein Koloss.

Der Palast von Thargor

Zweiundzwanzigster Tag

Im Laufe der Zeit habe ich die verschiedenen Kreaturen und We-
sensarten Amdras erforscht und katalogisiert. Es ist erstaunlich,
wie unterschiedlich manche Kreaturen sind und wie gut sie sich an
ihre Umgebungen und Lebensräume angepasst haben. Am meis-
ten erstaunen mich immer wieder die Zangenläufer, Kreaturen, die
nicht nur tückisch und gefährlich sind, sondern auch in der tiefsten
Dunkelheit überleben können. Sie spucken leuchtenden Schleim,
der ihre Opfer blendet. Erst dann wagen sie sich an ihre Feinde
heran und versenken ihre langen Zangen im Körper des Opfers.

Schnee fiel vom Himmel. Der kalte Wind war bei-
ßend und stach in ungeschützte Haut, selbst der
Atem verwandelte sich in weiße Wölkchen und
dampfte um Zaseans Gesicht. Der Boden war mit einer
dicken Eiskruste bedeckt und die Bäume nahe der Pa-
lastmauer bogen sich unter den Schneemassen.

Wie es die Menschen hier bei so einem Wetter das
ganze Jahr aushielten, konnte er nicht nachvollziehen.
Um sich vor der Kälte zu schützen, wickelte er sich enger in den schwarzen Mantel, der mit der dicken Schup-
penschicht eines Zangenläufers versehen war.

Als Zasean die Kutsche verließ, bedachte er den

Mann auf dem Kutschbock mit einem geringschätzigen Blick. Tatsächlich hatte der Kutscher seine Arbeit gewissenhaft erledigt, aber das würde er ihn nicht wissen lassen. Ansonsten würde der Kutscher noch auf die Idee kommen, dass ihm und seiner Tochter keine Gefahr mehr drohte.

Gorma stolperte hinter ihm her und trug einen Stapel Blätter auf dem Arm. Immer wirkte der Mann so *ermüdend* beschäftigt. Es war nicht zum Aushalten. Hinter ihm war das dumpfe Geräusch von Stahl auf Schnee zu hören. Zasean musste nicht zurückblicken, um seinen Leibgardisten, die in diesem Moment von ihren Reittieren abstiegen, Befehle zu erteilen. Sie wussten, was zu tun war. Zwei von ihnen folgten ihm, der Rest sicherte Kutsche samt Gepäck.

Mühsam kämpfte Zasean sich zum hohen Tor von Thargor, das drohend und urzeitlich über ihm aufragte, ein massives, wuchtiges Ding aus Stahl. Darin war ein Muster eingelassen, das für den kaiserlichen Rat stand: ein Kreis mit einem Stern in der Mitte. Das Symbol des kaiserlichen Rates. Dafür hatte er nur ein Kopfschütteln übrig.

Das Mauerwerk war nicht minder eindrucksvoll als das Tor, gekrönt von Wachtürmen, reichte mindestens dreißig Schritt in die Höhe und umfasste das gesamte Gelände. Sie nannten das hier einen Palast, doch in Wahrheit war es eine Festung; eine Trutzburg, die jedem Neuankömmling die Macht des Kaisers verdeutlichen sollte, damit man sich klein und unbedeutend vorkam. Aber nicht Zasean. Es brauchte schon mehr, um Eindruck bei ihm zu schinden.

Er blieb vor dem Tor stehen und wartete. Gorma wischte sich nervös über die Stirn, trat vor und klopfte dreimal mit der Faust gegen das Tor. *Klong. Klong. Klong.*

Nichts geschah.

Zasean warf dem Berater einen finsteren Blick zu, was den noch nervöser werden ließ. Also klopfte Gorma wieder dagegen, noch lauter, noch herrischer.

Eine Klappe wurde geöffnet und ein älterer Soldat lugte heraus. »Was?«, blaffte er.

Gorma wies auf Zasean. »Der ehrenwerte Lord des Südens und Herr von Dunvell begehrt Einlass.«

Der Soldat beäugte ihn misstrauisch und schloss die Klappe.

»Ich warte, Gorma.«

»Gleich, mein Herr. Noch ein wenig Geduld.«

Mit einem lauten Rumpeln glitten die Torflügel unendlich langsam auseinander, schoben den Schnee vor sich her und türmten ihn auf. Zasean wartete nicht, bis sie sich vollends geöffnet hatten, und schritt schnurstracks hindurch. Er befand sich in unterlegener Position und musste zügig dafür sorgen, dass sich die Situation zu seinen Gunsten entwickelte.

»Ihr werdet nicht erwartet, Lord des Südens«, sagte der Soldat.

Mit einer verächtlichen Geste gebot er ihm zu schweigen und suchte seinen Weg über den weitläufigen, schneebedeckten Innenhof zum Hauptgebäude, das zum Teil aus dem Bergmassiv geschlagen worden war. Er fror erbärmlich. Seine Finger zitterten, seine Zähne klackerten aufeinander und das Gefühl aus seinen klumpigen Zehen war schon lange verschwunden.

Hinter dem Hauptgebäude erhob sich eine Reihe schwindelerregender Türme, die sich ein gemeinsames Fundament teilten. Die Türme ragten kühn in den Himmel hinauf, verjüngten sich zur Spitze hin und durchbrachen sogar die Wolken. Einer davon diente dem Nekromantenkaiser als Hauptsitz. Oder hatte vielleicht gedient.

Gorma schloss zu ihm auf und sortierte seine Blätter. »Wie gedenkt Ihr vorzugehen?«

»Ich werde sie überraschen.«

»Überraschen, mein Herr?«

»Man könnte sagen, ich falle mit der Tür ins Haus.«

»Nun, ich schlage vor, dass Ihr …«

»Papperlapapp! Gehen wir!« Sie betraten das Hauptgebäude, passierten ein Dutzend Soldaten, das sie argwöhnisch beäugte, und erreichten einen Flur, der sich wie ein Gewinde hineinschraubte. Genau wie die Wände bestand der Boden größtenteils aus Marmor, der mit goldenen Mustern durchzogen war. Die Panzerstiefel seiner Leibgardisten klackerten und erzeugten Töne, die sich am anderen Ende verloren. Bunte Gläser prangten in den Fenstern und warfen schillerndes Licht herein. Durchaus ein beeindruckender Anblick, wenn man Zeit für so etwas hatte. Zwei Wachen verharrten vor einem bronzenen Tor und versperrten den Zugang.

»Aus dem Weg!«, blaffte Zasean.

»Wer seid Ihr?«, fragte einer der Soldaten.

Gorma räusperte sich und eröffnete erneut, um wen es sich handelte. Aber Zasean riss allmählich der Geduldsfaden.

»Der Lord ist nicht angemeldet«, erwiderte der

Soldat und klopfte gegen das Bronzetor. »Wartet hier!«

Zasean tauschte einen raschen Blick mit Gorma, dann mit seinen Leibwächtern und richtete sein Augenmerk wieder auf die Soldaten. »Hast du nicht zugehört, du Schwachkopf? Ich bin der Lord des Südens! Geh aus dem Weg!«

»Ich befürchte, dies ist nicht möglich.«

Die Wut kochte in ihm. Sollte er es drauf ankommen lassen? Würden sie es wagen, ihn niederzuringen? Er sah dem Soldaten in die Augen und glaubte, etwas zu erkennen. Ja, da war es, tief verborgen hinter dem Stolz und Pflichtbewusstsein. Wäre der Soldat bereit, eine Anfeindung mit einem Lord zu riskieren? Wenn es eines gab, womit Zasean sich auskannte, war es, Menschen zu durchschauen.

Die Luft war dick und schwer vor Furcht.

Ohne auf die Soldaten zu achten, ging er auf das Tor zu und legte seine Hand auf den Griff. Er spürte den Blick des Soldaten und konnte ein böses Lächeln nicht verbergen. Mit Schwung stieß er das Tor auf und setzte seinen Weg fort. Niemand hielt ihn auf.

Gorma folgte ihm und wirkte noch nervöser als sonst, selbst die Leibgardisten gaben keinen Ton von sich. Sie kamen an prunkvollen Räumen vorbei – in einem entdeckte er eine goldene Wanne – und betraten eine Treppe, die sie in das nächste Stockwerk brachte. Auf ihrem Weg begegneten sie Soldaten und Bediensteten, aber keiner wagte, sich ihm in den Weg zu stellen. Das zweite Stockwerk unterschied sich nicht von den vorhergehenden, allerdings waren hier Bronzebüsten aufgestellt. Sie zeigten den Nekromantenkaiser:

markante Gesichtszüge, langes Kinn und tief liegende Augen, die ihrem Betrachter tief in die Seele blickten. Zasean schüttelte sich bei dem Anblick. Dann setzte er seinen Weg fort.

Er verspürte Hochstimmung und freute sich auf die Gesichter der Ratsmitglieder, wenn er vor ihnen stand. Es war Zeit, dass jemand ihre Geheimnisse ans Licht brachte. Leider wurde diese Stimmung durch das zurückliegende Ereignis in der Kutsche getrübt. Der Verbündete kannte jeden seiner Schritte. Er wusste, dass Zasean hier war.

Kaiser von Amdra, dachte er. Bald werde ich Kaiser sein …

Schließlich gelangten sie zu einem weiteren Tor, in das das stilisierte Symbol des kaiserlichen Rates eingelassen war. Zasean ging schneller. Er würde das Schicksal des gesamten Landes verändern. Ein Befreier von dem elenden Joch, das der Kaiser ganz Amdra aufgezwungen hatte.

»Mein Lord«, keuchte Gorma und stolperte über seinen Mantel. »Sollten wir nicht erst unsere nächsten Schritte planen? Wir haben keine Beweise und wenn …«

»Du denkst zu viel nach, Gorma. Nichts wird mich aufhalten!«

Ein Ruck ging durch die Tore und sie öffneten sich wie von Geisterhand. Zasean zögerte nicht und betrat den weitläufigen Ratssaal. Er wurde bereits erwartet. Eine kleine, dunkelhäutige Gestalt in schwarze Robe saß einsam an der steinernen Tafel und musterte ihn finster aus dunklen Augen.

»Ihr seid zu früh«, sagte Dunla.

Ein simpler Trick

Zweiundzwanzigster Tag

Im Gegenzug erscheint mir das Vila seltsam. Durch die geringe Größe, die federbestückte Haut und den langen, schmalen Hals gibt es keine Eigenschaft an dieser Kreatur, die zum Überleben geeignet ist. Weder kann ein Vila fliegen noch ist es sonderlich flink. Beinahe wirkt es, als wäre es nur gedacht, um gefangen und verzehrt zu werden. Eine Kreatur, die gezüchtet wird und als Nahrung dient. Eine merkwürdige Vorstellung.

Rysana war sofort hellwach. »Er ist hier?«

»Deshalb suche ich Euch auf«, sagte Aroc. »Ich benötige Eure Hilfe, doch ich weiß nicht, ob Ihr bereits …«

»Meine Gesundheit ist erst zweitrangig.« Sie schwang die Füße über die Bettkante, wackelte mit den Zehen und stand vorsichtig, ganz vorsichtig auf. »Wir müssen schnell handeln und umgehend den Ratssaal aufsuchen!«

Aroc rang nervös die Hände, was man bei ihm nicht häufig erlebte. »Die Ratsmitglieder Bachel und Mava sind bereits auf dem Weg.«

»Dunla?«

»Dunla ist unauffindbar.«

Sie warf die dunkelblaue Robe über, strich den Stoff an der Brust glatt und atmete tief durch. Kein Stechen. Keine Schmerzen. Gut. Ihr war natürlich bewusst, dass sie sich soeben vor Aroc entblößt hatte, doch für Scham war derzeit kein Platz. Lord Zasean war vor Kurzem im Palast von Thargor erschienen, mehr als eine Woche vor der geplanten Zeit. Bei den alten Göttern!

Sie wanderte mit der Hand in die Tasche, fühlte die harten Kanten des Tagebuchs. In den letzten Tagen hatte sie viel darin gelesen und sogar Aroc einige Passagen anvertraut. Zwischen ihnen entwickelte sich etwas, das sie noch nicht abschätzen konnte. Es war ungewohnt.

Aroc nahm ihren Arm und sah ihr tief in die Augen. »Wenn er es erfährt, macht das all unsere Pläne zunichte.«

Sie straffte sich »Ich weiß. Alles hängt nun von Taar Wax ab.«

»Bedauerlicherweise haben wir seit zweiundzwanzig Tagen nichts von ihm gehört. Ich denke, wir sollten uns der ernüchternden Wahrheit stellen.«

Sie schüttelte den Kopf, nahm das Tagebuch aus der Tasche und drückte es eng an ihre Brust. »Er wird es schaffen! Davon bin ich fest überzeugt!«

»Was macht Euch so sicher?«

»Ich kann es *spüren*. Docar ... mein Sohn ... Ich wüsste es, wenn er tot wäre.«

Seltsam, dachte sie und musste lächeln. *Ich habe ihn eben zum ersten Mal meinen Sohn genannt. Ein schönes Gefühl ...*

»Seid Ihr so weit?«, fragte Aroc.

Sie nickte einmal, steckte das Tagebuch zurück und kam dabei unabsichtlich mit dem Ritualdolch in Berührung. Er war eiskalt.

So viele Rätsel …

»Was ist mit Ratsmitglied Nandeon?«, fragte sie und erfreute sich an dem befreienden Gefühl, beim Atmen keine Schmerzen zu verspüren. »Befindet er sich ebenfalls auf dem Weg?«

»Nein, er ruht normalerweise um diese Zeit und ich erachtete es nicht für notwendig, ihn zu stören. Ihr wisst doch, wie alt er ist.«

»Wir brauchen ihn, Aroc! Er besitzt einen wachen Verstand und vielleicht die Gelassenheit, die uns von unbedachten Schritten abhalten könnte. Er *muss* dabei sein!«

»Rysana.« Aroc zögerte. »Ich habe Schritte veranlasst, sollte eine solche Situation entstehen.«

Sie ruckte mit dem Kopf hoch. »Ihr habt *was*?«

»Ich habe mich entschieden, zu handeln, wenn wir in eine derartige Situation geraten. Es tut mir leid.«

»Ihr wollt Zasean also festnehmen.« Es war keine Frage gewesen. Sie konnte die Wahrheit in seinen Augen erkennen. Er würde diesen Schritt gehen, wenn es sich als notwendig erwies. Dabei verstand er allerdings nicht, dass er damit alles nur verschlimmern würde.

»Vielleicht gibt es einen anderen Weg«, sagte sie. »Vielleicht können wir ihn hinhalten.«

»Nicht Zasean. Ihr wisst, was für ein Mensch er ist. Vermutlich wird er in diesem Moment wie ein Koloss alles niederwalzen.«

»Dann müssen wir eine Möglichkeit finden, ihn zu

beruhigen.« Sie wollte sich zum Zimmerausgang bewegen, doch er hielt sie am Arm zurück. Fragend hob sie die Brauen.

»Ich habe nachgedacht«, flüsterte er und beugte sich zu ihr. »Was ist, wenn er etwas mit der Ermordung des Nekromantenkaisers zu tun hat?«

»Es besteht durchaus die Möglichkeit. Wenn es so ist, werden wir es nicht erfahren.«

Aroc senkte den Blick. »Es gibt Möglichkeiten, Rysana.«

Sie hielt inne. »Wir sollten nicht einmal daran denken, Vorsitzender! Wir sind keine Barbaren, sondern die höchsten Würdenträger des Landes! Verantwortung, Pflichtbewusstsein und ein Sinnbild von Mut und Ehre.«

Er nickte langsam. »Ihr habt recht. Verzeiht, dass ich überhaupt mit dem Gedanken gespielt habe. Es ist das Amt des Vorsitzenden, ich kann die Last auf meinen Schultern spüren und es verunsichert mich.«

»Es gibt keinen Menschen, der das besser nachvollziehen kann als ich.«

»Ich weiß. Lasst uns gehen. Wir sollten verhindern, dass Zasean von unseren Soldaten festgenommen wird.«

*

Zasean war genauso, wie sie ihn in Erinnerung hatte. Die schlanke Gestalt, die gebräunte Haut, die dunklen Haare und das spitze Kinn. Die geschwungenen Brauen vermittelten den Eindruck, er wäre die ganze Zeit schlecht gelaunt. Er saß auf einem der Stühle an der Tafel, umringt von zwei Gardisten und seinem Berater. Außer ihnen waren Mava, Bachel und Dunla anwesend. Nandeon sollte in Kürze zu ihnen stoßen.

Kurz nachdem sie den Ratssaal betreten hatten, war ein Dutzend Soldaten durch den Gang gestürmt. Aroc hatte sie davongeschickt. Zuerst sah der Plan vor, mit dem Lord des Südens eine friedliche Einigung zu erzielen.

Ruhe und Besonnenheit, dachte sie, als sie sich der Versammlung näherte. *Das brauchen wir jetzt.* Sie konnte die Blicke spüren, die auf ihr ruhten. Aber in diesem Augenblick ging es nicht um ihr Wohlbefinden, sondern um das Schicksal von ganz Amdra. Zasean war nicht grundlos hier. Er wusste etwas und würde versuchen, die Wahrheit aus ihnen zu kitzeln.

»Ah, wenn das nicht die *liebreizende* Vorsitzende Rysana ist!« Zasean erhob sich von seinem Stuhl. »Wobei«, er tippte sich ans Kinn, »wie ich hörte, wurde Euch dieser Titel *leider* aberkannt.«

Rysana ignorierte die Spitze und nahm auf einem Stuhl Platz. Es war offenkundig, dass eines der Ratsmitglieder schon die Möglichkeit ergriffen hatte, um abwertend über sie zu sprechen. So viel zum Thema Zusammenhalt. Aroc wählte den Sitz neben ihr – den zentralen, der zuvor ihr gebührt hatte. Er räusperte sich und suchte den Blick der Anwesenden. Seine Eröffnung wurde durch Nandeon unterbrochen, der in den Saal schlurfte und seinen vorgesehenen Platz einnahm.

»Zasean, welch eine Überraschung!«, rief Aroc und lächelte schmal. »Wir haben Euch nicht so früh erwartet.«

»Mein guter Mann, natürlich habt Ihr das nicht.« Zasean winkte seinen Berater heran, der ihm einen Stapel Papier übergab. »Ihr wart viel zu sehr damit beschäftigt, uns hinzuhalten.«

»Uns?«

»Gewiss. Ich spreche von den Lords des Landes. Ihr erinnert Euch? Die Sklaven des Nekromantenkaisers, die er nach Belieben entsorgt. Eine Situation, die schwer auf meinem Gemüt lastet.«

Er weiß es … nur woher?

»Ihr seht uns überrascht, Lord Zasean, denn Ihr werdet erst gegen Ende des Monats in Thargor erwartet. Was beschert uns diesen angenehmen Besuch?«

»Angenehm? Das wird sich noch zeigen.« Zasean grinste listig, als er ein Blatt hochhielt. »Mir ist zu Ohren gekommen, dass es vor zweiundzwanzig Tagen einen Zwischenfall gab.« Er schüttelte den Kopf und kostete den Moment aus. »Ich war besorgt und fürchtete um die Gesundheit unseres allseits geliebten Herrschers.«

»Es ehrt Euch, dass Ihr ihm Eure persönliche Aufwartung machen wollt. Ich kann Euch aber beruhigen. Er erfreut sich bester Gesundheit.«

»Tatsächlich? Das finde ich erstaunlich. Sagt mir, lebt es sich in den neuen Gemächern besser?«

»Was meint Ihr damit?«

»Nun ja«, Zasean seufzte, »nachdem seine Gemächer nach dem Attentat immer noch zerstört sind, muss es für ihn schwierig sein, sich umzugewöhnen.«

Rysana beobachtete die anderen Ratsmitglieder. Mava rümpfte die Nase, Bachel sah auf seine Füße,

Nandeon putzte seine Augengläser, Aroc sortierte seine Robe und Dunla begegnete ihrem Blick. Weder lächelte sie noch zeigte sie sonst eine Reaktion. Die Südländerin wusste etwas. Das war so sicher wie der Aufgang der Sonne.

Steckt sie dahinter? Plant sie irgendetwas? Ist es … bei den alten Göttern! Ich weiß nicht, was wir tun sollen.

Zasean setzte gerade zu einer weiteren Antwort an, als die Tore aufgestoßen wurden und ein Diener hereinhuschte. Der Mann balancierte ein silbernes Tablett, auf dem ein einzelnes Blatt lag. Als er die Steintafel erreichte, blieb er stehen und wartete, bis ihm das Wort erteilt wurde. Die Anwesenden wirkten überrascht. Das Erscheinen des Dieners war nicht nur ungewöhnlich, die Regel besagte tatsächlich sogar, dass eine Ratssitzung nicht gestört werden durfte.

»Ratsmitglied Rysana?«, fragte der Diener und hielt mit zwei Fingerspitzen das Blatt hoch. Die Schrift darauf war unverkennbar.

Sie erhob sich von ihrem Stuhl. »Was ist los?«

»Der Nekromantenkaiser verlangt nach Euch. Ihr sollt umgehend seine neuen Gemächer aufsuchen.« Er verbeugte sich und legte die Nachricht wieder auf das Tablett. »Ihr sollt umgehend der Anweisung folgen.«

Zasean klappte die Kinnlade herunter. Rysana warf den anderen Ratsmitgliedern einen raschen Blick zu und erntete erstaunte Gesichter.

»Rysana«, sagte Aroc mit sichtlicher Verwirrung. »Er hat nach Euch gerufen. Wir werden Euch alles Weitere im Anschluss berichten.«

»Wartet!«, rief Zasean und ruckte mit dem Kopf hin

und her, auf der Suche nach jemandem, der ihm erläuterte, dass er sich verhört hatte. »Der Kaiser … *lebt*?«

Rysana konnte ihr Grinsen nicht verbergen. »Selbstverständlich! Habt Ihr etwas anderes erwartet, Lord Zasean? Er ist das mächtigste Wesen in ganz Amdra. Es braucht schon mehr als ein paar von diesen … wie nanntet Ihr sie noch gleich? Ach ja, Attentäter.«

»Aber mir wurde …« Zasean biss sich auf die Zunge und blickte seinen Berater finster an.

»Wenn Ihr mich nun entschuldigt?« Sie nickte den Anwesenden zu. Dann folgte sie dem Diener aus dem Saal, drückte ihm eine schwere Münze in die Hand und schickte ihn davon. Keine Fragen, keine Ausflüchte, keine Hinweise.

Jemand räusperte sich neben ihr. »Herrin?«

»Calas«, sagte sie leise. Der Hauptmann der Leibgarde stand in seiner gestriegelten Uniform halb im Schatten der Tore und ließ nicht anmerken, was in ihm vorging.

»Der Befehl bleibt, meine Herrin?«

»Ja, es muss sein.«

»Wie Ihr wünscht.« Er verbeugte sich knapp, packte sein Schwert und folgte dem Diener in den Korridor hinein. Es durfte keine Zeugen geben.

Auch wenn sie keine Vorsitzende mehr war, hatte auch sie Vorsorge ergriffen. Dieser simple Trick würde Zasean nicht überzeugen, aber einen kleinen Aufschub bieten. Nicht viel, aber jeden Tag, den sie Taar und Docar erkaufen konnte, war ein Tag ohne Krieg in Amdra.

Koloss

Zweiundzwanzigster Tag

Der Koloss ist eine Kreatur, vor der man sich in Acht nehmen sollte. Verhornte Haut, so hart und widerstandsfähig wie Stein – kein Stahl kann sie durchdringen. Ein Kopf, mit dem Wände zertrümmert werden können. Und zuletzt natürlich die Tatsache, dass ein ausgewachsener Koloss vier Meter groß werden kann. Ich bin froh, dass es nur noch wenige Exemplare gibt. Andererseits ist es aber auch tragisch, dass eine so einzigartige Spezies allmählich aus dieser Welt verschwindet. Darin könnte man gewisse Parallelen zu den Nekromanten sehen.

W arum hast du nicht auf mich gehört?«
»Du wolltest Tiada verraten!«
Taar verstärkte seine Beine und sprang über einen Leichenberg. Es war unnötig, zurückzublicken, um das riesenhafte graue Ungetüm zu sehen, das immer mehr aufholte. Alles, was sich dem Koloss in den Weg stellte, wurde platt gewalzt. Mahlend, rasselnd, knirschend, rollte das Ungeheuer hinter ihnen her. Dabei war es nicht das erste Mal, dass er in einer solchen Situation steckte, obwohl er sich geschworen hatte, nie wieder den Zorn einer derartigen Kreatur auf sich zu lenken.

Er landete sicher auf dem Boden, rollte über die Schulter ab und federte hoch. Docar landete ein Blinzeln später und schloss zu ihm auf.

»Besitzt du keine Ehre, Taar?« Docar rang nach Atem. »Gibt es nichts, was dir etwas bedeutet?«

»Das eine hat mit dem anderen nichts zu tun.«

»Doch hat es!«

»Du darfst nicht nach ihren Regeln spielen, egal, was sie dir erzählen. Früher oder später wird Tiada dich benutzen, um sich einen Vorteil zu verschaffen. So ist nun einmal das Leben.«

»Und deshalb hetzt du Shaan auf sie?«

»Nein. Ja. Vielleicht. Das wollte ich nicht. Ich brauchte einen Sündenbock, um Shaan zu überzeugen. Es gibt«, er wich einem herabfallenden Brocken aus, der hinter ihm auf dem Boden rumpelte, »es gibt hier unten keinen Zusammenhalt. Du darfst niemanden vertrauen!«

»Dir auch nicht?«

»Vor allem mir nicht.«

»Du irrst dich, Taar! Auch hier gibt es Zusammenhalt! Tiada hat mir seit Jahren geholfen und ich lasse nicht zu, dass du sie hintergehst!«

Taar blieb ruckartig stehen und sah zurück. Der Koloss rollte unaufhaltsam auf sie zu und zerquetschte auf seinem Weg Leichenberge, walzte Felsbrocken platt und riss Pfeiler nieder. Sogar zusammengerollt war die Kreatur fünf Schritt breit und hoch und füllte fast den gesamten Gang aus. Die graue, verhornte und dreckverkrustete Haut war mit kleinen Stacheln bedeckt und das trompetenhafte Röhren, das die Kreatur gelegentlich ausstieß, ließ das Blut in Taars Adern gefrieren. Kolosse waren äußerst selten und kaum kontrollierbar, aber irgendwie gelang es Shaan immer wieder aufs Neue, einem dieser Ungetüme seinen Willen aufzuzwingen. Vielleicht besaß er einen Hauch der Todesgabe?

Docar blieb stehen und folgte seinem Blick.

»Es tut mir leid, Junge«, murmelte Taar und lockerte die Streifen an seinen Armen, die auf und ab waberten, als befänden sie sich unter Wasser. »Ich war so lange Zeit allein, dass ich manchmal vergesse, was im Leben wirklich zählt. Vielleicht hast du recht und ich sollte andere Menschen mehr an mich heranlassen.«

Docar legte ihm seine Hand auf die Schulter. »Es ist in Ordnung … Meister. Wir haben beide noch einiges zu lernen. Du bist hier, um mich zu befreien, und ich sollte mich daher glücklich schätzen.«

Es stimmt. Auch ich habe noch zu lernen …

Taar ging leicht in die Knie, verwob weitere Seelen mit seinem Mantel und kramte in seiner Tasche. Doch Plunder würde ihm nichts nutzen. Gegen einen Koloss half nicht einmal rohe Gewalt. Also musste er sich dringend etwas einfallen lassen.

»Welche Schwäche haben diese Biester?«, fragte der Junge.

»Keine.«

»Keine?«

»Ehrlich, Junge, du solltest dir abgewöhnen, alles zu wiederholen.«

Der Koloss rollte um die Ecke und zerschmetterte einen Teil der Wand. Zwei Gestalten sprangen nicht schnell genug aus dem Weg und wurden zerquetscht.

»Wie ist der Plan, Taar?«

»Kein Plan.«

»Aber …«

Er stieß den Jungen aus dem Weg und sprang zur Seite. Keinen Moment zu früh. Der Koloss walzte an ihnen vorbei und krachte mit einer Erschütterung gegen die Wand. Staub und Dreck rieselten aus der Decke, Kiesel und Schutt sprangen und hüpften auf dem Boden wie Erbsen auf einer Blechtrommel.

Der Koloss richtete sich auf und wandte sich ihnen schwerfällig zu. Seine Beine waren stämmig und seine Arme viel zu kurz. Der gesamte Körper wirkte wie ein Granitblock, sogar der Kopf war wie in Form gemeißelt. Die Kreatur öffnete den gewaltigen Schlund und offenbarte Reihen spitzer Zähne, die so lang wie ein menschlicher Unterarm waren. Dann brüllte er, brachte den Gang zum Beben und schleuderte ihnen stinkenden Atem entgegen.

»Taar, du hast also schon einmal gegen so ein Biest gekämpft?«

»Ein einziges Mal. Es war nicht sonderlich angenehm. Irgendwie haben die Menschen um mich ständig das Bedürfnis, mich umzubringen.«

»Wie hast du es beim letzten Mal bezwungen?«

»Bezwungen?« Taar schnaubte laut. »Ich habe ihn ausgetrickst.« Er überprüfte die verwobenen Seelen und spürte deren unbändige Kraft. Auf seinen Befehl lösten sich Kleidungsfetzen von seinem Körper, flatterten geisterhaft durch die Luft und wickelten sich um seine Beine, um seinen Stand zu verstärken.

Der Koloss stapfte auf sie zu. Bei jedem weiteren

Schritt erzitterte die Erde.

»Dann sag, wie du den letzten Koloss ausgetrickst hast!« Docar stand die Panik ins Gesicht geschrieben. Er lockerte ebenfalls die Fetzen und ging leicht in die Knie. Immerhin rannte er nicht panisch davon, sondern stellte sich der Gefahr. Ein gutes Zeichen.

Taar schüttelte den Kopf. »Beim letzten Mal habe ich einen brüchigen Gang durchquert, der über meinem Verfolger eingebrochen ist. Glück, nichts weiter.«

Der Koloss brüllte, dann rollte er sich blitzschnell zusammen und auf sie zu.

Taar sprang gegen die Wand. Sein Mantel verhakte sich in den Fugen und zerrte ihn nach oben zur Decke. Mit einem raschen Blick zur anderen Seite stellte er fest, dass Docar ebenfalls die Decke erreicht hatte.

Er lernt wirklich schnell …

Der Koloss krachte gegen mehrere Stalagmiten und ließ sie bersten. Dann änderte er abrupt die Richtung und hielt auf sie zu.

Taar hangelte sich zur Decke und grub mehrere Quasten in nahe gelegene Stalaktiten. Den Schwung nutzend stemmte er nacheinander die Füße in die Gesteinsdecke und befahl den verstärkten Schuhen und den Saumfetzen seiner Hose, ihn festzuhalten. Das dauerte nicht länger als ein Blinzeln und als er fertig war, hing er kopfüber von der Decke.

»Du musst mir jetzt zuhören, Junge!« Er warf ihm einen scharfen Blick zu. »Ich habe dir viel beigebracht. Jetzt kann ich dir das Folgende aber nicht richtig erklären. Nutze, was dir gegeben ist, und versuche, zu überleben. Wir sind Nekromanten, wir gebieten über andere

Dinge. Nicht nur über Kleidung, Wachs oder Schuhe, sondern auch Stein, Metall und in früheren Zeiten sogar andere Lebewesen.«

Der Koloss krachte gegen die Wand. Die Erschütterung schleuderte Taar beinahe von der Decke – allein seinem Mantel war es zu verdanken, dass er den Halt nicht verlor.

»Das wird jetzt eine deiner größten Prüfungen! Ich werde den Koloss weglocken und du sorgst dafür, dass du sicher Tiadas Gebiet erreichst. Hast du verstanden? Überlebe!«

»Was hast du vor, Taar? Willst du an der Decke laufen?« Der Junge lachte auf. Als er bemerkte, dass Taar nicht in das Lachen einfiel, schloss er den Mund.

»Du hast es erfasst. Und jetzt verschwinde!« Er sah nicht zurück und grub weitere Streifen ein Stück vor sich in die Decke. Dann setzte er vorsichtig den einen Fuß vor, löste zwei Streifen hinten und grub sie ein wenig weiter vorne in den Stein. Anschließend folgte sein anderer Fuß und er wiederholte den Prozess. Unten richtete sich der Koloss auf und hämmerte mit seinem wuchtigen Kopf gegen die Wand. Taar konzentrierte sich ganz auf das, was er tat. Es war eine Weile her, seit er zuletzt seine Nekromantie in diesem Maße genutzt hatte. Es bedurfte äußerster Präzision und Koordination, denn er musste im richtigen Augenblick seine Kleidung vorschnellen lassen, um nicht an Schwung zu verlieren.

Er versuchte es mit zwei weiteren Schritten, dieses Mal ein wenig schneller. Mit einem Grinsen wandte er sich Docar zu, der noch immer auf der anderen Seite an der Decke hing und ihn ausnahmsweise nicht mit Fragen löcherte.

»Also, Docar, es wird Zeit zu verschwinden, findest du nicht auch?«

Der Junge ließ sich von der Decke gleiten und landete sicher am Boden. Davon bekam der Koloss nichts mit.

»Grüße Tiada von mir!«, rief Taar. Er wandte sich um und schloss seine rechte Hand um den Holzwürfel in seiner Tasche, der immer stärker vibrierte. Ein Lied erklang in der Ferne und ebnete ihm den Weg in das Reich der Toten.

Er atmete tief durch, dann rannte los. Seine Quasten gruben sich wie Tentakel in die Decke, seine Schuhe ließen Steinsplitter und Staub aufwirbeln und unter ihm rollte der Koloss entlang. Ein wirbelnder Schatten in der Dunkelheit.

*

Taars Beine brannten wie Feuer und seine Füße waren wie betäubt.

Knack.

Sein Mantel arbeitete wie in einem geheimen Rhythmus, schlingerte vor, grub sich in den Stein und ließ Splitter aufspritzen.

Knack.

Am schlimmsten waren aber die hämmernden Kopfschmerzen, die sich bei jedem Schritt steigerten. Es war eine viel zu hohe Belastung für Geist und Körper, die Nekromantie in diesem Maße zu nutzen. Damit lief er Gefahr, dass eine der Seelen gegen ihre Fesseln aufbegehren und ihn übermannen könnte. Zur Sicherheit hielt er seinen Anker in der Hand und fühlte nach dem Vibrieren, das ihm zeigte, dass er weiterhin auf dem Pfad der Lebenden wandelte.

Knack.

Wie ein Schemen aus wirbelnden Tentakeln rannte er an der Decke entlang und entfernte sich immer weiter von Shaans Gebiet. Der Koloss sah es inzwischen als Herausforderung, ihn von der Decke zu holen. Wenn er kurz verschnaufte, krachte das Ungetüm gegen eine Wand. Wenn er zu langsam wurde, brüllte es los. Sicherlich hätte Taar auch am Boden entlangrennen können, aber er hatte bereits bei seiner letzten Auseinandersetzung mit einem Koloss festgestellt, dass man ihnen nicht entkommen konnte. Außerdem wollte er Docar eine Flucht ermöglichen. Wenn eine solche Kreatur erst einmal genug Schwung hatte, halfen auch verstärkte Beine nicht weiter.

Knack. Knack. Knack.

Immer weiter, immer schneller, immer konzentrierter. Wie genau er Shaans neuestes Spielzeug mit dieser Methode loswerden konnte, wusste er nicht. Je weiter er sich aber nach Süden in Richtung der Grenze zu Brinans Gebiet bewegte, desto mehr reifte eine Idee in seinem Kopf.

Nicht weit von ihm war der Zugang zu Shaans Höhlenkomplexen markiert. Die Abtrennung und die Runen wirkten verkehrt, bis Taar auffiel, dass er immer noch an der Decke entlanglief. Er löste seine Beine, nutzte den Schwung, grub die Fetzen wieder in den losen Stein, zog sich an die Decke zurück und landete hinter der Erhebung.

Nur eine Sekunde später krachte der Koloss gegen den Zugang und zermalmte ihn auf seinem Weg.

Das wird eine schöne Überraschung.

Er rannte weiter, ohne auf seine brennenden Muskeln, seinen rasselnden Atem und den Schweiß und seine Kopfschmerzen zu achten. Tiada nannte ihn den Veränderer. Vielleicht hatte sie recht. Aber es war Zeit, den Schlund endlich zu verlassen. Der Abschluss seines Auftrags wartete. Um das zu erreichen, benötigte er etwas, das schon Königreiche gestürzt hatte. Etwas, das niemand besser beherrschte als er.

Chaos.

Er stürmte in den nächsten Gang, ignorierte die verwirrten Blicke der Männer und rannte weiter. Dann erklangen die ersten Schreie, Knochen barsten, Steine zersplitterten, Männer brüllten. Taar hielt auf die große Höhle am anderen Ende zu.

Schließlich gelangte er hinein, wich den bemalten Stoffbannern aus, die von der Decke hingen, und näherte sich dem Lagerfeuer, an dem Brinan mit seinen engsten Vertrauten saß. Sie sahen ihn nicht – wie könnten sie auch? Erst als der Koloss wie eine Naturgewalt in die Höhle rollte, sprangen sie panisch auf.

Völlig erschöpft wickelte Taar sich in eines der Stoffbanner und atmete erleichtert auf. Von O-dryt war nichts zu sehen.

Dann begann das Gemetzel.

*

»Ein Koloss?«, fragte Tiada.

Docar setzte sich auf einen flachen Stein, wischte sich den Schweiß von der Stirn und massierte seine wunden Füße. »Glaub mir, Tiada, es war ein Koloss. Wir waren in Shaans Gebieten und haben ... na ja, wir haben mit ihm geredet und dann hat er ...«

»Was geredet?«

»Dinge eben. Das ist jetzt erst einmal unwichtig. Taar hat den Koloss weggelockt. Wir müssen ihm helfen!«

»Namaqu'gab kann auf sich aufpassen.« Einer ihrer Untergebenen hielt ihr einen Krug mit Wasser hin. Sie winkte ihn fort.

»Hast du mir nicht zugehört? Wenn Taar stirbt, werde ich niemals fliehen können! Alles wäre umsonst.«

»Nur ein Aufschub, mein Junge. Irgendwann.«

Er stutzte. Dann wurde ihm etwas bewusst und er fragte sich, wie er es nicht vorher hatte feststellen können. »Dir ist egal, ob er stirbt.«

»Er kämpft gegen den Koloss?«

»Das habe ich doch eben gesagt.«

»Lebt er noch?«

»Wenn wir ihm nicht helfen, wird er es bald nicht mehr sein.«

»Wohin unterwegs?«

»Taar? Warum ...?«

»Wohin?«

Er wurde immer unsicherer. Alles an dieser Situation war seltsam. Sollte sie nicht alle Hebel in Bewegung setzen, um Taar zu helfen, nachdem der Vagabund ihm zum zweiten Mal das Leben gerettet hatte? Stattdessen hockte sie hier auf ihrem Thron, ließ es sich gut gehen und reagierte nicht auf sein Flehen.

»Tiada«, sagte er vorsichtig. »Warum willst du ihm nicht helfen?«

Ein Schatten legte sich über ihr Gesicht. »*Wohin?*«

»Nach Süden, in Brinans Gebiet. Zumindest vermute ich das.«

Ihre Augen funkelten. »Gut.«

»Tiada …« Er stockte, legte sich die nächsten Worte zurecht. »Hast du das alles geplant?«

»Sprich deutlich!«

Er atmete tief durch. »War es deine Absicht, dass Taar Wax die … wie nanntest du das noch gleich? … die Würfel neu wirft? Wolltest du, dass er Bündnisse schmiedet, Versprechungen macht und Anführer gegen sich aufbringt?«

Sie winkte auffordernd. »Nur weiter!«

Irgendwie ergab nun alles Sinn, als hätte sich ein großes Puzzle in seinem Kopf zusammengesetzt. »Es hat mit mir zu tun, nicht wahr?«

Sie lächelte. »Der Namaqu'gab hat Zweck erfüllt.«

»Was willst du damit sagen?«

»Zeit zu reden.«

Er schluckte krampfhaft. Sein Herz pochte und hüpfte wie wild in seiner Brust. »Worüber … willst du mit mir reden?«

»Du.«

»Ich? Was ist mit mir?«

»Du bist es, oder?«

»Tiada, was willst du mir sagen?«

Sie hob die Hand. Mehrere Gestalten betraten die Höhle. In ihren Händen ruhten lange Stöcke, versehen mit zurechtgeschliffenen Granitspitzen. Die Gestalten zogen einen Kreis um ihn und wirkten nicht wie Gäste, die zu einem netten Plausch erschienen waren. Greifer, einstmals ausgebildete Soldaten, bevor sie im Schlund gelandet waren und sich Tiada angeschlossen hatten. Keine nette Gesellschaft.

»Was ist hier los?«, fragte er schwach.

Tiada erhob sich schwerfällig. Wenn sie stand, wirkte sie gewaltig, vermutlich die größte Frau, der er jemals gegenübergestanden hatte. »Dein Vater. Du kennst nun die Wahrheit. Sag es mir!«

Docar atmete tief durch und zwang sich zur Ruhe. Bestimmt gab es eine logische Erklärung für all das. »Was hat mein Vater damit zu tun?«

»Sag es mir!«

Die Greifer kamen näher.

»Wendal, der Nekromantenkaiser, ist mein Vater. Ist es das, was du hören wolltest? Ich dachte, das wüsstest du?«

»Vermutungen.« Sie lächelte breiter. Seltsamerweise jagte ihm das einen Schauer über den Rücken. »Endlich ist meine Zeit gekommen!«

Ein Greifer packte Docars Schulter. Sein Mantel reagierte instinktiv und brach die Hand mit einem scheußlichen Knacken. Der Mann gab ein Grunzen von sich und zuckte zurück.

»Tiada«, er ließ sie nicht aus den Augen, »ich dachte, dass wir zusammengehören. Dass wir …«

»Zusammengehören? Törichter Junge! Ich hatte

Auftrag. Auftrag dich zu finden. Leider nur Vermutungen und keine Bestätigung.«

»Dann ging es also nur darum, den Sohn des Nekromantenkaisers zu finden? Warum? Was gewinnst du dabei?«

»Wendal ist tot. Und sein Sohn«, ihr Lächeln wurde verzerrt, unmenschlich, »auch.«

Der Nekromantenkaiser und sein Sohn waren tot? Wenn das wirklich stimmte, dann … Er erstarrte. Bei den alten Todesgöttern! Das machte ihn zum Erben des kaiserlichen Throns!

Ihm wurde bei dem Gedanken schwindelig. Als er in Tiadas dunkle Augen sah, erkannte er die tief verborgene Wahrheit. Taar hatte ihn immer gewarnt, dass sie etwas plante. Sie hatte nie beabsichtigt, ihm zu helfen. Es war ein Test gewesen, um herauszufinden, ob er wirklich der war, für den sie ihn hielt. Und mit Taars Erscheinen hatten sich nicht nur ihre Vermutungen bestätigt, sie bekam auch gleichzeitig die Möglichkeit, ihre Macht auszubauen. Verwirrung und Chaos. Der Namaqu'gab. Der Katalyst. Jemand, der die Machtverhältnisse zerrüttete und die Aufmerksamkeit auf sich lenkte, während Tiada sich im Hintergrund in Stellung bringen konnte. Nur, was gewann sie, wenn sie den rechtmäßigen Erben des Kaisers fand? Und woher wusste sie von Wendals Tod?

»Du verstehst, Junge. Das macht es leichter.«

Seine Kehle war wie ausgedörrt an und er musste wieder schlucken. »Dann war alles nur eine Lüge?«

»Wahrheit? Lüge? Das zählt an diesem Ort nicht.«

»Was zählt dann?«

»Mein Meister. Er wird die Welt für immer verändern.«

Die Männer näherten sich – vorsichtiger, wie ihm erschien. Er überprüfte das Band zu den verwobenen Seelen an seinem Körper. »Wie?«

»Wirst es sehen, mein Junge. Wirst es sehen.«

Dann tat sie etwas, womit er nicht gerechnet hatte. Ihre Hand schnellte vor und berührte ihn an der Brust. Innerhalb eines Atemzugs wurden die darin befindlichen Seelen entlassen und stoben in einem ätherischen Schimmer davon.

Die Erkenntnis durchfuhr ihn wie ein Schock. »Du bist eine Nekromantin!«

»Wir werden aus den Schatten treten. Und dann ist die Rache unser!«

Die Wahrheit sickerte nur zögerlich in seinen Verstand. Tiada hatte ihn belogen und benutzt. Sie war eine Nekromantin.

»Das kann ich nicht glauben«, sagte er heiser.

»Glaub, was du willst.«

»Was geschieht jetzt?«

»Jetzt, mein Junge, wirst du sterben.«

Hände packten ihn, grabschten nach seinen Haaren und rissen ihn zu Boden. Er wehrte sich, aber Tiadas Berührung hatte ihn all seiner Seelen beraubt. Ein Schlag traf ihn am Kopf, erfüllte ihn mit blendendem Licht. Ein Tritt folgte in die Seite. Und noch einer. Immer wieder, bis er nicht mehr klar denken konnte. Seine Sicht trübte sich, Blut sickerte in seine Augen, tropfte von seinem Kinn. Er krümmte sich zusammen. Ein Tritt in den Magen brachte ihn zum Würgen.

Es soll aufhören … bitte!

Der nächste Schlag schickte ihn in Benommenheit. Er keuchte und spuckte, rasselte und ächzte. Die Schläge trieben ihm jeden Gedanken aus dem Kopf.

Ich kann nicht mehr …

Plötzlich endete es. Schreie, Rasseln und Geklapper. Die Geräusche eines Kampfes. Ein Körper prallte neben ihn nieder. Tiada fluchte. Wieder Schreie.

Stille.

Docar blinzelte. Schemenhaft erschien ein Gesicht über ihm.

»Pack deine Sachen«, sagte Taar. »Es wird Zeit, zu verschwinden!«

Vierter Teil

Aufschub

Dreiundzwanzigster Tag

Was ist mit dem Grubenkrabbler? Eine äußerst hinterhältige Kreatur, die zur Genüge im Schlund vertreten ist. Durch die harte Außenschale und die beweglichen und äußerst langen Tentakel ist diese Kreatur ein nicht zu unterschätzender Gegner. Ich bin einer solchen Kreatur einst in die Falle getappt. Ich empfehle, ihr Fleisch nicht zu verzehren. Es schmeckt eigenartig. Irgendwie glibberig.

Aroc neigte anerkennend den Kopf. »Das habt Ihr gut gemacht.«

»Ihr habt Euch vorbereitet«, sagte Rysana gelassen. »Also habe ich ebenfalls vorgesorgt.«

Er lächelte. »Glücklicherweise. Selbst mich konntet Ihr täuschen.«

Sie musste ebenfalls lächeln. »Was auch immer Ihr sagt.«

Seite an Seite stiegen sie die Treppen in das höchste Stockwerk des zentralen Turmes hinauf. Ihr Ziel waren einmal mehr die Gemächer des Nekromantenkaisers, die einen besonderen Reiz auf sie ausübten. Vielleicht hatte es mit ihrer Liebe zu Wendal zu tun, vielleicht hing es auch mit der Vertrautheit zwischen Aroc und ihr zusammen, die in jenen Gemächern ihren Ursprung fand.

Ich achte ihn immer mehr.

Seit ihrer Ohnmacht fühlte sie sich besser denn je. Beschwingt, frei von Schmerzen und ohne die drückende Last der Verantwortung kam sie sich wie eine ganz andere Frau vor. Unwillkürlich fragte sie sich, wer diese Frau denn nun war, der sich ganz neue Möglichkeiten eröffneten?

Während sie die Stufen zum Turm nahmen, hing sie ihren Gedanken nach. In den letzten Wochen hatte sie sich krampfhaft bemüht, jedem und allem gerecht zu werden. Durch ihre neu gewonnene Freiheit konnte sie einiges näher in Augenschein nehmen, was zuvor viel zu wenig Aufmerksamkeit bekommen hatte.

Deshalb waren sie hier.

Schließlich erreichten sie das Stockwerk, in dem sich das Gemach befand. Wie in Trance bewegte Rysana sich durch die abgedunkelten Flure und erinnerte sich an die vielen Stunden, die sie mit Wendal hier verbracht hatte. Seine tiefe Stimme, seine ruhige Art und sein unerschöpfliches Wissen hatten sie beeindruckt. Nun wurde sie von Aroc begleitet, der sich immer mehr als Vertrauter erwies. Aber nicht nur das. Er war auch ein echter Freund geworden, bei dem sie das Gefühl hatte, dass sie ihm all ihre Gedanken und Geheimnisse anvertrauen konnte. Das wirkte zu manchen Zeiten irritierend, da sie über Jahre hinweg verschiedene Positionen im kaiserlichen Rat eingenommen hatten. Aus einstigen Kontrahenten waren Verbündete geworden.

»Habt Ihr Zaseans Gesicht gesehen?« Aroc lachte leise. »Er hat ausgesehen, als würde er den Schock seines Lebens erleiden.«

Sein Lachen war ansteckend. »Es fiel mir schwer, nicht in Gelächter zu verfallen. Da wir aber gerade über ihn reden, wo befindet er sich zurzeit?«

»Ich habe ihm ein Gemach im westlichen Bereich zukommen lassen.«

»Somit ist er weit weg vom Zentrum der Aufmerksamkeit.«

»Das war meine Absicht.«

»Habt Ihr ihn seit den Ereignissen noch einmal gesehen?«

Arocs Augen blitzten. »Nein, Zasean ist derzeit mehr beschäftigt, seine Diener zu drangsalieren, als das Ereignis zu hinterfragen. Aber ich lasse ihn beobachten.«

»Es wird nicht lange so ruhig bleiben. Möglicherweise bietet es uns Aufschub bis zur kommenden Ratssitzung.«

Als sie die Gemächer betraten, blieben sie kurz stehen. Seit ihrem letzten Besuch hatte sich nichts verändert. Noch immer herrschte Chaos und das Mobiliar lag verstreut und zerstört auf dem Boden. Schnee war vom Balkon hereingeweht und bedeckte einen Teil des rissigen Steinbodens. Rysana fror und wickelte sich enger in ihre Robe. Eine Hand legte sich auf ihren Rücken. Erst verkrampfte sie sich, dann bemerkte sie, dass es sich gut anfühlte, und entspannte sich etwas.

Ich sehne mich so sehr nach Zuwendung. Liegt es daran, dass ich bereits in jungen Jahren dem Rat vorgestanden habe? Oder bin ich zu schwach, meinen Gefühlen zu entsagen?

Es wühlte sie auf, dass sie derart starke Empfindungen empfand. Sollte sie nicht darüberstehen? Das war nicht das, wonach sie strebte. Ihr Leben lang hatte sie geglaubt, dass es für sie nichts Wichtigeres als den Dienst am Kaiserreich geben könnte. Dann hatte sie sich jedoch in Wendal verliebt und aus ihrer ungewollten Liebschaft war ein Sohn entsprungen.

»Es muss schwer gewesen sein«, flüsterte Aroc und beugte sich zu ihr. Er war ein großer Mann, sogar ein Stück größer als sie. »Eure geheime Liebe zum Kaiser, während er mit einer anderen Frau den ewigen Bund schloss.«

»Wir haben beide erkannt, dass es dem Kaiserreich schadet.«

»Und dann musstet Ihr auch noch Euren Sohn fortschicken.«

»Ja.« Ihr versagte kurz die Stimme. »Ja, ich habe Docar etwas Schreckliches angetan. Das ist unverzeihlich.«

»Ihr habt ihn besucht, nicht wahr? Um Euch von seinem Wohlbefinden zu überzeugen.« Seine Stimme war so einfühlsam. Kaum zu glauben, dass es derselbe Mann war, mit dem sie lange im Konflikt gelegen hatte.

»So oft es ging.«

»Während Eurer Besuche in den äußeren Städten nehme ich an? Ich habe mich schon immer gefragt, warum Ihr häufig auf Reisen gewesen seid.«

Gedankenverloren strich sie eine Strähne aus dem Gesicht. »Docar war nicht der Hauptgrund, aber ja, ich habe diese Situationen ausgenutzt. Ich … ich bin ein kaltherziger Mensch.«

Aroc zog sie in eine Umarmung. Sie schloss die Augen und genoss seine Wärme. »Nein, das seid Ihr nicht, Rysana. Ihr habt richtig entschieden, auch wenn es schwer gewesen sein muss. Womöglich hätte der Kaiser

Docar ermorden lassen, wenn er von seiner Existenz erfahren hätte.«

Rysana schwieg. Die Worte wühlten sie auf. Sie kam sich vor wie ein Blatt im Sturm, das keine Möglichkeit fand, einen Platz zum Ruhen zu finden.

»Viele schwierige Entscheidungen«, sagte Aroc leise. »Nun lasten sie auf meinen Schultern.«

»Ihr werdet es schaffen. Das weiß ich!«

»Habt Dank für das Vertrauen. Es ist eine Schande, dass sich Dunla und die anderen gegen Euch verschworen haben.«

Sie sah auf. Es fiel ihr schwer, seinen durchdringenden Blick zu erwidern. »Was geschehen ist, ist geschehen.«

Er streichelte ihr wieder über den Rücken, sanft, aber bestimmt. Aroc war ein Mann, der sich nahm, was er begehrte. Nie hätte sie gedacht, dass es einmal sie betraf.

Es ist jetzt nicht die Zeit für so etwas! Ich muss …

Er drückte sie näher an sich.

Das ist nicht richtig! Es ist … Sie löste sich von ihm und bewegte sich in die Mitte der Gemächer. Aroc folgte ihr und als er neben ihr stehen blieb, nahm sie den Ritualdolch aus der Tasche. Die Bannrunen glühten in einem fahlen Licht, der Griff aus Gebein fühlte sich ungewöhnlich kalt an und die Schneide reflektierte das Licht wie Öl auf einer Wasseroberfläche.

»Ihr tragt den Ritualdolch noch immer bei Euch?«

»Ich habe ihn seit Wendals Ermordung nicht abgelegt.«

»Das ist ungewöhnlich.«

»Dann sagt, wo hätte ich ihn verbergen sollen, wenn nicht direkt in greifbarer Nähe?«

»Ihr hättet ihn in einem Verlies sicher verwahren können.«

»Ich will ihn nicht aus den Augen lassen. Erscheint es Euch nicht auch seltsam, dass ein derart mächtiges Artefakt existiert? Wendal sagte immer, dass er das Wissen darüber aus der Welt getilgt hat.«

»Nun, er war auch der Meinung, dass er alle Nekromanten vernichtet hat. Und doch haben zehn Nekromanten ihn ermordet.«

»Die Bannrunen glühen zu mancher Zeit, dann wiederum nicht. Die Schneide fühlt sich in diesen Momenten seltsam an. Irgendwie kalt.«

»Eine Hinterlassenschaft aus einer Zeit lange vor uns, Rysana. Wir sollten uns nicht weiter damit befassen und uns den wirklich wichtigen Dingen zuwenden.«

Sie seufzte. »Ich weiß. Es ist nur so, dass ich nicht den Eindruck loswerde, uns entgeht etwas. Wer wollte Wendal unbedingt tot sehen? Wer hat so viel Einfluss, zehn Nekromanten auf ihn zu hetzen? Und vor allem, wie ist ihm das gelungen?«

»Ich kann Euch keine Antwort geben.«

»Das ist mir bewusst.« Sie hielt ihm den Dolch hin. »Möchtet Ihr ihn genauer untersuchen?«

Er hob abwehrend die Hände. »Nein, bitte nicht. Ich verspüre großen Respekt gegenüber einem solchen Artefakt.«

»Euch kann nichts passieren. Hier, nehmt ihn.«

Er entfernte sich ein Stück. »Rysana, ich bitte Euch!«

Sie ließ den Ritualdolch in die Tasche gleiten. »Wie

Ihr wollt.«

»Also, was machen wir hier?« Er näherte sich wieder. »Wir waren schon häufig hier oben. Vielleicht wäre es an der Zeit, loszulassen.«

Rysana spürte Druck hinter den Augen und versuchte, das Gefühl zu verdrängen. Ja, vielleicht war es wirklich Zeit, loszulassen. Wendal war tot und nichts würde daran etwas ändern können. Trotzdem war da das nagende Gefühl, das sie nicht mehr losließ.

»Es fällt mir schwer, nach vorn zu blicken. So viele Erinnerungen teile ich mit diesem Ort. Sowohl gute als auch schlechte.«

Er nahm ihre Hand und sanfte Wärme umfing sie. »Lasst einfach los. Es gibt zu viel, was unsere Aufmerksamkeit erfordert. Zasean, Dunla, der Rat, Docar und ein drohender Bürgerkrieg.«

»Ihr habt recht.« Rysana wandte sich ihm zu und legte ihren Kopf an seine Schulter. Tränen rannen über ihre Wangen, aber sie schämte sich ihrer nicht. Nur, wer sich der Trauer hingab, konnte sie auch überwinden.

Irgendwann lösten sie sich voneinander. Rysana seufzte schwer. »Wenn es in Eurem Interesse ist, können Diener die Räumlichkeiten herrichten. Es hat keinen Zweck, sich weiterhin Illusionen hinzugeben.«

»Eine weise Entscheidung. Ich werde alles veranlassen.«

»Gebt Ihr mir noch einen Moment?«

»Nehmt Euch alle Zeit der Welt. Vergesst aber nicht, dass immer noch ein Koloss im Palast von Thargor wütet.«

»Ich habe Zasean nicht vergessen. Uns wird etwas

einfallen, wie wir die nächsten Tage bis zur Ratssitzung überbrücken können.«

Arocs Kieferknochen mahlten. »Ihr glaubt weiterhin, dass es Taar Wax gelingen wird, Euren Sohn zu befreien und rechtzeitig zu erscheinen?«

»Ich glaube es nicht. Ich *weiß* es tief in meinem Herzen.«

Er nickte, wandte sich abrupt ab und verließ die Gemächer.

Rysana ging auf den Balkon und betrachtete die Eisgebirge, die von dort in all ihrer Pracht bewundert werden konnten. Der Himmel war verhangen und dicke Schneeflocken bedeckten das Land. Ein schwacher Dunstschimmer hing in der Luft, der den Blick auf den Süden verbarg, aber sie wusste, dass sich irgendwo dort der Schlund befand und noch ein Stück weiter die kargen Gebiete von Dunvell. Ihre Hände zitterten, als sie sich den Gemächern zuwandte und Wendals Tagebuch in die Hand nahm. Anfangs waren die Seiten noch akribisch und sauber beschriftet worden, mit Titelüberschriften und Randbemerkungen. Je weiter sich Rysana allerdings dem Ende der Aufzeichnungen näherte, desto hastiger waren die Informationen niedergeschrieben worden. An manchen Stellen wirkte es, als wäre Wendal einem wichtigen Geheimnis auf der Spur gewesen.

Ein Räuspern riss sie aus den Gedanken. Sie sah zurück.

»Nandeon?«, fragte sie.

Der alte Mann hatte die Arme hinter seinem Rücken verschränkt und musterte sie über den Rand seiner Augengläser. Seine Haltung war gebeugt und er atmete schwer, während er langsam auf sie zukam.

»Ich sehe Euch häufig mit dem Buch, Rysana. Was hat es damit auf sich?«

»Es ist Wendals Tagebuch. Ich finde es interessant, in seine Gedankenwelt einzutauchen, zumal ich die Hoffnung hege, dass es gewisse Einblicke bezüglich unseres Feindes bietet, der noch immer unentdeckt in den Schatten lauert.«

»Und hat es diese Einblicke geboten?«

»Bislang nicht.« Sie steckte das Tagebuch in ihre Tasche. »Offen gestanden bin ich verwirrt, Ratsmitglied. Was führt Euch zu mir?«

»Dies und das.« Er bewegte sich durch die Gemächer und blieb vor einem zerborstenen Schrank stehen. »Ich war bislang noch nicht hier und nachdem ich mitbekommen habe, dass Ihr und Aroc erneut diesen Ort aufsucht, hielt ich es für angebracht, mir ein eigenes Bild zu machen.«

Das war neu. Sonst wirkte es, als würde sich Nandeon nicht für das interessieren, was um ihn geschah. Nach ihrem letzten Gespräch hatte Rysana aber feststellen müssen, dass sie einem Trugschluss unterlag. Das älteste Mitglied des Rates hegte durchaus Interesse an aktuellen Ereignissen, betrachtete sie aber aus einem ganz anderen Blickwinkel. Er sah darin eine Chance auf Veränderung der Zustände und Machtstrukturen.

Nandeon kehrte ihr den Rücken zu und schaute zum Balkon. »Der Nekromantenkaiser besaß großes Wissen, aber er wusste nicht alles. Trotzdem frage ich mich, ob in diesem kleinen Buch Dinge beschrieben werden, die vielleicht nicht für die Ohren gewöhnlicher Menschen bestimmt sind.«

»Wovon genau sprecht Ihr?«

»Ich spreche von alten Feinden. Von Rätseln und Geheimnissen, die selbst er nicht verstanden hat.«

»Wieso interessiert Ihr Euch auf einmal dafür?«

»Das kann ich Euch zu diesem Zeitpunkt noch nicht sagen, weil ich nicht ganz sicher bin. Ich komme mir vor, als blickte ich durch milchiges Glas.«

»Nun, tatsächlich schreibt Wendal oft über einen alten Feind, einen Nekromanten namens Ranthor. Ihr habt mir vor einer Weile von ihm berichtet.«

Ein seltsamer Ausdruck lag in seinem Gesicht. »Ranthor?«

»Ja. Laut dem, was hier geschrieben steht, hegte dieser Nekromant ein gewisses Interesse daran, den Tod zu überwinden. Kurz gesagt, er wollte ewig leben. Wie genau er das allerdings bewerkstelligen wollte, ist nicht näher aufgeführt. Vermutlich wusste Wendal es nicht.«

Nandeon sah wieder aus dem Fenster. »Ich habe viel im Laufe meines Lebens gesehen, Rysana. Ich sah junge und alte Menschen sterben und ich habe ganze Städte fallen sehen. Dabei habe ich erkannt, dass die Nekromantie zu groß für uns Menschen ist.«

Die ganze Situation ist so seltsam, dachte Rysana und näherte sich ihm vorsichtig. Gedankenverloren fühlte sie in ihrer Tasche nach dem Dolch.

Die Schneide war eiskalt und ließ sie zurückzucken.

Wie merkwürdig ...

Sie blieb hinter Nandeon stehen und nahm den Dolch heraus. Die Runen glühten nicht und wirkten matt und tot.

»Die nächste Zeit wird einige Veränderungen bringen«, sagte Nandeon, ohne sie anzusehen. »Es wird Zeit, dass sich Amdra seinem Schicksal fügt.«

»Welchem Schicksal?«

»Ihr werdet feststellen, dass auch Ihr nur eine Figur seid, die Ihre Bestimmung noch nicht ganz erfüllt hat.«

Rysana hielt den Dolch nach oben. Es schien, als würde die Klinge das Licht in der Umgebung schlucken.

Hat es etwa mit Nandeon zu tun? Gibt es eine Verbindung zwischen dem Ritualdolch und ihm?

Sie kniff die Augen zusammen und musterte den älteren Mann. Er wirkte trotz seiner gebeugten Haltung ungewöhnlich groß, was ihr bisher nicht aufgefallen war.

Könnte es womöglich sein, dass er etwas mit all dem zu tun hat? Dass er es ist, der in den Schatten lauert und …

Der Gedanke war unsinnig. Sie schüttelte den Kopf und ließ den Ritualdolch in ihre Tasche gleiten.

Nandeon wandte sich ihr zu und nickte grimmig. Dann verschwand er aus den Gemächern und ließ sie ratlos zurück.

Verhandlungen

Vierundzwanzigster Tag

Da ich einer der letzten lebenden Nekromanten bin, ist es mir ein Anliegen, einen Bruchteil meines Wissens in diesem Buch zu hinterlassen. Einem Außenstehenden mag es vielleicht seltsam erscheinen, da er nicht nachvollziehen kann, wie das Gefüge der Welt verknüpft ist, aber ich kann mit Sicherheit sagen, dass es weitaus »mehr« dort draußen gibt, als man vermuten würde. Wer den Ursprung gesehen hat, weiß, wovon ich spreche.

Taar blieb schlitternd hinter einem Vorsprung stehen und spähte um die Ecke.

Niemand war zu sehen.

Er winkte hastig und wartete, bis Docar sich neben ihm zusammenkauerte. Dann sprintete er los, stürmte auf die gegenüberliegende Wand zu und sprang dagegen. Der Aufprall wurde von den in seinen Mantel verwobenen Seelen abgefedert. Einige Stoffbahnen, die ursprünglich die Kleidung von Tiadas Greifern gewesen waren, wanden sich um seine Hüfte und seinen Oberkörper. Nun erfüllten sie einen anderen Zweck und peitschten im Takt nach oben und beförderten ihn an die Decke. Tücher gruben sich zwischen zwei Steinblöcke, ein weiteres wickelte sich um einen Tropfstein in der Nähe.

Docar folgte etwas langsamer. Aber der Junge stellte sich geschickt an und lächelte stolz, als er neben ihm hing. »Ich brauche eine Verschnaufpause … bitte.«

»Kurz. Aber dann müssen wir weiter.« Taar schätzte die Lage ab. Es hatte sich innerhalb kürzester Zeit herumgesprochen, was in Tiadas Gebiet geschehen war. Die Nekromantin lebte noch, denn es brauchte mehr als ein paar Knochenbrüche, um einen Menschen mit der Todesgabe zu töten. Nun machte sie mit ihren Greifern Jagd auf ihn und Docar. Man könnte tatsächlich behaupten, Tiada war stinksauer.

»Du hattest mit allem recht, Taar. Tiada hat mich nur benutzt. Genau wie dich.«

»Bringt nichts, es zu erwähnen.«

»Aber warum?« Docar vergrub sein Gesicht in den Händen, was etwas seltsam aussah, da er immer noch an der Decke baumelte. »Wie konnte sie das nur tun? Ich habe ihr vertraut! Ich habe gedacht, dass sie meine Freundin ist. Wie konnte sie nur …«

»Was hast du erwartet? Dass sie aus reiner Nächstenliebe handelt? Du befindest dich im Schlund. Hier gibt es nur den Tod.«

»Taar … sie wollte mich umbringen. Hörst du?«

»Hab's schon beim ersten Mal mitbekommen. Tiada wollte sich eben vergewissern, dass du der bist, für den sie dich gehalten hat, wobei wir beide wissen, dass du es bist.« Er hielt kurz inne und bemerkte, wie sehr die Erkenntnisse den Jungen aufwühlten. Für ihn brach vermutlich eine Welt zusammen, Taar hingegen hatte mit einem ähnlichen Ergebnis gerechnet. Zwar war es auch für ihn eine Ernüchterung, dass Tiada trotz allem eine kaltblütige Anführerin war, die andere benutzte, um ihre Ziele zu erreichen. Trotzdem bestätigte sie damit die wichtigste Regel, die im Schlund herrschte: Jeder kämpfte für sich.

»Es tut weh, Taar«, flüsterte Docar. »Es tut so unfassbar weh.«

»Ich hab nur eine Regel, Junge: Aller Schmerz, so übel er auch sein mag, geht vorüber.«

»Du hast erstaunlich viele eine Regeln.«

»Möglich. Du wirst es überleben.«

»Das ist nicht alles. Ich fühle mich so …«

»Dumm? Naiv? Bescheuert?«

»Verloren.«

»Mein ich doch.«

»Du hast mich gewarnt, aber ich wollte es nicht wahrhaben. Ich bin alleine. Ein ungewollter Sohn. Jemand, der keinen Platz auf dieser Welt hat.«

Die Worte bewegten etwas in Taar. Auch er besaß keinen richtigen Platz. Es gab für ihn keine Rast, keinen Stillstand. Nur das Überleben zählte.

Wenn ich nicht aufpasse, verändert mich dieser Junge noch …

Er griff in seine Tasche und schloss die Hand um den Holzwürfel. Das Vibrieren hatte etwas Beruhigendes. »Ich verstehe die Zusammenhänge nicht ganz«, sagte er leise. »Ich kann sehen, dass alles miteinander verflochten ist, nur wie genau, das ist die große Frage. Das Lied der Toten hat mich hierhergeführt. Doch der Grund bleibt mir weiterhin verborgen.«

»Wusstest du, dass Tiada eine Nekromantin ist?«

»Ganz ehrlich? Nein, ich hatte nicht einmal den Ansatz einer klitzekleinen Vermutung. Das zeigt allerdings, was für ein hinterlistiges Biest sie ist. Offen gestanden hat die schon ganz schön Eier, mich so an der Nase herumzuführen.«

Docar atmete hörbar aus. »Was machen wir jetzt? Tiada haben wir als Verbündete verloren und Shaan ist auch nicht gut auf uns zu sprechen.«

»Überhaupt nicht gut.«

Der Junge verzog das Gesicht. »Brinan hat das Knie vor Wynron gebeugt und die Wärter haben irgendeine Abmachung mit ihm getroffen. An allen Ecken lauern Gefahren. Jeder will uns an die Gurgel. Wie wollen wir diese Situation wieder unter Kontrolle bekommen?«

»Gar nicht.«

»Ich denke, dass wir das nicht schaffen werden, wenn wir …« Der Junge stockte. »*Gar nicht?*«

»Es ging nie darum, Verbündete zu finden.«

»Aber wir stehen alleine da! Schwach und hilflos, während sich unsere Feinde um uns formieren.«

Er hielt sich einen Finger an die Lippen und deutete abwärts. Weit unter ihnen liefen einige Gestalten durch den Gang und verschwanden wieder.

»Wir haben dem Kommandanten der Wärter eine nette Botschaft hinterlassen. Du erinnerst dich?«

»Ja, aber was ist mit Wynron? Er hat Brinan und …«

»Brinan ist kein Problem mehr.«

Docar hangelte sich ein Stück näher. »Warum?«

»Erinnerst du dich an den Koloss?«

»Leider viel zu gut. Ich habe mich sowieso gefragt, wie du ihm entkommen konntest.«

»Ach, sagen wir, dass ich Brinan ein kleines Geschenk hinterlassen habe. Der Koloss ist tot und Shaan wird nicht sonderlich begeistert sein, dass Brinan ihm sein neuestes Spielzeug weggenommen hat. Brinan hingegen hat verkündet, dass er«, er räusperte sich, »Shaan lebendig häuten wird.«

»Und das heißt jetzt für uns?«

»Es gibt ein altes Brettspiel.«

»Taar, bitte keine Spielchen!«

»Hör zu, Junge! Das ist wichtig. Das Brettspiel, von dem ich spreche, heißt Kaisermord. Sagt dir das etwas?«

»Um ehrlich zu sein, nein.«

»Macht nichts, ist auch schon ziemlich alt. Jedenfalls geht es in dem Spiel darum, seinen Kaiser zu schützen, während man versucht, den Kaiser der anderen Mitspieler zu stürzen. Einzelne Figuren mit verschiedenen Funktionen besetzen das Spielfeld, darunter Soldaten, Bauern und Händler. Die wirklich wichtige Figur ist allerdings der Kaiser. Es werden Bündnisse geschmiedet, Rohstoffe ausgetauscht und Intrigen gesponnen. Währenddessen wird für den Krieg gerüstet, um die Mitspieler im entscheidenden Moment dort zu treffen, wo es so richtig scheiße wehtut.«

»Ich verstehe nicht, was das mit unserer Situation zu tun hat.«

»Geduld. Es gibt noch weitere Figuren, wie den Heiler, den Berater und meine persönliche Lieblingsfigur, den Narren. Der Narr vereint alle Elemente jeder Figur, besitzt aber auch zugleich alle Schwächen. Dadurch kann er die stärkste, aber auch die sinnloseste Figur im Spiel sein. Wenn ein Spieler geschickt vorgeht und seine Figuren gut verteilt, lässt er seinen Kaiser allein zurück. Nicht, weil er das toll findet, sondern weil es ihm die

Möglichkeit bietet, seine Mitspieler zu täuschen. Er wiegelt sie gegeneinander auf, stellt Bündnisse her und gibt sich angreifbar. Und während er das tut, lenkt er den Blick von der tatsächlichen Bedrohung ab: dem Narren. Einer Figur, die allein steht und so schwach und unscheinbar wirkt, dass sie immer unterschätzt wird.«

Docar nickte langsam. »Wir sind der Narr?«

»Wir? Wo denkst du hin? Ich bin der Narr, du bist die fette Bäuerin.« Er musste laut lachen, als er Docars Verwirrung sah. »Jedenfalls haben wir alle Figuren in Stellung gebracht und wirken schwach und angreifbar. Weder haben wir Verbündete noch besitzen wir irgendwelche Mittel, um die nächsten Tage im Schlund zu überleben. Es braucht nur einen Augenblick der Unaufmerksamkeit und dann war's das mit uns. Im Grunde ist unsere Situation so richtig beschissen.« Er hob eine Hand und zählte die Finger ab. »Es gibt fünf Mitspieler: Tiada, Shaan, Brinan, Wynron und die Wärter.«

»Ich erkenne, wohin das alles führt, aber wie hilft uns das jetzt?«

Ein tiefes Horn hallte durch die Gänge.

»Es ist der Weise, der den Narren fürchtet. Sag, was fürchtet jeder Herrscher?«

»Chaos?«

»Chaos. Also, was denkst du? Wollen wir von hier verschwinden?«

*

Der Zugangsbereich war so voll wie lange nicht mehr. Zwei Dutzend Wärter hatten sich vor der Leiter versammelt, die Zugang zur Oberfläche bot. Wie stets waren die Wärter schwer gerüstet, mit dicken Panzern, gefährlich funkelnden Waffen und undurchsichtigen Vollhelmen. Man hätte meinen können, dass es allein dem Zufall geschuldet war, dass sie sich im Hauptbereich des Schlunds versammelt hatten.

Aber das stimmte natürlich nicht.

In unmittelbarer Entfernung stand eine Gruppe regloser Gestalten, die offenbar auf etwas Bestimmtes warteten. Taar konnte es von seiner Position nicht richtig erkennen, aber er glaubte, im linken Bereich Wynrons Männer ausmachen zu können, deren Reihen wiederum mit den Gefolgsleuten von Brinan aufgefüllt wurden. Auf der anderen Seite standen Tiadas Greifer, die mit Stöcken und provisorischen Helmen ausgerüstet waren; bullige Kerle mit grobschlächtigen Gesichtern und narbenübersäten Körpern. Von Tiada selbst war nichts zu sehen, was aber nichts heißen musste. Und zuletzt standen am anderen Ende gebrochene Gestalten, die nur zu Shaan gehören konnten. Nach dem kürzlich zurückliegenden Zusammenstoß mit dem Koloss und dessen Tötung durch Brinans Männer, war es Shaan anscheinend ein Anliegen, seinem Ärger ordentlich Luft zu machen. Wie gut, dass Taar ihm die Möglichkeit gegeben hatte.

Die Luft knisterte vor Anspannung wie vor einem niedergehenden Blitz. Dies war der Moment der Entscheidung, der die Machtpositionen im Schlund verändern sollte. Wie schön, dass er Anteil daran haben durfte, dass es so weit kam.

Taar musste grinsen. Alles war eingetreten wie geplant, dabei war er nur der Stein gewesen, der alles ins

Rollen gebracht hatte. Alles, was es dafür gebraucht hatte, waren ein Feigling, eine Prise Verwirrung und eine gute Portion Humor. Auch wenn er sich darüber freute, war es dennoch Zeit, schleunigst den Schlund zu verlassen. Er konnte den Tod erkennen, wenn er ihm gegenüberstand, und dieser Ort stank förmlich danach, wie ein alter Kadaver.

»Taar?«

»Junge?«

»Hast du das wirklich alles geplant?«

»Nein.«

»Das verstehe ich nicht.«

»Ich auch nicht.«

Docar runzelte die Stirn. »Komm schon, das ist wirklich alles?«

»Ich habe nur eine Regel, Junge: je planmäßiger man vorgeht, desto wirksamer vermag einen der Zufall zu treffen.«

»Lass mich raten, das hat einst ein weiser Mann gesagt?«

»Klar.«

»Und dieser weise Mann warst du.«

»Warum fragst du, wenn du die Antwort bereits kennst?«

Docar lächelte. Ja, der Junge hatte sich wirklich verändert – zum Guten, wie er fand. »Du würdest jetzt sagen: Das war keine Frage, sondern eine Feststellung.«

Taar brummte leise. Das wäre tatsächlich seine Antwort gewesen. Irgendwie war es dem Jungen gelungen, dass er ihn ins Herz geschlossen hatte. Höchst ungewöhnlich, zumal er sich einst geschworen hatte, nie

wieder einen anderen Menschen so nahe an sich heran-
zulassen. Nicht, seit *sie* in seinen Armen gestorben war.

Docar bemerkte seinen Blick. »Habe ich etwas Fal-
sches gesagt?«

Taar legte ihm eine Hand auf die Schulter und schüttelte langsam den Kopf. »Nein, hast du nicht. Hör zu,
so was ist normalerweise nichts für mich. Ich bin kein
Mensch, der viele Freunde hat. Ist besser so, wenn du
verstehst, was ich meine. Es ist nur so, dass …«

»Was willst du mir sagen?«

Der Junge war dürr, unterernährt und besaß diese
kindliche Naivität, die zum Haareraufen war. Er wirkte
kränklich und schwach. Aber das war nur die Hülle,
denn innerhalb kurzer Zeit hatte der Junge Hürden gemeistert, die nicht einmal ein ausgebildeter Nekromant
nach Jahrzehnten beherrscht hätte. Er war mehr als nur
talentiert, als ob er dazu bestimmt wäre, ein mächtiger
Nekromant zu werden. Seltsamerweise machte das Taar
aber keine Angst, denn er wusste tief in seinem Herzen,
dass Docar ein guter Mensch war. Zwar leichtgläubig,
aber ehrlich und mitfühlend. Eigenschaften, über die
kein Mensch mehr im Schlund verfügte – vielleicht sogar nicht einmal auf der Oberfläche. Die Wahrheit war,
dass Docar ein besserer Mensch war als jeder andere
dort draußen.

»Pass auf dich auf, Docar. In Ordnung?«

»Ich werde es versuchen.«

»Nicht versuchen. Tu es! Kein Zögern, kein Zweifeln. Du musst um jeden Preis den Schlund verlassen
und den Palast von Thargor erreichen.«

Wynron ging mit wehendem Mantel auf die Wärter

zu. Der Gebieter wollte Eindruck schinden, aber Taar durchschaute das Spiel. Wynron war so unsicher wie ein Koloss auf Stelzen.

»Wenn du die Möglichkeit hast, rette dich, Junge. Sieh nicht zurück und achte vor allem nicht auf mich. Verstanden?«

»Ich werde nicht ohne dich …«

»Hast du das verstanden?«

Docar senkte den Blick. »Ja.«

»Gut.« Taar richtete sein Augenmerk auf die Geschehnisse im Zugangsbereich. Wynron gestikulierte wild mit den Händen, während er mit den Wärtern sprach. Brinan baute sich vor einem der Wärter auf. Von der anderen Seite schlurfte Shaan auf die Versammlung zu, blieb aber in gewissem Abstand stehen. Und als Tiada sich aus der Menge löste, um sich ebenfalls anzuschließen, konnte Taar sein Glück kaum fassen. Alle vier Gebieter waren zur selben Zeit am selben Ort versammelt. Ein Ereignis, das vermutlich schon seit Jahrzehnten nicht mehr stattgefunden hatte.

»Was bereden sie?«, fragte Docar.

»Leg mir die Hand auf.«

»Befindet sich etwa eine Wachspuppe dort?«

Taar beobachtete durch die Augen der winzigen Figur, die zwischen den Wärtern umherhuschte, seine Umgebung. »Man muss schließlich vorbereitet sein, wie?«

Der Junge legte ihm eine Hand auf. »Du bist unglaublich.«

»… es ist mir vollkommen egal, was du behauptest, du Stück Scheiße!«, grollte einer der Wärter, vermutlich der Anführer des Trupps. »Gaed hat uns erzählt, was hier vorgefallen ist.«

»Ich verstehe deine Bedenken, aber es ist allgemein bekannt, dass Gaed ein Lügner ist«, erwiderte die wohltönende Stimme von Wynron. »Wir wurden alle getäuscht und es gibt nur einen …«

»Halt's Maul! Noch ein Wort und wir stechen euch alle ab!«

»Du verstehst nicht, was hier vor sich geht!«

»Das muss ich auch nicht. Alles, was zählt, ist das, was passiert ist.«

»Und das wäre?«

»Ich habe eine ganze Patrouille verloren und deine Nachricht erhalten, sogenannter Gebieter! Du hast nur eine einzige Aufgabe gehabt, und zwar, uns das Leben hier leichter zu machen. Dafür haben wir dir gewisse Privilegien gegeben.«

»Das ist korrekt. Ich habe immer noch vor, hier unten aufzuräumen.« Wynron hielt kurz inne. Über die Augen der Wachspuppe konnte Taar sehen, wie er Tiada und Shaan einen finsteren Blick zuwarf. »Aber es gibt einige im Schlund, die sich meinen Plänen widersetzen. Einige, die hinter meinem Rücken dem Vagabunden auch noch unter die Arme greifen.«

»Er hat mich verraten!«, rief Brinan und zeigte auf Shaan. »Dieser hässliche Bastard hat einen Koloss auf meine Männer gehetzt!«

Shaan schüttelte den Kopf.

»Ist mir scheißegal!«, brüllte der Wärter. Sein Helm bildete die klobige Form eines Kolosskopfes. »Wir haben euch hier unten zu lange viel zu viele Freiheiten gewährt. Ihr habt die Gelegenheit ausgenutzt.«

»Nein, das haben wir nicht«, widersprach Wynron. »Wie ich schon sagte, wurden wir alle von einem Mann getäuscht. Genau wie beim letzten Mal hat er uns gegeneinander ausgespielt.«

»Ich will davon nichts hören!«

»Aber …«

»Es wird Zeit, dass wir euch Dreckhaufen zeigen, warum ihr hier seid.«

»Und das bedeutet?«

Der Wärter rammte seine Hellebarde in den Boden, woraufhin die vier Dutzend Wärter in Kampfstellung gingen. »Ihr seid Abschaum und wir sind hier, um euch ein Leben in unermesslicher Qual zu bescheren.«

»Bitte hört mich an!«

Tiada hatte die Auseinandersetzung stillschweigend verfolgt. Nun ergriff sie die Gelegenheit, sich einzumischen. »Welche Abmachungen?«

Der Wärter funkelte sie an. »Das geht dich nichts an, du hässlicher Koloss!«

Sie zeigte ihre braunen Zähne. »Bin hier unten, weil ich es will, Menschlein. Fordere mich nicht heraus!«

»Herausfordern? Wie kannst du es wagen, so mit mir zu sprechen, Abschaum? Vergiss nicht, wo dein Platz ist!«

»Oh, ich vergesse nicht. Niemals.«

»Tiada!«, zischte Wynron. »Du machst alles nur noch schlimmer! Warum hast du ihm geholfen? Warum hast du dich nicht an den Plan gehalten? Wenn du Taar Wax mir überlassen hättest, wären wir jetzt nicht in dieser Situation.«

»Der Namaqu'gab bringt Veränderungen. Das ist gut.«

Brinan stampfte mit dem Fuß auf. »Wenn ich noch einmal dieses Wort hören muss, ramme ich dir meine Faust in die Fresse!«

Taar runzelte die Stirn. Wenn er das anhörte, wirkte es fast, als … Ja, es konnte nicht anders sein. Er warf Docar einen schnellen Blick zu, der ihm zunickte. Anscheinend hatte er die Zusammenhänge ebenfalls erkannt.

Ihm entfuhr ein leiser Pfiff. Tiada hatte doppeltes Spiel getrieben und war schon länger Wynrons Verbündete gewesen. Nur, wie das meistens bei losen Allianzen der Fall war, verfolgte jeder ein anderes Ziel. Bei diesen ganzen Bündnissen schwirrte selbst ihm mittlerweile der Kopf. Er stellte einmal mehr fest, was für ein Glück sie gehabt hatten.

»Wo ist er jetzt, Tiada?«, fragte Wynron.

»Taar Wax ist …«

»Nicht er! Der Junge!«

Docars Hand verkrampfte sich auf seiner Schulter.

»Bei ihm«, sagte Tiada knapp.

»Du weißt, dass ich Vermutungen hegte. Er war überaus wichtig für mich und meine Pläne. Wie konntest du das nur tun?«

»Er musste sterben. Auftrag. Du verstehst nichts von alledem.«

»Ich verstehe nichts? Ja, da könntest du recht haben. Ich weiß mittlerweile nicht einmal mehr, wer du überhaupt bist. Eine Nekromantin? Eine Verbündete? Eine Feindin?«

»Nekromantin?«, bellte der Wärter und ruckte mit dem Kolosskopf zu ihr. »Wieso wissen wir nichts davon?«

Tiada sagte lange Zeit nichts. Dann wirbelte sie herum und stapfte davon. Die Greifer nahmen sie in ihrer Mitte in Empfang.

»Bitte, hört mich bitte an!« Wynrons Stimme nahm einen flehenden Unterton an. »Ich bekomme das in den Griff.«

»Nein!«, knurrte der Wärter. »Wir werden hier unten aufräumen und euch auf eure Plätze zurückweisen. Du hast einen ganzen Trupp meiner Männer niedergemetzelt, Bastard!«

Brinan trat einen Schritt vor und baute sich vor dem Wärter auf. »Du solltest ihn anhören, wenn du leben willst, Wärter! Du solltest …«

Eine rasche Bewegung, Stahl blitzte auf, und dann polterte Brinans Kopf auf den Boden.

Damit begann es.

Eine nette Ablenkung

Die Grenze zwischen den Reichen der Toten und der Lebenden ist fließend. Nicht, was ein Nekromant mit seiner Gabe bewirken kann, ist gefährlich und der Grund, weshalb ich sie auslösche, sondern vielmehr, was entstehen kann, wenn sie Fehler begehen. Fehler, die nicht nur den Tod des Nekromanten nach sich ziehen können.

Sofort setzte Chaos ein. Schreie, Rufe, Panik. Die Gefangenen stürzten sich auf die Wärter, brüllten und kreischten vor Zorn, während die Luft unter ihrem Lärm bebte und zitterte. Armbrüste klickten, Bolzen surrten, Metall rasselte. Männer fielen und starben. Scheppernd prallten beide Armeen aufeinander.

Docar kniff die Augen zusammen und versuchte, die Schlacht zu überblicken. Dabei fiel ihm sofort etwas auf. »Warum bekämpfen sie sich gegenseitig?«

»Weil alle Bündnisse hinfällig sind«, sagte Taar, formte aus seinem restlichen Wachs drei kleinere Puppen auf einmal und legte sie auf seiner Schulter ab. Gespenstische Schemen stoben um sie auf und dann erwachten die Puppen zum Leben.

»Brinans Männer teilen sich auf.«

»Gut erkannt, Junge. Seine Männer wissen nicht, wem sie zuerst die Birne weich klopfen sollen.«

Das stimmte. Einige attackierten die Wärter, andere warfen sich auf die krummen Gestalten, die Shaan unterstanden. Wynron hielt seine Männer zurück. Noch. Nachdem aber nun der Damm gebrochen war, konnte auch er nichts mehr tun. Nur Tiada gelang es weiterhin, ihre Greifer zu kontrollieren, wobei denen die Mordlust in die Gesichter geschrieben stand.

»Warum mischt sich Tiada nicht ein?«, fragte er.

»Weil sie erkannt hat, dass die Letzten die Gewinner sind.«

»Also mischen wir uns auch nicht ein?«

»Besser. Wir hauen ab.« Der Vagabund lockerte die Quasten an seinem Mantel. Docar folgte seinem Beispiel und überprüfte die verwobenen Seelen. Eine war kurz davor, sich zu lösen, weshalb er sie durch eine andere ersetzte. Das gelang ihm immer besser. Mittlerweile brauchte es nicht mehr als einen flüchtigen Gedanken.

»Bereit?«, fragte Taar.

War er bereit? Sollte er alles aufs Spiel setzen und die Flucht wagen? Als er tief in sich hineinhorchte, kannte er die Antwort. Es war Zeit, sich seiner Vergangenheit zu stellen und ins Licht zu treten. Er musste um jeden Preis die Oberfläche erreichen. Kostete es, was es wollte.

Die Mantelfetzen schlingerten hin und her, als wären sie lebendig. Auch die langen Tücher, die er sich mehrfach um die Brust geschlungen hatte, folgten dem geheimen Rhythmus, den nur ein Nekromant hören konnte. Es war, wie Taar erklärt hatte: Er besaß die Gabe des Todes. Es ging nicht darum, eine Waffe zum Töten in den Händen zu halten. Es ging darum, andere Dinge mit Leben zu erfüllen. Die Nekromantie wurde als Todesgabe bezeichnet. Tatsächlich war es aber die Gabe über das Leben.

Und das erfüllte ihn mit grimmiger Freude.

Ein Streifen schoss schneller als ein Funkenregen nach vorn. Er riss ihn wieder zurück und wickelte ihn um seinen Arm. Diese Kraft … diese Macht! Nie hätte er zu träumen gewagt, einmal über so etwas zu verfügen.

In einem langen Atemzug sog er die Luft ein. »Ich bin bereit!«

»Gut. Jetzt pass genau auf! Ich habe nur eine Regel: Es gibt bloß den Weg nach vorn. Das hier wird kein Zuckerschlecken, Junge. Wenn du zurückbleibst, wirst du sterben.«

»Ich weiß.«

»Konzentriere dich auf die Nekromantie! Spüre sie, als wäre sie der letzte Atemzug, den du in deinem Leben tust!«

Er straffte sich und war so aufgeregt, dass er sich gleich ins Hemd machte. Das da vorn war die Wirklichkeit, in der Unsicherheit keinen Platz fand. Er musste größer und stärker werden. Und er musste die Todesgabe verwenden wie noch nie zuvor.

Während er so dastand und dem Gefecht zusah, zogen die letzten Jahre an seinem inneren Auge vorbei. Er sah sich selbst, einen schwachen Jungen, der irgendwie im Schlund überlebt hatte. Er betrachtete sich als

Schmiedelehrling an der Oberfläche. Ein Gesicht blitzte vor ihm auf, so klar und deutlich erkennbar wie der Rücken seiner Hand. Rysana, die Vorsitzende des kaiserlichen Rates, die sich um ihn gekümmert hatte. Sie wusste mehr über ihn und seine Vergangenheit.

Es ist meine Bestimmung, den Palast von Thargor zu erreichen.

Entschlossen ballte er seine Hände, bis das Weiße seiner Knöchel sichtbar wurde. Auch wenn Taar Geheimnisse vor ihm hütete, war er der einzige Mensch, der ihm hier hinaushelfen konnte. Das durfte Docar nicht vergessen.

Rüstungen schepperten, Metall rasselte, Stimmen schrien, Männer starben. Es war ein grausamer, wahnsinniger Kampf ums Überleben, der keinen Gewinner kannte.

Docar blendete all das aus. Lange Zeit hatte er sich davor gefürchtet, herauszufinden, wer er war. Nun betrat er den Pfad seines Schicksals. Er schloss die Augen und atmete tief aus. In seiner Tasche vibrierte der Anker, den er spürte wie den Atem in seiner Lunge.

Jetzt!

Er riss die Augen auf, stürmte aus dem Versteck und rannte zum Zugangsbereich, der sich in ein Schlachtfeld verwandelt hatte. Wärter lagen am Boden, Wärter stöhnten und wimmerten. Insassen wälzten sich vor Qual im Staub, hielten ihre abgeschlagenen Gliedmaßen in den Händen und das Blut tränkte die Erde. Die Greifer waren ebenfalls in den Kampf eingeschritten. Doch anders als erwartet kämpften sie nicht gegen die Wärter, sondern fielen Shaans Gefolgsleuten in den Rücken.

Chaos. Wie Taar prophezeit hatte. Jeder stand gegen jeden und das würde ihnen die Gelegenheit bieten, die Figur des Narren zu sein. Alleingelassen und ohne Verbündete, schwach und hilflos und doch unvergleichlich mächtig. Die entscheidende Konstante, die den Kaiser zum Sieg führte.

Docar flitzte auf einen Pulk zu, drückte sich mit verstärkten Beinen ab und sprang in hohem Bogen über die Menschen hinweg. Der Wind rauschte in seinen Ohren, spielte mit seinen verschlissenen Gewändern. Dann landete er sicher in den Knien, rollte über die Schulter ab und stürmte weiter.

Ein Wärter trat ihm in den Weg und schwang die Waffe. Docar schlitterte darunter hindurch, ließ eine Quaste nach oben peitschen, die den Brustpanzer des Wärters nach innen drückte, und drückte sich ab. Dann war er vorbei und schlug seine verstärkte Faust gegen den Kiefer eines Hünen. Der Knochen gab unter der Wucht nach und brach mit einem hörbaren Knacken. Er sah nicht zu, wie der Mann zu Boden ging, und rannte weiter. Die Kämpfenden zogen in Schemen an ihm vorbei und er griff nach der Macht, die seine Gabe barg.

Einige Kämpfende versperrten den Weg. Er sprang in ihre Mitte, rammte seine Faust auf den Boden und erzeugte einen lauten Knall, der an den Wänden widerhallte. Die Umstehenden wurden von den Füßen gerissen.

Taar landete neben ihm. Er grinste wie ein Kind mit den Fingern in der Keksdose. »Na, hast du Spaß?«

Docar ging nicht darauf ein. »Wie kommen wir hier

raus?«

Der Vagabund zeigte auf die Zugangsleiter, die längst nach oben gezogen und eingerastet worden war. Dort wurde am wenigsten gekämpft. Eine gute Gelegenheit, unentdeckt den Vorsprung hochzuklettern.

»Also gut. Die Zugangsleiter. Wie wollen wir …« Etwas krachte gegen seine Seite, presste alle Luft aus seiner Lunge und schleuderte ihn davon. Er schlug auf den Rücken und sein Kopf explodierte voller Licht. Als er sich auf die Füße rappelte, beugte sich ein grobschlächtiges Gesicht zu ihm.

»Ihr haltet euch wohl für ganz schlau, was?«, fragte O-dryt und trat ihm in die Seite. Der Mantel bewahrte ihn vor der Wucht, aber er wurde trotzdem herumgeschleudert. Als der Hüne wieder zutreten wollte, rollte sich Docar zur Seite und schnellte hoch. »O-dryt!«, rief er atemlos. »O-dryt, wir wollten …«

»Nehmt mich mit!«

»Was?«

O-dryt sah sich nervös um. »Die werden mich hier unten umbringen. Nehmt mich mit! Bitte …«

Ein wirbelnder Schatten landete neben ihm. »Wir müssen weiter!«, sagte Taar.

»Wir können O-dryt nicht zurücklassen!«, erwiderte Docar. »Er war der Einzige, der uns wirklich helfen wollte.« Fast rechnete er damit, dass Taar etwas einwenden würde. Überraschenderweise nickte sein Meister und hielt dem Hünen die Hand hin. O-dryt zog die Brauen hoch und musterte die Hand argwöhnisch. Dann schlug er ein.

»Es tut mir leid, mein Bester, aber ich kann dich

nicht mitnehmen.«

Der Hüne sackte in sich zusammen. Erst jetzt fiel Docar auf, dass sein ganzer Körper mit Schnitten und Wunden übersät war.

»Der Junge«, Taar nickte in seine Richtung, »hat mich überzeugt, dass man manchmal Kompromisse eingehen sollte. Ich kapier's zwar nicht, aber er hat recht. Du hast es nicht verdient, hier unten zu verrecken. Deshalb komme ich wieder. Irgendwann. Und dann werde ich dich rausholen.«

»Ich geh hier unten drauf, Taar. Vielleicht waren wir nicht immer einer Meinung, aber du warst lange mein Freund.«

»Ich weiß. Du wirst es schaffen!«

O-dryt seufzte. »Und wenn du nicht kommst …«

»…dann polierst du mir die Fresse!«

»Abgemacht!«

Eine Gruppe abgerissener Gestalten – vermutlich Gefolgsleute von Shaan – stapfte auf sie zu.

»Geht!« O-dryt stellte sich ihnen in den Weg. »Ich halte sie auf.«

»O-dryt?«, fragte Docar.

Der Hüne blickte über die Schulter.

»Danke.«

O-dryt lächelte finster. »Seht zu, dass ihr überlebt.«

»Das werden wir.« Docar blickte sich rasch um. Der Kampf wütete immer heftiger. Die Wärter zogen sich mittlerweile zurück und sahen zu, wie sich die Gefangenen selbst zerfleischten.

Taar deutete den Vorsprung hinauf. »Bereit?«

»Bereit«, sagte Docar und rannte los.

Ein Bolzen streifte seinen Arm und hinterließ einen blutigen Striemen. Er biss vor Schmerz die Zähne zusammen, wich mehreren Kampflustigen aus, entging dem achtlosen Hieb eines Wärters und erreichte schließlich den Vorsprung direkt neben dem Leitersystem. Mit verstärkten Beinen sprang er hoch und mit einem knappen Befehl verhakten sich die Quasten im Fels. Taar folgte nur einen Lidschlag später und hangelte sich in beeindruckender Geschwindigkeit nach oben. Wie ein wirbelnder Schatten bewegten sich die Quasten und waren kaum noch für das bloße Auge erkennbar. Docar folgte ihm und entging während seines Aufstiegs mehr als einmal haarscharf einem Bolzen.

Sie bewegten sich weiter aufwärts. Die verwobenen Seelen gruben sich in den Stein und ließen Splitter aufspritzen. Kurz wagte er einen Blick hinab. Die Schlacht war ein pures Gemetzel, ein wahnsinniger Kampf, den niemand überleben konnte. Unwillkürlich fragte er sich, ob es das wert gewesen war. All diese Tode waren ihm anzulasten. Männer und Frauen starben, damit er fliehen konnte.

Das war keine Gerechtigkeit.

»Ich weiß, was du denkst, Junge.«

»Das kannst du nicht wissen.«

»Ob du es glaubst oder nicht, auch mir geht das nahe. Vergiss nicht, es war eine Frage der Zeit, bis dies passieren würde, Docar. Wir waren nur der Tropfen, der das Fass zum Überlaufen brachte. Wohl eher das Tröpfchen. In solchen Situationen sage ich mir immer: Tja, Taar, das Leben ist ein riesengroßes Scheißhaus. Man muss nur zusehen, dass man die Luft anhält und es erträgt.«

»Das ist nicht wahr. Es gibt Dinge, für die es sich zu kämpfen lohnt.«

Der Vagabund bedachte ihn mit einem eigenartigen Blick, den er bei ihm zuvor noch nicht gesehen hatte. »Ja, damit hast du möglicherweise recht. Danke, dass du mich daran erinnerst. Es ist lange her.«

Taar wandte sich abrupt um und hangelte sich weiter zum Vorsprung hinauf. Docar straffte sich, wurde sich seiner Gabe bewusst und befahl den weiteren Aufstieg. Es kostete ihn viel Kraft – mehr als einmal wollte sich eine Seele verflüchtigen. Aber dann hatten sie es geschafft und er zog sich erschöpft über die Kante. Mit allen vieren von sich gestreckt lag er auf dem Rücken und achtete einen Moment nur darauf, tief einzuatmen. Als er sich aufrichtete, blickte er in die verdutzten Gesichter zweier Wärter, die weder Helme noch Waffen trugen.

»Fehler!«, rief Taar und ließ seinen Mantel peitschen.

Docar reagierte ebenfalls, sprang auf den anderen Wärter zu, verstärkte seine Faust und ließ sie in das Gesicht des Feindes krachen. Einmal, zweimal, dreimal.

Beide gingen benommen zu Boden.

»Was jetzt, Taar?«

»Jetzt geht's weiter.« Taar nickte den Weg entlang, der an den Rändern des Schlunds zur Oberfläche führte. Weit über ihnen war das silbrige Mondlicht auszumachen. Es war eine klare Nacht mit einem sternenübersäten Himmel und einem vollen Mond. Wann hatte er zuletzt den Nachthimmel in all seiner Pracht bewundern können? Es war das Schönste, was er seit langer

Zeit gesehen hatte.

»Unser Weg zur Oberfläche ist frei, alle Wärter sind unten in einen Kampf verwickelt«, bemerkte Taar. »Sieht ganz danach aus, als wäre mein Plan aufgegangen.«

»Ich dachte, du schmiedest keine Pläne.«

»Eben.«

*

Taar hatte es geschafft. Aber noch war es nicht vorbei. Sie rannten einen breiten Pfad entlang, immer hinauf, während sich weit darüber ein heller Kreis abzeichnete. Keine Menschenseele war zu sehen. Vermutlich befanden sich alle Wärter im Schlund und beteiligten sich am Kampfgeschehen.

Kurz bevor sie die Oberfläche erreichten, geschah das Unvermeidliche. Ein tiefes Horn gab Warnung an die oberhalb stationierten Wärter.

»Was jetzt?«, keuchte Docar. Der Pfad aus Kieselsteinen vor ihnen führte direkt aus dem Schlund in Richtung der Mauern, die höher und massiver waren, als er in Erinnerung hatte. Auch das Tor, ein wuchtiges, urzeitliches Bauwerk aus Stahl, ragte bedrohlich und unüberwindbar über ihnen auf.

»Schneller!«, rasselte Taar. Er wollte es nicht zugeben, aber auch er war müde und erschöpft.

»Ich kann nicht schneller!«

»Du musst! Ehrlich gesagt hab ich nicht damit gerechnet, dass wir es bis hierher schaffen.«

»Wie ermunternd.«

»War das ein Witz?«

»Überrascht?«

»Ein wenig.«

Vor ihnen sammelte sich eine Reihe Wärter. Durch das Chaos, das sie im Schlund verursacht hatten, war es ihnen zwar gelungen, unbehelligt an die Oberfläche zu gelangen, aber nun mussten sie eine letzte Hürde meistern und Taar war nicht sicher, wie ihnen dies gelingen sollte. Da es Nacht war und nur wenige Lampen angezündet waren, lag der größte Teil des Vorhofs im Schatten. Vielleicht ein Vorteil in ihrer Situation.

»Warte!« Docar hielt ihn am Arm zurück. »Sie wissen nicht, warum das Horn geblasen wurde.«

»Normalerweise ist es das Zeichen, dass etwas nicht ganz nach Plan läuft oder ein Aufstand ansteht.«

»Genau und sie denken, dass im Schlund etwas nicht stimmt.«

»Worauf willst du hinaus?«

»Sie wissen nicht, dass wir hier oben sind.«

»Und?«

»Warum Aufmerksamkeit auf uns lenken?«

Er legte den Kopf schief. »Weißt du was? Ich mag dich, Junge. Du denkst wie ein echter Halunke.«

»Ich habe vom Besten gelernt.«

»Absolut! Mir ist es also gelungen, dich so richtig zu verderben!«

»Verderben? Du hast mir gezeigt, wie man lebt. Du hast mir einen Ausweg geboten, warst auf deine verschrobene Art für mich da. Und du bist ein echter Freund.«

»Freund«, sagte Taar und lauschte dem Klang des

Wortes. »Klingt seltsam.«

»Es ist aber die Wahrheit, oder nicht?«

»Das ist es. Also, wollen wir?«

Unentdeckt pirschten sie in der Dunkelheit durch ein Labyrinth kleinerer Gebäude und Zelte, die den Wärtern als Unterschlupf dienten. Ein Dutzend marschierte in wenigen Metern Entfernung vorbei und hielt auf den Schlund zu, der wie das Maul eines urtümlichen, unstillbaren Ungeheuers aus der Erde ragte.

Als sie die verschlungenen Gassen verließen, erreichten sie endlich die Außenmauer. Mindestens dreißig Meter hoch und aus massivem, dunkelgrauem Backstein errichtet. Ein Teil war mit Moos bedeckt, an einigen Stellen zeigten sich kleinere Risse im Mauerwerk.

»Da wären wir!«, sagte Taar und verbeugte sich theatralisch.

Docar rang nach Luft. »Und jetzt?«

»Jetzt klettern wir.«

»Klettern?«

»Klettern. Da hoch.«

Der Junge seufzte. »Irgendwie habe ich befürchtet, dass du das sagst. Ich nehme an, dass wir danach wieder hinunterklettern müssen?«

»Ach was. Mit verstärkten Beinen dürfte ein Sprung aus dieser Höhe ungefährlich sein.«

»Dein Ernst?«

»Klar. Und bitte nenn mich nicht mehr Ernst.«

Docar runzelte die Stirn. Ja, der Witz war keine Glanzleistung, aber in diesem Augenblick fiel ihm kein besserer ein. »Was ist mit den Wärtern auf der Mauer?«, fragte der Junge.

»Viel zu sehr abgelenkt. Sobald sie bemerken, dass wir über die Mauer sind, werden sie uns nicht mehr aufhalten können.«

»Wenn ich wüsste, dass du das alles geplant hast, würde ich das glatt als Meisterplan bezeichnen, der seinesgleichen sucht.«

»Sagen wir, dass sich einige willkommene Möglichkeiten ergeben haben. Wynron und die anderen waren so nett, für eine kleine Ablenkung zu sorgen. Jetzt sollten wir unsere Chance nutzen.«

»Und dann?«

Seine Mundwinkel zuckten. »Dann wird es wohl Zeit, dass der Sohn des Nekromantenkaisers endlich nach Hause zurückkehrt, was?«

»Nach Hause. Wo auch immer das ist.«

»Ich kann sehen, dass dein Leben mit allem anderen verflochten ist. Unsere Reise hat gerade erst begonnen.«

Taar wirbelte herum, rannte auf die Mauer zu und tat einen Riesensatz mit verstärkten Beinen. Als er gegen den kalten Stein traf, schlingerte sein Mantel hoch, bohrte sich in die Fugen und half ihm beim Aufstieg. Als sie oben angelangten, half er dem Jungen, die letzten Meter zu überwinden, stellte sich in heroischer Pose hin und ließ seinen Blick über die Welt jenseits des Schlunds schweifen. Irgendwo dort hinten, jenseits der grünen Waldmeere, erhob sich der Palast von Thargor.

Die letzte Etappe des Auftrags.

Ein Wärter auf der Mauer bemerkte sie und blies kräftig in sein Horn, als wäre der Tod persönlich hinter ihm her. Aber sein Ruf blieb unbeantwortet, denn der Großteil der Wärter rang immer noch in den Tiefen des

Schlunds um sein Leben.

»Wie sieht's aus, Junge?«, fragte er. »Bereit für das nächste Abenteuer?«

Docar lächelte gezwungen und näherte sich dem Mauervorsprung. »Es bringt wohl nichts, es weiter aufzuschieben. Du hast es wirklich geschafft, Taar. Danke.«

»Danke mir nicht zu früh!« Taar überprüfte die verwobenen Seelen in seinem Mantel, ließ die Quasten zur Seite peitschen, umwickelte seine Beine und Arme, um sie zu verstärken, und breitete die Arme aus. Ein Windstoß kam auf und fuhr ihm durch die Haare. Er hatte gar nicht gewusst, wie sehr er den Wind vermisst hatte.

Dann sprang er in die Tiefe.

Nichts als die Wahrheit

Siebenundzwanzigster Tag

Ich erwähnte bereits einen Mann namens Ranthor. Er war ein äußerst mächtiger und vor allem gerissener Nekromant, der viele Jahre für Blut und Verderben in Amdra sorgte. Was er bezweckte, bevor ich ihm die Seele aus dem Leib riss, habe ich nie herausgefunden. Er hatte aber ein enormes Interesse, den eigenen Tod zu überwinden. Ein ausgebildeter Nekromant kann, wenn er über die nötigen Fähigkeiten verfügt, mehrere Hundert Jahre leben. Doch irgendwann wird seine fleischliche Hülle auseinanderfallen und der Tod ihn holen. Genau das wird auch bei mir der Fall sein. Ranthor hingegen wollte diese Hürde überwinden. Er hatte Pläne und das machte ihn gefährlich.

I ch finde dafür keine Erklärung, mein Lord.« Zasean ging rastlos in seinen Gemächern auf und ab. »Natürlich bist du nicht dazu in der Lage!«

»Wie genau meint Ihr das?«

»Sie hat mich vorgeführt! Hörst du? Ich stand da wie ein Trottel!« Er wirbelte zu dem Diener herum. »Bin ich denn ein Trottel?«

»Nein … mein Lord?«

»Der Nekromantenkaiser lebt!« Er rasselte und schnaufte wie ein sterbender Bulle – und genauso fühlte es sich auch an. Wenn ihm nicht etwas einfiel, dann war es das mit seinen Träumen. Aus und vorbei! Trotzdem, obwohl es keinerlei Sinn für ihn ergab, war er sicher, dass etwas nicht stimmte. Die Ratsmitglieder verschwiegen ihm etwas. Etwas von großer Bedeutung.

»Konntest du Kontakt zu unseren Spionen herstellen?«

»Ja, mein Lord«, sagte Gorma. Er saß auf einem Stuhl und wühlte mit tintenverschmierten Fingern in seinen Zettelbergen. »Die Gemächer des Nekromantenkaisers wurden in den letzten Tagen wiederhergerichtet.«

»Und weshalb?«

»Das weiß ich nicht. Mit Verlaub, mein Lord, aber ich halte Eure Entscheidung immer noch für überstürzt. Ich verstehe die Absicht hinter Euren Plänen. Dennoch sollten wir nicht hier sein.«

»So?«

»Ihr solltet Euch der Not Eurer Ländereien widmen. Ihr wisst, wie die Zustände sind. Euer Volk leidet Hunger!«

»Überstürzt?« Zasean schritt auf ihn zu wie ein drohendes Gewitter. »Du hältst meine Entscheidungen also für *überstürzt*?«

Gorma schluckte unruhig. »Ihr habt mich als Euren Berater eingestellt. Deshalb sage ich Euch die Wahrheit, so schmerzlich diese auch sein mag.«

»Du zweifelst also meine Entscheidungen an?«

»Nein, das wollte ich nicht sagen, ich wollte nur …«

»Was? Mich belehren? Mich zu einem besseren Lord machen? Wie einfältig du doch bist, Abschaum!«

Zum ersten Mal, seit er den Berater eingestellt hatte, konnte er Trotz in dessen Augen erkennen. »Und jetzt, Gorma? Wie willst du mich beraten?«

»So, wie ich es immer getan habe, mein Lord.« Der Berater neigte den Kopf. »Ich gebe die Hoffnung nicht auf, dass Ihr ein guter Mensch seid.«

Er legte seine Hand unter Gormas Kinn. »Du missverstehst mich, mein Berater. Ich habe nicht vor, ein solcher Mensch zu sein. Verstehst du das?«

Der Berater nickte zögerlich.

Zasean zog ihn näher. »Du bist für mich weniger wert als ein Vila. Ich könnte dich auf der Stelle zerquetschen und niemanden würde es interessieren.« Er lächelte böse. »Du hast dir so viel Mühe gegeben, deine Familie vor mir zu verstecken.«

»Mein … Lord?«

»Ich weiß von deiner kleinen, hübschen Tochter.«

Gormas Augen weiteten sich.

»Ah, sie soll wirklich bezaubernd sein. Diese Augen, in denen man sich verlieren könnte! Es wäre doch jammerschade, wenn ihr etwas zustoßen würde, nicht wahr?«

»Das … wird nicht nötig sein«, sagte Gorma heiser.

»Warum nicht?«

»Ihr könnt Euch darauf verlassen, dass ich nur zu Eurem Besten handle.«

»Und wie genau stellst du das an?«

»Ich habe Informationen … wichtige Informationen, die uns weiterhelfen können.«

Zasean ließ ihn los. »Warum nicht gleich so? Raus damit!«

»Ihr erinnert Euch an den Diener, der die Nachricht des Nekromantenkaisers im Ratssaal überbrachte?«

»Wie hätte ich ihn vergessen können?«

»Meine Spitzel haben nach ihm gesucht.«

»Und?«

»Er ist tot.«

»Tot?«

»Mausetot. Man fand ihn schwer zugerichtet in einer Zelle in den Kerkertrakten. Man könnte meinen, dass er bewusst verstümmelt wurde ...«

»... damit man ihn für einen verwahrlosten Verbrecher hält.«

Gorma nickte. »Ganz genau. Ich konnte mich mit eigenen Augen überzeugen. Es waren nicht unsere Männer, die ihn so zugerichtet haben.«

»Interessant.« Zasean nahm ein Glas Branntwein vom Beistelltisch und kippte den Inhalt in einem Zug. »Ahhhhh, das ist wahrlich interessant.«

»Mein Lord, es kann nur einen Grund geben, warum der Diener ermordet wurde. Jemand wollte ihn zum Schweigen bringen.«

»Dem stimme ich zu, mein geschätzter Berater. Aber welche Information könnte dieser Mann wohl gehütet haben?«

»Der Nekromantenkaiser hat über ihn Ratsmitglied Rysana zu sich rufen lassen. Die Frage ist deshalb, war das tatsächlich der Fall? Oder ...«

»Oder war das ein Trick, um uns dies glauben zu lassen.« Er rammte das Glas auf den Beistelltisch. »Natürlich! Es liegt uns doch klar vor Augen. Es war ein Schauspiel und ich bin ihnen voll auf den Leim gegangen.

Deshalb musste der Diener sterben, weil er der Einzige war, der darum wusste.«

»Es würde zumindest zu Rysana passen. Sie ist eine vorsichtige Frau, die ihre Schritte mit Bedacht wählt. Dass sie die Leiche aber nicht hat entsorgen lassen, kann nur damit zu tun haben, dass sie im Stillen arbeiten musste.«

»Es ist doch vollkommen egal, was und wie die alte Schachtel handeln wollte! Sie hat einen Fehler begangen und diesen werden wir dem Rat unter die Nase reiben.«

»Mein Lord«, sagte Gorma zurückhaltend. »Es sind lediglich Vermutungen. Wenn wir uns irren und der Nekromantenkaiser …«

»Er ist tot!« Zasean spürte die Aufregung wie einen Schluck Hochprozentigen. »Der Kaiser ist wirklich tot!«

»Wir wissen es nicht mit Sicherheit. Aber so, wie ich das sehe, habt Ihr nun zwei Möglichkeiten: Entweder wartet Ihr noch ein paar Tage, bis die Ratsversammlung mit den anderen Lords beginnt, oder Ihr konfrontiert den kaiserlichen Rat damit und riskiert gleichzeitig, dass Ihr den Zorn des Herrschers auf Euch zieht. Vorausgesetzt, dass er noch am Leben ist.«

»Rufe meine Leibgardisten zusammen und überbringe dem Vorsitzenden eine Nachricht. Ich wünsche ihn und den Rat in Kürze zu sprechen.«

»Was, wenn sie sich weigern, mit Euch zu sprechen?«

»Oh, ich bin sicher, dass uns ein Druckmittel einfällt, um unsere Absichten zu verdeutlichen.«

»Druckmittel?«

Zasean grinste so breit, dass es beinahe schmerzte.

»Krieg.«

*

Es war ihm eine Genugtuung, als er die Betroffenheit in den Gesichtern der Ratsmitglieder erkannte. Vermutlich ahnten sie bereits, dass er ihrer Farce auf die Schliche gekommen war. Und nun war es Zeit, den nächsten Schritt zu wagen.

»Nun, da wären wir, Lord Zasean«, sagte Aroc mit herrischer Stimme. Ein armseliger Versuch. Im Vergleich zu ihm war der Mann ein Bauer.

»Da wären wir.« Zasean konnte das Lächeln aus seinem Gesicht einfach nicht vertreiben. Offenbar hatte es sich für alle Zeit dort eingebrannt. Alles war eingetreten, wie er beabsichtigt hatte. Nun würde ihn nichts noch aufhalten können. Nicht einmal der Tod höchstpersönlich!

»Lord Zasean, wenn Ihr etwas zu sagen habt, dann sprecht!« Rysana versuchte zu verbergen, wie aufgewühlt sie war, aber ihre nervöse Gestik und ihre verschlossene Mimik sprachen Bände. Immer wieder strich sie sich die Strähnen aus dem Gesicht und rümpfte die Nase, als wäre der Gestank ihrer Lügen selbst ihr zuwider.

»Nur keine Eile, meine Liebe«, sagte er nachlässig. »Ihr habt Euch so viel Mühe gegeben, dieses Schauspiel zu veranstalten, da sollte es mir doch vergönnt sein, den Moment der Wahrheit ein wenig auszukosten, oder?«

»Welche Wahrheit?«

Er schnaubte. »Ach bitte! Ersparen wir uns das.

Mein Berater«, er winkte Gorma heran, »besitzt das Talent, jeden Dreckklumpen ausfindig zu machen, sosehr man sich auch bemüht, ihn verschwinden zu lassen. Wisst Ihr, welchen er dieser Tage gefunden hat?«

Wie auf ein Stichwort öffneten sich die Bronzetore des Ratssaals und seine Gardisten kamen herein. In ihrer Mitte trugen sie einen übel zugerichteten Leichnam, den sie vor der Tafel ablegten, und dann an den Wänden Stellung bezogen.

Die Ratsmitglieder hielten den Atem an – alle, bis auf Rysana. Selbst jetzt, da die unumstößliche Wahrheit vor ihr ausgebreitet war, gab sie sich nicht geschlagen und kämpfte weiter wie ein Koloss. Aber das Spiel war vorbei. In ihm, dem größten Lord Amdras, hatte sie ihren Meister gefunden!

Zasean tippte mit dem Fuß gegen die Leiche. »Erkennt Ihr ihn wieder?«

Niemand antwortete. Es hätte ihn auch gewundert.

»Nun, dann werde ich es aussprechen. Das ist besagter Diener, der vor wenigen Tagen ein äußerst bemerkenswertes Schauspiel geliefert hat. Wie es der Zufall so will, sind wir buchstäblich über seine Leiche gestolpert. Tragisch könnte man meinen, wenn man nicht wüsste, dass er kaltblütig ermordet wurde. Ermordet von Euch!«

»Was hat das zu bedeuten?« Bachel sprang von seinem Stuhl. »Ich verlange …«

»Ihr verlangt überhaupt nichts!«, zischte Zasean. »Der Zeitpunkt ist gekommen, die Wahrheit auf den Tisch zu legen!«

»Lord Zasean, ich bin sicher, dass dies alles nur ein

großes Missverständnis ist«, erwiderte Aroc. »Es ist doch offensichtlich, dass der Diener sich in irgendeiner Weise etwas zuschulden kommen lassen hat. Wir werden den Vorfall untersuchen und den Täter finden.«

»Euer erbärmlicher Versuch in Ehren, Vorsitzender, aber es ist nicht weiter nötig, dieses Schauspiel aufrechtzuerhalten. Ich weiß es.«

Aroc sandte Rysana einen Hilfe suchenden Blick zu, die weiterhin schwieg.

Es ist wahr! Es ist wirklich wahr!

»Euer Zögern ist Antwort genug.« Er kostete den Augenblick völlig aus. »Der Nekromantenkaiser und Herrscher von Amdra ist tot!«

Stille kehrte in den Saal ein. Diese Stille war so verräterisch, dass selbst Zaseans dunkles Lachen verzehrt in seinen Ohren klang.

»Keine halbherzigen Versuche, es zu leugnen?«, rief er. »Ich muss zugeben, ich bin enttäuscht.«

Rysana erhob sich von ihrem Stuhl und stützte die Hände auf die Tafel. »Ja, Wendal ist tot. Es bringt nichts, das weiter zu leugnen.«

»Ah, es aus Eurem Mund zu hören, ist wie ein sonniger Tag im Frühling. Ich muss gestehen …«

»Ihr wisst nicht, was um uns geschieht, Lord des Südens!«

»Fahrt mir nicht über den Mund wie eine alte Hure!«

Rysana war offenbar weiterhin bemüht, die Wogen zu glätten. »Wendal wurde von zehn Attentätern ermordet, die allem Anschein nach Nekromanten waren. Könnt Ihr Euch vorstellen, was das für das Kaiserreich bedeutet?«

»In der Tat, das kann ich.« Er strich seine Robe glatt und präsentierte ihr das gehässigste Lächeln, zu dem er imstande war. »Es bedeutet, dass ich als Lord von Dunvell nicht länger an die Gesetze des kaiserlichen Rates gebunden bin. Eure Macht ist versiegt und kein fehlgeleiteter Nekromantenkaiser wird mich mehr zur Rechenschaft ziehen können.«

»Zasean, ich bitte Euch …«

»*Lord* Zasean! Und Euer Flehen stößt auf taube Ohren.«

»Lord Zasean, Euch muss doch bewusst sein, dass das eine Situation ist, die auch Euch betrifft. Wenn es weitere Nekromanten gibt, besteht die Gefahr, dass sie das gesamte Land mit Tod und Pein überziehen werden. Erinnert Euch, was in den Geschichtsbüchern steht! Erinnert Euch, warum Wendal die Nekromanten einst jagte und vernichtete! Wir müssen …«

»Genug!«

»Aber …«

»GENUG!« Er hielt kurz inne, sonnte sich in ihrem Unglauben und ihrer Scham. »Was interessieren mich verstaubte Bücher? Ich bin frei und stehe nicht länger unter seiner Kontrolle. Nun werde ich einfordern, was mir rechtmäßig zusteht.«

»Und was soll das sein?«

»Macht. Land. Krieg. Ich werde den Thron mit Blut und Verderben an mich reißen!«

»Lord Zasean.« Arocs Stimme klang dünn wie Papier. »Ich beschwöre Euch als Vorsitzender des kaiserlichen Rates. Überdenkt Eure Entscheidung! Im Krieg gibt es nur Verlierer!«

»Euer Flehen ist Musik in meinen Ohren. Weil Ihr so zuvorkommend zu mir wart, werde ich noch drei Tage im Palast verweilen und warten, bis die anderen Lords eintreffen. Derweil werde ich meine Truppen in Stellung bringen und erste Vorstöße in deren Ländereien wagen. Sie werden nicht einmal wissen, wie ihnen geschieht. Das ist nichts als die Wahrheit!«

Er wandte sich ab und verließ den Saal.

Die Lords von Amdra

Es gab in der Vergangenheit Nekromanten, die mit ihrer Gabe experimentierten. Ich weiß längst nicht alles darüber, es gibt aber bestimmte Grenzen, die man nicht überschreiten sollte. Ranthor war so einer, denn er brach das dritte Gesetz der Nekromantie. Seine Armee aus Toten war grausam und unbesiegbar. Also musste ich dieses Gesetz ebenfalls brechen, um ihn bezwingen zu können.

Rysanas Träume rannen wie Sand durch ihre Finger. Fast einen ganzen Monat hatte sie gekämpft, Pläne geschmiedet, mit Ratsmitgliedern gerungen und wäre daran beinahe zugrunde gegangen. All das hatte aber nichts genützt, denn Zasean hatte vor wenigen Tagen die Wahrheit herausgefunden.

Ein Bürgerkrieg war unabwendbar.

Die Erkenntnis zog ihr den Boden unter den Füßen weg. Aber noch gab es einen Funken Hoffnung, oder besser zwei: Taar Wax und Docar. Mit jedem weiteren Tag schrumpfte er jedoch und stand kurz davor, zu vergehen. Dreißig Tage war es her, dass sie Taar mit dieser Mission betraut hatte, und seitdem hatte sie nichts mehr von ihm gehört.

Heute war die Zeit abgelaufen.

Die Bronzetore dröhnten und schwangen auf. Rysana hob den Kopf und betrachtete die vier Lords von Amdra, die in diesem Moment hereinschritten, begleitet von jeweils einem Dutzend Leibgardisten. Jeder von ihnen vermittelte den Eindruck, bloß einer Notwendigkeit nachzukommen. Ihre kostbaren Gewänder sprachen von Reichtum, ihre Blicke wanderten überheblich durch den Saal und ihre Gesichter waren geringschätzig verzogen. Zasean war der Letzte, an seiner Seite Gorma, beinahe zögerlich, und als die schweren Tore sich schlossen, war es, als ob sie ihn in den Saal drücken wollten.

Als sie zufielen, dröhnte es im Saal wie von einer Glocke, und Rysana spürte diesen Druck wie ein schweres Tuch auf sich.

Die Lords des Westens, Nordens und Ostens blieben inmitten der Halle stehen und verbeugten sich knapp – nicht zu tief, sondern geradeso, dass es noch als Verbeugung durchgehen konnte. Zasean verweigerte dies, setzte sich auf einen Stuhl in der hinteren Ecke und schlug die Beine übereinander. Sein Berater blieb neben ihm stehen. Dann warteten sie, bis der Vorsitzende des Rates die Versammlung eröffnete.

»Willkommen im Palast von Thargor, ehrenwerte Lords von Amdra!«, sagte Aroc feierlich. »Habt Dank, dass Ihr unserer Einladung gefolgt seid.« Er nickte jedem zu. »Es gibt wichtige Dinge zu besprechen. Dinge, die uns alle betreffen. Deshalb wollen wir nicht länger zögern. Es ist …«

»Schluss damit!«

Alle Köpfe schwenkten zu Zasean herum, der die Fingerspitzen aneinanderlegte und gehässig grinste.

»Lord Zasean«, sagte Aroc. »Ich muss Euch bitten …«

»Ihr bittet gar nichts, Vorsitzender! Ich habe zu lange auf diesen Moment gewartet, um mir jetzt dieses sinnlose Geschwätz eines einfältigen Bauern anhören zu müssen. Bringen wir diese Farce endlich hinter uns!«

»Was hat das zu bedeuten?«, fragte Sangar, der Lord des Ostens. Seine Nase glich einem Schnabel, und mit seinem wirren, schwarzen Haar erinnerte er an ein Vila.

»Das kann ich Euch sagen, Sangar. Ich freue mich, Euch mitteilen zu dürfen, dass in diesem Moment ein Heer aus Dunvell Eure Grenzen passiert und Eure äußeren Städte niederbrennt.«

Sangar wurde puterrot. »Soll das eine Kriegserklärung sein?«

Ich muss irgendetwas tun, dachte Rysana. *Irgendetwas, damit die Situation nicht noch weiter eskaliert …*

»Selbstverständlich! Ihr müsst verstehen, dass all das hier nicht länger von Bedeutung ist. Alles, was noch zählt, ist Euer Kopf an einem langen Pfahl, während ich in Euren Hallen sitze und aus Euren Kelchen saufe.«

Sangar legte die Hand auf das Kurzschwert an seiner Hüfte. »Noch ein weiteres Wort und ich schlitze Euch von oben bis unten auf wie eine Sau!«

»Genug!«, rief Rysana und es lag eine Härte in diesem Wort, die sie selbst erstaunte.

Alle Köpfe ruckten in ihre Richtung.

»Ihr habt keine Befugnis mehr!«, erwiderte Zasean. »Eure Zeit in Amdra ist vorüber.«

»Was geschieht hier?«, fragte der Lord des Nordens, ein hagerer, hochgewachsener Mann in blauem Stoff und dicken Pelzen.

Rysana holte tief Luft. Es war Zeit, alle Karten offen auf den Tisch zu legen. »Wendal, der Nekromantenkaiser und Herrscher von Amdra, ist tot. Das Gleiche gilt für seinen Sohn und seine Frau. Sie wurden vor dreißig Tagen in ihren Gemächern von zehn ausgebildeten Attentätern ermordet. Es waren Nekromanten.«

Es wurde still, einzig Zaseans raues Lachen erfüllte den Saal.

Vielleicht können wir die anderen Lords überzeugen. Wenn sie trotzdem an den Gesetzen festhalten, können wir ...

Den Lords war anzusehen, dass sie die Situation überdachten und die Vor- und Nachteile eines offenen Kriegs abwogen. Es war hoffnungslos, sie waren viel zu gierig, um weiterhin das Knie vor dem Rat zu beugen. Der kaiserliche Thron war verwaist und der Mächtigste unter ihnen könnte sich diese Macht sichern. Ein Bürgerkrieg war unausweichlich.

Rysana blickte in die Gesichter der Ratsmitglieder. Ihre einstigen Freunde, die sie mit ihren Geheimnissen enttäuscht hatte. Aroc, Bachel, Mava, Nandeon und Dunla. *Soll es wirklich hier enden? Ist Krieg die einzige Antwort?*

Sie ballte ihre Hände zu Fäusten. Nein, sie würde weiterkämpfen, so lange, bis sie ihren letzten Atemzug tat! »Ehrenwerte Lords von Amdra«, rief sie und verbannte die Unsicherheit aus ihrer Stimme. »Es liegt in unserer Hand. Entweder folgen wir dem Weg, den uns Wendal einst auferlegte, und verhindern einen Krieg, in dem alle verlieren werden, oder wir verfallen zurück in das ewige Ringen um Macht. Es liegt mir fern, Euch etwas vorzuschreiben. Wir bilden den kaiserlichen Rat, auserwählt von Wendal persönlich und stehen Euch mit Rat und Tat zur Seite.« Sie hielt kurz inne. »Wir können ein Blutvergießen verhindern.«

»Und wie?«, fragte der Lord des Nordens.

»Durch Zusammenhalt.«

»Ach bitte!«, blaffte Zasean. »Verschont uns mit Euren falschen Versprechungen. Ihr habt uns nicht länger unter Kontrolle und wie Ihr sehen könnt, ist der Kaiserthron verwaist. Es ist mir daher eine Freude, zu verkünden, dass ich mich um dieses Amt bewerbe.« Er machte eine Pause. »Beginnen werde ich damit, dass ich jeden ausschalte, der es wagt, sich mir in den Weg zu stellen!«

Rysana ließ sich nicht aus der Ruhe bringen und spürte die Blicke der anderen Ratsmitglieder im Rücken. Sie wussten, was nun folgte. »Der Thron ist *nicht* verwaist.«

Zaseans Erheiterung schlug in Entsetzen um. »*Was?*«

»Ihr habt richtig gehört. Es gibt einen Erben.«

»Lüge! Meinen Informationen nach sind der Nekromantenkaiser und sein Sohn ermordet worden.«

»Wendal hat einen weiteren Sohn. Einen Bastard namens Docar.«

Erneut kehrte angespannte Stille in den Saal ein.

»Ich glaube Euch nicht! Das ist eine Lüge! Aber selbst, wenn das der Fall sein sollte: Wo befindet sich dieser sogenannte Erbe?«

»Auf dem Weg hierher.«

Zasean zögerte. »Hierher? Nach Thargor? Wie überaus gelegen das für Euch kommt, nicht wahr? Ich für meinen Teil habe genug gehört. Warum sollte ich das Knie vor ihm beugen?«

»Weil er Wendals Sohn ist.«

»Das sagt Ihr, aber Ihr habt bereits bewiesen, wie falsch Ihr seid!«

»Tut das nicht, Lord Zasean …«

»Die Wahrheit sagen? Ihr habt gut gespielt, doch am Ende habt Ihr verloren.« Zasean nickte seinem Berater zu. »Wir sehen uns auf dem Schlachtfeld, werte Damen und Herren. Ich möchte mich nun verabschieden, denn ich habe noch einiges vor. Es kommt nicht jeden Tag vor, dass man anderen Ländern den Krieg erklärt.«

Die Lords sahen ihm finster hinterher. Schließlich wandten sie sich ab und folgten ihm. Keine weiteren Worte, keine Beteuerungen auf Frieden und Einstand. Schluss. Aus und vorbei.

Sie hatten verloren.

»Ihr dürft nicht gehen!«, rief Rysana. Die Verzweiflung schnürte ihr die Brust zu. »Menschen werden sterben und das nur wegen Eurer maßlosen Gier!«

»Viele Menschen«, sagte Zasean. »Das ist der Zweck eines Krieges.«

»Bitte! Ihr müsst …«

Eine Hand berührte sie an der Schulter. »Es ist vorbei«, flüsterte Aroc. »Wir haben verloren.«

»Nein … das kann ich nicht glauben.«

»Ihr müsst. Jetzt gilt es, uns auf den kommenden Krieg vorzubereiten.«

Sie schüttelte den Kopf. »Ich werde nicht einfach so

aufgeben!«

»Euch bleibt nichts anderes übrig.«

»Ist es das, was Ihr wolltet?« Sie wirbelte herum, stützte sich auf den Tisch und nahm Dunlas Blick gefangen. »War das Eure Absicht?«

»Nein«, wisperte Dunla. »Ich wollte Wahrheit. Wahrheit und Frieden für uns alle.«

»Aroc, sie dürfen nicht gehen! Ihr müsst sie aufhalten!«

»Es wird keinen Unterschied machen, selbst wenn wir sie hier festhalten. Zasean hat den Befehl vermutlich bereits erteilt und wenn die Lords nicht zurückkehren, werden ihre Heerführer nach Thargor marschieren, um den Palast anzugreifen.«

»Dann müssen wir …«

»Es ist vorbei!«, sagte er mit ungewohnt scharfer Stimme.

Rysana sank in die Polster und blickte den Lords hinterher, die fast den Ausgang erreicht hatten. Alles, was ihr blieb, war der Glaube an ein Wunder.

Doch Wunder gab es nicht.

Plötzlich barsten die Fenster, schickten Splitter in den Saal. Zwei dunkle Gestalten wirbelten hinterher, landeten sicher auf dem Marmor und waren von Stofffetzen und Tüchern umgeben, die ständig in Bewegung waren, wie die Tentakel eines Seeungeheuers. Eine Gestalt erhob sich und verschränkte lässig die Arme vor der Brust.

»Komme ich etwa ungelegen?«, fragte Taar Wax.

Ein neuer Kaiser

Dreißigster Tag

Wir bedienen uns der Seelen der Verstorbenen, die gegen die Beschwörungen aufbegehren. Ab und an kommt es vor, dass sich ein Nekromant verschätzt oder sein Wille nicht stark genug ist. Wenn das geschieht, wird ihm die Seele aus dem Leib gerissen und nichts kann etwas daran ändern. Solcherlei Geschehnisse bezeichnen wir auch als Heimsuchung durch einen rachsüchtigen Geist. Ich gehe in meinen Theorien einen Schritt weiter, da ich mich frage, was passiert, wenn der rachsüchtige Geist sich von seinen Fesseln befreit und beschließt, nicht in das Reich der Toten zurückzukehren?

Es war ein Auftritt, der bestimmt in die Geschichtsbücher von Amdra eingehen würde. Alle waren anwesend: die Mitglieder des Rates, die Vorsitzende, ein Dutzend Soldaten der Lordschaften und zuletzt die vier Lords mit allem Prunk und Getöse, sodass es ihnen aus dem Hintern kroch.

Docar erhob sich neben ihm und klopfte Schnee und Staub von der Reise ab. Der Junge war von oben bis unten mit Schlamm bespritzt, in seinem Gesicht wuchsen tatsächlich ein paar Barthaare, und seine Kleidung war völlig verschlissen.

Taar verpasste ihm einen Klaps auf die Schulter. Der Junge sah aus wie ein waschechter Nekromant. Das erfüllte ihn überraschenderweise mit Stolz, aber nicht so sehr, wie das Abschließen seines Auftrags. Zaseans entrüstetes Gesicht ging ihm runter wie Öl und war alle Mühen wert gewesen.

»Taar Wax?«, fragte Rysana. Sie näherte sich zaghaft und es lag ein seltsamer Ausdruck in ihrem Gesicht. War es Traurigkeit? Zufriedenheit? Oder etwas ganz anderes?

»Taar Wax der Vagabund«, sagte er. »Meister der Sümpfe von Charasyl, Flüchtender aus den Verliesen von Nandoc, Frauenheld, Befreier des Bastards und zuletzt Bezwinger des Schlunds. Zweimal wohlgemerkt.« Er verbeugte sich. »Stets zu Diensten, werte Dame.«

Es wurde merklich still im Saal, während Rysana an ihm vorbeilief und vor Docar stehen blieb. Und dann geschah etwas, womit vermutlich niemand im Saal gerechnet hatte: Er fiel ihr in die Arme.

»Es tut mir leid«, flüsterte sie mit Tränen in den Augen. »Es tut mir alles so unglaublich leid.«

»Es ist in Ordnung«, sagte Docar. »Ich habe längst verstanden, warum du es tun musstest. Lass uns später darüber reden.« Dann löste er sich von ihr und blickte die vier Lords an, die anscheinend nicht wussten, was sie von der Situation halten sollten.

»So, das wäre dann wohl dein Auftritt, was?«, fragte Taar und trat zur Seite. Er war gespannt, wie sich alles entwickeln würde.

»Mein Name ist Docar und ich bin in dringender Mission hier«, sagte der Junge. Die Selbstsicherheit stand ihm gut. Aus dem kränklichen Jungspund war ein … nicht ganz so kränklicher Jungspund geworden. Ja, das war bestimmt alles seinem Verdienst geschuldet!

Zasean kochte vor Wut, als er sich an den anderen Lords vorbeidrängte. »Du bist Docar? Dass ich nicht lache!«

»Taar Wax …«

»Der Vagabund«, flüsterte Taar dem Jungen zu.

»Also, Taar Wax der Vagabund hat mich aus dem Schlund befreit. Dreißig Tage ist die Ermordung des Kaisers nun her und doch bin ich rechtzeitig im Palast von Thargor erschienen. Es mag erstaunlich klingen, aber Rysana ist meine Mutter«, er sog tief den Atem ein, »und Wendal, der Nekromantenkaiser und Herrscher Amdras, war mein Vater.«

Den Lords traten die Augen aus den Höhlen, außer Zasean, der schallend lachte. »Er sieht aus wie ein Landstreicher und soll der Sohn des Kaisers und der ehemaligen Vorsitzenden sein?«, rief der Lord. »Und etwas Besseres ist Euch nicht eingefallen, Rysana? Das ist ja noch schlechter als das Schauspiel, das ihr vor drei Tagen veranstaltet habt!«

»Docar ist mein Sohn«, erwiderte sie bestimmt. »Das schwöre ich bei den alten Göttern! Da er der letzte Nachkomme von Wendal ist, macht ihn das zum rechtmäßigen Erben des kaiserlichen Throns.«

Sangar trat vor. »Du bist wirklich der Sohn des Kaisers, Junge?«

»So ist es«, sagte Docar. »Ich habe es erst vor Kurzem erfahren, kann aber fühlen, dass es der Wahrheit entspricht.«

»Beweise, dass du ein Nekromant bist und …«

Docar streckte seine Hand aus und ließ einen öligen grünen Schimmer darum entstehen. Die Seelen der Toten waberten um ihn und verwoben sich mit seinem Mantel. Dann peitschte der Mantel durch die Gegend und ließ ihn unwirklich und geradezu martialisch erscheinen.

Ein wenig dick aufgetragen, aber durchaus wirkungsvoll …

»Im Namen der verbannten Todesgötter!«, raunte Sangar.

»Niemals!«, schrie Zasean. »Niemals werde ich vor diesem Jungen knien!«

»Oh, du kannst mir glauben, mein Guter, dass er mehr ist als nur ein Junge«, bemerkte Taar. »Es war mir ein Vergnügen, ihn in den Künsten der Nekromantie zu unterweisen, auch wenn seine Ausbildung noch lange nicht abgeschlossen ist. Wir haben im Schlund einiges erlebt und ich könnte Geschichten erzählen, die ganze Bücher füllen. Das ist aber unwichtig, denn allein die Situation, dass er entkommen ist, sollte dir zu denken geben. Findest du nicht auch?«

»Das ist doch nur eine List! Der Rat hat es befohlen und …«

»Der Rat hat keine Befugnis im Schlund«, fiel ihm Rysana ins Wort. »Genau aus dem Grund haben wir den Vagabunden beauftragt, Wendals Sohn zu befreien.«

Zasean wandte sich den anderen Lords zu, die sichtlich unruhig waren. »Glaubt ihnen kein Wort! Sie haben uns belogen und betrogen und den Tod des Kaisers verheimlicht. Das ist nur ein Plan, um uns wieder zu unterdrücken!«

»Ihr habt mir mit Krieg gedroht!«, knurrte Sangar. »Glaubt Ihr wirklich, dass ich Euch nun in irgendeiner Weise zur Seite stehen werde?«

»Ihr wollt also vor ihm das Knie beugen? Vor einem Jungen, der die Hälfte seines Lebens in einem verdammten Gefängnis verbracht hat?«

»Ich weiß nicht, was ich tun werde, aber ich werde diesen Saal nicht verlassen, ehe ich nicht verstanden habe, was vor sich geht.«

»*Ich* habe jedenfalls verstanden, was vor sich geht.« Er zeigte auf die Ratsmitglieder. »Nichts als Lug und Trug! Und nun setzen sie uns einen angeblichen Bastard vor, der genau zum richtigen Zeitpunkt auftaucht?«

»Ich stimme Lord Sangar zu«, sagte der Lord des Nordens.

»Ich ebenfalls«, sagte der Lord des Westens, ein untersetzter Mann mit dichtem Backenbart und rötlichen Haaren.

»Feiglinge!« Zasean ignorierte die verzweifelten Versuche seines Beraters, ihn zu beruhigen. »Ich werde nicht das Knie beugen! Vor niemandem!«

»Ihr braucht das Knie nicht vor mir zu beugen«, sagte Docar. »Ich habe nicht vor, den Thron des Kaisers zu beanspruchen.«

Die Anwesenden sahen ihn erstaunt an und selbst Zasean war einen Moment sprachlos. Taar hingegen bemühte sich, nicht lauthals loszulachen. Das Ganze kam ihm wie ein einstudiertes Schauspiel vor. Bei einem Schauspiel gab es aber meistens jemanden, der im Schatten stand und für eine Überraschung sorgen würde. Und dieser jemand hatte sich noch nicht offenbart.

Er ließ seinen Blick schweifen und blieb bei den Mitgliedern des Rates hängen. Der alte Mann kam ihm bekannt vor. Nandeon, wenn er sich richtig entsann. Aber auch dem blond gelockten Mann war er schon mehr als einmal begegnet. Bei seinem ersten Besuch im Palast war ihm dies nicht aufgefallen, nun regte sich etwas in seinem Kopf. Etwas seltsam … Unwirkliches. Er hatte das Gefühl, dass ihm bald der Arsch auf Grundeis ging und das hatte nichts mit dem Lied der Toten zu tun, das eine sanfte Melodie zu ihm trug. Es war etwas anderes.

Etwas Böses.

»Docar, was willst du damit sagen?«, fragte Rysana. »Wenn du nicht Kaiser wirst, ist ein Bürgerkrieg unausweichlich.«

»Das wird nicht passieren«, sagte der Junge. »Lord Zasean hat mit einer Sache recht. Ich bin nicht würdig, auf dem Thron von Amdra zu sitzen.«

»Was willst du damit andeuten, mein Sohn?«

»Ich habe gerade erst das Mannesalter erreicht und verstehe vieles nicht, was auf dieser Welt geschieht. Ich weiß weder, was richtig, noch, was falsch ist. Unter meinen Fehlern würde das Volk von Amdra leiden. Das kann ich nicht zulassen.«

Er fühlt sich in seiner Heldenrolle wohl, dachte Taar und hörte nur mit halbem Ohr zu. Was war ihm entgangen? Was verbarg sich selbst vor seinem dritten Auge?

»Es gehört zum Menschsein, Fehler zu begehen, mein Sohn«, erwiderte Rysana.

Docar lächelte. »Ich weiß. Daher bin ich der Ansicht, dass es jemanden gibt, der viel geeigneter für diese Position ist. Jemand, der es nicht über sich brachte, einen unschuldigen Jungen zu ermorden, obwohl das Gesetz dies vorsah. Jemand, der mitfühlend ist, über große Weisheit verfügt und seit vielen Jahren die Geschicke des Landes lenkt. Dieser jemand hat mehr als einmal seine Qualitäten unter Beweis gestellt.«

Na, ich kann das wohl kaum sein …

»Wer soll das sein?«, fragte Rysana.

Docar wandte sich den Lords zu. »Hiermit präsentiere ich Euch die erste Kaiserin von Amdra. Rysana, die ehemalige Vorsitzende des kaiserlichen Rates. Ich schwöre ihr meine Treue und werde sie als Nekromant und Sohn bei jeder Entscheidung unterstützen.«

Taar konnte es nicht länger zurückhalten: Er lachte schallend, tief aus dem Bauch, so lange, bis er nicht mehr lachen konnte.

»Docar, was tust du?«, fragte sie mit erstickter Stimme.

»Das einzig Richtige. Du wirst eine tolle Kaiserin sein.«

»Aber was ist mit dir?«

»Ich werde dich unterstützen.«

»Diese Verantwortung kann ich nicht auf mich nehmen.« Sie straffte sich. »Ich bin dieser Stellung nicht würdig.«

»Warum?«

»Ich habe den Rat bitter enttäuscht. Ich habe Fehler begangen.«

»Und du bist nur ein Mensch und wie mir einst eine weise Frau erklärte, gehören Fehler zum Menschsein dazu.«

Rysana stutzte. Dann lächelte sie.

Die Mitglieder des Rates erhoben sich von ihren Stühlen und stellten sich neben Rysana. »Ich unterstütze diese Entscheidung«, sagte Nandeon und die anderen gaben nacheinander ihre Zustimmung. Nach einer solchen Rede blieb ihnen auch nichts anderes übrig, als einzuwilligen.

»Ich weiß nicht, was ich sagen soll«, raunte sie. »Dies ist nicht nur eine unvergleichliche Ehre, sondern ebenso eine große Bürde. Ich nehme sie mit Demut an und verspreche, dass ich alles in meiner Macht Stehende tun werde, um Amdra Frieden zu bringen.« Sie blickte jedem in die Augen, zuletzt Taar, der die Situation äußerst amüsant fand. Nun kam ein weiterer Titel hinzu, dessen er sich rühmen konnte: Retter des Kaiserreichs. Er hatte auch schon weniger Glück gehabt.

»Und was ist mit Euch?«, fragte Docar die Lords. »Wollt Ihr eine Kaiserin auf dem Thron akzeptieren, die nicht mit Furcht und Zorn herrscht, sondern mit Mildtätigkeit und Gerechtigkeit? Eine Frau, die Frieden und Wohlstand bringen wird und mit Euch zusammenarbeitet, anstatt Euch zu unterdrücken? Es wäre ein Neuanfang, eine Veränderung. Vielleicht eine Veränderung, die das Kaiserreich dringend nötig hat.«

Mit Stolz war es eine seltsame Sache. Bekam er Risse, konnte nichts mehr verhindern, dass er zu bröckeln begann. Die Lords wussten, dass dies eine Möglichkeit war, ihnen weiterhin Wohlstand zu garantieren. Vielleicht nicht in der Form wie bisher, aber es war eine bessere Lösung, als sich gegenseitig die Köpfe einzuschlagen. Natürlich würden sie sich weiterhin nicht als Freunde achten und versuchen, ihren Einfluss auszubauen, aber das gehörte wohl bei den Reichen und Mächtigen dazu. Sie brauchten immer etwas, um sich mit anderen zu messen.

Einer nach dem anderen trat vor und beugte das Knie. Zuletzt stand nur noch Zasean. Er brodelte wie ein Kochtopf, der jeden Moment explodieren könnte.

»Das ist nun der Zeitpunkt, an dem Ihr Euch entscheiden müsst, mein Lord«, sagte Zaseans Berater. »Ich habe bis heute die Hoffnung nicht aufgegeben, dass Ihr ein guter Mensch sein könntet.«

»Du willst also, dass ich das Knie beuge? Vor einer *Frau*?«

»Ja, genau das möchte ich. Rysana ist die Einzige, die diesem Land echten Frieden geben kann. Und es ist besser, als vor einem Kind zu knien. Findet Ihr nicht?«

Zasean holte zum Schlag aus, hielt jedoch inne, als sich sein Blick mit dem von Taar kreuzte. Taar ließ einen Streifen nach oben schnellen und bildete einen Strick, den er sich um den Hals legte, und zog eine Grimasse.

Der Lord zögerte, immer noch mit erhobener Hand. Man sah, wie es in seinem Kopf arbeitete. Wenn er sich gegen Rysana stellte, lieferte er sich den anderen Lords aus. Wenn er zustimmte, waren alle seine Pläne, welche auch immer dies sein mochten, vergebens und er begab sich erneut in Abhängigkeit.

»Ich bitte Euch.« Gorma ging auf die Knie. »Ich bitte Euch in aller Demut als Euer Diener, Berater und Freund. Ihr habt die Möglichkeit, das Richtige zu tun. Ergreift sie und Ihr werdet endlich ins Licht treten.«

»Noch ein einziges Wort und ich werde …«

»Nein, das werdet Ihr nicht!«

»Du wagst es, mir zu widersprechen?«

»Ihr werdet mich nicht umbringen, genauso wenig, wie Ihr mich von Euch gewiesen habt. Ihr habt mich einmal gefragt, warum dies bislang noch nicht geschehen ist. Hier habt Ihr nun die Antwort. Tief in Eurem Herzen habt Ihr schon lange erkannt, dass dort nicht nur Schatten und Finsternis herrschen.«

»Ich kann das nicht! Ich habe so lange darauf hingearbeitet und wofür? Ich … ich …« Zasean ließ die Hand sinken und zog ein Gesicht, als hätte er in einen sauren Apfel gebissen.

»Ich wusste, dass Ihr die richtige Entscheidung trefft.« Der Berater lächelte voller Stolz. »Ich habe immer an Euch geglaubt, weil Ihr …«

Taar riss den Kopf zur Seite. Da war etwas. Etwas Unheimliches. Es war wie vor dreißig Tagen, als er zum Palast von Thargor gekommen war. Ein Reißen, wie von tausend Klingen, die den dichten Schleier des Totenreiches durchdrangen. Ein Geschmack lag plötzlich in seinem Mund, bitter, metallisch und tot. Der Saal stand auf einmal unter Druck und mit seinem dritten Auge erkannte er, dass Dutzende Seelen in die Welt der Lebenden gerufen wurden. Allerdings waren weder er noch Docar dafür verantwortlich. Es war jemand anderes.

Jemand, der neben ihm stand.

»Ich denke, es wird Zeit, dass wir dem hier ein Ende bereiten«, sagte Aroc, während Seelen mit seinem Körper verwoben wurden.

Der Feind im Schatten

Dreißigster Tag

Ich kann dir hiermit nur wenige Antworten liefern, doch ich hoffe, dass du einige Rätsel selbst ergründen wirst. Was ich dir abschließend mit auf den Weg geben kann, ist von entscheidender Bedeutung: Sollte ich durch einen Ritualdolch getötet worden sein, bedeutet das, dass meine schlimmsten Befürchtungen eingetreten sind, und ein Nekromant mit großem Wissen unter uns weilt. Er wird Wissen über den Schlund, die Bannrunen, die Herstellung von Ritualdolchen und über die dunkelsten Zweige der Nekromantie besitzen. Die vierte Regel der Nekromantie darf niemals gebrochen werden! Gib acht, denn mit ihm wird das Leben, wie wir es kennen, enden.

Ein ätherischer Schimmer zuckte und flimmerte um Aroc. Für einen Lidschlag stand der Schimmer still, als lauschte er einem lautlosen Befehl, dann drang er in Arocs Robe hinein, bis er vollkommen aufgesogen war wie von einem riesigen Schwamm. Nun war es der Stoff, der ein Eigenleben entwickelte, wie von Geisterhand herumschlingerte und ein ganzes Sammelsurium an Tüchern und Quasten offenbarte, die sich unter seiner weiten, weißen Robe befanden.

Rysanas Verstand schrie sie an, sie sollte sich

bewegen. Doch ihr Körper gehorchte ihr nicht. Das große Puzzle setzte sich in ihrem Kopf zusammen und mit dem letzten passenden Stein wurde es vollendet.

Aroc war ein Nekromant.

»Aroc?«, fragte sie mit brüchiger Stimme. »Was hat das zu bedeuten?«

»Es bedeutet, dass alle zum richtigen Zeitpunkt an einem Ort versammelt sind«, sagte der Mann mit einer tiefen, rasselnden Stimme, die gar nicht nach ihm klang. »Ich danke dir, Taar Wax. Du hast das alles erst ermöglicht.«

»Na, so war das aber nicht geplant«, erwiderte der Vagabund und ließ seine Mantelfetzen durch die Gegend peitschen. »Ich weiß zwar nicht, wer du bist, kann aber spüren, dass du der Grund für das Weltenbeben vor dreißig Tagen warst. Ich habe mich immer wieder gefragt, warum ich diesen Auftrag angenommen habe, obwohl ich wusste, dass er mich das Leben kosten könnte. Jetzt hab ich's verstanden. Das Lied der Toten hat mich hierhergeführt. Zu dir.«

»Ich hatte befürchtet, dass Tiada und Wynron scheitern werden. Du bist eine Seuche, die man nicht aufhalten kann!«

»Ah, dann haben wir die Ereignisse im Schlund also dir zu verdanken?«

Aroc machte eine wegwerfende Geste. »Unerheblich. Dann muss der Junge eben jetzt sterben.«

»Warte!«, rief Zasean. »*Du* bist der geheimnisvolle Verbündete? Der Mann, mit dem ich in den letzten beiden Jahren in Kontakt stand? Der Mann, der die Attentäter …« Er schlug sich die Hand vor den Mund.

Rysana lief ein eiskalter Schauer über den Rücken. So fand auch das letzte Puzzleteil seinen Platz. Zasean war der Verräter, der einen Nutzen aus der Schwäche des Rates ziehen wollte. »Ihr habt also die Attentäter beauftragt, Wendal zu ermorden, und deshalb seid Ihr auch früher als erwartet im Palast erschienen, Lord Zasean.«

»Ja!«, zischte er. »Ich war das! Es war mir ein Vergnügen, Euch leiden zu sehen. Aber hätte ich gewusst, dass er der Verbündete ist«, er zeigte auf Aroc, der sich gemächlich auf sie zu bewegte und von einem Orkan aus peitschendem Stoff umgeben war, »wäre ich dieses Risiko niemals eingegangen.«

Aroc lächelte, aber es hatte so gar nichts mehr mit dem Lächeln gemein, das Rysana in den letzten Wochen lieb gewonnen hatte. Von dem Mann, mit dem sie etliche Stunden verbracht hatte, mit dem sie gelitten und dem sie ihr Herz geöffnet hatte, war nicht mehr viel zu sehen. Es war, als würde ein anderer Mensch an seiner Stelle stehen. Nur die Hülle eines anderen Menschen …

Ein Gedanke zuckte durch ihren Kopf, ließ auf einmal alles in einem anderen Licht erscheinen.

»Genau genommen waren es keine Nekromanten, die Wendal getötet haben«, sagte Aroc gedehnt. »Zumindest früher einmal. Es waren tote Seelen, die ich mit ihrem Körper verwoben habe und ihnen anschließend meinen Willen aufzwang. Es mag Euch erstaunen, aber es gibt einen Grund, warum der Körper eines Nekromanten verbrannt werden sollte.«

»Ranthor«, flüsterte Rysana und als sie sah, wie sich sein Gesicht zu einer Grimasse verzog, wusste sie, dass es der Wahrheit entsprach.

»Es ist Wendals Tagebuch, nicht wahr? Er hat es zwar nicht erkannt, aber er hat Vermutungen angestellt. Dabei habe ich so viele Jahre in seiner Nähe verbracht, ohne dass er mich erkannt hat.«

Rysana war wie betäubt. Der Respekt und die Gefühle, die sich ihm gegenüber entwickelt hatten, lösten sich zu nichts auf. Zurück blieb eine ausgebrannte Hülle, die es nicht verdiente, geliebt zu werden.

»Was habt Ihr mit Aroc gemacht?«, fragte sie tonlos. »Wo ist er?«

»Tot, schon seit vielen Jahren. Er war ein Nekromant, wusstet Ihr das? Ah, natürlich nicht, er hat es geheim gehalten, wobei ich glaube, dass Wendal es gewusst hat. Das zeigt einmal mehr, wie willkürlich seine Nekromantenjagd verlaufen ist.«

Aroc ist wirklich tot? Das kann ich einfach nicht glauben …

»Ihr habt es mir aber auch sehr leicht gemacht, Rysana. Dieser verzweifelte Schrei nach Geborgenheit hat Eure Schwächen offenbart.«

»Dann war alles eine Lüge?«

»Ihr beginnt allmählich zu begreifen.«

»Die Nekromantie … Ihr habt sie bei mir angewandt. Deshalb … Ihr habt mich krank gemacht!«

»Krank? Ich habe Euch in die richtige Richtung gelenkt. Dabei habe ich nur verstärkt, was ohnehin bereits vorhanden war.«

»Der Ritualdolch! Das … Nein, ist es wirklich so naheliegend? Die Bannrunen haben in Eurer Nähe geglüht.«

»Ihr wart nahe dran, Rysana. Bei all den Intrigen, die

im Rat gelauert haben, habt Ihr es aber nicht erkannt.«

»Dann ist Euch also wirklich gelungen, was Wendal befürchtet hat? Ihr habt den Tod besiegt?«

»Nun, nicht ganz. Es ist meine Seele, aber nicht mein Körper. Aber genug davon!« Er streckte seine Hand nach den Lords aus und ballte sie zur Faust zusammen.

Ein Schimmer stieg aus Sangars Körper auf, der Lord weitete die Augen und dann fiel er leblos zu Boden, als wäre sein Lebensfaden durchgeschnitten worden.

*

Taar hatte keinen blassen Schimmer, wer Ranthor war. Böse? Klar. Sehr böse? Keine Ahnung. Aber das war in diesem Moment ohnehin egal. Der Nekromant war verdammt mächtig. Andere konnten es nicht sehen, aber die Luft krümmte und zuckte um den Mann, flimmerte und bog sich unter seiner Todesgabe.

Er ist es, dachte Taar und ließ den Nekromanten nicht aus den Augen. Alles, was in den letzten Wochen geschehen war, hatte ihn hierhergeführt. Alles war miteinander verflochten. Docar, der Auftrag, der Rat und ein Nekromant, der den Tod überwunden hatte.

Warum tue ich das? Warum verschwinde ich nicht einfach?

Sein Blick kreuzte den von Rysana. Sie nickte.

Die Bronzetore rumpelten, schwangen auseinander und krachten gegen die Fassade, sodass der Putz bröckelte. Dutzende heruntergekommene Gestalten schlurften in den Saal und brachten einen beißenden Verwesungsgeruch mit sich. Diese Gestalten wirkten nicht wie Menschen, sondern wie Puppen, die einem geheimen Befehl gehorchten, und sie bewegten sich seltsam träge, als wäre ihnen der Verstand abhandengekommen.

Die Gardisten umringten die verbliebenen drei Lords, die anderen stellten sich den Neuankömmlingen in den Weg. Sangar war tot – selbst über das dritte Auge konnte er keine Seele in dem alten Körper entdecken. Und das gab Taar durchaus zu denken. Ranthor hatte aus der Entfernung einem Menschen die Seele aus dem Leib gerissen. *Das* war wirklich kein schlechter Trick!

Er stellte sich dem Nekromanten in den Weg und überprüfte seine verwobenen Seelen. Für die Auseinandersetzung sollten sie ausreichen. Zumindest hoffte er darauf.

»Taar Wax!«, knurrte Ranthor. »Tiada hat also versagt. Das bringt uns in eine interessante Lage.«

»Um ehrlich zu sein, ist sie nicht die Erste gewesen, die das versucht hat. Geht mir schon mein Leben lang so.« Taar zuckte die Schultern. »Auch wenn ich es ein wenig überraschend fand, dass sie eine Nekromantin ist.«

»Sie ist nicht nur irgendeine Nekromantin. Tiada konnte sich während all der Zeit, in der Wendal nach den Nekromanten jagte, vor seinem Blick verbergen.«

»Ah, deshalb war sie im Schlund. Und ich nehme an, sie ist diejenige, die dich zurückgebracht hat, was?«

Ranthor lächelte finster.

»Also ja. Dann sollte ich ihr wohl noch einmal richtig auf den Zahn fühlen, wenn das hier vorbei ist.«

»Du wirst das hier nicht überleben, kleiner

Nekromant. Mein Wissen um die Nekromantie übersteigt deines um Jahrhunderte!«

Hinter ihm erklangen Kampfgeräusche. Metall kreischte, Stiefel trappelten über Fliesen und der Schrei eines sterbenden Mannes ertönte. Taar blendete all das aus. Vor ihm stand ein Feind, den er nicht unterschätzen durfte.

»Also«, er ging leicht in die Knie, »du hast das vierte Gesetz der Nekromantie gebrochen und deinen Körper mit Seelen verwoben. Mutig, muss ich sagen. Mutig und dumm.«

Ranthor sprang auf einmal in die Luft und ließ einen Streifen in Docars Richtung schnellen. Der Junge entging knapp der Attacke und wirbelte zur Seite weg. Dann griff er den Nekromanten an. Ranthor befand sich bereits an einer anderen Stelle, sprang gegen eine Wand, drückte sich von dort ab und zielte auf Rysana. Seine Hand krümmte sich zu einer Faust …

So nicht!

Taar verpasste Rysana mit seinem Mantel einen Stoß und schob sie in Docars Richtung, der sie auffing.

Der Marmor zerplatzte, als Ranthor landete und sich wieder abdrückte. Taar stieß sich mit verstärkten Beinen ab und flog hoch zur Decke. Er ließ die verwobenen Seelen nach vorn peitschen und zielte auf seinen Feind. Der Schlag wurde abgefedert, als sich mehrere Fetzen von Ranthors Gewandung darum wickelten und ihn zu sich zogen.

Taar wurde ruckartig aufwärts gezogen und prallte mit dem Gesicht voran in Ranthors Faust. Sein Kopf explodierte vor Schmerz. Er fiel zu Boden und landete auf einem Knie. Scheiße, tat das weh!

»Ist das alles?«, rief Ranthor und sank langsam zu Boden. Der lange Stoff bog sich wie ein Schirm langsam nach innen und ließ ihn sanft wie eine Feder auftreffen. »Ich habe Geschichten über dich gehört. Der sagenhafte Taar Wax. Der Mann, der den Ursprung der Nekromantie gesehen hat.«

Docar war plötzlich bei Ranthor und schlug mit seiner verstärkten Faust zu. Der Nekromant bewegte sich mit einer Geschwindigkeit, gegen die ein Orkan matt und kraftlos wirkte, streckte ihm wie beiläufig die Hand entgegen und nutzte die Todesgabe. Die Luft wurde um ihn zusammengepresst und entlud sich mit einem lauten Knall. Alle Gläser im Saal zersprangen. Der Boden unter Docars Füßen wurde aufgerissen, schleuderte ihn durch den Saal, wo er in einem Pulk beherrschter Toter niederging.

»Lassen wir die Erwachsenen das ausfechten«, sagte Ranthor und schritt gemächlich auf Taar zu. »Um den Jungen kümmere ich mich später.«

»Ich weiß ja nicht, wie's dir geht, aber ich bin etwas verwirrt.« Taar sprang auf ihn zu, ließ eine Abfolge mehrerer Schläge folgen und trat ihm dann gegen die Brust. Ranthor krümmte sich zusammen, lachte jedoch wie ein Wahnsinniger.

»Ihr könnt mich nicht aufhalten! Ich besitze jahrhundertealtes Wissen und weiß im Unterschied zu euch, wie ich die Nekromantie vollständig entfalten kann.«

»Du meinst, indem du das dritte Gesetz brichst und Wiedergänger erschaffst?« Taar nickte mit dem Kinn zu den abgerissenen Gestalten, die lautlos auf die

Gardisten eindrangen. Durch die Tore ergoss sich ein reißender Strom aus Leibern, wie Ameisen aus einem zerstörten Bau.

»Was ist falsch daran?«

»Es gibt einen Grund, warum Fleisch und Knochen nicht mit Seelen verwoben werden sollten.«

»Mir geht es nicht um Kontrolle.« Ranthor peitschte mehrere Stoffstreifen nach vorn und drückte sich durch zwei weitere in die Luft.

Taar schleuderte sich ebenfalls nach oben, während die Halle unter ihm wegsackte. »Du willst Chaos.«

»Gerade dich sollte das doch nicht weiter stören. Ich kann in deine Seele blicken, sogenannter Vagabund, und was ich sehe, amüsiert mich. Du weißt nicht einmal, wer du überhaupt bist.« Ranthors Lächeln wurde grausam. »Oder *was* du bist.«

»Wenn du meinst. Dir ist also vollkommen egal, ob die verwobenen Seelen weiterhin in den toten Körpern feststecken?«

»Warum auch nicht? Die Untoten sind an mich gebunden, solange ich existiere. Aber das weißt du vermutlich bereits, nicht wahr?«

Woher weiß er so viel über mich?

Taar drehte sich in den Wirbel, den Ranthor um sich erzeugte, und versuchte, dessen Arm zu packen. Bevor er nahe genug war, schlang sich ein Tuch um seinen Hals und schnürte ihm die Luft ab.

»Erbärmlich!«, zischte Ranthor. »Ich verstehe nicht, wie du Tiada überlisten konntest.«

Taar legte seine Hand auf das Tuch und wollte die Seelen befreien, gleichzeitig zuckten mehrere Fetzen vor. Ranthor wurde getroffen und ließ von ihm ab. Durch die Ablenkung gelang es ihm, eine Seele zu lösen, die sofort davonstob.

Sie landeten auf dem Boden und sprangen blitzschnell aufeinander zu. Mit einer gekonnten Drehung entging Taar einem Hieb, aber er wurde auf Brusthöhe getroffen und ging keuchend in die Knie.

»Glaubst du etwa, dass es mich schwächt, wenn du die Seelen befreist, Taar Wax? Wenn du diesen Körper vernichtest, suche ich mir einen neuen. Der Tod kann mich nicht halten.«

»Dann wird's wohl Zeit, dass ich mich etwas anstrenge, wie? Dem alten Wendal ist es gelungen, dich aufzuhalten. Mir wird schon etwas einfallen.«

»Willst du denn nicht wissen, warum ich mich jetzt erst zu erkennen gebe? Warum ich diesen unfähigen Widerling dort drüben«, er zeigte auf Zasean, der sich zwischen seinen Gardisten zusammenkauerte, »in meine Dienste gerufen habe?«

»Eigentlich nicht. Ist doch immer das Gleiche. Rache, übertriebenes Selbstbewusstsein und so weiter. Ich für meinen Teil gebe mich mit einer schönen Flasche Branntwein zufrieden. Solltest du auch mal versuchen.«

»Du bist es nicht wert, einer von uns zu sein!«

»Weißt du, ich werde es genießen, die Worte in meinem Mund zu spüren, wenn du vor mir liegst und ich zu dir sage: Ich hab's dir ja gesagt.«

*

Docars Faust fraß sich in den verfaulten Körper eines

Wiedergängers. Er verzog das Gesicht, zog und zog und dann konnte er sie aus dem faulen Fleisch endlich befreien. Sein Magen rebellierte. Er schluckte, schauderte. Trotzdem kämpfte er weiter. Einem hatte er sogar den Kopf abgerissen und zusehen müssen, wie der kopflose Torso weitergetaumelt war.

Im Ratssaal herrschte inzwischen totales Chaos. Von Mutter war nichts zu sehen, weiter hinten kämpften Taar und Ranthor, sprangen von einer Seite zur anderen, ließen Stoff wirbeln, beschworen Seelen herauf und bewiesen, dass ihr Wissen seines weit überstieg. Doch je länger Docar zusah, desto mehr zeichnete sich ab, dass Taar unterlegen war. Bei den alten Todesgöttern!

Ein Gardist stieß ihn von der Seite und ließ ihn nach vorn taumeln, direkt in die Klinge eines Wiedergängers. Nur im letzten Moment konnte er sich zu Boden fallen lassen, schlitterte darunter durch und sprang wieder auf die Füße. Dann wirbelte er halb herum, zog sein Halstuch quer über den Schädel eines Feindes und teilte den Kopf eines anderen in zwei ungleiche Hälften. Aber das hatten andere ausgenutzt und sich ihm von hinten genähert. Nur knapp konnte er ihren Angriffen entgehen und sich aus der Gefahrenzone bringen.

»Das kann doch nicht wahr sein!«, keuchte er und rang nach Luft. Überall war Bewegung, überall wurde geschubst, gedrängelt und zugestochen. Der Boden war übersät mit den Leichen und ganz glitschig vom vielen Blut. Doch der Strom an Feinden ließ nicht nach, er wurde eher mit jedem Augenblick stärker.

Das passiert, wenn man das dritte Gesetz der Nekromantie bricht und den Körper eines Toten mit einer Seele verwebt. Wie hält man das auf?

Er rammte seine Faust gegen den Nacken eines Wiedergängers, sprang diesem im Fallen auf die Schulter und drückte sich ungewöhnlich hoch in die Luft. Er flog und flog, dann landete er zwischen zwei Feinden und schickte sie mit einer wilden Drehung zu Boden. Stoff peitschte, Quasten zuckten und sein Mantel wickelte sich um die Füße eines Wiedergängers. Er riss den Untoten heran, rammte seine Faust in das verunstaltete Gesicht und schleuderte ihn davon. Neben ihm wurde ein Soldat von gleich drei Kurzschwertern durchbohrt und ging schreiend nieder. Dahinter verharrte einer der Lords – er wusste nicht, welcher – und wurde von drei Feinden auf einmal angegangen. Ein Stück weiter entdeckte er die verbliebenen Ratsmitglieder, die sich hinter der Steintafel zusammenkauerten. Mehrere Wiedergänger schlurften auf sie zu.

Sie dürfen nicht fallen … Docar schleuderte seine Feinde aus dem Weg, verstärkte seine Beine und stürmte los. Ein weiterer Feind bekam seinen Fuß in den Rücken gerammt, dann peitschte er sich voran, bis er den Pulk Lebender und Untoter verließ. Er drückte sich ab, federte auf den Tisch zu und landete neben einem Feind. Der Untote holte zum Schlag aus und spie ihm seinen stinkenden Atem entgegen, aber er war zu langsam. Docar fing den Schlag mit einer Quaste auf und ließ gleichzeitig einen Ärmel vorschnellen, der sich um den verwesten Hals schlang. Mit einem kräftigen Ruck wurde das Genick gebrochen und der Kopf hing nun schräg. Das hielt seinen Feind aber nicht auf und er ging weiter auf die Ratsmitglieder zu.

Wie können wir sie aufhalten?

Docar stellte sich zwischen die Ratsmitglieder und die Wiedergänger und machte sich bereit, erneut einzuschreiten. Er war erschöpft. Seine Muskeln brannten, sein Verstand arbeitete immer langsamer und das Zerren der Toten an seinem Bewusstsein wurde mit jeder Beschwörung anstrengender. Die lange Reise und der Kampf forderten langsam ihren Tribut.

Ein älterer Mann mit Augengläsern und in roter Robe erschien neben ihm. »Das sind Untote. Ihr könnt sie nicht aufhalten.«

»Und was schlagt Ihr vor?«

»Ihr müsst denjenigen aufhalten, der sie erweckt hat.«

»Ihr meint …«

Der alte Mann nickte. »Ranthor.«

Zwei Wiedergänger stürzten auf sie zu. Docar wich zur Seite, versenkte seine Faust im Bauch eines Feindes und schleuderte den anderen mit mehreren Fetzen zurück. Dann bückte er sich nach einer herrenlosen Klinge und trennte den Kopf vom Rumpf. Der Körper fiel zu Boden, wollte sich aber wieder auf ihn stürzen. Er rammte ihm das Schwert durch die Brust, drückte ihn auf den Boden und stieß es in den Marmor darunter. Nun steckte der kopflose Torso am Boden fest und krabbelte wie ein Käfer auf dem Rücken.

Docar warf dem älteren Mann einen raschen Blick zu. »Wir müssen den Nekromanten also töten?«

»Er hat den Tod überwunden und kann sich einen neuen Körper suchen, wenn der vorherige versagt.«

»Wie?«

»Das weiß ich nicht. Vermutlich benötigt er einen anderen Nekromanten, aber ich verstehe es auch nicht.«

»Wir müssen ihn also töten, obwohl wir es nicht können«, murmelte Docar mehr zu sich selbst. Er suchte nach Taar und entdeckte ihn am anderen Ende des Saals. Mittlerweile musste er sich nicht nur gegen Ranthor behaupten, sondern auch gegen eine Armee aus Untoten. In der Nähe fiel ihm ein Mann in roter Gewandung auf.

Es war Lord Zasean.

*

Zasean fühlte sich belogen und verraten. Alles, woran er gearbeitet hatte, war umsonst gewesen. Die Jahre der Vorbereitung, die Intrigen und das Vertrauen, das er in den mysteriösen Verbündeten gesetzt hatte. Dabei war er die ganze Zeit nur Mittel zum Zweck gewesen. Er, der Lord des Südens, war betrogen worden. Wie hatte das nur geschehen können?

Gorma hielt mit einem Schwert zwei Wiedergänger auf Abstand. Man erkannte sofort, dass er keinerlei Erfahrung im Umgang mit der Waffe besaß.

»Mein Lord, es fällt mir nicht leicht, die Worte auszusprechen, aber … ich habe euch gewarnt«, keuchte Gorma und versenkte das Schwert in der Schulter eines Feindes, wo es stecken blieb. Er zerrte und ruckte und bekam es im letzten Moment wieder frei, um einen Angriff zu parieren.

»Ich weiß!« Zasean suchte fieberhaft nach einem Ausweg. Leider gab es keinen.

»Es ging von Anfang an nur darum, dass Ihr den kaiserlichen Rat schwächt und im entscheidenden Moment ablenkt. Unser Verbündeter will«, Gormas Klinge prallte mit der des Wiedergängers zusammen und er ging ächzend in die Knie, »er will Krieg, um die Macht an sich zu reißen.«

»Ich weiß! Reib es mir noch unter die Nase.«

»Mit Verlaub, das kann ich gerade nicht. Ich habe alle Hände voll zu tun.«

Zasean schielte auf ein Kurzschwert, das ein Gardist hatte fallen lassen. Es war mit Blut verschmiert – wie barbarisch.

»Ich könnte«, der Berater parierte einen weiteren Hieb, »ich könnte etwas Hilfe brauchen. Wenn es Euch nichts ausmacht.«

»Du vergreifst dich!«, knurrte Zasean, entschied aber, das Kurzschwert aufzunehmen. Es fühlte sich irgendwie falsch in seiner Hand an. Er stieß es eher ungeschickt nach vorn und durchbohrte einen der Wiedergänger. Ihm fehlte allerdings die Kraft, es wieder herauszuziehen, so blieb es stecken und er verlor es aus der Hand.

»Wo sind nur diese verdammten Gardisten?«

»Beschäftigt«, keuchte Gorma. Er wurde am Arm gestreift und verlor die Waffe aus der Hand. Blutrot zeichnete es sich unter seinem Gewand ab.

Zasean hob die Klinge rasch auf und parierte einen Hieb. Metall prallte auf Metall, brachte seine Hand zum Vibrieren. Er stolperte über eine Leiche und krachte der Länge nach zu Boden.

»Mein Lord!«, rief Gorma und stellte sich dem

nächsten Angreifer in den Weg. Er packte die Hand des Wiedergängers und fing den Schlag ab. Gorma war aber kein Krieger. Der Schwertgriff knallte in sein Gesicht und schickte ihn neben Zasean zu Boden.

»Da wären wir nun.« Zasean hievte sich hoch. Ein Tritt in die Seite warf ihn herum. Er ächzte und stöhnte und rollte sich vor Schmerz zusammen. »Du … du bist bei mir geblieben, Gorma. Weshalb?«

»Es steckt viel Gutes in Euch, mein Lord.«

Der Wiedergänger stand über ihm und setzte zum Schlag an.

Plötzlich wurde er zur Seite gerissen und ein wirbelnder Schemen erschien an dessen Stelle. Der Junge.

»Geht es Euch gut?«, fragte Docar und hielt Zasean eine Hand hin.

Eher zögerlich griff er zu und ließ sich auf die Füße helfen. »Es ging mir schon besser.«

Gorma kam taumelnd zum Stehen. »Wir können nicht gewinnen.«

»Es gibt eine Möglichkeit«, erwiderte Docar. »Wir müssen Ranthor ausschalten. Dann werden die Untoten von den verwobenen Seelen befreit.«

»Mein guter Mann, ich habe keine Ahnung, wovon du sprichst«, sagte Zasean. »Aber wenn du eine Möglichkeit siehst, all das hier zu beenden, dann ergreife sie!«

»Wenn das nur so einfach wäre. Ihr könnt auf Euch aufpassen?«

»Nein.«

»Gut, denn ich … was?«

»Du solltest bei uns bleiben. Verhilf uns zur Flucht und ich werde vielleicht darüber nachdenken, ob ich

Rysana als Kaiserin unterstütze.«

»Das ist nicht Euer Ernst!«

»Ist es. Also?«

»Mein Lord«, sagte Gorma bedächtig. »Wir können nicht davonlaufen. Nur gemeinsam können wir den Nekromanten besiegen. Er ist der Feind von uns allen!«

»Gorma, du vergisst …«

Ein Feind erschien wie aus dem Nichts und rammte seine Klinge in Gormas Rücken. Der Mann stöhnte und sackte nach vorn in Zaseans Arme.

Docar reagierte überraschend schnell und ließ mehrere Streifen gegen den Wiedergänger peitschen, der quer durch den Raum befördert wurde.

Gorma sackte auf die Knie und blickte auf seine blutverschmierten Hände.

Zasean beugte sich zu ihm hinunter. »Wage es nicht, hier zu sterben!«

Seltsamerweise lächelte Gorma. »Es würde mir nicht im Traum einfallen, Euch im Stich zu lassen.«

Da war etwas tief in ihm. Ein Gefühl, das brennend kalt durch seinen Körper sickerte. Während er seine Hand auf die Schulter des treuen Beraters legte, verspürte er große Furcht. Trauer breitete sich in ihm aus, griff mit klammen Fingern nach seinem Herzen. Unsägliche Trauer, dass Gorma es wagte, einfach so zu sterben.

»Es war mir eine Ehre, mein Lord«, sagte Gorma. »Ihr habt am Ende … am Ende habt Ihr gezögert. Ihr … Ihr habt es verstanden, nicht wahr?«

Zasean wusste, wovon er sprach. Ihm war etwas bewusst geworden, obwohl er sich mit aller Macht wehrte, es einzugestehen. »Du darfst mich nicht verlassen. Du bist doch die Stimme der Vernunft in meinem Kopf.«

»Ihr habt mich nicht von Euch gewiesen, weil Ihr tief in Eurem Inneren ein besserer Mensch werden wolltet.«

»Ich …« Er seufzte. »Ja, es stimmt. Bei den alten Göttern! Sieh nur, was du mit mir angerichtet hast!«

»Versprecht mir bitte zwei Dinge …«

»Welche?«

»Meine Familie … kümmert Euch um sie.«

»Ich werde sehen, was sich tun lässt.«

»Das ist mehr, als ich erwarten kann. Gebt auf Euch acht. Haltet an dem fest, was Ihr hier erfahren habt.«

Zasean ging in die Knie und blickte ihm tief in die Augen. In diesem Moment geschah etwas. Er empfand eine tiefe Verbundenheit mit dem Mann, den er über all die Jahre hinweg drangsaliert hatte; an dessen Leid er sich ergötzt hatte, weil er nicht verstanden hatte, dass Gorma der Mensch war, der einen Schlüssel für ein glücklicheres Leben besaß. Vertrauen, so voller Logik und doch gleichzeitig so voller Staunen.

Ein letztes Mal zuckte ein Lächeln über Gormas Gesicht. Dann brachen seine Augen und er starb.

*

Rysana sah, wie sich Zasean über Gormas Leichnam beugte und dabei einen Ausdruck unendlicher Trauer im Gesicht hatte, der alles widerspiegelte, was sie in diesem Moment durchlebte.

Sie riss sich davon los und überblickte das

Geschehen, das immer mehr zugunsten der Untoten kippte. Die Gardisten fielen den Klingen zum Opfer, wurden erdolcht oder brachen blutend und kraftlos zusammen. Von den einst vier Dutzend Gardisten waren nicht einmal mehr zehn auf den Beinen. Sangar war tot und der Lord des Westens wurde in diesem Moment von gleich drei Schwertern durchbohrt. Die Erkenntnis erschütterte sie bis ins Mark: Niemand konnte die Untoten aufhalten. Sie waren im Begriff, zu verlieren.

Ihr Blick wanderte zu Ranthor, der unter irrem Gelächter auf den Vagabunden einprügelte. Stoff surrte durch die Luft wie Peitschenhiebe, willkürlich fallen gelassene Gegenstände erwachten zum Leben, selbst Tischbeine stolzierten umher und warfen sich auf Taar Wax, der unter den Angriffen allmählich unterging.

Ranthor. Wie tötet man etwas, das den Tod überwunden hat?

Aus einer Eingebung wanderte ihre Hand in die Tasche.

Wie können wir ihn töten?

Ihre Finger schlossen sich um einen Gegenstand, der ihr so vertraut war wie der eigene Atem.

Er ist unbesiegbar, mindestens so mächtig wie Wendal.

Sie presste zu. Ihre Hand wurde kalt – kälter als Eis.

Wendal wurde getötet. Er war nicht unsterblich …

Sie hielt überrascht inne. Seitdem sie den Gegenstand bei Wendals Leiche gefunden hatte, war sie keinen Moment ohne ihn gewesen. Und auf einmal breitete sich die Wahrheit in ihrem Bewusstsein aus, wie Frost, der eine leere Glasscheibe überzog. Es gab vielleicht einen Weg – einen – einzigen – Weg, wie Ranthor aufgehalten werden konnte. Langsam, ganz langsam nahm sie den Gegenstand heraus und hielt ihn ins Licht. Die Bannrunen auf der Schneide glühten so hell wie eine junge Sonne.

Der Ritualdolch.

Nandeon war plötzlich neben ihr. »Der Dolch, Rysana! Ihr habt ihn behalten.«

Wie in Trance nickte sie.

»Warum habt Ihr das getan?«

»Ich konnte nicht anders. Dieses … Ding hat Wendal getötet. Irgendetwas in mir wollte verstehen, wie das möglich sein konnte.«

»Was dieses Etwas in Euch auch ist, Ihr habt uns damit unbewusst einen Ausweg ermöglicht. Dieser Dolch«, ein Schatten glitt über Nandeons Gesicht, »existiert nicht nur in unserer Welt.«

»Was?«

»Das ist erst einmal unwichtig. Hiermit könnt Ihr alles umbringen.« Sein Blick wanderte zu Ranthor. »Selbst ihn.«

»Selbst ihn«, echote sie und betrachtete die Ratsmitglieder, die ebenfalls zu ihr aufgeschlossen waren. Nun war es keine Verachtung mehr, die aus ihren Blicken sprach, sondern Hoffnung und Verzweiflung.

»Rette uns«, wisperte Dunla. »Rette uns, Kaiserin von Amdra.«

Rysanas Finger krampften sich um den Griff. Es gab nur einen Weg, um Ranthor zu vernichten und dafür musste sie ihm den Ritualdolch ins Herz rammen. Unbeabsichtigt hatte der Nekromant ihr die einzige Waffe in die Hand gegeben, die ihn aufhalten konnte.

Das Endspiel

Dreißigster Tag

Ich schäme mich für das, was ich getan habe. Auch ich habe das vierte Gesetz der Nekromantie gebrochen, denn ich habe Seelen mit meinem Körper verwoben, um nicht mehr zu altern. Es ist keine Unsterblichkeit, aber vielleicht genau das Mittel, das Ranthor nutzen wollte, um den Tod zu überwinden.

Taar war am Ende. So viel stand fest. Sein gesamter Körper war ein einziger, großer Schmerz. Seine Seite brannte wie Feuer, seine Muskeln gehorchten kaum noch, er schwitzte wie ein Schwein und einfach alles an ihm war mit Kratzern, Schürfwunden und blutigen Striemen übersät.

Es war hoffnungslos.

Egal, was er auch tat, sein Feind war ihm immer einen Schritt voraus. Wenn er angriff, wusste Ranthor bereits, was er tun würde, bevor er es tat, und bestrafte ihn mit einem weiteren Angriff. Wenn er auswich, setzte Ranthor hinterher und zeigte ihm, wie sinnlos es war, ihm zu trotzen.

Sie wirbelten in einem stillen Tanz durch den Saal, sprangen gegen Wände, sausten über Köpfe und bearbeiteten sich mit allem, was ihnen zur Verfügung stand.

Ranthor war schlichtweg wesentlich versierter im Umgang mit der Nekromantie als er. Ranthors Macht hatte ihn sogar den Tod überwinden lassen. Nein, das waren keine sonderlich guten Aussichten und Taar wusste, dass es nur eine Frage der Zeit war, bis er das Gras von unten genauer betrachten durfte. Das war so sicher wie ein schlechter Witz von ihm.

Ein Tuch peitschte um sein Handgelenk. Mit einem kräftigen Ruck wurde er nach vorn gezogen und bekam einen Faustschlag zu schmecken. Er keuchte und gurgelte, sein Kopf war plötzlich voller Licht und dann schlug er auf den Boden.

»Du bist erbärmlich, Taar Wax! Ich verstehe nicht, warum Wendal dich am Leben ließ. Du bist nicht einmal ansatzweise so mächtig wie er.«

Taar rappelte sich auf die Beine und kam taumelnd zum Stehen. »Kannst ihn ja mal fragen, wenn du ihm begegnest.«

»Du hast es nicht verstanden, oder? Wendals Seele existiert nicht mehr. Ich habe sie mit einem Ritualdolch ausgelöscht.«

Überrascht hielt er inne. *Es existiert wieder ein Ritualdolch?*

Ranthor schleuderte ihn gegen die Wand. Seine Brust wurde zusammengepresst und er rang wie ein Fisch auf dem Trockenen nach Luft. Aber ihm blieb keine Zeit, sich dem Schmerz hinzugeben, denn Ranthor war sofort wieder über ihm. Wie ein Wirbel aus Tentakeln.

»Wendal hat das Geschlecht der Nekromanten fast ausgelöscht. Ich werde das Mittel sein, um sie wiederzuerwecken.«

»Darum geht es dir also?« Er rollte zur Seite und entging haarscharf einem Angriff. Dann drückte er sich ab und peitschte mehrere Fetzen in Ranthors Richtung, die der Nekromant spielend leicht abwehrte.

»Oh, das ist nur der Anfang. Amdra hütet noch so manche Geheimnisse, die ich ergründen werde. Beim letzten Mal kam mir ein fehlgeleiteter Nekromant in die Quere.«

»Warum willst du dann Wendals Jungen umbringen? Was hat er …«

»Rache!«, knurrte Ranthor und bewegte sich mit einer Geschwindigkeit, gegen die ein Orkan schlaff und kraftlos wirkte. Er schlug zu, peitschte mit weißen Tentakeln um sich und rammte einen Fuß in Taars Magengrube.

Taar rang wieder verzweifelt nach Luft, während sich sein Bauch schmerzhaft zusammenkrümmte. »Das … das ist es also? Rache?«

»Nicht nur das. Er hat das Potenzial, so mächtig wie Wendal zu werden. Das kann ich nicht dulden.«

Ein weiterer Hieb raubte Taar für einen Moment die Sinne.

Es geht nicht anders … ich muss es wieder tun.

Das Lied der Toten war da, lockte ihn, versprach ihm verheißungslose Macht. Er hörte hin und begann eine Beschwörung. Die Seelen lauschten seinem Ruf und drangen über die Grenze, die beide Welten voneinander trennte. Dieses Mal verwob er sie nicht mit seiner Kleidung oder dem Plunder, der überall im Raum verteilt war, sondern mit seinem Körper.

Er brach eine Regel der Nekromantie.

Ätherischer Schimmer drang in seinen Körper, sickerte in seine Venen, erfüllte ihn mit plötzlicher Kälte. Es war, als wäre er nackt in einen Gebirgsbach gesprungen. Dann erklangen Stimmen in seinem Kopf. Sie flüsterten ihm Dinge zu, versuchten, ihn zu beeinflussen und die Kontrolle über die fleischliche Hülle zu erlangen. Ihre Stimmen wurden lauter, zerrten an seiner Seele und versuchten, sie zu nichts zu zerreiben. Es war ein stiller Kampf, eine Schlacht, die tausend Opfer forderte, und allein seinem Willen war es zu verdanken, dass er nicht die Kontrolle verlor.

Rachsüchtige Geister. Eine Heimsuchung. Das vierte Gesetz der Nekromantie. Und aus ihrer Heimsuchung wurde seine Stärke.

Taar atmete ein.

Wie die Erlösung aus den Augen der Götter erwachte die Macht in ihm und flutete seinen Körper mit neuer Energie. Die Wunden an seinem Körper verschwanden, die Erschöpfung verblasste und er fühlte sich gestärkt und berauscht, als hätte er eine ganze Flasche Hochprozentigen gekippt. Auf einmal konnte er jede Faser seiner Kleidung auf der Haut spüren, jede Unebenheit auf dem Boden und jeden Lufthauch. Seine Hände pulsierten, sein Herz donnerte wie ein Gewitter in seiner Brust und er sah klarer und deutlicher denn je.

»Du bist ein Narr, Taar Wax!« Ranthor machte einen Riesensatz auf ihn zu. »Glaubst du, dass du mich damit aufhalten kannst?«

»Nein.« Taar grinste. »Aber ich kann es versuchen.«

Lass los!

Komm zu uns.

Wir sind die Erlösung.

Wir wissen, was du begehrst.

Die Stimmen wurden drängender. Sie waren um ihn, in seinem Inneren und wurden nach und nach Teil von ihm. Es war nicht das erste Mal, dass er seinen Körper mit Seelen verwob, aber dieses Mal waren es so viele, dass er sie nicht mehr zählen konnte.

Sie wartet auf dich …

Die Stimme ließ ihn innehalten.

Ich bin hier, bei dir.

Nein, das konnte nicht sein!

Du fragst dich, warum du das tust, Taar. Die Antwort ist einfach.

Er blendete die Stimmen aus. Dennoch nagten die Worte an seinem Verstand. Sie gehörten zu einer Frau, die ihm einst wichtig gewesen war.

Du suchst Vergebung. Weil du verstanden hast, dass du lieber tot wärst, als weiterhin dein einsames Dasein zu fristen. Du bist allein auf der Welt …

Das war nicht möglich! Rachsüchtige Geister waren tückisch und verstanden sich darauf, einen Nekromanten zu täuschen. Er wusste es, denn er hatte es mehrfach erfahren. Doch es stimmte, was sie sagte. Es stimmte so sehr, dass es ihn beinahe innerlich zerriss.

Warum tust du das alles, Taar Wax der Vagabund?

Taar wirbelte schneller als ein Funkenregen zwischen zwei Wiedergängern und drückte den Schädel des dritten mit einem gezielten Faustschlag ein. Ranthor war nur ein Blinzeln später bei ihm und ließ einen Angriff nach dem anderen folgen. Nun verfügte Taar allerdings

über die gleiche Geschicklichkeit und konnte jedem Angriff ausweichen.

*Ja, warum tue ich das? Warum laufe ich nicht davon und …
sterbe einfach?*

Taar hatte das Gefühl, allmählich den Verstand zu
verlieren. Sein Sichtfeld schränkte sich ein und mit un-
sichtbaren Händen griffen die Seelen in seinem Körper
nach seiner, die ihnen ausgeliefert war.

Er konnte nicht von der Macht ablassen.

Er brauchte sie, damit er seinem Widersacher eben-
bürtig war.

Er brauchte sie, damit er Amdra retten konnte.

Dann fiel sein Blick auf Docar. Da war etwas an dem
Jungen, das unbekannte Gefühle in ihm weckte. Es war
nicht nur Stolz oder Vertrauen. Es war etwas anderes,
das tiefer reichte. Er sah sich selbst in ihm. Das machte
ihm keine Angst, sondern Hoffnung. Vielleicht wäre der
Junge das Mittel, damit er endlich wieder Sinn im Leben
fand. Ein Leben für einen anderen, um dem zu helfen
und zur Seite zu stehen.

*Ist die Antwort wirklich so einfach? Ist wirklich das der
Grund, weshalb ich hier bin?*

Eingelullt von diesen Gedanken spürte er unwillkürlich in seinem Bewusstsein den durch Klarheit und
Leere bestimmten schwebenden Zustand der Erkenntnis. Er begriff auf einmal, dass alles einem Muster folgte
und sich wiederum unaufhörlich aus weiteren sich ver-
ändernden Mustern zusammensetzte, um ein riesiges
Geflecht zu knüpfen. Alles war miteinander verflochten. Er war hier, weil er an diesem Ort sein *musste*. Nicht
irgendeine fremde Macht oder ein Todesgott hatten ihn

hierhergeführt, sondern er allein war es gewesen.

Es war Schicksal.

Und mit seinem offenen, leeren Bewusstsein sah er die Lösung all seiner Probleme vor sich ausgebreitet wie den mit Narben überzogenen Rücken seiner Hand. Dort, wo eben noch nichts gewesen war, sah er im nächsten Moment die Verflechtung in aller Klarheit. Nun wusste er, was zu tun war.

Ranthor prügelte auf ihn ein, bedachte ihn mit Angriffen, die jeden gewöhnlichen Menschen längst getötet hätten. Der Nekromant riss Seelen aus ihm heraus, malträtierte seinen Körper, drückte ihm die Luft ab und schlug Wunden so schnell, wie die verwobenen Seelen sie heilten. Doch Taars Blick war ganz auf Rysana gerichtet, die wie eine Kaiserin durch die Menge schwebte und einen kleinen, scheinbar unbedeutenden Gegenstand in ihren Händen hielt. Niemand beachtete sie, niemand stellte sich ihr in den Weg. Und das war der größte Fehler, den Ranthor begehen konnte.

Als sie hinter dem Nekromanten stehen blieb, hob sie die Hand. Das Licht schimmerte auf dem Ritualdolch wie ein Omen des Göttlichen.

Taars Seele war nur noch ein kleines Ding in einem Meer aus pulsierender Finsternis. Das Lied der Toten rief nach ihm. Es lockte, versprach Freiheit. Die Erlösung war so nahe, dass er sie *riechen* konnte! Er könnte alles fallen lassen und dem Drängen nachgeben. Es wäre so einfach.

Doch er wollte es nicht.

Er wollte dieses Leben fortführen und die beschützen, die sich nicht selbst beschützen konnten. Er wollte tatsächlich ein Held sein.

Mit letzter, verzweifelter Kraft kämpfte er gegen das Drängen an und bäumte sich auf. Mehrere Mantelfetzen wickelten sich um Ranthors Körper und zogen ihn näher an ihn heran. Ranthor war einen Augenblick überrascht, was Taar ausnutzte und alle Quasten, Fetzen und Streifen um den Nekromanten wickelte, sodass er sich nicht mehr befreien konnte.

Ranthor spuckte und keuchte. »Was hast du vor, Taar Wax?«

Taar war ihm so nahe, dass er den Wahn in Ranthors Augen erkennen konnte. »Gewinnen.«

»Du wirst niemals gewinnen können. Niemals!«

»Oh, dieser Geschmack im Mund ist so was von gut.«

»Was?«

»Ich würde es gern weiter auskosten, aber verdammt«, er grinste so breit, dass seine Mundwinkel schmerzten, »ich hab's dir ja gesagt!«

Ranthor riss den Kopf herum.

Rysana stieß ihm den Ritualdolch in die Brust.

Ungläubig blickte Ranthor nach unten, öffnete den Mund und gab einen Laut von sich, der wie splitterndes Glas klang. Dann drang ein grüner Schimmer aus seinem weit geöffneten Mund. Immer mehr, ein Strom aus unzähligen Lichtern, bis sich zuletzt seine verkümmerte Seele löste und mit einem Zischen zerplatzte.

Erst dann begann die Veränderung. Als hätte ein Bühnenkünstler die Fäden seiner Puppen mit einer herrischen Geste gekappt, fielen im ganzen Saal leblose Körper zu Boden. Der Bann war gebrochen, der

Nekromant war tot und die verwobenen Seelen verschwanden aus den Körpern der Wiedergänger.

Endlich waren sie frei.

Eine neue Hoffnung

Dreißigster Tag

Solltest Du jemals meine Worte lesen, Rysana, dann verzeihe mir bitte alles, was ich jemals getan habe. Und auch, dass ich Dich und all jene, denen ich jemals etwas bedeutet habe, alleine lassen muss. Du hast mich verändert und mir einen Sinn gegeben. Meine Liebe gehört Dir, auf ewig.

Der Sessel, in dem Taar seinen Hintern platziert hatte, war außerordentlich bequem. Er hatte gehört, dass er der Vorsitzenden des Rates zugedacht war, aber irgendwie interessierte das niemanden – überhaupt interessierte sich niemand dafür, was er tat, denn die anderen waren viel zu sehr mit ihrem Pläneschmieden, ihren Diskussionen und ihrem Gezeter beschäftigt, dass er tun und lassen konnte, was er wollte. Und das hatte er sich, verdammt noch mal, auch verdient!

Er überkreuzte die schlammverkrusteten Stiefel auf der steinernen Tafel, lehnte sich zurück und betrachtete die braune, klare Flüssigkeit, die sich in der Flasche vor ihm befand. Sorgsam, als wollte er einer Geliebten einen Kuss aufdrücken, setzte er die Flasche an die Lippen, und kippte den gesamten Inhalt in einem Zug. Bei den

Toten, das Zeug brannte vielleicht auf der Zunge! Branntwein, zwanzig Jahre alt, genau nach seinem Geschmack.

Mit einem zufriedenen Seufzer sank er tiefer in die Polster, schloss die Augen und genoss den Moment des vollkommenen Einklangs. Schon früh hatte er gelernt, aus jeder Situation das Beste zu machen. Derzeit erfreute er sich an der angenehmen Tatsache, dass er nicht in irgendeinem Grab verfaulte. Das waren die kleinen Dinge im Leben, die es lebenswert machten.

»Wir müssen umgehend handeln!« Das war Nandeons Stimme. Sosehr er sich auch das Hirn zermarterte, Taar wusste nicht, woher er den alten Mann kannte. »Wir glaubten die Nekromanten vernichtet, doch mit dem verräterischen Aroc, Taar Wax und Eurem Sohn gab es drei weitere. Wir müssen dieser Situation auf jeden Fall auf den Grund gehen!«

»Gefährlich. Sehr gefährlich. Zwei Lords sind tot.« Dunla, die dunkelhäutige Schönheit. Inzwischen hatte er feststellen müssen, dass sie vor etlichen Jahren seinen Tod befohlen hatte. Ihr Verhalten war daher nicht ganz unbegründet, zumal er sich erinnerte, dass er irgendwann ein Techtelmechtel mit ihr gehabt hatte. Tja, man konnte eben nicht erwarten, dass er sich an alle seine Liebschaften erinnerte.

»Ich weiß.« Wenn Rysana sprach, lag eine gewisse Härte in ihrer Stimme. Das war ihm bereits bei ihrer ersten Begegnung aufgefallen. Seit den gestrigen Ereignissen hatte sich das verstärkt. »Wir haben viele Tote zu beklagen. Hundert Soldaten, die ihr Leben für den Rat und die Lords gaben, der Berater Gorma, zwei Lords und viele weitere Gardisten. Hinzu kommen jede Menge Verletzte. Wir sollten beten, dass sie eine weitere Nacht überstehen.«

»Mit Verlaub, Rysana, Ihr wurdet zur Kaiserin von Amdra gekürt. Die vier Lords gaben ihre Zustimmung, wie es auch der kaiserliche Rat tat. Wir sollten es möglichst schnell offiziell machen, um jeden Zweifel auszuräumen. Je länger wir warten, desto größer können die Unruhen werden, wenn die Lords nicht bald zurückkehren.«

»Dem muss ich zustimmen, wir müssen umgehend unsere Lordschaft aufsuchen«, sagte eine nasale Stimme. Echet oder Echat. Taar konnte sich den Namen des Lords des Nordens schlicht nicht merken.

»Das ist richtig«, sagte Rysana. »Es ist mir ein Anliegen, dass nach diesen fürchterlichen Ereignissen weiterhin alle Beteiligten hinter mir stehen.« Ihre Stimme wurde eine Spur weicher. »Ich werde diese Verantwortung nur auf mich nehmen, wenn absolut keine Zweifel bestehen. Wir wollen Frieden für Amdra.«

»Ihr habt meine Zustimmung, Kaiserin Rysana«, sagte der Lord. »Es ist Euch zu verdanken, dass ich noch am Leben bin. Ich hänge daran, so seltsam dies auch klingen mag, denn ich habe eine Verantwortung für meine Tochter. Eure Voraussicht ermöglichte es, dem finsteren Nekromanten Einhalt zu gebieten.«

»Seht mich nicht so an«, sagte Nandeon. »Ich habe schon vor vielen Tagen darauf hingewiesen, dass ich viel von Euch halte. Ihr bringt die Veränderungen, die Amdra bitter nötig hat.« Verdammt, woher kannte Taar den alten Mann?

»Ich stimme zu«, sagte Dunla. »Ihr bringt Wahrheit und Frieden. Bitte verzeiht mir meine Zweifel.«

»Es gibt nichts zu verzeihen.« Rysana zögerte. »Was denkt Ihr, Lord Zasean? Könnt Ihr Eure Vorbehalte fallen lassen und unter meiner Herrschaft die südliche Lordschaft verwalten? Ich habe nicht vergessen, welche Rolle Ihr in der vergangenen Angelegenheit eingenommen habt, aber ich habe erkannt, dass auch Ihr nur eine willenlose Spielfigur wart.«

Taar öffnete die Augen einen Spalt weit. Zasean saß zusammengesunken auf einem Stuhl und starrte wie betrübt auf seine Hände, als könnten die sich jeden Augenblick in die eines Ungeheuers verwandeln. Von dem einst überheblichen Lord war nicht viel übrig geblieben. Erst mit dem Verlust seines Beraters erkannte er nun, wie viel ihm dieser bedeutet hatte.

Zasean hob schwach den Kopf. »Ich habe eine Nachricht nach Dunvell geschickt. Meine Truppen haben sich zurückgezogen.«

»Das freut mich zu hören«, sagte Rysana. »Wie soll es Eurer Ansicht nach weitergehen?«

Der Lord straffte sich ein wenig. »Es wird keinen Krieg geben. Der Süden wird weiterhin dem Kaiserreich treu zur Seite stehen. Darauf gebe ich Euch mein Wort.«

Rysana war anzusehen, wie die Anspannung von ihr abließ. Taar hingegen schmunzelte innerlich. Zasean blieb nichts anderes übrig, als seine Zustimmung zu geben. Die Alternative wäre sein verräterischer Kopf auf einem Pfahl gewesen – einem sehr spitzen Pfahl an der Mauer von Thargor.

»Und du, mein Sohn?«

Docar trug sehr zu Taars Verdruss ein geradezu kaiserliches Gewand. Seine Haut war rosig vom vielen Waschen, die Haare ordentlich frisiert und sogar die Fingernägel waren sorgfältig gestutzt. Der Junge lächelte und lieferte ein Gebaren, als wäre er das prächtigste Vila auf dem Markt.

Eine verdammte Schande.

»Ich habe dir bereits meine Antwort gegeben, Mutter«, sagte Docar. »Ich stehe zu dir und werde dich bei allem unterstützen. Vielleicht werde ich irgendwann bereit sein, die Verantwortung zu tragen. Solange dies aber nicht der Fall ist, werde ich von dir lernen.«

»Dann sind wir uns also einig?«, fragte sie in die Runde.

Zustimmendes Gemurmel erklang.

»Gut. Wir müssen eine entsprechende Nachricht an die zuständigen Familien der Lords des Ostens und Westens vorbereiten, damit es keine Missverständnisse gibt. Die Lords sind einem hinterlistigen Feind zum Opfer gefallen und es ist unser vordringlichstes Anliegen, dass niemand auf einen anderen Gedanken kommt. Anschließend sollte es eine Krönungsfeier geben, zu der alle Würdenträger des Landes eingeladen werden. Wir müssen es offiziell machen, wie Nandeon richtig anmerkte. Der Rat wird Gesetzesentwürfe erstellen und wir werden vieles überdenken müssen. Unser vordringlichstes Ziel gilt nun der Stabilisierung des Friedens.«

Taar gähnte laut, was ihm ungehaltene Blicke einbrachte. Sollten sie doch, schließlich war er es gewesen, der die ganze Arbeit getan hatte.

»Ich freue mich, mit Euch die Zukunft neu zu

gestalten. Die Zeit der Missgunst ist vorbei. Wir haben viel zu tun!«

»Das war dann wohl mein Stichwort, he?«, fragte Taar, unterdrückte ein Gähnen und hievte sich aus dem Sessel. Es war ein ziemlich bequemer Sessel, aber auch ein wenig *zu* bequem für seinen Geschmack. Da kam wieder seine eine Regel ins Spiel: Pass auf, dass du nicht zu weich wirst!

Rysana neigte leicht den Kopf. »Wir haben dich nicht vergessen, Taar Wax der Vagabund.«

»Geht doch. Jetzt muss ich Euch nur noch dazu bringen, dass Ihr den Rest nicht vergesst. Frauenheld, unfassbar gut aussehender Kerl, Bezwinger des …«

Sie gebot ihm mit erhobener Hand zu schweigen. »Kann das warten?«

Er zog einen imaginären Hut vor ihr. »Kann es.«

»Gut. Das gesamte Kaiserreich steht tief in deiner Schuld.«

»Das will ich aber auch meinen.«

»Du hast etwas vollbracht, was ich nicht für möglich gehalten hätte.«

»Stimmt.«

»Docar hat mir erzählt, was ihr erlebt habt, und ich habe den Eindruck gewonnen, dass auch du einige persönliche Erkenntnisse auf dieser Reise gewonnen hast.«

Er zuckte mit den Schultern. »Man nimmt, was man kriegen kann, was? Wo wir gerade beim Thema sind. Wie stehts um meine Bezahlung?«

Die anderen hielten scharf den Atem an. Ihm war es gleich. Abgemacht war abgemacht.

»Natürlich«, sagte Rysana langsam. »Ich habe unsere

Abmachung nicht vergessen. Wie war das noch? Dreihundert Flaschen Branntwein? Wobei, eine hast du bereits leer getrunken.«

Er hielt die leere Flasche hoch und ließ sie in seiner Manteltasche verschwinden. »Trinkgeld.«

Rysana lächelte. »Wir versprachen dir außerdem noch andere Dinge.«

Dunla stöhnte und zog langsam die schwarze Robe aus. Auch wenn er es durchaus genoss, eine solch ansehnliche Frau halb nackt vor sich zu sehen, betrachtete er sich immerhin als Ehrenmann mit Benehmen … zumindest mit einem bisschen Benehmen … oder vielmehr einem Hauch davon. Also gut, er hatte kein Benehmen, weil er nun einmal ein elender Schuft war.

»Schon in Ordnung, Hübsche.« Er unterstrich seine Worte mit einer nachlässigen Geste. »Behalte die Robe. Du kannst mich aber gerne in meinen Gemächern aufsuchen, die mir die Kaiserin überlassen wird.« Er rechnete mit einem ungehaltenen Blick, tatsächlich musterte ihn die Südländerin beinahe interessiert. Oder lag das am Alkohol?

»Wir versprachen dir außerdem unermesslichen Reichtum«, sprach Rysana weiter. »Gold und was auch immer du begehrst.«

»Brauch ich nicht.«

»Natürlich, wir werden es sofort …« Sie stutzte. »Bitte was?«

»Ich brauch's nicht.«

»Du willst es nicht haben?«

»Wozu? Ich bin ein Vagabund, ich kann damit sowieso nichts anfangen. Meine Heimat ist die Welt dort draußen. Mein Reichtum sind die Bekanntschaften, die ich auf dem Weg durch das Land mache. Ich brauche nicht mehr als das, was ich tragen kann. Und wenn ich doch mal Lust darauf verspüre«, er zwinkerte der Kaiserin zu, »kann mich niemand aufhalten.«

»Du siehst mich erstaunt, Taar Wax. Man hört anderes von dir.«

»Wisst Ihr, der Trick besteht darin, die Menschen glauben zu machen, dass man etwas haben will. Das gibt ihnen das Gefühl, wichtig zu sein. Wäre auch seltsam, wenn ich einen Auftrag annehmen würde, ohne dafür etwas zu verlangen. Dann würde mich ja keiner mehr ernst nehmen.«

Die Anwesenden sahen ihn überrascht an, außer Docar, der laut lachte.

Wenigstens den Humor hat er behalten, auch wenn er jetzt wie ein feiner Pinkel aussieht …

»Behaltet Euer Gold und verwendet es für etwas Gutes. Zum Beispiel ein ordentliches Wirtshaus im Palast. Gebt den tapferen Soldaten vor der Tür einen aus oder veranstaltet ein riesiges Besäufnis, damit die endlich mal den Stock aus dem Arsch bekomme. Was weiß denn ich.«

»Das ist sehr … zuvorkommend von dir.«

»Immer, Hübsche. Das, was ich am Ende dieses Abenteuers erlangt habe, war Bezahlung genug.«

Sie wirkte beinahe schüchtern, als sie fragte: »Und was hast du erlangt?«

»Etwas, was Ihr niemals verstehen würdet. Vielleicht kann es der Junge, aber es ist etwas, das Euren Horizont übersteigt.«

»Bitte, erläutere es mir.«

»Ich war auf der Suche, ohne zu wissen, wonach ich gesucht habe. Das Lied der Toten hat mich geleitet. Alles war miteinander verflochten.«

»Und hast du es gefunden?«

Er schaute Docar an. »Zumindest zum Teil. Ich bin nicht allein auf dieser Welt und es gibt Dinge, die ich immer noch nicht verstanden habe.«

»Dann hoffe ich, dass dir eben jene Erkenntnis zuteilwird.«

»Wie auch immer. Ich find's toll, dass wir jetzt alle Freunde sind und so weiter.« Er grinste Zasean an, der sofort das Gesicht verzog. »Aber es ist noch lange nicht vorbei. Ranthor war nur der Anfang. Er hätte es niemals aus eigener Kraft geschafft, aus dem Totenreich zurückzukehren. Er hatte Hilfe in Form einer Frau, die erst kürzlich aus den Schatten getreten ist.«

»Docar erzählte mir von ihr. Tiada, eine Anführerin im Schlund.«

»Ja. Sie ist eine Nekromantin, die sich vor den Säuberungsaktionen des Nekromantenkaisers verstecken konnte. So schwer es mir fällt, das zu sagen, ich habe absolut keine Ahnung, was sie noch so alles plant. Und dann wäre da auch noch mein geschätzter Erzfeind Wynron. Der wird nicht ganz so gut auf mich zu sprechen sein, nach dem, was ich da unten wieder angerichtet habe. Der Kerl ist schlimmer als Fußpilz. Kurz gesagt, es warten einige Herausforderungen auf uns.«

»Mutter«, sagte Docar. »Wir müssen dringend über den Schlund sprechen.«

Sie nickte. »Natürlich. Der Schlund ist eine Sache,

die ich ebenfalls in der nächsten Ratssitzung ansprechen wollte. Wir müssen daran etwas ändern. Ich weiß nur noch nicht genau, was wir überhaupt ändern *können*. Ich habe …«

Die Tür zu den Gemächern wurde aufgerissen und ein Soldat stolperte herein. Er salutierte hastig und übergab Rysana eine versiegelte Botschaft. Sie brach das Siegel und überflog die Zeilen.

Taar knotete die Tücher an seiner Hüfte fest und überprüfte die verwobenen Seelen in seinem Mantel. »Es gab einen Ausbruch, was?«

Rysana sah von der Nachricht auf. »Woher weißt du das?«

»Tiada und Wynron?«

»Tiada und Wynron.«

»Nicht überraschend. Nach allem, was im Palast geschehen ist, war es nur eine Frage der Zeit, bis wir von ihnen hören. Merkt Euch meine Worte, Kaiserin! Es ist noch nicht vorbei.« Er nickte den Anwesenden zu, stahl sich eine Feder vom Schreibtisch, die er schon die ganze Zeit beäugt hatte, und drängte sich an ihnen vorbei, aber nicht, ohne sie noch einmal anzugrinsen. Bei den alten Todesgöttern, der Kerl würde ihm offenbar am liebsten vor versammelter Mannschaft den Hals umdrehen.

»Das war's?«, rief ihm Docar hinterher. »Du nickst uns zum Abschied zu und verschwindest?«

Taar wandte sich ihm zu. »Die dunkle Schönheit wird mich wohl heute Nacht nicht aufsuchen. Warum sollte ich länger bleiben?«

Docar erhob sich von seinem Stuhl, näherte sich mit einem traurigen Lächeln und fiel ihm in die Arme.

»Danke für alles … Meister.«

Taar klopfte ihm auf den Rücken. »Nicht der Rede wert. Aber mal unter uns, du solltest dringend etwas daran machen.«

»Woran?«

Er schob den Jungen auf Abstand und musterte ihn von den herausgeputzten Stiefeln bis zum frisierten Scheitel. »Daran.«

Docar wand sich sichtlich. »Ich fühle mich eben so wohler.«

»Also habe ich doch versagt.«

»Taar!«

»Ist ja gut, Junge. So schlimm siehst du jetzt auch wieder nicht aus. Vergiss aber nicht die Regel.«

»Welche?«

»Die eine.«

»Du meinst *die eine* Regel unter den vielen einen Regeln?«

»Genau die. Also«, er räusperte sich, »wenn es zu schön wird, sollte man sich verpissen.«

»Das ist eine dumme Regel.«

Er zuckte die Schultern. »Ich hab sie mir gemacht.«

»Also gehst du jetzt?«

»Ihr werdet von mir hören.«

»Wo gehst du hin?«

»Nach Westen? Nach Süden? Vielleicht gieße ich mir im Hafen von Vragos erst mal ordentlich einen hinter die Binde? Ich weiß es nicht. Doch eines weiß ich sicher, das Lied der Toten wird mich leiten.«

»Du weißt also nicht, wo du hingehst?«

»Nein. Ja. Vielleicht.«

»Die Antwort ergibt doch keinen Sinn.«

»Hat für dich jemals eine meiner Handlungen Sinn ergeben?«

Zu seinem Erstaunen nickte Docar. »Alles ist miteinander verflochten.«

Taar klopfte ihm noch einmal auf die Schulter. »Gut zu wissen, dass ich doch nicht alles falsch gemacht habe. Wir sehen uns wieder.« Er ließ den Jungen los und verbeugte sich in Dunlas Richtung. »Ich fürchte, das wird nichts mit uns beiden, meine Hübsche.«

Dann wirbelte er davon. Weder sah er zurück noch verlangsamte er seinen Schritt. Tief in seinem Herzen ahnte er, dass sich ihre Wege wieder kreuzen würden.

Bald.

Ende

Nachwort

Die Geschichte um die Nekromanten nimmt für mich immer einen ganz besonderen Platz ein. Deshalb freue ich mich sehr, dass du sie gemeinsam mit mir *erlebt* hast! Für diesen Sammelband habe ich noch einmal alle drei Bände vollständig überarbeitet, habe bestehende Kritiken bedacht und versucht, die ohnehin fantastische Geschichte zu verbessern. Ich glaube, das ist mir gelungen.

Wie immer gilt mein Dank ganz vielen außergewöhnlichen Leuten dort draußen. Danken möchte ich meinen Vorablesern Viktoria M. Keller, David Lieder, Wilfried Linse und Anne Bock. Außerdem danke ich Benjamin Verwold für das Lektorat und Katrin Gönnewig für das Korrektorat. Wie stets hat Elementi.Studio das großartige Cover für mich entworfen, deshalb bedanke ich mich ganz herzlich bei ihr. Zuletzt gilt mein Dank den vielen Lesern dort draußen. Ihr macht alles erst möglich!

Schon gewusst? Wenn du dich in meinem Newsletter einträgst, erhältst du kostenlos einen Roman. Es lohnt sich also durchaus, einen kleinen Abstecher auf meine Website zu wagen!

Pascal Wokan, September 2022

Dramatis Personae

Aroc: Ratsmitglied
Bachel: Ratsmitglied
Brinan: Gebieter im Schlund
Calas: Soldat
Cano: Wärter
Docar: Bastard des Kaisers, Nekromant
Dunla: Ratsmitglied
Echet: Lord des Nordens
Gaed: Wärter
Gorma: Berater des Lords des Südens
Jorec: Verbrecher
Mava: Ratsmitglied
Nandeon: Ratsmitglied
O-dryt: Verbrecher
Ranthor: Nekromant
Rysana: Ratsvorsitzende
Sangar: Lord des Ostens
Shaan: Gebieter im Schlund
Taar Wax: Nekromant, auch als Vagabund bezeichnet
Tiahda: Gebieterin im Schlund
Wendal: Nekromantenkaiser und Herrscher Amdras
Wynron: Gebieter im Schlund
Zasean: Lord des Südens
Zyrior: Verbrecher

Länder und Städte

Amdra: das Kaiserreich
Charasyl: Sumpfgebiet im Süden des Landes
Dunvell: Hauptstadt im Süden
Nandoc: Stadt im Westen

Thargor: nördlichste Stadt von Amdra

Schlund: unterirdisches Gefängnis, das für die schlimmsten Verbrecher des Kaiserreichs gedacht ist.

Kreaturen und Wesen

Grubenkrabbler: Gräbt sich in den Boden ein und lockt seine Opfer mit Licht an.

Leuchtwurm: Kleine, fliegende Kreatur, die im Dunkeln leuchtet.

Koloss: Hochgewachsene, massive und gefürchtete Kreatur, die nur in den finstersten Winkel des Schlunds zu finden ist.

Vila: Federartiges Wesen, dessen Fleisch besonders schmackhaft sein soll.

Zangenläufer: Gefährliche Kreatur, die mit glühendem Schleim ihre Opfer blendet.

Die Nekromantie

<u>Regeln</u>

1. Je ähnlicher sich die Form des Gegenstands und der verwobenen Seele sind, desto mächtiger ist das Band.

2. Je ähnlicher sich die Substanz des Gegenstands und des Widerhalls der Seele sind, desto länger kann das Band aufrechterhalten werden.

3. Eine Seele sollte stets an den Ort entlassen werden, von dem sie stammt.

4. Nekromantie sollte niemals auf den eigenen Körper gewirkt werden.

<u>Begriffe</u>

Anker: Talisman eines Nekromanten, der seine Verbindung zur Welt der Lebenden verdeutlicht.

Rachsüchtiger Geist: Die Seele eines Toten, die einen Nekromanten beim Einsatz der Nekromantie heimsucht.

Untoter: Toter Körper eines Lebewesens, das mit einer Seele verwoben wird.

Verstärkung: Ein Gegenstand wird mit der verwobenen Seele verstärkt und gewinnt dadurch an Härte, Zugfestigkeit und Stärke. Dadurch können die Gesetze der Natur und des Lebens außer Kraft gesetzt werden, d.h. ein Stofffetzen kann Stahl verbiegen.

Verwobener Gegenstand: Ein Gegenstand, der durch Nekromantie die Seele eines Toten trägt.

Der Autor

Foto: privat

Pascal Wokan, geboren 1986 in Frankfurt am Main, ist Maschinenbau-Ingenieur und arbeitet an einer Technischen Universität. Als Hybrid-Autor veröffentlicht er Bücher im Eigenverlag, aber auch in Verlagen. Sein Debüt-Roman »Arakkur - Die große Schlucht« stürmte innerhalb weniger Wochen die Amazon-Bestsellerlisten. Er lebt mit seiner Familie in Karben, Hessen und widmet sich in seiner Freizeit nicht nur dem Schreiben neuer Romane, sondern auch der grundlegenden Frage, warum die Pizza immer auf der belegten Seite landet.